# Skinborn

Joy Styx

Impressum

Skinborn
2021 © Joy Styx

Feuertanz-Verlag ist ein neues Label im VA-Verlag
www.feuertanz-verlag.de • www.va-verlag.de
info@ feuertanz-verlag.de • info@va-verlag.de
Veronika Aretz, Vennstraße 30, 52134 Herzogenrath • Germany

Urheberrecht am Text: Joy Styx
Facebook: https://www.facebook.com/Joy-Styx-102195328818156
Cover&Innensatz: Veronika Aretz
Coverbilder: iStock.com: Author © D-Keine & chainatp
shutterstock.com: Author © Leigh Prather & Okyela
123rf.com: Author © frenta
Fotos innen: iStock.com: Author © chainatp & tarasov_vl
Herstellung und Verlag: Amazon Media EU S.à r.l., Luxembourg

Ein Titeldatensatz für diese Publikation
ist bei der Deutschen Nationalbibliothek erhältlich.

ISBN: 9798542814575

*Joy Styx*

# Skinborn

Heiße Küsse, scharfe Krallen

# Inhalt

# Teil 1:

# Doug

# *Road Trip*

Es gibt gute Entscheidungen.

Es gibt Entscheidungen, von denen man später denkt: Na ja, war nicht unbedingt der Weisheit letzter Schluss.

Und es gibt Entscheidungen, die sind dermaßen bescheuert, dass man sich anschließend wünscht, man hätte sie auf der Stelle in die Tonne getreten, in die sie von Anfang an gehört hätten.

Ich gebe zu, ich habe eine Tendenz zu Entscheidungen der Kategorien zwei oder sogar drei. Ansonsten würde ich vermutlich irgendeinem Nine-to-five-Job nachgehen, hätte vielleicht eine Familie und ein nettes Häuschen irgendwo am Stadtrand.

Stattdessen hockte ich auf dem Sattel meiner Softail und tingelte mal wieder von L.A. nach Vegas. Die Interstate 15 mied ich, wann immer möglich. Die Gefahr, da von übermotivierten Cops angehalten zu werden, war zu groß. Auf den kleinen Highways und Nebenstraßen war dermaßen wenig Betrieb, dass es sich für die Gesetzeshüter nicht lohnte, dort auf der Lauer zu liegen. Höchstens ein vereinzelter Dorfsheriff langweilte sich mal hinter einem Busch oder vergilbten Werbeplakat am Straßenrand und hoffte darauf, dass er nach einem möglichst ereignislosen Tag bald den Feierabend in der heimischen Bar bei einem abgestandenen Bier und leiernder Countrymusik antreten konnte. Die Sorte war meistens mit einer kleinen Aufmerksamkeit davon zu überzeugen, dass es nur sinnloser Aufwand wäre, in meinen Satteltaschen herumzuwühlen. Und wenn nicht, dann ergänzte ich das Angebot um einen kurzen Blick auf meine abgesägte doppelläufige Freundin. Das reichte üblicherweise, um mich unbehelligt ziehen zu lassen. Alles andere bedeutete für sämtliche Beteiligten nur Ärger und unnötigen Papierkram und fiel mindestens in die Entscheidungskategorie Nummer zwei.

Der Entschluss, Chenny mitzunehmen, gehörte aber ohne jeden Zweifel zur letzten Sorte. Zu meiner Verteidigung kann ich vorbringen, dass er nicht meinem Hirn entstammte, sondern ein paar Etagen tiefer getroffen wurde. Doch was hätte ich tun sollen? Ich habe nun mal eine Schwäche für heiße Chicas.

Fußgänger mitten in der Einöde der Mojave-Wüste sind eine Seltenheit. Kein normaler Mensch spaziert hier herum. Erst recht nicht allein. Von daher hätte ich bereits argwöhnisch werden sollen, als ich sie von Ferne entdeckte.

Anfangs hielt ich sie für eine bekloppte Hippiegöre. Cowboyhut mit Adlerfedern dran, ärmellose Wildlederweste inklusive Fransen, eine Jeans, die schon bessere Zeiten gesehen hatte, und das Fehlen jeglichen Schuhwerks waren untrügliche Zeichen. Auch der verschlissene Army-Rucksack und die in die langen schwarzen Haare geflochtenen Perlen passten ins Bild.

Ich denke, es war ihr Hinterteil, das mich dazu veranlasste, vom Gas zu gehen, als ich näher kam. Was für ein Prachtstück, von der engen Jeans perfekt in Form gehalten und – die absolute Krönung – dank einiger kleiner Risse im Stoff stellenweise sogar unverhüllt zu bewundern. Ich meine … Welcher untenrum halbwegs gesunde Mann hätte da anders entscheiden können als ich?

Sie drehte sich erst zu mir um, als ich unmittelbar neben ihr auf Schrittgeschwindigkeit abgebremst hatte. Ihr Blick bannte mich von der ersten Sekunde an. Ihre großen, weit auseinanderstehenden Augen waren viel zu hell für ihren ansonsten dunklen Typ, irgendwie glänzend, ob eher in Gold oder Silber, kann ich bis heute nicht sicher sagen. In jedem Fall fühlte es sich so an, als ob sie direkt in mich hineinschaute, durch die verspiegelten Gläser meiner Sonnenbrille hindurch bis zur Rückseite meines Schädelknochens. Gleichzeitig lag in ihrem Blick ein Versprechen, das meine ohnehin schon aktivierte Libido endgültig in Wallung brachte. Sie war jung, vielleicht Anfang zwanzig, und hatte eindeutig Indianerblut in ihren Adern, und davon mehr als nur eine Prise. Trotzdem war sie recht hochgewachsen, höchstens ein paar Fingerbreit kleiner als ich.

Ohne langsamer zu werden oder gar anzuhalten, musterte sie mich von oben bis unten. Ließ ihren Blick schweifen über meine zum Pferdeschwanz gebundenen dunkelblonden Haare, den Dreitagebart, die Lederjacke mit dem Flammenmuster und dem ›1%‹-Aufnäher sowie die Bikerstiefel auf den Fußrasten der Softail. Sie sagte kein Wort, aber der Anflug eines Lächelns huschte über ihre schmalen Lippen.

»Hi«, begann ich geistreich das Gespräch. »Wohin des Wegs, Schönheit?«

Sie ließ sich Zeit mit der Antwort, während ich weiter im Schritttempo neben ihr her tuckerte. Schließlich streckte sie den Arm aus und deutete in Marschrichtung auf den Horizont. »Da lang.«

»Vegas?«

Ihre Erwiderung bestand aus einem Schulterzucken, dem ein zaghaftes »Vielleicht« folgte.

Mit dem Daumen deutete ich auf den Soziussitz hinter mir. »Soll ich dich ein Stück mitnehmen?«

Ich konnte sehen, wie sie über das Angebot nachdachte, während sie weiter marschierte.

»Ich beiße nicht«, versuchte ich wenig überzeugend, eventuelle Vorbehalte auszuräumen.

Das Schmunzeln in ihrem Gesicht hätte mir eine weitere Warnung sein sollen. Schließlich nickte sie. »Na gut.«

Ich hielt an und rückte ein Stück nach vorn, damit sie mehr Platz hatte. Sie quetschte den Hut in ein Seitenfach ihres Rucksacks, saß auf und platzierte ihre nackten Füße auf den Rasten.

»Alles klar?«, fragte ich, den Kopf halb nach hinten gedreht.

Sie brauchte keine Aufforderung, um ihre Arme um mich zu legen. »Kann losgehen.«

Zunächst vorsichtig beschleunigte ich, aber als kein Protest von hinten kam, gab ich mehr Gas, bis der V2 zufrieden vor sich hin bollerte und die Fuhre in Bewegung setzte.

»Hast du'n Namen?« Ich musste meine Stimme erheben, um gegen den Fahrtwind und den Motor anzukommen.

»Chenny.«

»Jenny?«

»Chenny. Mit ›ch‹.«

»Sehr erfreut. Ich bin Doug.«

Falls ich eine Antwort erwartet hatte, wurde ich enttäuscht. Aber zugegebenermaßen hatte ich sie nicht aufgegabelt, um tiefgründige Unterhaltungen zu führen.

Hatte ich Hintergedanken? Was für eine Frage! Natürlich hatte ich Hintergedanken. Das Ausweichen auf die Nebenstraßen machte die Tour zu einem Zwei-Tages-Trip, wenn man sich nicht den Allerwertesten wundsitzen wollte. Als ich sie mitgenommen hatte, war es schon Nachmittag. Mein

Stammmotel erwartete mich. Die Aussicht darauf, die Nacht dort nicht allein verbringen zu müssen, war verführerisch. Ich malte mir gute Chancen bei ihr aus. Immerhin hielt ich mich auch für ganz ansehnlich. Mein einziger Schönheitsfehler, die Narbe am Kinn, hatte auf den Typ Frauen, den ich bevorzugte, oft sogar eine anziehende Wirkung. Und falls sie sich wider Erwarten zierte … Ich war kein Vergewaltiger oder so, aber mit ein bisschen Nachdruck würde ich sie schon in die Waagrechte kriegen.

Allein ihre schlanken Hände auf meinem Bauch sorgten bereits dafür, dass meine Hose während der Fahrt eng wurde. Und das, obwohl noch eine Schicht Leder den direkten Hautkontakt verhinderte. Passend zum restlichen make-up-losen Outfit waren ihre Fingernägel kurz und unlackiert. Aber auf Kriegsbemalung legte ich ohnehin nicht viel Wert. Und bei einer derartigen Naturschönheit wie meiner Mitfahrerin war das auch gar nicht notwendig.

Meine Gedanken richteten sich erwartungsvoll auf den abendlichen Zwischenstopp. Nicht dass es unterwegs außer Steinen, Geröll, gelegentlichen krüppeligen Sträuchern und einzelnen abgeschiedenen Häusern viel gegeben hätte, das man bewundern konnte. Das aufregendste Ereignis der Fahrt war die kurze Pinkelpause. Ich hatte extra ein Plätzchen gewählt, an dem ein Stück abseits der Straße etwas Grünzeug wuchs. Aber falls Chenny meine freundliche Geste bemerkte, ignorierte sie sie. Völlig ungeniert ließ sie keine drei Meter neben der Fahrbahn kommentarlos die Hose runter – wobei ich nicht umhinkam zu bemerken, dass sie auf Unterwäsche komplett verzichtete – und ging in die Hocke. Ich konnte nicht anders, als sie ungläubig anzustarren, was sie lediglich mit einem unschuldigen Lächeln quittierte.

Der Nachteil ihres offenherzigen Auftritts war, dass es mir nun schlecht zu Gesicht gestanden hätte, mir ein abgeschiedeneres Örtchen zu suchen. Ich wollte ja nicht prüde rüberkommen. Also öffnete ich meinen Hosenlatz und drehte mich nur halb von ihr weg. Der mittelgroße Ständer, den ihr Anblick mir verpasst hatte, war nicht geeignet, das Wasserlassen zu beschleunigen. Ebenso wenig das Gefühl, intensiv beobachtet zu werden. Aber irgendwann gelang es und ich schaffte es, ungefähr gleichzeitig mit ihr die Hose wieder zu schließen.

Da sie so gut wie kein Wort sagte, fühlte ich mich ebenfalls nicht genötigt, eine Unterhaltung zu beginnen. Tiefsinnige Gespräche waren, wie bereits erwähnt, ohnehin nicht meine höchste Priorität, was sie betraf. Nachdem wir beide einen ausgiebigen Schluck aus meiner Feldflasche genommen hatten, ging's auch schon weiter.

Pünktlich vor Einbruch der Dunkelheit erreichten wir das Etappenziel. Eine Tankstelle mit angeschlossenem Laden für alles vom Kaugummi bis zum Ersatzreifen, ein kleiner Diner, ein Motel und ein halbes Dutzend verstreute Bretterbuden bildeten die wenig beeindruckende Kulisse.

Ganz oben auf der To-do-Liste stand Tanken, also steuerte ich zuerst die nächste Zapfsäule an. Ohne die leiseste Klage über den harten Soziussitz oder Ähnliches stieg Chenny ab und schaute sich um. Die Lässigkeit, die sie bis jetzt an den Tag gelegt hatte, verschwand mit jedem Schritt, den sie tat. Sie wirkte beunruhigt. Hob immer wieder den Kopf. Fast so, als würde sie schnuppern.

Als ich vom Bezahlen zurückkam, stand sie neben der Softail und wandte rastlos den Blick hin und her.

Ich sah sie an. »Alles okay?«

»Müssen wir heute Nacht hierbleiben?« Sie wirkte ernsthaft besorgt.

»Das nächste Motel ist mehr als dreißig Meilen weit weg. Außerdem muss man sich da das Bett mit Kakerlaken teilen.« Ich deutete zu dem flachen Gebäude auf der gegenüberliegenden Straßenseite. »Das hier ist recht sauber. Hab da schon öfter gepennt. Alles safe.«

Der Widerwille war ihr anzusehen.

»Wo ist das Problem?«, wollte ich wissen.

Sie zögerte. »Nur so ein Gefühl. Hier riecht's komisch.«

Ich hielt die Nase in die Luft. »Ich riech nur Benzin.«

»Vielleicht täusche ich mich auch«, räumte sie ein. »Ist möglicherweise was Altes.«

Was auch immer sie meinte. Aber dass sie ein bisschen schräg drauf war, hatte ich ja bereits mitbekommen. Trotz ihres Eingeständnisses hielt sie die Umgebung weiterhin aufmerksam unter Beobachtung, während ich die Softail zwischen parkenden Trucks und Pick-ups zum Motel schob.

Bei dem alten Inder an der Rezeption kam der Augenblick der Entscheidung.

»Sollen wir uns ein Zimmer teilen?« Ich schaute sie so unschuldig an, wie ich konnte. »Spart 'ne Stange Geld.«

Sie nickte geistesabwesend. »Ja. Klar.«

Das war jetzt zu einfach. Da fehlte mir ja fast die Herausforderung. Aber nur fast.

Im Zimmer angekommen, ließ ich die Satteltaschen auf den Boden sinken. Chenny drapierte ihren Army-Rucksack daneben.

»Noch'n Happen essen?«, schlug ich vor. »Der Diner ist besser, als er aussieht.«

»Haben die'n ordentliches Steak?«

Ich nickte. »Hatte noch nie einen Grund zur Beschwerde.«

Damit war es entschieden.

Viel Betrieb war nicht. Der Laden stammte aus der Zeit vor der Interstate, als erheblich mehr Leute hier eine Rast eingelegt hatten. Auch die Einrichtung hatte sich seit den 60ern nicht wesentlich verändert. Die Bedienung ebenfalls nicht, außer in der Anzahl ihrer Falten. War bestimmt mal ein heißer Feger gewesen, aber da ich bereits in Begleitung war, musste ich gar nicht erst darüber nachdenken, ob ich ihr trotz des Altersunterschieds eine Chance geben sollte oder nicht. Ich hielt mich an Chenny.

Den kritischen Blick der Kellnerin auf die bloßen Füße meiner Begleiterin konterte ich mit einer Fünfdollarnote als vorgezogenem Trinkgeld. Damit war die Sache erledigt und wir bekamen einen gemütlichen Tisch.

»Von welchem Stamm bist du?«, versuchte ich mich dann doch anstandshalber ein wenig in Konversation, während wir auf das Essen warteten und ich an meinem Bier nippte.

Chenny setzte ihr Wasserglas ab. »Kennst du nicht.«

»Versuch's!«

Mit dem Handrücken wischte sie sich den Mund ab und fixierte mich mit ihren glänzenden Augen. »Ma'ii Tsoh.«

Ich überlegte einen Moment. »Nie gehört.«

»Sag ich doch. Aber jetzt kennst du eine davon.«

»Und woher kommst du?«

»Kalifornien.«

Mit einem ›Ach nee …‹-Gesicht schaute ich sie an.

»Sierra Nevada. Nicht weit vom Yosemite Valley.«

»Gibt's da noch viele India… Natives?«

Sie nahm einen weiteren Schluck. »Nicht sonderlich.« Mehr kam nicht.

Irgendwie entwickelte sich die Unterhaltung recht einseitig. Mein Versuch, selbst die Klappe zu halten, veranlasste sie nicht dazu, mehr zum Gespräch beizutragen. Sie schien keinerlei Probleme damit zu haben, das Schweigen zu ertragen. Auch gut.

Das Essen erlöste uns davon, untätig nebeneinanderzusitzen. Ich ließ mir meinen Burger schmecken und beobachtete fasziniert, wie sie sich höchst effizient ihr bluttriefendes Steak einverleibte. Beinahe wirkte es so, als hätte sie am liebsten auf Messer und Gabel verzichtet und ihre Zähne direkt in das nahezu rohe Fleisch versenkt. Sie war definitiv etwas Besonderes. Wie besonders, ahnte ich allerdings noch nicht, selbst wenn die Anzeichen sich mehrten. Aber ich war viel zu beschäftigt, auf ihren Ausschnitt zu starren, statt eins und eins zusammenzuzählen und schnellstens das Weite zu suchen. Nun ja, im Nachhinein ist es immer einfacher, die richtigen Entscheidungen zu treffen. Nur eben zu spät dafür.

In jedem Fall hatte der Verzehr ihres Mahls, so seltsam er auch vonstattenging, sie endgültig wieder entspannt. Doch während sie die letzten Salatblätter in ihren Mund schaufelte, hielt sie plötzlich inne. Die gehetzte Miene, die sie bereits beim Tanken gezeigt hatte, kehrte abrupt zurück. Hektisch schaute sie sich um.

»Was ist?« Fragend musterte ich sie.

Ihre Augen blieben gebannt an der Eingangstür hängen. Ich wollte meine Frage gerade wiederholen, als jemand hereinkam. Chenny erstarrte.

Ich nahm den Neuankömmling, der ihr einen derartigen Schrecken einzujagen schien, genauer in Augenschein. Im Laufe meiner Karriere habe ich ein gewisses Gespür für Menschen entwickelt. Anders überlebt man in meinem Gewerbe nicht lang. Man muss die üblen Burschen von den ganz Üblen unterscheiden können, um nicht unter die Räder zu kommen. Und der Kerl, der da gerade den Diner betrat und den Blick schweifen ließ, gehörte eindeutig in die Kategorie ›Sieh zu, dass du so schnell und reibungslos wie irgend möglich deine Geschäfte erledigst und anschließend Land gewinnst‹.

Seine Kleidung war nicht sonderlich beeindruckend. Wanderstiefel, Flecktarnhose und ein Holzfällerhemd, alles in mäßigem Erhaltungszustand. Das in Piratenmanier um seinen Kopf gebundene Tuch war schon eine andere Kategorie und zeigte eine großformatige Südstaatenflagge. Entscheidend war aber sein Gesicht. Der ungepflegte Backenbart war von mehreren langen, parallel verlaufenden Narben durchkreuzt, die meine eigene kleine Verunstaltung wie einen unbedeutenden Pickel erscheinen ließ. Eine davon lief direkt über sein rechtes Auge beziehungsweise dessen trübes Relikt. Mit seinem verbliebenen Auge scannte er den gesamten Raum wie der verfluchte Terminator in Person. Er hatte zwar nicht ganz Schwarzeneggers Statur, aber dafür war er noch ein Stück größer, bestimmt an die zwei Meter.

Als sein Blick mich traf, zuckte mein Fluchtinstinkt und ich musste all meine Willenskraft zusammennehmen, um nicht verschämt auf den Boden zu schauen. Die Inspektion war jedoch nur von kurzer Dauer, dann hatte er sein endgültiges Ziel ins Visier genommen: meine geheimnisvolle Begleiterin.

Die Sekunden zogen sich unangenehm in die Länge, während die beiden sich gegenseitig anstarrten. Es wirkte wie ein Duell.

Erleichterung durchflutete mich, als er von ihr abließ und nicht unseren Tisch, sondern den Tresen ansteuerte und dort ein Bier bestellte.

»Kennst du den Kerl?«, flüsterte ich.

Sie schüttelte stumm den Kopf. »Lass uns trotzdem gehen!«

Widerspruchslos trank ich mein Bier aus und bezahlte.

Draußen angekommen, sog ich die kühle Nachtluft ein, als müsste ich nach der unheimlichen Begegnung das Atmen nachholen.

Mir entging nicht, wie Chenny sich auf dem kurzen Weg zum Motel wieder unruhig umschaute, als könnte jeden Moment hinter einem der geparkten Trucks oder Autos der Einäugige mit einer Kettensäge in der Hand hervorspringen.

Erst als ich die Tür zu unserem Zimmer von innen abgeschlossen hatte, senkte mein Puls sich langsam wieder auf Normalniveau. Chenny benötigte noch etwas länger, um die Nervosität abzuschütteln.

»Jetzt erzähl aber!« Ich bemühte mich, drängend, aber dennoch freundlich zu klingen. »Du weißt doch, was das für ein Kerl ist, oder? Was geht hier vor?«

»Unwichtig.« Sie rang sich ein wenig überzeugendes Lächeln ab. »Alte Geschichten.«

»Ich mag Geschichten«, wandte ich ein. »Lass hören!«

Sie nahm einen tiefen Atemzug, dann entspannte sie sichtlich. »Mir wär nach was anderem zumute.« Ihre Augen fixierten mich, so wie eine Katze die Maus ansieht.

Einen Moment fragte ich mich, was nun passieren würde, doch die Antwort ließ weder lang auf sich warten, noch war sie unerfreulich.

Mit wiegenden Schritten kam sie auf mich zu. Ohne viel Federlesens öffnete sie die Fransenweste und bestätigte meinen Verdacht, dass sie auch von BHs nicht viel hielt.

Ich schätze, ich habe in dem Moment ein ziemlich dämliches Gesicht gemacht. Erstens, weil der Übergang von dem kurzen Schrecken im Diner zu eindeutigen sexuellen Angeboten ein wenig plötzlich kam. Und andererseits, weil all meine Überlegungen, wie ich sie in die Kiste locken könnte, spontan hinfällig waren. Doch schnell wich die Bestürzung darüber, dass ich ganz offensichtlich eine offene Tür einzurennen versucht hatte, der Freude über die sich bietende Gelegenheit.

Und ja, auch der abrupte Umschwung von der Begegnung mit dem Südstaaten-Terminator zu ihren unverblümten Avancen hätte bei mir sämtliche Alarmsirenen aufheulen lassen sollen. Aber wenn das Blut weiter unten benötigt wird, leide ich nun mal unter akutem Kurzzeitgedächtnis. ›Lebe im Jetzt!‹, könnte man mein Lebensmotto zusammenfassen. Was interessierte mich die unschöne Vergangenheit, selbst wenn sie erst wenige Minuten zurücklag? Von der unmittelbaren Zukunft ganz zu schweigen. Ich gab mich dem hin, was sich in diesem Augenblick anbot. Und das war äußerst appetitlich. Und – noch wichtiger – weniger als eine Armeslänge von mir entfernt.

Innerhalb von Sekunden landete meine Lederjacke irgendwo auf dem Boden und erhielt sofort Gesellschaft von meinem Shirt. Was meine Gespielin zu sehen bekam, gefiel ihr offensichtlich. Ihre Finger glitten über meine nackte Brust und den Sixpack darunter. Verharrten kurz auf den Narben, die ich mir im Laufe einer ereignisreichen Gangsterkarriere erworben hatte. Zogen die verschlungenen Muster der Tribal-Tattoos auf Hals, Brust und Bauch nach, um dann noch eine Etage tiefer zu gehen, meinen Gürtel mit der schweren Schnalle zu öffnen und schließlich unter den Bund meiner Jeans zu gleiten. Halleluja! Die Squaw ließ nichts anbrennen!

Ich ließ mich nicht lang bitten und revanchierte mich, indem ich meine Hände mit ihren Brüsten bekanntmachte. Ihre Oberweite war überschaubar, aber wohlgeformt. In freudiger Erwartung reckten die dunklen spitzen Nippel sich mir entgegen. Ich setzte an, meine Lippen den ihren zu nähern, doch sie verfolgte andere Pläne. Im Nu hatte sie sich ihrer Hose entledigt und stand nun, abgesehen von dem gefiederten Cowboyhut, vollkommen nackt vor mir. Ihr natürlicher Look setzte sich unterhalb der Hüfte konsequent fort. Ihre Pussy hatte wohl in ihrem ganzen Leben noch keinen Trimmer oder gar eine Rasierklinge gesehen. Heutzutage ein seltener Anblick und eigentlich nicht mein Ding, aber bei ihr passte der Busch ins Gesamtbild. Sogar der dezente Ausläufer in Richtung Bauchnabel sah irgendwie sexy aus, fast schon animalisch.

Animalisch war auch das Stichwort für ihr Verhalten. Mit einem nur bedingt zärtlichen Stups verfrachtete sie mich rücklings aufs Bett, packte meine Hosenbeine und zog sie mir vom Leib. Die Boxershorts erlitten nur Sekunden später dasselbe Schicksal. Ehe ich mich versah, hockte sie auf mir und bearbeitete mein bestes Stück mit den Händen. Der Blick, mit dem sie mich von oben bis unten taxierte, passte nicht so recht zu ihrem Verhalten. Die unbändige Lust, die ihre Finger mir präsentierten, schien ihre Augen noch nicht vollständig erreicht zu haben. Aber das Versprechen, das sie mir manuell gab, reichte mir als Bestätigung dafür aus, was sie wollte.

Ich stemmte die Arme in die Matratze und wuchtete mich hoch. Sie leistete keinen Widerstand, als ich sie packte und ihre Handgelenke auf das Bett pinnte. Der Hut flog in hohem Bogen davon und ihre pechschwarzen Haare verteilten sich wie eine Krone rund um ihren Kopf, mit den in die dünnen Zöpfe eingeflochtenen Perlen als Juwelen. Ihr Lächeln vertrieb meine Zweifel an ihren Absichten endgültig. Ihre Miene und ihre Körpersprache waren eine einzige Aufforderung, der ich nur zu gern nachkam. Mein Schwanz rieb sich an ihrer haarigen Spalte. Stöhnend reckte sie mir ihr Becken entgegen, flehte geradezu danach, dass ich in sie eindrang. Also kürzte ich das Vorspiel ab und tat ihr den Gefallen.

So richtig feucht war sie ungeachtet ihres sonstigen Gebarens noch nicht. Aber mit viel gutem Willen beider Seiten und ein wenig Spucke flutschte es nach ein paar Versuchen dann endlich und schon bald füllte ich sie bis zum Anschlag. Sie keuchte und wand sich mit geschlossenen Augen unter mir. Geriet von Stoß zu Stoß mehr in Ekstase. Klatschend prallten meine Lenden gegen ihre weit offenen Schenkel. Sie breitete ihre Arme aus, krallte die Finger tief in die Matratze. Hob ihren Unterleib und zuckte rhythmisch zu mir empor. Allzu schnell bahnte sich die Entladung dessen an, was sich seit meinem ersten Blick auf ihren Hintern in meinem Unterstübchen aufgestaut hatte. Und sie tat nichts, um das Unvermeidliche auch nur eine Sekunde hinauszuzögern. Ganz im Gegenteil beantwortete sie meine Versuche, ein wenig Tempo rauszunehmen, damit, sich noch weiter zu strecken. Und als ich mich so weit zurückzuziehen drohte, dass selbst ihr gelenkiges Becken mir nicht mehr folgen konnte, landeten ihre Finger blitzartig in meinem Rücken und zogen mich zu ihr heran. Ich keuchte, als ihre Nägel sich in mein Fleisch bohrten, und gab nach.

Na gut, wenn sie es offensichtlich so wollte, dann sollte sie halt einen Quickie bekommen.

Ich ließ endgültig alle Hemmungen fallen und schaltete das Hirn vollständig auf Standby. Überließ die Kontrolle über meinen Körper irgendwelchen Urinstinkten, deren Ziel es war, meine Gene so weit in der Welt zu verstreuen wie möglich. Immer härter und schneller stieß ich in sie hinein. Rauschhaft zuckend trieb ihr Leib mich weiter an, bis ich, tief in ihr versunken, innehielt und mich, vor purer Erregung bebend, in sie ergoss. In mehreren Schüben und laut stöhnend, füllte ich ihre

Pussy mit Sperma. Ihre zuvor genussvoll geschlossenen Augen öffneten sich und leuchteten mich voller Lust und Wonne an. So lang ich die Spannung irgendwie halten konnte, verharrte ich, vollkommen mit ihr verschmolzen. Dann ließ ich die angehaltene Luft geräuschvoll aus meinen Lungen entweichen und sackte über ihr zusammen. Legte meinen Oberkörper auf ihren Bauch und meinen Kopf zwischen ihre Brüste. Hörte ihren keuchenden Atem. Fühlte, wie ihr Leib sich rhythmisch hob und wieder senkte.

In diesem Augenblick war ich eins mit ihr. Eins mit der ganzen Welt, deren Schrecken und Kummer nicht weiter hätten entfernt sein können. Mein gesamtes Dasein reduzierte sich auf ihre weiche, schweißnasse Haut unter mir, den steifen Nippel, der mein Sichtfeld ausfüllte, die Luft, die aus ihrer Nase über mein Ohr strich, und meinen langsam erschlaffenden Schwanz.

Aber es war nur ein Augenblick.

Er endete, als draußen ein Geräusch erklang. Sie hörte es einen Wimpernschlag vor mir und ich fühlte, wie ihre postkoitale Entspannung plötzlicher Alarmbereitschaft Platz machte. Zuerst vermochte ich den seltsamen Klang nicht einzuordnen, dann glaubte ich, ein Heulen zu erkennen.

Ehe ich mich erheben konnte, stieß sie mich mit einer Kraft, die einer Person wie ihr eigentlich nicht zustand, von sich und sprang aus dem Bett. Völlig verdattert sah ich zu, wie sie eilig die Tür aufsperrte und splitternackt hinausrannte.

Ich wollte ihr etwas hinterherrufen, aber sie war schon weg, bevor ich auch nur genügend Luft, geschweige denn Verstand für eine artikulierte Äußerung gesammelt hatte.

Unbekleidet und reichlich vor den Kopf geschlagen blieb ich eine unbestimmte Zeitspanne lang zwischen den zerwühlten Bettdecken hocken und glotzte auf die weit offenstehende Tür, bis endlich genügend Blut in mein Hirn zurückgekehrt war, um zumindest grundlegende Funktionen auszuführen. Ungelenk zog ich meine Hose an, nestelte meine Abgesägte aus den Satteltaschen, füllte die beiden Rohre mit Patronen und trat in die Nacht hinaus.

Zu sehen war nichts, aber neben einem laufenden Motor in der Ferne sowie Musik und Gesprächen aus dem Diner hörte ich undefinierbare Geräusche von den geparkten Autos her. Mit der Waffe in den Händen marschierte ich, barfuß, wie ich war, über den rissigen Asphalt. Da! Ein gequältes Jaulen. Das kam von den beiden Trucks, die nebeneinander am äußersten Rand des Parkplatzes standen. Es klang zwar eher wie ein Tier als ein Mensch, aber momentan war es der einzige Anhaltspunkt, den ich hatte. Im Laufschritt eilte ich zu den Lastwagen und bremste erst kurz davor ab. So leise, wie ich vermochte, schlich ich in die schmale Gasse zwischen den Sattelaufliegern. Tatsächlich bewegte sich dort etwas. Die Waffe im Anschlag, näherte ich mich vorsichtig. Das ohnehin fahle Licht vom Mond und der funzeligen Straßenbeleuchtung offenbarte Fell. Es waren wirklich zwei Tiere, die sich balgten. Anscheinend Hunde, wenn auch recht große. Um nicht zu sagen, riesige. Doggen-Bernhardiner-Mischlinge oder so was in der Richtung. Ich wollte gerade von ihnen ablassen, als plötzlich Ruhe einkehrte. Eines der beiden Viecher hob den Kopf und starrte mich an, eines seiner Augen golden leuchtend, das andere milchig trüb. Leises Knurren entsprang dem Schlund zwischen den gefletschten Zähnen, ging langsam über in ein drohendes Grollen. Dann löste die Kreatur sich von der anderen, die unter ihr lag, und machte einen Satz auf mich zu.

Nur meinen seit der recht gewalttätigen Kindheit geschulten Reflexen verdankte ich, dass ich rechtzeitig die Flinte hob und abdrückte. Die grobe Schrotladung traf das Viech mitten im Flug, aber sein Schwung reichte aus, um trotzdem auf mir zu landen. Der massige Leib warf mich rücklings zu Boden. Lange Krallen kratzten auf dem Asphalt unmittelbar neben meinem Kopf. Fauliger Atem drang auf mich ein. Zwei riesige Kiefer öffneten sich kaum mehr als eine Handbreit von meiner Nasenspitze entfernt … und zuckten zurück, als ich die zweite Schrotladung in den Bauch des Untiers entließ. Panisch kroch ich rückwärts, versuchte, so viel Distanz wie möglich zwischen mich und die Bestie zu bringen. Ich schalt mich, nicht mehr Munition mitgenommen zu haben. Aber wer zur Hölle hätte mit so etwas gerechnet? Mal ganz abgesehen davon, dass die beiden Treffer ausreichen sollten, um einen tollwütigen Stier zu erlegen. Doch das Vieh kam schon wieder auf die Beine, humpelnd, aber es stand. Und der Blick, den es mir aus seinem einzelnen Auge zuwarf, war alles andere als freundlich.

Mit gemächlichen Schritten folgte es mir, während ich weiter nach hinten kroch, ohne mich abzuwenden, die Flinte schlagbereit in der Rechten. Sobald etwas mehr Licht zu uns drang, erkannte ich endgültig, dass ich es mit einem Wolf zu tun hatte. Einen derart großen seiner Art hatte ich allerdings noch nie zu Gesicht bekommen. Blut tropfte von seinem graubraunen Pelz. Zumindest hatte ich ihn verwundet. Aber ein Sparring wollte ich dennoch lieber vermeiden.

Plötzlich schoss hinter dem Ungeheuer eine weitere Gestalt heran, ebenfalls von Fell bedeckt, diesmal in schwarz. Das zweite der Biester, die bei meiner Ankunft miteinander gerungen hatten. Es war offenbar bereit, den Kampf wieder aufzunehmen, sprang auf den Rücken meines Widersachers und senkte seine Fangzähne in dessen Genick. Innerhalb einer Sekunde verknäulten die beiden Wölfe sich zu einem unübersichtlichen Gewühl aus Fell, Zähnen und Klauen. Dann löste sich der Graubraune, hechtete an mir vorbei und rannte, so schnell seine Verletzungen es zuließen, in die Dunkelheit. Der Schwarze rappelte sich ebenfalls auf, blieb einen Moment vor mir stehen und sah mich aus glänzenden Augen an, ehe auch er sich davonmachte.

Atem- und fassungslos schaute ich ihm hinterher und fragte mich, ob meine Fantasie mir einen Streich spielte. Ich glaubte doch tatsächlich, eine eingeflochtene Perle in seiner Mähne zu erspähen.

Dann waren sie beide verschwunden und Stille legte sich über den Parkplatz.

Mehrere keuchende Atemzüge lang blieb ich auf dem Asphalt sitzen, bevor ich mich auf wackeligen Beinen erhob und mit weichen Knien die weit offenstehende Tür zu meinem Motelzimmer ansteuerte.

Meine Finger bebten so stark, dass es mir kaum gelang, den Schlüssel im Schloss zu drehen. Sobald abgesperrt war, sackte ich auf den Boden und schluckte mehrmals.

War das gerade wirklich passiert? Oder hatte ich das alles nur geträumt? Mein Blick fiel auf den Army-Rucksack, der rechts von mir an der Wand lehnte. Wanderte weiter zu der Wildlederweste und der löchrigen Jeans neben dem Bett. Zumindest die Begegnung mit Chenny war wohl real gewesen, aber das da draußen auf dem Parkplatz ... So etwas durfte es eigentlich nicht geben. Insbesondere nicht, wenn meine Schlussfolgerung bezüglich Perlen und milchiger Augen korrekt war.

Ich weiß nicht mehr, wie lang ich da hockte, den Rücken an die Tür gelehnt, und den Kopf voller Irrsinn. In jedem Fall stockte mir der Atem, als ich leise, patschende Schritte hörte und kurz darauf ein Rappeln, als jemand versuchte, die Tür zu öffnen.

Mit bebenden Händen griff ich nach den Satteltaschen und wühlte hektisch darin herum, um die Patronenschachtel zu finden.

»Mach auf!«, erklang Chennys Stimme dumpf von draußen. »Er ist weg.«

Die Patronen fielen mir mehrmals aus der Hand, ehe es schließlich gelang, sie in die Läufe zu stecken und den Knicklauf einrasten zu lassen. Ich musste mich an der Wand abstützen, um aufzustehen.

»Mach endlich auf, bevor mich noch jemand sieht!«

In der Rechten die Flinte im Anschlag, tastete ich mit der Linken nach dem Schlüssel und drehte ihn herum. Sobald das Schloss entriegelt war, sprang ich zwei Schritte zurück und stützte den Lauf der Waffe mit der zweiten Hand.

Eilig huschte Chenny herein und drückte die Tür hastig hinter sich zu. Sie war ebenso unbekleidet wie bei ihrem Aufbruch. Allerdings zierten zahlreiche Kratzer und kleine Wunden ihre zuvor makellose Haut. Sie warf mir einen undefinierbaren Blick zu – irgendwo zwischen mitleidig und vorwurfsvoll – und deutete auf die abgesägte Doppelläufige. »Die kannst du runternehmen. Ich tu dir nichts.«

»Sicher?« Vermutlich eine der dümmsten Fragen der Menschheitsgeschichte, aber angesichts dessen, was ich kurz zuvor gesehen hatte, plädiere ich für mildernde Umstände.

Sie kam einen Schritt auf mich zu, streckte die Hand aus und drückte die Waffe nach unten. »Sicher.« Ihre Augen wanderten meinen Körper entlang. »Du bist unverletzt?«

Zum ersten Mal prüfte ich selbst meine Unversehrtheit. Außer ein paar Abschürfungen entdeckte ich nichts, also nickte ich.

»Gut.« Sie marschierte an mir vorbei ins Badezimmer. »Ich geh duschen.«

Immer noch entgeistert beobachtete ich, wie ihr nackter Hintern durch die Tür verschwand.

Die Schrotflinte in der Hand, stand ich im Raum und fragte mich erneut, in welchem Film ich gelandet war. Den bisherigen Ereignissen zufolge irgendwas zwischen Roadmovie, Porno und Horror.

Während nebenan das Wasser zu rauschen begann, erwägte ich, schleunigst meine Sachen zu packen, auf die Softail zu verfrachten und zu verschwinden. Ab nach Vegas und so tun, als wäre die kleine Episode hier nie geschehen. Warum ich trotzdem blieb, kann ich nicht sagen. Neugier? Eher nicht. Ich tendiere dazu, lieber dem Ärger aus dem Weg zu gehen, als Erkenntnis zu suchen. Die Erinnerung daran, wie ich sie gefickt hatte? Wobei die Rückschau durch das, was ich anschließend gesehen hatte, doch arg beeinträchtigt wurde. Ich glaube, simple Furcht war der ausschlaggebende Faktor. Furcht davor, dass sie meine Flucht bemerken würde, mich verfolgte, sobald ich das Zimmer verließ, mich von hinten anfiel und zerfleischte. Furcht davor, dass mich jenseits der Tür noch Schlimmeres erwarten könnte. Wobei ich keine Idee hatte, was das sein sollte. Vielleicht ein ungeduschtes Monster?

Was auch immer mich bewog, nicht zu verschwinden, ich setzte mich aufs Bett, die Flinte auf dem Schoß, lauschte dem strömenden Wasser und versuchte vergeblich, meine Gedanken zu sortieren.

Als nach wenigen Minuten Ruhe einkehrte und sie kurz darauf – immer noch nackt – ins Zimmer zurückkehrte, war ein Großteil der Kampfspuren verschwunden. Sie ließ sich neben mir nieder und rubbelte ungerührt ihre Haare trocken. »Schätze, du hast ein paar Fragen.«

Oh ja, die hatte ich allerdings. Blieb nur die Frage, in welcher Reihenfolge ich sie stellen sollte. Ich fing mit dem weniger Offensichtlichen an. »Wer war der Kerl? Auch ein … Wie hast du es genannt? Ma'ii Tsoh?«

»Nein.« Sie schüttelte energisch den Kopf. »Er gehört zu unseren ärgsten Feinden. Er ist ein Wrukolakas.«

»Ein was?«

»Der europäische Zweig unserer Art. Sie kamen mit den Einwanderern. Seit die ersten von ihnen amerikanischen Boden betreten haben, führen wir Krieg.«

»Aber … Wenn du sagst: von eurer Art … Prinzipiell seid ihr dasselbe, oder?«

Sie nickte zaghaft. »Mehr oder weniger. Ja.«

Ich kämpfte damit, das Wort auszusprechen, das seit den Geschehnissen auf dem Parkplatz durch mein Hirn tobten. »Werwölfe?«

Meine Hoffnung, sie würde laut auflachen und mich für verrückt erklären, wurde abrupt zerstört, als sie wieder nickte. »So wurden eigentlich nur die Wrukolakas genannt. Aber ja. Darauf läuft es hinaus.«

Angesichts ihrer vollkommen ruhigen Erläuterung erwartete ich fast, dass ihr jeden Augenblick Fangzähne und Krallen wuchsen, sie über mich herfiel und mich ausweidete. Doch stattdessen trocknete sie weiter ihre Haare und legte das Handtuch neben sich auf die Matratze, als sie fertig war.

»Und wenn du mich beißt?«, setzte ich die Fragestunde fort, »werde ich dann auch …«

Sie winkte energisch ab. »Dazu wird man geboren. Wenn ich dich beiße, dann wirst du ein blutender Mensch. Sonst nichts.«

»Okay …«

Das war schon mal beruhigend.

»Danke übrigens, dass du mir zu Hilfe gekommen bist.« Ihr Lächeln sah ehrlich aus.

»Gern geschehen«, erwiderte ich automatisch. »Wollte er dich umbringen?«

»Nein. Er wollte mich begatten.«

Angesichts dieser Eröffnung klappte mein Unterkiefer herunter. »Er wollte was?«

»Mich schwängern. In der Hoffnung, dass sein Samen stärker ist als deiner und sich durchsetzt. Aber das hast du mit deinem Eingreifen verhindert.«

Die Implikation dessen, was sie mir berichtete, sickerte nur tröpfchenweise in mein Bewusstsein. »Schwängern? Du ... Ich ... Haben wir ...? Verhütung und so? Pille?«

Sie schüttelte den Kopf. »Keine Pille. So was mache ich nicht.«

»Verfluchte Scheiße!« Ich sprang auf und starrte auf sie herab. »Du ... Wir ... Du riskierst, dass ich dir ein Kind ...?«

»Darum ging es doch.«

Ich gestikulierte linkisch im Raum herum und suchte ebenso verzweifelt wie vergeblich nach Worten, um das auszudrücken, was in mir tobte. Schließlich gab ich auf und ließ mich wieder neben ihr nieder. »Verfluchte Scheiße!« Ja, ich denke, das drückte es ganz gut aus. »Und?«, brachte ich mühsam hervor, während meine Augen unwillkürlich auf ihren Bauch fielen. »Hat es ...?«

»Ich kann's noch nicht mit Sicherheit sagen. Aber es fühlt sich vielversprechend an.«

Ich konnte spüren, wie mir das Blut aus dem Gesicht wich. Die Schrotflinte, die ich während der Unterhaltung weiter in der Hand gehalten hatte, entglitt mir und polterte auf den Boden. »Scheiße ...«

Sie ließ sich von meinem Selbstmitleid nicht beeindrucken und streckte den Finger aus. »Bringst du das nach Vegas?«

Der plötzliche Themenwechsel beanspruchte meinen desolaten Verstand aufs Äußerste. Nur langsam begriff ich, dass ihre

Frage dem dick eingewickelten Päckchen galt, das neben den Satteltaschen lag. Das war wohl bei meiner Suche nach der Munition herausgepurzelt, ohne dass ich es in der Hektik bemerkt hatte.

»Ja.« Wie ferngesteuert stand ich auf und verstaute meine Fracht wieder ganz unten in der Tasche.

Falls sie irgendwelche Vorbehalte gegen Drogenschmuggler hatte, ließ sie es sich nicht anmerken. Aber nach dem, was ich mittlerweile über sie wusste, war das wohl ein Kavaliersdelikt im Gegensatz zu dem, was sie so trieb. Oder zumindest dem, was meine Fantasie sich diesbezüglich ausmalte.

»Fährst du danach zurück nach Kalifornien?«, fragte sie weiter.

Ich nickte stumm.

»Nimmst du mich mit?«

Vermutlich hätte ich sagen sollen: ›Bist du irre? Du bist ein verfluchter Werwolf! Dich nehme ich nirgendwohin mit.‹ Doch stattdessen wiederholte ich das Nicken.

Sie schien zufrieden. »Lass uns schlafen!«, schlug sie vor und legte sich hin, ohne die Decke über ihren nackten Körper zu ziehen. »War ein anstrengender Tag. Alles Weitere klären wir morgen.«

Erwartete sie jetzt tatsächlich, dass ich mich neben ihr niederließ? Die Augen schloss und Seite an Seite mit einem Werwolf einschlief? Morgen früh aufwachte und eine krallenbesetzte Pranke um meine Schulter geschlungen vorfand?

»Leg dich hin!«, forderte sie mich auf. »Als wir uns getroffen haben, hast du versprochen, dass du mich nicht beißt. Ich vertraue dir, dass du dich daran haltst.«

War das Werwolfshumor? Dem anzüglichen Grinsen auf ihren Lippen zufolge ja.

Ich zog in Erwägung, auf dem Boden zu nächtigen, doch ich wollte nichts tun, was meine Zimmergenossin verärgern könnte. Also rollte ich mich auf der äußersten Kante meiner Seite der Matratze zusammen und starrte mit offenen Augen die Wand an.

Ja, Chenny mitzunehmen, um die Nacht angenehmer zu gestalten, war ohne jeden Zweifel eine Entscheidung der Kategorie drei gewesen.

# *Geschäfte*

Als ich aufwachte, zuckte ich auf der Stelle zusammen und tastete meinen Körper ab, ob sich irgendwo Klauen an ihn kuschelten oder Teile herausgebissen waren. Erleichtert stellte ich fest, dass beides nicht der Fall zu sein schien.

Vorsichtig drehte ich mich um und inspizierte im hellen Tageslicht, das durch das Fenster fiel, den Rest des Bettes. Er war leer. Für einen flüchtigen Moment keimte die Hoffnung in mir auf, das alles wäre lediglich ein böser Traum gewesen. Doch ein Blick auf den Army-Rucksack neben der Tür des Motelzimmers zerrte mich gnadenlos zurück in die Realität. Wobei ich immer noch nicht so recht wahrhaben wollte, dass in dem, was ich bislang als Realität kennengelernt hatte, Platz für die schrägen Erlebnisse von gestern war.

Zu meinem eigenen Erstaunen fühlte ich mich einigermaßen ausgeschlafen. Hatte ich tatsächlich neben diesem … also neben Chenny tief und fest gepennt? Ich setzte mich auf und kratzte mich ausgiebig, insbesondere an den minimalen Abschürfungen, die ich bei dem gestrigen Kampf davongetragen hatte. Dies wäre wohl mal wieder ein geeigneter Zeitpunkt für einen spontanen Abschied gewesen. Doch nachdem ich die Nacht ohne weitere Blessuren überlebt hatte, erschien mir blinde Panik noch weniger angebracht als gestern Abend. Tatsächlich überwog die Neugier den Fluchtreflex. Ein ungewohntes Gefühl. Aber ja, ich wollte mehr erfahren über die Welt, deren Eingangstor sich für mich einen Spalt weit geöffnet hatte. Spalt … interessantes Wortspiel an der Stelle, fällt mir gerade auf. Und natürlich darüber, ob mein Stelldichein mit einem gestaltwandelnden Monster dauerhafte Folgen nach sich ziehen würde – sowohl für mich selbst als auch für das, was aktuell in ihrem Unterleib geschah. Also beschränkte ich mich darauf, das Bad aufzusuchen.

Schon von der Kloschüssel aus hörte ich den Schlüssel in der Tür. Nach einer anschließenden kurzen Dusche fand ich Chenny im Schneidersitz auf dem Bett vor, wieder in ihre löchrige Jeans und die Weste gehüllt. Hatte sie nicht gestern tiefe Kratzer auf dem Oberarm gehabt? Heute befanden sich an der Stelle nur noch ein paar blasse Narben.

Sie hob den Blick, als ich den Raum betrat, verharrte dabei kurz auf meiner unbekleideten Brust, ehe ich mein Shirt vom Boden angelte und es überstreifte. Auch ich beäugte sie immer wieder kurz aus dem Augenwinkel. Unglaublich, dass ein dermaßen hübsches Geschöpf sich in eine derartige Bestie … Na gut … Dass sich überhaupt ein menschliches Wesen in ein Tier verwandelte, war schon abartig genug. Aber ausgerechnet sie? Die Schöne und das Biest – vereint in einer einzigen Person.

»Hab mich umgesehen«, beendete sie das gegenseitige Schweigen. »Keine Spur von ihm. Er ist weg.«

Meine Erwiderung beschränkte sich auf ein gemurmeltes »Das ist gut.«

Tausend Fragen brannten mir auf der Seele, doch anstatt sie damit zu bombardieren, kramte ich stumm meine Sachen zusammen, zog Stiefel und Jacke an und warf die Satteltaschen über die Schulter.

»Bleibt's dabei?«, wollte ich schließlich wissen. »Vegas?«

Statt einer Antwort erhob sie sich einfach, schnallte sich den Rucksack um und folgte mir nach draußen.

Als ich die Rezeption nach dem Bezahlen verließ, hatte sie ihren trotz allem immer noch verführerischen Hintern bereits auf den Soziussitz gepflanzt. Mein Vorschlag, das Frühstück nicht im lokalen Diner, sondern später während der Fahrt zu uns zu nehmen, hatte sich damit wohl erledigt.

Ich hängte die Satteltaschen ein und setzte mich hinter den Lenker. Bollernd erwachte der V2 und schob die Fuhre vom Parkplatz. Als wäre nichts gewesen, schlossen Chennys Hände sich um meinen Bauch. Zu meiner Überraschung fiel das flaue Gefühl, das ich angesichts des unmittelbaren körperlichen Kontakts erwartet hatte, weitgehend aus. Sie hatte mich über Nacht nicht zerfleischt. Dann würde sie es während der Fahrt vermutlich auch nicht tun.

Hoffte ich zumindest.

Eine knappe Stunde später und fünfzig Meilen weiter steuerte ich im übernächsten Kaff einen Drive-In an, bestellte Kaffee und Bagels und parkte die Softail ein Stück abseits am Straßenrand. Im Stehen verputzten wir das üppige Mahl. Chenny wandte sich der Sonne zu und genoss ihre Wärme im Gesicht.

»Okay«, nahm ich mir zwischen zwei Bissen in meinen Bagel ein Herz, »erklärst du mir mal, was da gestern gelaufen ist?«

Sie mampfte ungerührt weiter. »Was willst du wissen?«

»Fangen wir mal damit an, warum du nach der Begegnung mit dem Kerl im Diner über mich hergefallen bist wie ein wildes Tier. Und erzähl mir nicht, du hättest da nicht schon gewusst, wer … oder was er ist.«

In aller Seelenruhe nahm sie einen Schluck aus dem Pappbecher. »Ich wollte verhindern, dass er mich schwängert.«

»Und deshalb lässt du dich von mir …?«

»Besser ein Halbblut als einen Wrukolakas-Bastard.«

»Halbblut?« Meine Geduld schwand zusehends. »Was meinst du mit ›Halbblut‹?«

»Dein Kind. Unser Kind. Ich bin eine Ma'ii Tsoh. Du bist ein Mensch. Wenn wir uns paaren, ergibt das ein Halbblut.«

»Also … Bist du dir mittlerweile sicher, dass …« Meine Augen wanderten zu ihrem Bauch.

»Ziemlich.«

»Sollen wir nicht lieber einen Schwangerschaftstest besorgen?«

»Nicht nötig. Wir haben ein gutes Gefühl für unseren Körper. Besser als ihr Menschen. Und das da unten fühlt sich an wie ein beginnendes Leben.«

Ich wurde ein Papa. Von was auch immer. »Fuck!«

»Tut mir leid.« Sie zuckte die Schultern. »Ging nicht anders.«

»Warum?« Der Kaffee schwappte über den Rand des Bechers, so heftig gestikulierte ich. »Was ging nicht anders? Ich denke, du schuldest mir eine Erklärung.«

Sie stellte ihren Becher auf dem Randstein ab und legte den Rest ihres Bagels darauf. »Also gut. Der Krieg, den die Ma'ii Tsoh und die Wrukolakas führen, wird nicht nur mit Waffen ausgetragen. Die Wrukos nutzen jede Gelegenheit, unsere Blutlinie zu beschmutzen. Bastarde zu zeugen und uns auf diese Weise in die Knie zu zwingen. Als der Kerl gestern in den Diner gekommen ist, konnte ich seine Geilheit riechen. Er lechzte danach, mir seinen verdorbenen Samen in den Leib zu pflanzen. Flucht kam nicht infrage. Er hätte mich verfolgt und aufgespürt. Selbst wenn wir dein Motorrad genommen hätten. Also blieb nur die Möglichkeit, ihm zuvorzukommen. Und dafür …«

Sie zuckte die Achseln.

»Dafür hast du mich benutzt«, vollendete ich den Satz. »Wow! Mich zu ficken, war das kleinere Übel. Großartige Geschichte!«

»Ach, jetzt tu nicht so, als hättest du keinen Spaß gehabt!«

Na gut, Punkt für sie.

»Du hättest mir wenigstens vorher …«

»Was?«, unterbrach sie mich. »Dir erzählen, was ich bin? Hätte dich das noch mehr in Fahrt gebracht?«

Okay … zwei zu null.

Ich lehnte mich gegen die Softail und atmete schnaufend aus. »Und was wird das jetzt?« Ich hielt den fast leeren Becher in Richtung ihres Bauches. »Ein Halbblut? Was bedeutet das?«

»Wird sich zeigen. Ist ganz unterschiedlich. Manche verwandeln sich nie. Sind nur bei Vollmond besonders erregt und reizbar. Andere wechseln beinahe so einfach die Gestalt wie wir Reinblütigen.«

»Na toll.« Ich trank den letzten Schluck Kaffee, auch wenn der mittlerweile schon fast kalt war. »Und so was verunreinigt eure superkrasse Blutlinie nicht?«

Sie schüttelte den Kopf. »Nein. Halbblute sind zwar erheblich schwächer als Reinblütige, aber ihre Kinder sind in ihren Fähigkeiten nicht von Reinblütigen zu unterscheiden. Falls sie einen Reinblütigen finden, der sich mit ihnen einlässt. Aber meistens müssen sie sich mit anderen Partnern begnügen. In dem Fall werden ihre Kinder dasselbe wie ihre nichtwandelnden Elternteile.«

»Das heißt, wenn ein Halbblut sich nicht mit einem Reinblütigen … paart, dann sind die Kinder wieder normale Menschen?«

»Wenn die Paarung mit einem Menschen stattgefunden hat, ja.«

Leicht entsetzt schaute ich sie an. »Womit paart ihr euch denn sonst noch?«

»Wölfe.«

Die Schrecken nahmen kein Ende. »Wölfe? Ernsthaft? Ihr treibt's mit Tieren?«

»Wölfe sind den meisten Ma'ii Tsoh näher als die Menschen. Wir sind fast alle fellgeboren.«

Ich hob die Augenbrauen. »Will ich wissen, was das nun wieder bedeutet? Oder besser nicht.«

»Ist ganz einfach. Wenn wir uns in Wolfsgestalt paaren, wird das Kind auch als Wolf geboren. Fellgeburt.«

»Aha. Und wenn ihr's in menschlicher Gestalt macht ...«

»Hautgeburt.«

»Hautgeburt ...«

Es gibt Worte, bei denen fühlt es sich falsch an, sie auszusprechen. Dieses gehörte eindeutig dazu.

»Und wenn ihr gemischtes Doppel spielt«, spann ich die Geschichte weiter, »Wolf besteigt Mensch oder andershe...«

Vehement schüttelte sie den Kopf. »Das tun wir nicht!«

Die Antwort kam ein wenig zu bestimmt, um sie zu glauben. Aber was auch immer für weitere Schrecken dahinterstecken mochten, mir reichte schon, was ich bisher gehört hatte.

»Nun gut«, kehrte ich zum Thema zurück. »Das heißt dann also, unser Sprössling ist eine ...« Die Bezeichnung wollte mir immer noch nicht so recht über die Lippen kommen.

»Hautgeburt«, half sie mir netterweise aus. »Genau. Bei Halbbluten ist die Geburtsform vorgegeben.« Sie wandte den Blick ab. »Und da liegt das Problem.«

Oha! Das, was sie mir bisher verkündet hatte, war also kein Problem? Jetzt sollte ich wohl Angst bekommen. Aber wo wir schon mal dabei waren, wollte ich alles hören. »Was noch?«

Sie zögerte, ehe sie mit leicht bebender Stimme antwortete: »Ich muss den Großteil der Schwangerschaft in Menschengestalt verbringen. Mindestens die letzten zwei Drittel. Alles andere wäre eine ernsthafte Gefahr, sowohl für das Kind als auch für mich selbst. Das …« Ein Schauer durchfuhr sie. »So lang war ich noch nie an einem Stück in Menschengestalt.«

»Tja. Neuland für uns alle, was? Hättest dich vielleicht doch besser von dem Einäugigen besteigen lassen sollen.«

»Niemals!« Übergangslos wich ihr Anflug von Unsicherheit absolutem Nachdruck. »Da hätte ich mich lieber mitsamt dem Kind umgebracht, als einen Wrukolakas-Bastard in die Welt zu setzen.«

Ich winkte ab. »Schon verstanden. Also … Wie geht's weiter?«

Gedankenverloren nahm sie den Bagel und biss ohne Begeisterung ein Stück davon ab. »Wenn du in Vegas fertig bist, wär's nett, wenn du mich nach Hause bringst. Dann muss ich nicht wieder trampen.«

»In dein Kaff in der Sierra Nevada. Geht klar. Und dann?«

»Ich will dich nicht noch tiefer da reinziehen, als du schon drinsteckst. Am besten wär's, wir gehen anschließend getrennte Wege.«

»Also keine Alimente?«

Sie schüttelte den Kopf. »Keine Alimente.«

Zumindest eine Sorge weniger.

»Und du wirst alleinerziehende Wolfsmama?«

»Eben nicht Wolf … Da liegt ja das Problem.«

Ich seufzte. »Los! Raus damit! Jetzt will ich die ganze Geschichte hören.«

Der Blick, mit dem sie zu mir aufsah, wirkte fast mitleiderregend. »Das Kind wird als Mensch geboren. Und falls es sich überhaupt jemals verwandelt, wird das frühestens in der Pubertät passieren. Meistens sogar erst danach. Bis dahin … In meinem Rudel sind wir alle fellgeboren. Wir verbringen die meiste Zeit als Wölfe. Das …« Sie stockte.

»Jay! Wie im Dschungelbuch. Damit haben wir ja schon mal einen Namen. Nennen wir es Mowgli!«

»Das ist nicht witzig.«

Seufzend ließ ich mich gegen die Softail sinken. »Nein. Ist es nicht.« Ich rieb mir das Gesicht. »Was ist mit Abtreibung?«

»Kommt nicht infrage«, fuhr sie mich an.

Abwehrend hob ich die Hände. »Schon gut. Hab's verstanden.« Ich raffte mich auf. »Bringen wir erst mal Vegas hinter uns. Danach sehen wir weiter.«

Ohne weitere Pausen legten wir die restliche Strecke zurück. Geredet wurde nicht viel. Dafür brodelte es in meinem Oberstübchen wie wild. Hätte mir vor vierundzwanzig Stunden jemand erzählt, dass hinter mir ein sexy Werwolfmädchen auf dem Bock hockt … Na gut vermutlich hätte ich lauthals gelacht. Aber mal angenommen, ich hätte das wirklich geglaubt … Die angemessene Reaktion wäre wohl Panik gewesen. Doch nun, da genau das geschah, war ich erstaunlich ruhig. Bis zu einem gewissen Grad genoss ich ihre Gesellschaft sogar. Ihre Hände an meinem Bauch. Die Wärme ihres Körpers an meinem Rücken. Ja, sie konnte sich in einen Wolf verwandeln. Na und? Machte sie das zu einem Monster? Je nach Definition vermutlich ja. Aber soweit ich das zu diesem Zeitpunkt beurteilen konnte, zumindest zu einem netten. In jedem Fall ein nett anzusehendes – wenigstens in menschlicher Form. Das war zwar mit Sicherheit keine Garantie dafür, dass sie nicht doch irgendwelche abartigen Sachen machte. Das traf auf normale Menschen allerdings auch zu. Und bislang hatte sie mir keinen Kratzer zugefügt. Abgesehen von denen zwischen meinen Schulterblättern, den Relikten unseres gestrigen Liebesspiels. Aber die gingen in Ordnung. Von daher war ich durchaus gewillt, ihr ein wenig Vertrauen entgegenzubringen.

Erst kurz nach Mittag machte ich am Stadtrand der Wüstenmetropole Halt an einer Tankstelle. Bereits hier standen mehrere Spielautomaten zwischen der Kasse und dem Regal mit den Chipstüten und nervten mit unaufhörlichem Piepsen und Klingeln. Kranke Stadt! Kein Wunder, dass die Leute hier meine Ware brauchten. Ohne eine ordentliche Dröhnung würde ich das auch nicht länger als einen Tag aushalten.

Per Handy meldete ich meine Ankunft an. Ärgerlicherweise hatte mein Kunde noch andere Termine und konnte mich erst abends empfangen. Das bedeutete, wir mussten hier stundenlang ausharren und auch übernachten, wollte ich nicht in der Dunkelheit den Heimweg antreten – und mit einem Motorrad konnte das in der Wüste unangenehm zugig werden. Also quartierten wir uns wieder in einem Motel ein.

»Willst du in die Stadt?«, fragte ich Chenny. »Auf den Strip?«

Ihr gequältes Gesicht war schon Antwort genug. »Lieber raus aus der Stadt.«

Zumindest hierbei waren wir uns einig.

Über staubige Nebenstrecken peilte ich den Lake Mead an. Auf dem Hoover-Damm stellte ich die Softail ab und genoss die Aussicht. Chenny schwang ihren Hintern neben mir auf die Betonbrüstung der Staumauer und ließ die Beine baumeln.

Ich betrachtete ihre nackten Füße. »Trägst du eigentlich nie Schuhe?«

»Nein. Wozu?« Sie wackelte mit den Zehen.

»Nicht mal im Winter? In der Sierra Nevada wird's da doch auch kalt, oder?«

»Dafür habe ich Fell.«

Ihre knochentrockene Antwort ließ mich unwillkürlich schmunzeln. »Du hast erzählt, du wurdest als Wolf geboren?«

Sie nickte.

»Und … konntest du dich da schon verwandeln? Vom süßen Welpen in ein haariges kleines Baby?«

»Nein. Ich hab dir doch erzählt, das fängt erst gegen Ende der Pubertät an.«

Ich musterte sie von oben bis unten. »Das heißt … Du hast deine gesamte Kindheit als Wolf verbracht?«

Wieder nickte sie.

»Wow! Und wie war das? Das erste Mal in menschlicher Gestalt?«

»Ziemlich ungewohnt.« Ihr Gesicht bekam einen verträumten Ausdruck und ihre Augen schweiften zu einem unbestimmten Punkt in der Ferne. »Ich musste erst mal lernen, auf zwei Beinen zu gehen. Und sprechen und all das. Ich hatte viel nachzuholen.«

»Schräg!« Ungläubig schüttelte ich den Kopf.

»Ja, das war es. Bei meinem ersten Ausflug unter Menschen war ich unheimlich aufgeregt. Und dabei war das nur ein kleines Dorf. Hab mich da ganz langsam rangetastet. Hat noch eine Weile gedauert, bevor ich mich in die Stadt getraut habe.«

Ein Lächeln stahl sich auf meine Lippen. »Ich stell's mit grad vor. Die süße Teenager-Chenny tapst zum ersten Mal mit großen Augen durch eine Mall, während links und rechts ihre Eltern die feuchten Händchen halten.«

Auch sie lachte. »So war das aber nicht. Meine Mutter hält nicht viel von den Menschen. Wenn's nach ihr gegangen wäre, hätte ich den Wald nie verlassen. Ich musste mich davonstehlen, zusammen mit meinem Bruder. Das war ein großes Abenteuer.«

»Und dein Vater?«

Schlagartig wurde sie ernst. »Den habe ich nie kennengelernt. Er kam von woanders. Arizona, so weit ich weiß.«

»Halbwaise? Willkommen im Club.«

Sie sah mich an. So gelöst hatte ich sie nicht mehr gesehen, seit wir gestern Abend in den Diner gegangen waren. »Erzähl mal was von dir!«

Die Aufforderung überforderte mich spontan. »Da gibt's nicht viel zu erzählen. Bin nur ein langweiliger Mensch.«

»Ich finde Menschen überhaupt nicht langweilig«, wandte sie ein. »Seltsam, ja. Die tun oft Dinge, die ich nicht verstehe. Aber das macht sie für mich nur umso interessanter. Also, lass hören!«

Ich zuckte die Achseln. Also gut. Dann gab ich eben Dougs traurige Memoiren, Teil eins, zum Besten: »Mein Dad hat uns verlassen, da war ich drei. Nach allem, was ich über ihn weiß, war's kein Verlust. Meine Mom hat lieber der Schnapsflasche 'ne Gutenachtgeschichte erzählt als mir. Hab mich schon früh auf der Straße durchgeschlagen. Im wahrsten Sinne des Wortes. Gangs und so. Hab aber nie wirklich dazugehört. War immer ein Außenseiter.«

Sie neigte den Kopf zur Seite. »Das habe ich von Anfang an gespürt. Schon, als du mich das erste Mal angesprochen hast.«

Unsere Augen trafen sich. Versanken für einen Moment ineinander. Noch immer konnte ich nicht sagen, ob Gold oder Silber in den ihren überwog. Bereits bei der geringsten Bewegung sah es wieder anders aus. Aber unabhängig von der Farbe war da etwas in ihrem Blick, das mich an die vergangene Nacht erinnerte … also den angenehmen Teil davon, bevor ihr am ganzen Leib Haare gewachsen waren.

»Bist du deshalb mitgekommen?«

»Auch«, räumte sie ein. »Aber hauptsächlich, um schneller voranzukommen.«

Wir lachten beide.

»Wohin wolltest du eigentlich?«, fragte ich.

»Arizona.« Jeder Anflug von Freude verschwand abrupt aus ihrer Miene.

Ich stockte einen Augenblick. »Aber nicht zu deinem Vater …?«

»Zu seinem Rudel«, stellte sie klar. »Einen Partner suchen.«

Fast wünschte ich mir, die Frage gar nicht erst gestellt zu haben. Aber jetzt war meine Neugier geweckt. »Mit Partner meinst du …«

»Einen Vater für meine Kinder.« Im krassen Gegensatz zu mir wirkte sie nicht im Geringsten peinlich berührt. »Frisches Blut in den Stamm bringen. Bei uns zu Hause sind alle Reinblütigen irgendwie miteinander verwandt.«

»Ähm … Aber der ist jetzt nicht sauer auf mich, weil ich … Also …« Mein Blick fiel auf ihren Bauch.

Eine Sekunde lang sah sie mich verständnislos an, dann erkannte sie mein Problem. »Oh nein! Keine Sorge! Ich hatte niemand Speziellen ausgesucht. Die wissen da nicht mal, dass ich kommen wollte.«

Jetzt war ich endgültig befremdet. »Das hört sich nicht sehr romantisch an …«

»Hat mit Romantik auch nichts zu tun. So was können wir uns nicht leisten. Schon lang nicht mehr. Die Wrukolakas haben uns so weit dezimiert und zurückgedrängt, dass es nur noch darum geht, den Stamm zu erhalten. Und die tun alles, um das zu unterbinden. Lauern uns auf, wenn wir zwischen unseren Rudeln hin und her wandern, um uns zu paaren. So wie der Kerl gestern. Keine Ahnung, wo er meine Spur aufgenommen hat. Aber sein Ziel war eindeutig.«

Mit offenem Mund lauschte ich der Ungeheuerlichkeit, die sie mir berichtete.

»Zum Teil hat er es ja auch erreicht«, fuhr sie fort. »Ein Menschen-Halbblut wird vom Rudel bestimmt nicht akzeptiert werden. Wenn dein Kind geboren ist, muss ich die Reise nochmal antreten.«

Gern hätte ich irgendeinen passenden Kommentar abgegeben, aber dazu fiel mir wirklich nichts mehr ein. Der Graben zwischen uns, der gerade ein kleines bisschen schmaler erschienen war, verbreitete sich wieder zu einer unüberwindbaren Kluft. Wir stammten aus verschiedenen Welten und alle Versuche, daran etwas zu ändern, waren unweigerlich zum Scheitern verurteilt.

Ich straffte mich und ging einen Schritt auf die Softail zu. »Lass uns zurückfahren! Irgendwo was essen. Danach erledige ich meinen Deal und morgen bringe ich dich nach Hause.«

Sie glitt von der Brüstung und nahm hinter mir Platz. Ein Kloß breitete sich in meinem Hals aus, als sie die Arme um mich legte. Verflucht! Was passierte mit mir? War ich gerade dabei, mich in sie zu verlieben? Ich hatte mit eigenen Augen gesehen, was sie war. Und dass das Ganze nicht die geringste Aussicht auf ein Happy End hatte, war mir soeben noch einmal in aller Deutlichkeit erläutert worden. Und trotzdem … Da war etwas zwischen uns … Eine Verbindung, die ich in dieser Form noch nie zuvor gespürt hatte. Bei keiner der zahlreichen Gespielinnen, mit denen ich mich vergnügt hatte. Selbst nicht bei denen, die ich ernsthaft für etwas Längerfristiges in Erwägung gezogen hatte. Nicht, dass auch nur eine meiner Beziehungen mehr als ein paar Monate gehalten hätte.

Dass ich nicht ganz normal war, hatte ich schon lange akzeptiert. Aber ausgerechnet ein Werwolf? Das war dann doch eine Nummer zu schräg, selbst für meine Verhältnisse.

Ich versuchte, ihre Berührung zu ignorieren, während ich die Softail zurück nach Vegas lenkte. Bei unserem Zwischenstopp in einem Diner ertappte ich mich dabei, die gesamte Zeit lang immer wieder zur Eingangstür zu spähen. Aber kein narbengesichtiger Südstaatenkopftuchträger ließ sich blicken.

Chenny bemerkte meine Unruhe offensichtlich und schaute von ihrem gegrillten Hühnchen auf. »Alles gut. Den hätte ich schon längst gerochen, wenn er in der Nähe wäre.«

»Na dann vertraue ich deinem Näschen mal.« Ich nahm einen weiteren Bissen von meinem Burger. »Glaubst du, er hat aufgegeben?«

»Du hast ihn übel mit der Flinte erwischt. Und ich hab ihm anschließend noch eins obendrauf gegeben. In Wolfsgestalt sind wir zwar ziemlich robust, aber ich schätze, das steckt selbst er nicht so ohne Weiteres weg.«

Kauend deutete ich auf ihren mittlerweile fast narbenfreien Oberarm. »Könnt ihr alle Wunden so einfach heilen?«

Sie strich mit der Hand über ihre Haut, wo gestern Abend noch blutige Kratzer gewesen waren. »Kleine schon. Das geht über Nacht. Ich gehe davon aus, dass er mehrere Tage brauchen wird, bis er vollständig wiederhergestellt ist. Möglicherweise wird er sogar bleibende Spuren behalten.«

Ich wedelte mit dem Finger vor meiner rechten Wange herum. »So wie die Narben in seinem Gesicht?«

Für einen Moment wirkte sie betreten. »Ja … manche Wunden verschwinden nicht mal bei uns.«

»Aber … Man kann euch töten? Auch wenn ihr … verwandelt seid?«

Sie zögerte kurz, bis die Betroffenheit verschwand und ein Hauch von Belustigung über ihr Gesicht lief. »Nur mit einer Silberkugel.«

»Echt?«

Sie unterdrückte mühsam ein Lachen. »Glaub nicht alles, was billige Horrorfilme behaupten!«

»Was weiß ich denn schon? Bis gestern hätte ich noch jeden für völlig bescheuert erklärt, der mir sagt, es gibt Menschen, die sich in Wölfe verwandeln können. Oder umgekehrt.« Ich hielt inne und zog die Stirn kraus. »Wie ist das eigentlich, wenn du dich verwandelst? Bist du dann klar bei Verstand? Oder wirst du zur blutrünstigen Bestie?«

»Ich muss mich dann schon arg zusammenreißen«, erwiderte sie mit ernster Miene. »Damit ich nicht plötzlich anfange, schreckliche Dinge zu tun. Tiere und andere Menschen aus Spaß töten, Müll in die Landschaft werfen, die Luft verpesten …« Als ich mit den Augen rollte, begann sie zu kichern. Dann hob sie die Achseln. »Das ist schwer zu erklären, wenn man es nicht selbst erlebt hat. Es ändert sich vieles, wenn man eine andere Gestalt annimmt. Auch die Art zu denken. Aber meistens kann ich mich an alles erinnern, was ich getan habe. Wenn auch manchmal ein bisschen verschwommen. Das ist …« Sie fuchtelte mit einem Hühnerbein in der Hand herum. »… schwer zu erklären eben.«

»Also besteht keine Gefahr, dass du über mich herfällst, wenn du …« Ich fletschte die Zähne.

»Nicht, solange du brav bist.« Wieder schmunzelte sie.

»Ha, ha.« Ich streckte ihr die Zunge heraus. Die nächste Frage hatte ich gestern schon gestellt, aber ich wollte sichergehen. »Und dass ich mich auch verwandele, wenn du oder ein anderer von euch mich beißt …«

»Horrorfilm.«

Beruhigt nickte ich. »Ist trotzdem echt schräg, das alles. Ich meine … Werwölfe! Das …« Mir gingen abrupt die Worte aus, während ich hilflos gestikulierte. »Schräg halt.«

»Ich finde euch Menschen viel schräger.« Sie legte den abgenagten Knochen beiseite und leckte sich die Finger ab. »Ihr lebt freiwillig in völlig übervölkerten Städten ...« Ihre Augen fielen auf den Burgerrest in meiner Hand. »Esst komische Dinge. Und das mit der Kleidung habe ich auch noch nicht verstanden. Klar. Ohne Fell braucht ihr was, wenn's kalt ist. Aber wenn's warm ist, so wie heute ... Dieses ganze Zeug am Leib, bloß weil ihr euch schämt, so herumzulaufen, wie ihr seid ... Schräg halt.«

Sie grinste.

»Du beschränkst dich da ja auf das Notwendigste.«

»Ich bin bereit, mich euren seltsamen Gebräuchen anzupassen. Aber nicht mehr, als zwingend erforderlich.«

»Was die Klamotten betrifft, werde ich dir da nicht reinreden.«

Ihr Blick wurde forschend. »Macht dich das wirklich geil, wenn ich nackt rumlaufe?«

Leugnen war wohl zwecklos. Auch wenn sie dafür in meinem aktuellen hormonellen Zustand nicht mal nackt sein musste. »Nun ja ... schon.«

Sie schüttelte den Kopf. »Menschen ...«

Allein die Erinnerung an ihren unbekleideten Körper rief in meiner Hose spontane Reaktionen hervor. Ebenso wie jede Bewegung ihrer schlanken Hände. Ihre Zunge, mit der sie das Hühnchenfett von den Lippen wischte. Ihre pure Gegenwart ... Ganz zu schweigen davon, dass sie möglicherweise mein ungeborenes Kind unter dem Herzen trug. Selbst wenn das momentan bestenfalls ein winziger Zellklumpen war. Hoffentlich ohne Fell.

Der Gedanke daran, Vater zu werden – und auch noch von einem Werwolf –, sollte eigentlich blankes Entsetzen in mir auslösen. Aber wenn ich Chenny, so wie jetzt, gegenübersaß ...

Nein! Aus! Schlechte Idee! Ganz schlechte Idee. So schlecht, dass ich dafür eine neue Kategorie in meine Liste aufnehmen müsste. Nein, ich würde den Job erledigen, sie nach Hause bringen, anschließend die Rückreise nach L.A. antreten, kalt duschen und die Episode am besten schnell vergessen. Ja, der Plan gefiel mir. So würde ich es machen.

Nach dem Bezahlen verließen wir den Diner und kehrten zurück ins Motel. Die Sonne senkte sich langsam in Richtung Horizont und ich machte mich bereit für den geschäftlichen Teil meiner Spritztour.

»Nimmst du das Zeug eigentlich selbst?«, fragte sie, während ich die beiden Päckchen aus den Satteltaschen kramte und unter meiner Lederjacke deponierte.

»Nein«, antwortete ich geradeheraus. »Höchstens mal 'ne kleine Prise, um die Qualität zu testen. Aber ich hab gesehen, was das Zeug mit Menschen macht. Kein Bedarf.«

»Aber du hast kein Problem damit, das anderen Menschen anzutun?«

Ich zuckte die Achseln. »Ist'n freies Land. Ich zwinge niemanden dazu, Drogen zu nehmen. Ich gebe den Leuten nur das, was sie haben wollen.«

»Machst du es dir damit nicht ein bisschen einfach?«

Mit hochgezogener Augenbraue musterte ich sie. »Kriege ich hier wirklich gerade eine Moralpredigt von einem leibhaftigen Werwolf?«

»Ist ja gut.« Sie hob abwehrend die Hände. »Ich hör schon auf.«

Als ich mein Outfit mit der Abgesägten vervollständigte, sah sie mich mit sorgenvoller Miene an. »Erwartest du Ärger?«

»Nur so viel, wie von Drogendealern zu erwarten ist.«

»Soll ich mitkommen?«

»Ich weiß nicht recht«, druckste ich herum. »Das ist vielleicht keine so gute Idee.«

»Warum?«

»Na ja … Das sind neue Geschäftspartner. Mit denen hatte ich bisher noch nicht zu tun. Bei solchen Deals geht es oft knackig zur Sache. Das sind harte Jungs.«

»Dann wär's doch umso besser, ein hartes Mädchen dabeizuhaben, oder?«

Das stimmte wohl. Verstärkung wäre, gerade bei unbekannten Kunden, nicht verkehrt. Aber die Sache hatte einen Haken.

»Die erwarten nur eine Person. Nicht auszuschließen, dass die misstrauisch werden, wenn wir da zu zweit auftauchen. Sorry, aber …«

»Und wenn du mit deinem Hund aufkreuzt?«

»Welcher …« In dem Moment fiel der Groschen, worauf sie hinauswollte. Meine kritische Miene wandelte sich zu einem breiten Grinsen. »Dagegen könnte niemand was sagen.«

»Also dann! Kann's losgehen?«

»Spricht nichts dagegen. Willst du hier schon …«

»Besser erst vor Ort. Oder gibt's da keine dunkle Ecke, wo ich mal kurz verschwinden könnte?«

»Doch. Bestimmt.«

»Ja, dann.«

Das versprach, interessant zu werden.

Kurz darauf hockten wir wieder auf meiner Maschine und fuhren Richtung Innenstadt.

Zu beiden Seiten des Strips erhoben sich die Casinos in ihren vielfältigen Formen. Die lichtgekrönte Pyramide des Luxor, das Märchenschloss des Excalibur, Caesars Palace und all die anderen Glücksspieltempel. Mit Anbruch der Dunkelheit erwachte die Stadt zum Leben und abertausende Touristen und sonstige

Nachtschwärmer bevölkerten die Straßen. Zwischen Stretchlimousinen und auf Hochglanz gewienerten 60er-Jahre-Cadillacs fuhr ich einen gemächlichen Slalom, um in dem Gedränge einigermaßen zügig voranzukommen.

Ich spürte, wie Chennys Griff um meinen Bauch sich festigte und drehte mich kurz zu ihr um. »Alles okay?«

»Geht schon.« Ihr Gesicht behauptete etwas anderes. »Ich mag's nicht unter so vielen Menschen auf einem Haufen.«

»Wir sind bald durch.«

Als ich in eine ruhigere Seitenstraße abbog, reduzierte sich der Trubel innerhalb weniger Blocks auf nahezu null. Nur vereinzelt geisterten einsame Nachtschwärmer durch die spärlich beleuchteten Gassen. Statt strahlender Fassaden bestimmten Müllcontainer, schummrige Eingänge zu Sexclubs sowie kreuz und quer gespannte Stromkabel das Bild. Ich persönlich fand den Strip einladender, aber Chenny entspannte sich in den Schatten abseits der Glitzerwelt.

»Gleich da vorn müsste es sein.« Ich hielt an und deutete auf ein schmuckloses Gebäude mit dem Charme einer Lagerhalle.

Chenny stieg ab und verschwand flink hinter der nächsten Ecke. Nur einen Augenblick später blitzten zwei schräg stehende Augen in der Finsternis auf. Ein Schauer lief mir den Rücken herunter, als der riesige Wolf sich zu mir gesellte und mich mit zur Seite geneigtem Kopf anstarrte. Als ich sie das erste Mal so gesehen hatte, war mir nicht bewusst gewesen, wie groß sie in dieser Gestalt war. An Masse sicherlich dem Menschen ebenbürtig, der eben noch hinter mir gesessen hatte. Den Zweck der Übung, meinen Geschäftspartnern Respekt einzuflößen, verfehlte sie auch bei mir nicht.

»Dann mal los!« Das Zittern in meiner Stimme konnte ich nicht verbergen.

In Schrittgeschwindigkeit legte ich die letzten Meter zurück, während Chenny neben mir her trottete. Es widerstrebte mir, auch nur in Gedanken diesen Namen für das Ungetüm zu verwenden. Erneut wurde deutlich, wie weit wir tatsächlich voneinander getrennt waren, trotz aller mystischen Bänder, die meinen Bauch in ihrer Gegenwart zum Kribbeln brachten.

Vor einer Laderampe stellte ich die Softail ab und stieg die Treppe hinauf, dicht hinter mir das leise Tapsen von vier Pfoten. Ich klopfte an das Rolltor. Mehrere Sekunden verstrichen, ehe ich auf der anderen Seite Schritte vernahm und mit lautem Rattern der elektrische Öffnungsmechanismus seine Arbeit begann. Nach und nach gab das Tor die Sicht auf einen Mann frei. Das piratenmäßig um den Kopf gebundene Tuch meines Gegenübers weckte unangenehme Erinnerungen. Aber der darauf gemalte Totenkopf und das dunkelhäutige narbenfreie Gesicht darunter gehörten definitiv nicht zu unserem gestrigen Kontrahenten. Den hätte Chenny vermutlich ohnehin schon längst gewittert.

Die im spärlichen Licht einer einsamen Straßenlampe hell leuchtenden Augen des Schwarzen weiteten sich, sobald er meine Begleiterin erblickte. »Heilige Scheiße …«

»Wir mussten noch Gassi gehen«, gab ich meinen vorab zurechtgelegten Spruch zum Besten. »Da dachte ich, wir verbinden das gleich hiermit.«

Er wich einen Schritt zurück und ließ den Wolf nicht eine Sekunde aus den Augen, selbst als er mich ansprach. »Du bist Doug?«

»Jep.«

»Dann komm rein!«

Während ich ihm hinterherging, war nicht zu übersehen, dass er streng darauf achtete, immer mich zwischen sich und Chenny zu haben.

In einer Nische inmitten von übermannshoch gestapelten Kisten warteten zwei weitere Schwarze, hinter ihren verchromten Gürtelschnallen schwere Automatikpistolen. Auch ihre Augen wanderten schnell von mir zu jemand anderem, sobald sie meine Begleitung bemerkten.

»Was soll das?«, keifte einer mit schriller Stimme. »Wir hatten vereinbart, dass du allein kommst. Und nicht mit … so was.«

»Tut mir leid«, entgegnete ich nonchalant. »Ich dachte, das gilt nur für andere Leute, nicht für Haustiere. Aber keine Sorge! Sie ist stubenrein.«

Ich gehe davon aus, das darauf folgende Grollen galt meiner frechen Bemerkung, doch unsere drei Gastgeber bezogen es offensichtlich auf sich. Zumindest ließen ihre angsterfüllten Gesichter das vermuten.

»Bringen wir's hinter uns?«, forderte ich meine eher stillen Kunden auf.

»Ja …« Es kostete den Gangster Überwindung, seine Augen auf mich zu richten. »Du hast alles dabei?«

Mit bedächtigen Bewegungen öffnete ich die Jacke und holte die beiden Pakete hervor, ohne meine Hände dem Griff der gut sichtbaren Flinte allzu sehr zu nähern. Derjenige, der mich am Tor empfangen hatte, nahm die Ware entgegen, zückte ein Springmesser und schnitt in die Verpackung. Vorsichtig streute er eine Prise weißes Pulver auf seinen Handrücken und zog es durch die Nase. Seine Augen machten merkwürdige Dinge, kullerten drollig hin und her, bevor er sich wieder gefasst hatte und den Daumen hob.

Der Angehörige des Trios, der bisher noch nichts von sich gegeben hatte, griff in seine Gesäßtasche, holte ein zusammengerolltes Bündel Geldscheine hervor und reichte es mir.

Geübt blätterte ich durch die Dollarnoten. Mein Gesicht verfinsterte sich. »Da fehlt aber was.«

»Wir haben gedacht«, begann der Keifende, »du machst uns vielleicht einen Einführungspreis. Als nette Geste für zukünftige Geschäfte.« Die Worte waren gut einstudiert, kamen aber nicht ganz so lässig rüber, wie er geplant hatte.

Ich schüttelte den Kopf. »Sorry. Kein Rabatt. Ich krieg das Zeug auch nicht geschenkt.«

Was auch immer die drei für den folgenden Verlauf der Unterhaltung vorbereitet hatten, wurde von dem kehligen Knurren neben mir zunichtegemacht.

Im Anschluss an mehrere abschätzende Blicke in meine und Chennys Richtung kramte der Schweigende weitere Scheine unter seinem Blouson hervor und hielt sie mir entgegen.

Nach kurzem Zählen nickte ich und verstaute das Geld in meiner Innentasche. »Prima. War mir eine Freude. Dann bis zum nächsten Mal.«

»Jo. Bis zum nächsten Mal.«

Die Enttäuschung über das Ausbleiben eines Sonderpreises unterlag hörbar der Erleichterung darüber, dass wir das Treffen ohne unangenehme Zwischenfälle verließen.

Sobald ich dem Trio den Rücken zukehrte, musste ich mir das breite Grinsen nicht mehr verkneifen, das von einem Ohr bis zum anderen reichte. Derselbe von den dreien, der mich in Empfang genommen hatte, begleitete mich auch hinaus. Möglicherweise bildete ich mir nur ein, dass er es kaum erwarten konnte, das Rolltor hinter mir zu schließen.

Während ich die Softail startete, eilte Chenny schon zu der Ecke, hinter der sie sich verwandelt und ihre Kleidung deponiert hatte. Als ich dort ankam, zog sie gerade den Reißverschluss ihrer Jeans hoch. Die Weste stand noch offen und gewährte mir einen kurzen Blick auf ihre spitzen Nippel, bevor sie mit flinken Fingern die Knöpfe schloss.

Mit einem neckischen Lächeln zwinkerte sie mir zu. »Noch ein bisschen Geduld.«

Anscheinend war ich nicht unauffällig genug für ihre scharfen Sinne gewesen. Oder Männer bilden sich grundsätzlich nur ein, dass sie unbemerkte Einblicke in die weibliche Intimsphäre nehmen könnten.

In jedem Fall schien sie es mir nicht übelzunehmen und schwang sich auf den Soziussitz.

Auf der Fahrt zurück zum Motel hätte ich am liebsten laut gejubelt und geschrien. Die Gesichter der drei Gangster waren beinahe noch mehr wert als das Geld, das sie mir vorenthalten wollten. Vielleicht war die Entscheidung, die barfüßige Squaw vom Straßenrand mitzunehmen, doch nicht so schlecht gewesen. Zumindest hatte sie sich bezahlt gemacht.

Im Zimmer angekommen, ließ ich meiner Begeisterung endlich freien Lauf. »Yehaa! Verflucht, war das genial! Hast du gesehen, wie die dich angeschaut haben?« Eilig verstaute ich das Geld und die Abgesägte in den Satteltaschen, drehte mich um und … sah gerade noch, wie sie die Weste abstreifte und zu Boden gleiten ließ. Die Jeans lag bereits zusammengeknüllt neben ihren Füßen.

»Ich sehe, wie du mich anschaust«, raunte sie und kam auf mich zu.

Ohne weitere Worte machte sie sich an meiner Kleidung zu schaffen. Schälte mich mit ruhigen Bewegungen aus Jacke und Shirt, gefolgt von Stiefeln, Hose und Boxershorts.

Ja, an der Stelle hätte ich wohl intervenieren sollen, wenn ich meinen Plan umsetzen wollte, ab morgen getrennte Wege zu gehen und sie aus meinem Gedächtnis zu streichen. Aber in diesem Moment übernahmen die Hormone das Kommando. Und deren Anweisungen waren absolut unzweifelhaft.

Chenny tat ihr Übriges, den kläglichen Widerstand meines Großhirns im Keim zu ersticken. Nur ganz sanft strich sie wie beiläufig mit den Fingern über meine Erektion, während sie sich wieder aufrichtete. Dann berührten ihre Lippen meine Brust, fuhren den Hals entlang weiter aufwärts und fanden schließlich meinen Mund. Sie zuckte zurück, als ich ihr entgegenkommen wollte. Doch ich ertrug das Spiel nicht mehr länger.

Ich legte meine Arme um ihren Rücken und presste sie an mich. Haut an Haut, Lippen an Lippen. Sie zögerte, als meine Zunge Eintritt in ihren Mund verlangte, doch letztendlich gab sie nach und erwiderte mein Bestreben. Sie war ungestüm, merklich ungeübt beim Küssen, aber gerade das machte mich noch schärfer. Meine Hände glitten ihren Rücken entlang nach unten, umschlangen ihren Hintern und drangen in ihr festes Fleisch ein. Sie schloss die Augen, stöhnte vor Lust, während ich mich herabsinken ließ, meine Zunge ihre Brüste liebkoste, ihren straffen Bauch und neben dem behaarten Streifen unter dem Nabel entlang zwischen ihre Beine drängte.

»Was machst du da?«, flüsterte sie.

Statt zu antworten, sank ich noch tiefer, streckte meinen Kopf nach oben, bis meine Lippen ihren Kitzler erreichten und sich darum schlossen. Dem entgeisterten »Whoa!« weiter oben entnahm ich, dass sie meine Bemühungen guthieß. Als meine Zunge eindringlicher wurde, spreizte sie die Schenkel so weit, wie es ihr im Stehen möglich war und reckte sich mir entgegen, während meine Hände weiter ihre Kehrseite massierten.

Sie bog sich so weit durch, dass sie schließlich das Gleichgewicht verlor und rücklings auf das Bett fiel. Einen Wimpernschlag später war ich wieder bei ihr, schob ihre Beine auseinander und fuhr fort, wo ich stehengeblieben war. Die zunächst ungewohnten Haare rund um ihre Spalte störten mich schon nach kurzer Zeit nicht mehr. Ich versank zwischen ihren Schamlippen und presste mein Gesicht in ihren Schoß. Sie zuckte und keuchte, fasste meinen Kopf mit beiden Händen und zog mich noch fester an sich heran. Ihr gesamter Leib erbebte in schneller werdendem Rhythmus. Sie ließ mich los und krallte ihre Finger in die Matratze. Dann ging ein Schauer durch ihren Körper und sie erstarrte, jeden Muskel zum Bersten angespannt, ihr Becken weit nach oben gereckt.

Mit einem wohligen Stöhnen entspannte sie schließlich wieder. Ließ sich in die Kissen sinken und rang nach Luft. Ich zog mich zurück, zupfte möglichst unauffällig ein oder zwei Haare von meiner Zunge und krabbelte Stück für Stück nach oben, nicht ohne auf dem Weg jeden Fingerbreit Küsse und sanfte Bisse zu verteilen. Als ich meine Zähne vorsichtig um ihre weit aufgerichteten Nippel schloss, erbebte sie ein weiteres Mal, begleitet von atemlosem Keuchen.

»Das ist …«

Ihre Worte gingen in neuerlichem Stöhnen unter, als ich meine Hände um ihre Brüste legte und fest zudrückte, ohne meinen Mund von ihren Spitzen zu nehmen. Sie zog ihre Beine an und umklammerte damit meinen Unterleib, drängte mich zu sich. Erzitterte erneut, als meine harte Eichel ihre Scham berührte.

An der Stelle konnte dann auch ich mich nicht mehr zurückhalten. Ich schob mich weiter nach oben und nahm kurz eine Hand von ihrer Brust, um das Eindringen meines Schwanzes zu unterstützen. Wobei das kaum nötig gewesen wäre, so feucht, wie sie war. Stoß um Stoß führte ich sie dem nächsten Höhepunkt entgegen. Hielt tief in ihr versunken inne, als sie ein weiteres Mal verkrampfte. Doch kaum hatte sie den Gipfel überschritten, fuhr ich fort, noch fester als zuvor, bis es auch für mich kein Halten mehr gab. Die Fäuste in die Matratze gestemmt, trieb ich Mal um Mal meinen Schwanz in sie hinein, bis das Finale sich nicht mehr aufhalten ließ. Mit aller Kraft stieß ich zu, verharrte einen Moment, zog mich kurz zurück, um sie unmittelbar danach noch einmal bis zum Anschlag auszufüllen. Ich spürte, wie die warme Flüssigkeit mich verließ und sich in ihr ausbreitete.

Schwer atmend öffnete ich die Augen und sah herab auf Chennys verzücktes Gesicht. Sie hob ihre Hände zu meiner Brust und ihre Finger folgten den Bahnen des heißen Schweißes, der an mir herabrann. Einen Moment verweilte ich noch in ihr, dann zog ich mich zurück und ließ mich schnaufend neben ihr auf die Matratze sinken. Sobald ich die gröbste Erschöpfung überwunden hatte, rollte ich auf die Schulter und legte meine Hand auf ihre Brust. Sie hob und senkte sich mindestens so schnell wie die meine. Plötzliche Zuckungen durchliefen sie, sowie ich einen ihrer Nippel zwischen meinen Fingern drückte. Doch nach und nach kamen wir zur Ruhe.

»Das …«, begann sie zwischen zwei Atemzügen. »Das war heftig.«

»Tja. Ich weiß nicht, wie ihr Wölfe es macht, aber so läuft das bei uns Menschen.«

Sie legte sich auf die Seite, drehte sich zu mir, bis unsere Augen sich fanden. Gegenseitig streichelten wir unsere Lenden, Hüften, Brust und Wangen.

»Ist nicht alles schlecht bei euch Menschen«, räumte sie ein.

Wir rückten so eng zusammen, wie wir konnten, ihr Kopf auf meinem Arm. Vorsichtig küsste ich ihre Wangen und Stirn. Fuhr mit dem Finger ihre Lippen entlang. Sie lege ihren Arm um mich und schloss die Augen, lehnte ihre Stirn gegen meine Brust und rollte sich ein.

Verflucht, fühlte sich das gut an.

Würde ich das morgen wirklich aufgeben? Nun, was das getrennte-Wege-gehen anbelangte, lag die Entscheidung nicht bei mir allein. Aber sie zu vergessen … Dazu würde mehr notwendig sein als eine kalte Dusche.

Noch eine ganze Weile lagen wir wach, sie genau so wie ich. Brütete sie über ähnliche Dinge wie ich? Überlegte auch sie, ob es für uns eine gemeinsame Zukunft jenseits unseres Arrangements geben könnte? Ich müsste sie nur fragen. Doch ich wagte es nicht, aus Angst vor der Antwort. Wobei ich nicht sagen konnte, ob ich mich vor einem ›ja‹ oder einem ›nein‹ mehr fürchtete.

So blieben wir schweigend liegen und schliefen, zuerst sie, dann ich, irgendwann fest umschlungen ein.

# In Feindeshand

Kannten wir uns wirklich erst seit zwei Tagen?

Mein Leben schien sich gerade aufzuteilen in die Zeit, bevor ich Chenny begegnet war, und danach. Doch das Ungleichgewicht von knapp dreißig Jahren zu nicht einmal achtundvierzig Stunden spiegelte sich in meinem Empfinden nicht angemessen wider. Alles, was geschehen war, ehe ich sie am Straßenrand entdeckt hatte, lag unter einem diffusen Nebel verborgen, als wäre es nur dazu dagewesen, mich an diesen Ort zu bringen. Zu ihr. Zu einer Frau, die sich in einen Wolf verwandeln konnte.

Immer noch fürchtete ich, jeden Moment aufzuwachen und festzustellen, dass alles nur ein Traum gewesen war. Doch da lag sie. Unmittelbar neben mir, so nah, dass sich unsere nackten Körper beinahe berührten. Ihr Kopf tief in das Kissen gesteckt, die Bettdecke so weit von sich gestrampelt, dass ihr Po halb im Freien lag. Die Schulterblätter hoben sich im langsamen Rhythmus ihrer Atmung.

Vorsichtig legte ich ihre Haare mit den Perlen zur Seite und ließ meine Finger einen Millimeter über der Haut ihr Rückgrat entlang streichen. Erst jetzt bei Tageslicht, das durch die dünnen Vorhänge ins Zimmer schien, offenbarte sich dort ein schmaler Streifen zarten Flaums, der sich von ihrem Haaransatz im Nacken bis knapp oberhalb des Steißbeins erstreckte. Ob das besonders weiblich war, sei dahingestellt. Aber ich liebte jedes einzelne Härchen.

Ein wohliges Seufzen begleitete den leichten Schauer, der über ihren Rücken zog.

»Guten Morgen, Wölfchen«, begrüßte ich sie. »Oder besser: guten Vormittag.«

Zaghaft öffnete sie das Auge, das nicht im Kopfkissen versunken war. Ich glaubte, ein kehliges Knurren zu hören, als sie den Arm ausstreckte und sich ausgiebig räkelte. Doch das Lächeln, das sie mir schenkte, zeigte eindeutig, dass damit keine Drohung verbunden war.

Sie drehte sich auf den Rücken und schaute aus verschlafenen Augen zu mir hinauf. »Hi.«

Da sie sich mit der Bewegung endgültig von der Decke befreit hatte, kam ich nicht umhin, ein weiteres Mal ihren lang gereckten Körper zu bewundern, diesmal die Vorderseite. Hier entdeckte ich nicht viel Neues. Dennoch genoss ich den Anblick jedes einzelnen Quadratzentimeters.

Ich wollte gerade meine Hand auf sie legen, als sie sich abrupt auf die Ellbogen hochstemmte. Ruckartig bewegte sie den Kopf hin und her. Zog schnuppernd Luft in ihre Nase.

Beunruhigt ließ ich von ihr ab, als sie sich aus dem Bett erhob und zügig zum Fenster ging. Ich schnappte meine Hose vom Boden und schlüpfte eilig hinein.

Ein Keuchen entrann ihrer Kehle, als sie den dünnen Vorhang zur Seite schob. Keine Sekunde später hörte ich schwere Schritte vor der Tür.

Ich hechtete zu den Satteltaschen und griff nach der Doppelläufigen. Im selben Moment wurde die Tür mit einem Tritt aufgestoßen, der das Schloss aus dem Rahmen sprengte.

»Na sieh einer an!«, donnerte eine raue Stimme durch das Zimmer. »Die Turteltäubchen haben es sich gemütlich gemacht.«

Ich richtete die Flinte auf den Eindringling, doch mit einem weit ausholenden Hieb schlug er mir die Waffe aus der Hand, bevor ich abdrücken konnte. Kopflos taumelte ich einen Schritt zurück, stolperte über meine eigenen Füße und landete unsanft auf dem Hintern.

»Nicht noch mal!« Ein einzelnes Auge fixierte mich. »Zwei Treffer aus dem Ding reichen mir.«

Rücklings auf dem Boden sitzend, nahm ich den uneingeladenen Besucher in Augenschein. Lediglich die um den Kopf geschlungene Südstaatenflagge fehlte. Ansonsten entsprach sein Outfit weitgehend unserer letzten Begegnung. Lange helle Zotteln hingen ihm bis über die Schultern. Zu den Narben rund um das milchige Auge hatten sich weitere halb verheilte Wunden gesellt. Nicht auszuschließen, dass die von einer Ladung grobem Schrot stammten. So viel dazu, dass er angeblich mehrere Tage brauchen würde, um wieder auf die Beine zu kommen.

Er wollte gerade nachsetzen, als sich etwas zwischen uns drängte. Beziehungsweise jemand. Chennys unbekleideter Leib stand plötzlich vor mir und versperrte dem Riesen den Weg.

Er neigte den Kopf zur Seite und wandte sich ihr zu. »Dann eben erst mal zu dir, Menschenfresser!«

Auf allen vieren krabbelte ich ein Stück zurück, um außer Reichweite dessen zu gelangen, was auch immer als Nächstes geschehen mochte. Panisch hielt ich Ausschau nach der Flinte und entdeckte sie schließlich in einer Ecke des Raumes. Mein Versuch, nach der Waffe zu greifen, wurde abrupt unterbrochen, als hinter dem Einäugigen ein zweiter Mann durch die

Tür schritt. Er wirkte nicht ganz so martialisch wie sein Kumpan, trug zu robuster Alltagskleidung eine Arizona Cardinals-Basecap. Doch der zwischen meine Augen gerichtete Lauf einer .45er war ein überzeugendes Argument, ihn dennoch nicht herauszufordern. Mit einer Geste bedeutete er mir, zu bleiben, wo ich war.

Derart zur Zuschauerrolle verdammt, verfolgte ich gebannt das Duell der beiden verbliebenen Akteure.

Mit krummem Buckel, gebleckten Zähnen und die Hände zu Klauen gebogen, stand Chenny dem blonden Riesen gegenüber. An verschiedenen Stellen ihrer nackten Haut sprossen Haare hervor, dunkle zottelige Fransen. Zum ersten Mal wurde ich Zeuge ihrer Verwandlung.

»Das lässt du mal schön bleiben!« Mit einer Geschwindigkeit, die einem derart massigen Menschen eigentlich nicht zustand, nahm der Einäugige sie in den Schwitzkasten, rang sie nieder, bis ihr Bauch den Boden berührte, und stemmte ihr das Knie in den Rücken.

Aus Chennys Händen wuchsen lange Krallen. Ihre Eckzähne traten als Fänge aus den Kiefern hervor. Die Augenbrauen verdichteten sich. Es schien so, als ließe sie sich von ihrem Gegner nicht aufhalten.

Doch ebenso blitzartig, wie er sie überwältigt hatte, zog er einen dünnen Gegenstand aus seinem Gürtel und legte ihn ihr um den Hals. »So, jetzt versuch's nochmal!«

Ihre Augen wurden groß und das dumpfe Knurren aus ihrer Kehle wandelte sich zu einem erstickten Keuchen. Erst bei genauerem Hinsehen erkannte ich, dass ein Kabelbinder ihr die Luft nahm, als ihr Hals sich während der Mutation weitete.

Sie griff mit den Klauen nach der Plastikfessel, doch der Kunststoffring widerstand ihren Bemühungen. Wollte sie nicht ersticken, war sie gezwungen, wieder in die menschliche Gestalt zurückzukehren. Und genau das tat sie auch, wie das Schwinden der dicken Haare an ihrem Leib zeigte.

»Okay«, verkündete der Blonde, immer noch auf ihr hockend. »Wir können das, was jetzt folgt, auf zwei Weisen erledigen. Entweder du kommst ohne viel Aufhebens mit mir, oder ich reiße euch beiden gleich hier vor Ort die schlagenden Herzen aus der Brust. Wenn's nach mir ginge, würde ich die zweite Variante wählen. Hab noch nicht gefrühstückt. Nach frischem Herz wäre mir gerade zumute.«

»Versuch's doch, Hautgeburt!«, fauchte Chenny und gelangte ungeachtet des auf ihr lastenden Gewichts auf alle viere.

Trotz ihrer für eine Frau durchaus beeindruckenden Körpergröße wirkte sie winzig neben dem breitschultrigen Riesen. Zusätzlich befand sie sich immer noch in einer ungünstigen Position. Und der Kabelbinder verhinderte weiterhin die Verwandlung. Nicht unbedingt die besten Voraussetzungen für ein Duell. Wäre ich unvoreingenommen, wem von den beiden ich den Sieg gönnte, würde ich vermutlich nicht allzu viel Geld auf sie setzen.

»Ah.« Ein boshaftes Grinsen legte sich über seine Lippen. »Sie wählt das Herz. Hervorragend.«

Ich streckte abwehrend die Hand zu ihm aus. »Nicht!«

Erstaunt wandte er sich mir zu. »Sonst was? Glaubst du wirklich, ohne dein Gewehr könntest du mir gefährlich werden? Außerdem zielt ein Revolver zwischen deine Augen, nur für den Fall, dass du es noch nicht mitbekommen hast.«

»Bitte! Hör auf!«, flehte ich. »Chenny, du auch! Sie haben gewonnen.«

»Ja. Hör auf deinen kleinen Stecher!« Der Einäugige zog ein Messer aus seinem Stiefelschaft und hielt es ihr drohend vor das Gesicht. »Sonst bist du bald genauso hübsch wie ich.«

Sie rang sichtlich mit sich, knurrte und schnaubte, doch nach und nach erstarb ihr Widerstand.

»Braver Menschenfresser.« Er packte ihre Haare und zog sie mit sich hoch, als er sich aufrichtete.

Der Kampfgeist in ihren Augen war noch nicht vollends erloschen, aber ihre Nacktheit unterstrich, wie unterlegen sie ihrem Peiniger war. Spätestens als es ihm gelungen war, sie von der Verwandlung abzuhalten, stand der Sieger fest.

Dessen Aufmerksamkeit richtete sich nun auf mich. »Mit dir habe ich auch noch was zu klären.« Mit einer Hand an dem Kabelbinder um ihren Hals hatte er Chenny sicher im Griff. Die Finger der anderen Hand strichen über die frischen Narben in seinem Gesicht. »Ich schätze es nicht, wenn man auf mich schießt.«

Sein Kumpan, der Basecapträger mit der .45er, hielt ihn mit einer Berührung am Oberarm zurück. »Lass ihn! Wir sind wegen ihr hier. Alles andere gibt nur Ärger.«

Mit schreckgeweiteten Augen beobachtete ich das Mienenspiel des Einäugigen. Nur zögerlich schwand die Rachsucht aus seinem Blick. Doch schließlich schenkte er seine Aufmerksamkeit wieder uneingeschränkt der nackten Frau in seinem Gewahrsam, die sich immer noch nach Kräften zur Wehr setzte. Doch sie hatte keine Chance.

Unsanft zerrte er sie zur Tür, richtete das Wort aber noch einmal an mich, bevor er hinausging: »Vergiss alles, was du hier gesehen hast! Glaub mir, das ist das Beste für dich.«

Statt seine Empfehlung in irgendeiner Weise zu quittieren, ruhte mein Blick auf ihr. Wie sie hilflos in den Pranken dieses Ungetüms hing, seine breiten Finger auf der Haut, die ich nur Minuten zuvor gestreichelt hatte. Dann versperrte sein Kompagnon mir die Sicht, immer noch mit vorgehaltenem Revolver, bis er sich ebenfalls umdrehte und verschwand.

Auf der Stelle schnellte ich in die Senkrechte und rannte ihnen hinterher. Sah, in der Tür angekommen, gerade noch, wie sie Chenny auf die Rückbank eines viertürigen Pick-ups verfrachteten. Dann heulte auch schon der V8 auf und der Truck fuhr los, noch bevor alle Türen geschlossen waren.

Mehrere Schritte rannte ich dem Wagen hinterher, ehe ich gewahr wurde, dass ich sie zu Fuß nicht einholen konnte. Abrupt wechselte ich die Richtung und hastete zur Softail, um den Entführern damit nachzueilen. Doch der Griff nach dem Zündschlüssel in der Jackentasche ging ins Leere. Ich schaute an mir herab. Barfuß und mit nacktem Oberkörper stand ich mitten auf dem Parkplatz. Keine optimale Ausrüstung für wilde Verfolgungsjagden.

Wie angewurzelt stand ich da und rang darum, wieder einen klaren Gedanken zu fassen. Sachen packen! Hinterher! Doch schon auf dem Rückweg zum Zimmer erkannte ich, dass sie längst über alle Berge wären, ehe ich meinen Kram zusammengerafft hatte. Ich musste mich wohl damit abfinden: Sie war weg. Und ich konnte nichts tun, um ihr zu helfen.

Eine dicke Frau kam aus der Tür nebenan und schaute mich entsetzt an. »Haben die das Mädchen entführt?«

Mit leeren Augen starrte ich sie an. Sie trug nur Flip-Flops und XXL-Unterwäsche unter ihrem wehenden Morgenrock. Ich musste mich zwingen, den Blick von dem gegen den BH ankämpfenden Busen zu ihrem Gesicht zu heben.

»Wir müssen die Polizei rufen!«, mahnte sie. »Ich habe mir das Nummernschild gemerkt.«

Von einem Augenblick zum nächsten überwand ich meine Schockstarre. »Können Sie's mir aufschreiben?«

Ihr Dreifachkinn schwabbelte wie Götterspeise, als sie eifrig nickte.

»Moment!« Ich rannte ins Zimmer, sah mich hektisch um und fand auf dem Nachttisch neben dem Bett einen Kugelschreiber sowie einen Zettel, auf dem um Kritik und Verbesserungsvorschläge bezüglich der Ausstattung des Motels gebeten wurde.

Als ich ihr beides reichte, notierte sie ohne Umschweife eine Reihe von Zahlen und Buchstaben. Ich hätte sie am liebsten abgeknutscht. Aber das hätte ihr schnauzbärtiger, nicht weniger fülliger Mann, der sich mittlerweile ebenfalls vor der Tür eingefunden hatte und sich mit dümmlicher Miene umschaute, bestimmt nicht gutgeheißen.

»Vielen Dank«, brachte ich atemlos hervor. »Ich kümmere mich um alles Weitere.«

Sie lächelte freundlich. »Keine Sorge, junger Mann! Die Polizei wird die sicher schnappen. Wo kommen wir denn da hin, wenn hier einfach Frauen entführt werden! Das geht ja wirklich …«

Es war vermutlich unhöflich, ihren gerade einsetzenden Redeschwall zu unterbrechen, aber darauf konnte ich trotz aller Dankbarkeit keine Rücksicht nehmen. Mit dem Zettel in der Hand kehrte ich ins Zimmer zurück, schloss die Tür hinter mir und holte mein Mobiltelefon aus der Jackentasche.

Ich rief tatsächlich die Polizei an. Allerdings jemand ganz Speziellen dort. Und auch nicht in Vegas, sondern L.A.

Es dauerte eine Weile, bis sich am anderen Ende eine vertraute Stimme meldete. »Hallo?«

»Hi Sue. Ich bin's, Doug.«

»Doug?« Jetzt kam der spannende Teil. Legte sie sofort wieder auf oder hörte sie mich wenigstens an. »Was zur Hölle willst du? Ich bin im Dienst!«

Das war schon mal ein vielversprechender Anfang.

»Ich … Ähm …«

Erst mal tief durchatmen und die Gedanken sortieren, auch wenn mir das gerade nicht leicht fiel. Chennys gequältes Gesicht stand mir immer noch vor Augen und behinderte mein Hirn bei der Arbeit. »Tut mir leid, dass ich mich so lang nicht gemeldet habe und jetzt mit der Tür ins Haus falle. Aber ich brauche deine Hilfe.«

»Meine Hilfe? Nach dem, was du abgezogen hast?«

»Hey! Du hast mich verlassen. Nicht andersrum.«

Bevor Fragen aufkommen: Ja, ich hatte mal was mit einer Polizistin gehabt. War schon eine Weile her und hatte auch nicht lang gehalten, aber war eine heiße Nummer gewesen. Mit Uniformen und Handschellen und so Dingen. Letztlich hatte sich allerdings herausgestellt, dass mein Lebensstil nicht mit ihrer Gesetzestreue vereinbar war. Vorhersehbar, aber dennoch schade.

»Komm zur Sache!« Sie klang nicht erfreut. »Und beeil dich!«

»Ich habe hier ein Autokennzeichen. Kannst du das durch euren Computer schicken? Ich bräuchte den Halter und seine Adresse.«

Ich konnte ihren genervten Blick vor meinem geistigen Auge sehen.

»Dir ist bewusst, dass das gegen alle möglichen Vorschriften verstößt?«

»Sue, bitte! In dem Auto ist gerade jemand entführt worden. Eine junge Frau. Aber die lokalen Cops möchte ich da nicht reinziehen. Ist ’ne delikate Angelegenheit.«

»Ist bei dir nicht alles eine delikate Angelegenheit?«

»Nur das eine Mal. Um der alten Zeiten willen.«

Ich befürchtete schon, sie hätte aufgelegt, so lang dauerte es, bis eine Antwort kam. »Eine Entführung?«

»Ja. Ehrenwort.«

»Du weißt, dass ich so was melden muss?«

»Ganz schlechte Idee«, konterte ich eilig. »Das ist … Bitte vertrau mir! Habe ich dich jemals belogen?«

Ich hatte viel Scheiße gebaut, als wir zusammen waren, aber gelogen hatte ich in der Tat nicht. Oder zumindest selten. Und wenn, dann so gut, dass sie es nicht bemerkte.

Ein tiefer Seufzer drang an mein Ohr. »Ich schau mal, was ich machen kann«, sprach sie die erlösenden Worte. »Gib mir die Nummer!«

Erleichtert las ich den Zettel vor.

»Gib mir ’ne halbe Stunde!«, erwiderte sie.

»Danke. Bist’n Schatz. Tut mir echt leid, dass das damals so gelaufen ist.«

»Ich melde mich, wenn ich was habe.« Damit legte sie auf.

Innerhalb weniger Minuten hatte ich mich angezogen und meine Sachen gepackt. Chennys Klamotten stopfte ich in ihren Rucksack. Danach begann das Warten. Alle zehn Sekunden schaute ich auf mein Handy, ob ich nicht einen Anruf verpasst hatte. Dazwischen tauchten immer wieder Bilder von Chenny auf. Ihre Augen. Ihre Brüste. Wie sie ein bluttriefendes Steak herunterschlang.

Vermutlich wäre es besser gewesen, ich hätte auf den Rat ihres Kidnappers gehört. Wäre zu meinem ursprünglichen Plan und nach L.A. zurückgekehrt, hätte kalt geduscht und mir einen runtergeholt, sobald die Erinnerungen an vergangene Nacht wieder hochkam. Das, was ich in den beiden letzten Tagen gesehen hatte, die Welt, in die ich einen knappen Einblick erhalten hatte … Mir war bewusst, dass dort unaussprechliche Schrecken und Gefahren lauerten. Dass ein kleiner Ganove wie ich zwischen solchen Monstern ganz schnell unter die Räder geraten konnte. Beziehungsweise unter Krallen und Fangzähne. Ich sollte froh sein, dass der Einäugige mich verschont hatte. Und das, obwohl ich ihn vorletzte Nacht mit der Flinte übel zugerichtet hatte. Ob er ein weiteres Mal Gnade walten lassen würde, war mehr als fraglich.

Aber ich konnte nicht anders. Ich wusste ganz genau, dass ich mir den Rest meines Lebens Vorhaltungen machen würde, wenn ich Chenny jetzt einfach aufgab. Wenn ich nicht wenigstens versuchte, sie aus den Klauen dieser Bestie zu befreien. Und wenn ich dabei draufging … Die Welt würde jemanden wie mich nicht vermissen. Und ich mein Leben vermutlich auch nicht. Zumindest nicht den Teil davon, bevor ich ihr begegnet war.

Ein Piepsen erschreckte mich beinahe zu Tode. Hektisch schaute ich auf das Telefon. Eine SMS von Sue: ›Daniel Jorgensson, 128 East Wood Road, Cedar Creek, Az. Lass mich das bitte nicht bereuen!‹.

Fast hätte ich das Display geküsst.

Ich zahlte die Übernachtung, schnallte Chennys Rucksack, in den ich auch ihre Weste und Hose gestopft hatte, auf den Soziussitz und fuhr mit durchdrehendem Hinterrad los.

In der Tankstelle, an der ich tags zuvor Halt gemacht hatte, stürzte ich mich auf das Regal mit den Landkarten. Cedar Creek, Arizona war ein winziges Nest in der Nähe von Flagstaff. Das war dann wohl mein nächstes Reiseziel.

Keine fünf Minuten später saß ich im Sattel und machte mich auf den Weg.

Als ich auf der Brücke über den Colorado die Staatsgrenze nach Arizona überquerte, fiel mein sehnsuchtsvoller Blick auf den nur wenige hundert Meter entfernten Hoover-Damm. Erst gestern hatte Chenny dort die Beine von der Brüstung baumeln lassen und mir von ihrer Kindheit erzählt. Nein! Ich konnte sie unmöglich im Stich lassen. Ich drehte am Gashahn und der V2 brachte mich mit jeder Umdrehung näher zu ihr.

An jeder Tankstelle und jedem Diner hielt ich Ausschau nach dem Pick-up. Aber mit einem entführten Werwolf auf der Rückbank würden sie wohl kaum unnötige Pausen einlegen. Die Chance, die Kidnapper noch vor ihrer Heimat einzuholen, war gleich null. Falls sie überhaupt dort hinfuhren. Doch eine andere Möglichkeit hatte ich nicht. Die Polizei offiziell einschalten? Mit dem Erlös für vier Pfund Kokain in den Satteltaschen? Schlechte Idee. Ganz abgesehen davon, dass ich keine Ahnung hatte, ob die Cops für Werwölfe zuständig waren. Nein, entweder erreichte ich etwas im Alleingang oder ich hatte es wenigstens versucht.

Vier Stunden, einen Tankstopp und ein pappiges Sandwich nach dem Aufbruch in Vegas gelangte ich an das Ortseingangsschild von Cedar Creek. Laut der angeschlagenen Tafel hatte das Kaff immerhin 245 Einwohner. Blieb die Frage, wie viele von denen sich in Wölfe verwandeln konnten.

Die Umgebung schien mir jedenfalls passend für die Gestaltwandler. Vom Highway bis hierher war ich fast zwanzig Meilen gefahren. Durchgangsverkehr gab's keinen. Und ansonsten auch nicht viel außer Bäumen und Steinen. Wander- und Naturfreunde mochten die Gegend als ›idyllisch‹ beschreiben. Angesichts dessen, was ich über zumindest einen der Ortsansässigen wusste, erschien es mir eher bedrohlich. Dass die Sonne sich bereits wieder auf dem Weg zum Horizont befand, machte es nicht besser.

Cedar Creek selbst bestand aus weit über das Tal des namensgebenden Baches verstreuten Häusern. Kaum einmal hatte man zwei gleichzeitig in Sicht. Die Einwohner legten offenbar großen Wert auf Privatsphäre.

Ich parkte die Softail ein Stück abseits der Straße, falls man die staubige Piste, der ich die letzten Meilen gefolgt war, so nennen wollte. Hinter ein paar Felsen blieb die Maschine hoffentlich vor neugierigen Augen unbemerkt. Insbesondere die beiden Bündel aus Dollarnoten ganz unten in den Satteltaschen würde ich vermissen, wenn sie Dieben zum Opfer fielen.

Mit der abgesägten Doppelläufigen, sämtlicher Munition, die ich dabei hatte, und einem Taschenmesser zog ich zu Fuß weiter, um die Adresse zu suchen, die Sue mit geschickt hatte. Ich wollte meine Ankunft ja nicht durch das Knattern des V2 ankündigen. Das hier war die Sorte Ortschaft, in der jeder Fremde argwöhnisch in Augenschein genommen wurde. Und im schlimmsten Fall galt hier jeder als fremd, der bei Vollmond nicht laut zu heulen begann. Allerdings wirkte alles wie ausgestorben. Nur einmal ging ich hinter einem Baum in Deckung, als ein Pick-up an mir vorbeifuhr – aber nicht der, mit dem Chenny entführt worden war.

Das verdammte Kaff erwies sich als noch weitläufiger, als es ohnehin schon ausgesehen hatte. Die einzigen Wegweiser innerorts waren die Beschriftungen der entlang der Hauptstraße aufgereihten Briefkästen. Die Nummer 128 war eines der hintersten Häuser auf der East Wood Road. Als ich dort eintraf, war bereits die Dämmerung angebrochen.

Es handelte sich um eine altmodische Holzhütte, die schon bessere Tage gesehen hatte. Davor waren zwei Autos geparkt, beides die landestypischen Pick-ups. Und zu meiner Freude kam mir der Größere von ihnen bekannt vor. Eindeutig der Truck, dessen Rücklichtern ich heute Vormittag von der Tür des Motelzimmers aus hinterhergesehen hatte. Hier war ich richtig.

Ich schlich mich an das Fenster direkt neben der Eingangstür, hinter dem Licht brannte, und duckte mich darunter an die Wand. Einer der Fensterflügel stand ein Stück weit offen, so dass ich der lebhaften Diskussion dahinter problemlos folgen konnte.

»Wenn wir das Kind umbringen, sind wir nicht besser als sie«, erklärte eine resolute Frauenstimme.

»Noch ist es nicht mal ein Kind.« Das war der Einäugige. »Es wurde frühestens vorgestern gezeugt.«

»Es wäre trotzdem Mord«, widersprach sie ruhig. »Vor Gott ist es vom Moment der Zeugung an ein Mitglied seiner Gemeinde.«

Ich hätte nicht gedacht, dass einer der radikalevangelikalen Abtreibungsgegner mir jemals sympathisch sein würde. Aber falls ich bei dem aktuellen Streit Mitspracherecht gehabt hätte, wäre meine Stimme an sie gegangen.

Südstaaten-Einauge war allerdings anderer Meinung. »Es ist ein halber Skinwalker. Die haben mit deinem Gott nichts zu schaffen.«

»Sprich nicht so über ihn, Dan!« Sie wurde laut. »Er ist auch dein Gott. Und genauso der dieses irregeführten Mädchens und ihres ungeborenen Kindes. Selbst wenn weder du noch sie das wahrhaben wollen.«

Plötzlich stoppte das Gespräch. Ich hörte ein deutlich vernehmbares Schnüffeln. Einauges geflüstertes »Ich rieche was!« war mein Alarmsignal. Also gut! Alles oder nichts!

Ich sprang hoch, stieß mit der Linken das Fenster auf und streckte die Doppelläufige hinein. »Eine falsche Bewegung und ich schieße!«

Einauge – beziehungsweise Daniel Jorgensson, wenn ich die Unterhaltung korrekt verfolgt hatte – und eine stattliche, aber dennoch einen Kopf kleinere Frau mit einem langen graublonden Zopf und von feinen Falten zerfurchten Gesicht starrten mich an. Sie standen nebeneinander in einer einfach, aber gemütlich eingerichteten Wohnküche. Von dem Basecap-Träger, der mir im Motel den Revolver zwischen die Augen gehalten hatte, war zu meiner Erleichterung nichts zu sehen. Leider auch nichts von Chenny.

»Hab ich doch richtig gerochen«, kommentierte Daniel mein Erscheinen. »Die Mischung aus Sperma und Koks kam mir gleich bekannt vor.«

Ich stieg mit vorgehaltener Waffe durch das Fenster. »Ich will nur Chenny wiederhaben. Dann verschwinden wir und alle gehen friedlich ihrer Wege.« Instinktiv stoppte ich meinen Redeschwall, als aus einem Nebenraum Babygeschrei erklang.

Eine Frauenstimme gesellte sich dazu. »Was ist los bei euch?«

Der narbengesichtige Riese wandte sich halb um. »Alles okay, Jes. Bleib bitte bei dem Kleinen! Wir haben hier noch was zu klären.«

Sieh einer an! Das Monster hatte Familie.

»Aber seid bitte leise!«, kam die Antwort. »Es wird Zeit, dass er endlich schläft.«

Ich schwenkte den Lauf der Waffe minimal in Richtung der Tür, hinter der sich Frau und Kind verbargen. »Kleine haarige Babys?«

Das ohnehin nicht übermäßig vertrauenswürdige Gesicht des Riesen wandelte sich zur fleischgewordenen Drohung. »Lass sie da raus! Sonst …«

»Schon gut«, willigte ich ein. »Ich will nichts von deiner abartigen Brut. Nur Chenny.«

Ungerührt sah die ältere Frau mit dem Zopf zu Daniel. »Ist das der Vater des Kindes?«

Er nickte, ohne das einzelne Auge von mir zu nehmen. »Du hättest nicht herkommen sollen, dummer Mensch.«

»Ich bin aber hier«, erwiderte ich so entschlossen, wie ich konnte. »Und ich werde nicht ohne sie gehen.«

»Du wirst überhaupt nicht gehen.« Er machte einen Schritt auf mich zu.

Drohend hob ich die Waffe und krümmte schon den Finger um den Abzug, als die Frau ihm die Hand auf den Arm legte. Tatsächlich stoppte er.

»Was weißt du über sie, Junge?«, fragte sie mich geradeheraus.

»Ich ... Ich weiß, was sie ist. Dasselbe wie er. Und Sie vermutlich auch.«

»Ja«, bestätigte sie in vollkommen ruhigem Tonfall. »Ich auch. Aber wir sind anders als das Mädchen. Wir streben den Frieden an. Untereinander ebenso wie mit den Menschen. Sie und ihr Stamm tun das nicht.«

»Sie sind Menschenfresser«, fügte Daniel voller Abscheu hinzu. »Wenn sie nicht Spaß daran gefunden hätte, dich zu ficken, wären jetzt nur noch Knochen von dir übrig.«

So wenig ich das, was die beiden mir weiszumachen versuchten, mit Chenny in Verbindung bringen konnte, so sehr schienen sie überzeugt von dem, was sie behaupteten.

»Wie heißt du?«, wollte die Frau wissen.

Ich beugte mich instinktiv der natürlichen Autorität, die sie ausstrahlte. »Doug.«

»Gut, Doug. Ich weiß, sie sieht aus wie ein hübsches junges Mädchen. Aber sie ist gefährlich. Ihr Stamm, die Skinwalker, oder Ma'ii Tsoh, wie sie sich selbst nennen, verachtet die Menschen. Auch dein Kind werden sie niemals als einen der Ihren akzeptieren. Es ist ein Menschen-Halbblut. Die gelten bei ihnen als minderwertig. Werden bestenfalls geduldet. Und schlimmstenfalls gejagt und getötet.«

Ich muss zugeben, die Ruhe und Überzeugung, mit der sie sprach, perlten nicht wirkungslos von mir ab. »Was habt ihr mit ihr vor? Und mit dem Kind?«

»Sie wird das Kind zur Welt bringen und wir werden es bei uns aufnehmen. Wir werden es so erziehen wie unsere eigenen Kinder. Sobald sie wieder empfängnisbereit ist, wird Daniel oder ein anderer unserer Reinblütigen sie begatten und wir lassen sie frei. Dann kann sie entscheiden, ob sie bei uns bleibt, oder zu ihrem Rudel zurückkehrt.«

Mit gerunzelter Stirn sah ich sie an. »Und wenn sie zurückwill?«

»Dann wird ihr Rudel darüber bestimmen, ob es das Kind akzeptiert oder tötet. Oder die Mutter gleich mit.«

»Warum macht ihr das?«

»Um die Skinwalker davon zu überzeugen, dass sie dem falschen Weg folgen. Dass ihr Widerstand gegen den Frieden allen nur Leid und Tod bringt. Insbesondere ihnen selbst.«

»Hä?« Ich verstand kein Wort. »Ihr wollt, dass sie Frieden schließen und darum vergewaltigt ihr ihre Frauen? Ist das nicht ein wenig … widersprüchlich?«

»Wir zeugen Mischlinge, um die Grenzen zwischen den Stämmen niederzureißen. Ja, das fordert Opfer. Und es ist eine Aufgabe für mehrere Generationen. Aber so tun die Wrukolakas es schon seit vielen Jahrhunderten und haben auf diese Weise all ihre Feinde bezwungen.«

»Ihr benutzt Sex und Kinder als Waffen … Das ist doch pervers!«

Daniel mischte sich wieder ein. »Nicht perverser, als Menschen zu fressen.«

Energisch schüttelte ich den Kopf. »Das ist doch nur Propaganda. Chenny frisst keine Menschen.«

»Wie lang kennst du sie schon?«, fragte die Frau.

»Zwei Tage …«

Sie setzte ein mitleidvolles Lächeln auf. »Und schon glaubst du, alles über sie zu wissen? Du hast dich verliebt und bist blind für den Rest.«

Da war möglicherweise etwas dran. Trotzdem wollte ich nicht aufgeben.

»Ja, vermutlich habe ich mich verliebt. Weil sie liebenswert ist. Keine Ahnung, was ihr Stamm für üble Dinge macht. Aber sie … Sie ist anders. Und jetzt bringt sie zu mir, sonst schieße ich!«

»Du hast schon zweimal auf mich geschossen«, brummte Daniel, »und ich stehe immer noch. Glaubst du wirklich, damit kannst du mich aufhalten? Du lebst nur, weil Kathy ein gutes Herz hat. Selbst für Dummköpfe wie dich.«

Okay. Andere Taktik. Ich zielte auf die Frau – Kathy. »Hält sie auch eine doppelte Ladung Schrot aus?«

»Du mieser kleiner …«

Sie legte dem Riesen wieder die Hand auf den Arm. »Lass gut sein, Dan!« Falls sie sich fürchtete, ließ sie es sich in keiner Weise anmerken. »Lass uns zeigen, dass wir den Frieden suchen! Bring das Mädchen her!«

Fassungslos schaute er zu ihr herab. »Du willst sie ihm geben? Sie laufen lassen?«

Sie nickte. »Als ein Zeichen. Und falls sie ihn ebenfalls liebt, so wie er glaubt, dann erreichen wir mit seinem Halbblut-Bastard fast dasselbe wie mit einem Kind von einem von uns.«

Ich verstand nur Bahnhof. Aber dass diese Leute nicht normal waren, hatte ich ja bereits herausgefunden.

Auch Dan war nicht überzeugt. »Ich bin anderer Meinung.«

»Und ich führe dieses Rudel«, beharrte die Alte. »Hol sie!«

Der Widerwille stand ihm ins vernarbte Gesicht geschrieben. Mit zusammengekniffenen Augen fixierte er zuerst sie, dann mich. Doch schließlich wandte er sich ab und verließ den Raum durch eine weitere Tür, nicht die, hinter der seine mutmaßliche Familie wartete.

»Danke«, murmelte ich, hielt jedoch weiter die Mündungen meiner Flinte auf Kathy gerichtet.

»Dafür gibt es keinen Grund.« Sie verschränkte die Arme vor der Brust. »Ich tu dir damit keinen Gefallen, Doug. Ganz im Gegenteil bringe ich dich in allerhöchste Gefahr. Aber wenn du so entschlossen bist, steht es mir nicht zu, dich gegen deinen Willen zu beschützen. Weder vor ihr, noch vor dir selbst.«

Ja, sie bereitete mir Angst. Und ja, ich fragte mich ernsthaft, ob das jetzt wieder eine Entscheidung der ganz dummen Sorte war. Aber was hätte ich tun sollen? Sagen, ich hätte es mir anders überlegt und Chenny zurücklassen? Das kam in dem Moment einfach nicht infrage. Also wartete ich stumm, bis Daniel zurückkam. Zu meiner tiefen Erleichterung gemeinsam mit Chenny. Unter einer um ihren Leib gewickelten Decke war sie, soweit ich erkennen konnte, immer noch unbekleidet. Nur der Kabelbinder schnürte weiter ihre Kehle ein. Ein weiterer hielt ihre Hände zusammen. Und den Spuren um ihre Knöchel nach zu urteilen, war bis gerade eben auch dort einer gewesen. Ihr auf den Boden gerichteter Blick hob sich und die Verzweiflung darin wandelte sich zu ungläubigem Staunen, als sie mich erkannte.

»Da!« Daniel stieß seine Gefangene zu mir.

Sie fing sich unmittelbar vor mir ab, schaute der Reihe nach alle Anwesenden an.

»Nehmt die Tür!« Kathy deutete zum Ausgang. »Ist einfacher als das Fenster.«

Rückwärts steuerte ich dorthin, die Flinte unverändert im Anschlag. Seite an Seite schlüpften Chenny und ich hinaus. Fast befürchtete ich, draußen von weiteren Entführern in Empfang genommen zu werden, in eine Falle getappt zu sein. Doch weit und breit war niemand zu sehen.

»Lauf!«, forderte Chenny mich auf und ging mit gutem Beispiel voran. Dass schon auf den ersten Metern die Decke von ihren Schultern flog und sie vollständig entblößte, störte sie nicht. Mehrere hundert Meter rannte sie in den Wald hinein, ließ mich trotz ihrer Fesseln hinter sich zurück. Doch nicht nur lief ich langsamer als sie. Auch meine Orientierung ließ mich alsbald im Stich, je weiter wir uns von dem beleuchteten Fenster des Hauses entfernten. Die Sonne war mittlerweile untergegangen und in alle Richtungen erstreckte sich Finsternis.

»Warte!«, rief ich ihr zu.

Ich holte das Taschenmesser aus der Hosentasche und klappte es auf. Gerade eben konnte ich noch erkennen, dass sie mir ihre Hände entgegenreckte, sobald der Stahl im Mondlicht aufblitzte. Der Kabelbinder war dick, doch die Klinge siegte. Im selben Moment, da ihre Hände befreit waren, schnappte sie sich das Werkzeug und trennte die Fessel an ihrem Hals durch.

»Weiter!« Sie wollte tiefer in den Wald hinein.

Ich fasste ihren Arm und hielt sie fest. »Mein Motorrad steht am Ortseingang. Lass uns da hin!«

Nur an der Bewegung ihrer glänzenden Augen erkannte ich, dass sie nickte. »Ich kann kaum noch was sehen«, erklärte ich, als sie wieder loslief.

Erneut hielt sie an und nahm meine Hand in die ihre. »Bleib dicht bei mir!«

Von ihr geführt, tapste ich nahezu blind zwischen den Bäumen hindurch, stolperte alle paar Schritte über Steine und Äste.

Nur in der Nähe anderer Häuser, aus deren Fenstern Lampenschein drang, oder wo der Wald licht war und das Leuchten des Mondes hinreichte, konnte ich wenigstens grobe Umrisse erkennen. Als meine Augen in der immer undurchdringlicher werdenden Dunkelheit endgültig versagten, wurde auch Chenny langsamer.

»Warte einen Moment!«

Panik keimte in mir auf, als sie meine Hand losließ. Einen Augenblick lang stand ich orientierungslos in Schwärze eingehüllt. Nur die Geräusche des Waldes, fernes Rascheln, das leise Plätschern des Baches und andere Laute, die ich nicht identifizieren konnte, begleiteten mich. Dann erklangen unmittelbar neben mir ein atemloses Keuchen und ein seltsames Knirschen, wie wenn man einen ledernen Putzlappen auswringt. Es folgte ein verhaltenes Knurren und zwei Augen blitzten auf. Größer und noch weiter auseinander als die von Chenny. Beziehungsweise als die von Chenny in menschlicher Gestalt, korrigierte ich mich.

Instinktiv zog ich meine Hand zurück, als etwas dagegen stupste. Warmes zotteliges Fell berührte meine Haut. Zaghaft vergrub ich meine Finger darin und sofort setzte das riesige Geschöpf sich in Bewegung.

Sicher geleitete meine Begleiterin mich durch die Wildnis, Schritt um Schritt. Warnte mich mit einem Grollen vor Hindernissen und beschleunigte, wenn der Weg frei war, so dass auch ich im Laufschritt vorankam. Trotzdem nahm ich mir vor, ab sofort eine Taschenlampe zu meinem Standardgepäck hinzuzufügen.

Ich hatte jegliches Gefühl für die Zeit verloren, als mein Schienbein schmerzhaft gegen etwas prallte. Tastend erkannte ich meine Softail und fingerte den Zündschlüssel aus meiner

Jacke. Tiefe Erleichterung durchfuhr mich, als ich den Scheinwerfer einschaltete und wieder sehen konnte. Ich hatte gerade den V2 gestartet, da trat Chenny hinter einem Baum hervor, wieder auf zwei Beinen und nicht mehr in Fell, sondern ihre weiche, sonnengebräunte Haut gehüllt, die ich so gern streichelte.

Ich reichte ihr den Rucksack und sie kramte ihre Kleider heraus.

»Du bist verrückt, Doug«, hielt sie mir vor, während sie in die Hose schlüpfte. »Mir hierher zu folgen.«

»Ja«, gab ich zu, »vermutlich.«

Als sie die Weste zuknöpfte, kam sie zu mir, beugte sich vor und drückte mir einen Kuss auf die Lippen. »Danke.«

Ich fuhr mit dem Handrücken über ihre Wange. »Gern geschehen. Aber jetzt lass uns verschwinden!«

Ohne weitere Kommentare schnallte sie sich den Rucksack um und nahm hinter mir Platz. Sobald ihre Finger sich um meinen Bauch schlossen, gab ich Gas und verließ Cedar Creek. Ich hoffte, für immer. Und die Hoffnung stirbt ja bekanntlich zuletzt.

# Heimkehr

»Hey! Alles okay?«

Die Worte erklangen wie aus weiter Ferne. Vermischten sich mit hallenden Schreien und Schmerzenslauten, die nur langsam abebbten, während ich aus blutbesudelten Abgründen emporkletterte.

Die grausamen Bilder, die mich gerade eben noch heimgesucht hatten, verblassten innerhalb weniger Atemzüge. Hinterließen nur vage Schemen hinter meinen Lidern und einen schalen Geschmack auf der Zunge. Als ich die Augen öffnete, offenbarte sich mir ein erheblich angenehmerer Anblick.

Ich hob die Hand, um Chennys Wange zu berühren. Die Besorgnis in ihrer Miene wich einem Lächeln, das auf der Stelle mein Herz erwärmte und die letzten Fetzen des Albtraums endgültig aus meinem Geist vertrieb. Ich schob die Finger in ihre pechschwarzen Haare, die seiden über ihre Schulter herabhingen. Spielte kurz mit den Perlen in den dünnen Zöpfen. »Nur ein böser Traum.«

Das Lächeln auf ihren Lippen verflog. »Wovon hat er gehandelt?«

Ich schüttelte den Kopf. »Keine Ahnung. Kann mich schon nicht mehr dran erinnern.«

»Träume sind wichtig«, beharrte sie. »Sie weisen uns den Weg durch die Welt und zu uns selbst.«

Immer noch schlaftrunken hob ich die Achseln. »Dann ist mein Selbst wohl ziemlich flüchtig.«

Schmunzelnd knuffte sie mich gegen meine nackte Brust. »Du machst dich über mich lustig!«

»Nur ein bisschen.« Ich gähnte und reckte mich ausgiebig.

Durch das Fenster drang bereits Tageslicht in unser Zimmer. Ich benötigte einen Moment, um zu rekapitulieren, wo ich mich befand. Zu viele Motels in den letzten Tagen. Doch die Erleuchtung kam schnell: Flagstaff. Arizona. Und damit auch die Erinnerung an den vergangenen Abend. Der unfreiwillige Ausflug nach Cedar Creek und die Begegnung mit Daniel Jorgensson und Kathy.

»Da ist es wieder.« Chenny starrte mich an. »Das Gesicht, das du auch gestern gemacht hast. Irgendwas bedrückt dich.«

Ich stemmte die Hände in die Matratze und richtete mich in den Sitz auf. Meine Zimmergenossin hockte mit untergeschlagenen Beinen neben mir. Unwillkürlich glitten meine Augen über ihre Schenkel, die behaarte Scham, die kleinen festen Brüste und das ebenmäßige Antlitz. Ich konnte mich einfach nicht an ihr sattsehen.

»Findest du das denn verwunderlich?«, fragte ich. »Nach all dem, was in den letzten Tagen auf mich eingeprasselt ist? Werwölfe … Entführungen … Nachts durch finstere Wälder laufen … Nichts für ungut, aber das geht ein bisschen über das hinaus, was ein kleiner Drogenkurier wie ich sonst so treibt.«

Das Lächeln kehrte zurück auf ihre Lippen. »Hast ja recht.« Ihre Hände glitten über meine Brust, sammelten den Schweiß zwischen meinen spärlichen Haaren und führten ihn zu ihrem Mund, mit dem sie sich die Finger genüsslich ableckte.

»Schmecke ich gut?«, neckte ich sie.

Und schon wieder legten sich Sorgenfalten über ihre Stirn. »Ist es das? Hast du Angst, ich könnte dich auffressen, wie die alte Wrukolakas dir einreden wollte?«

Entgeistert schaute ich sie an. »Du hast gehört, was sie …?«

Sie nickte. »Jedes Wort.«

»Und?« Ich bemühte mich um einen möglichst neutralen Gesichtsausdruck. »Hat sie gelogen?«

»Traust du mir das wirklich zu? Dass ich dich fressen wollte?«

Sie zuckte zurück, als ich erneut die Hand nach ihrer Wange ausstreckte. Nur zaghaft ließ sie die Berührung zu.

»Hätte ich dich dann mitgenommen?« Ich setzte den Treuer-Hund-Blick auf. Den kann ich wirklich gut. »Hätte ich dann die Nacht mit dir verbracht? Dich in den Schlaf gestreichelt? Und danach geschlafen wie ein Murmeltier?«

»Bis zu dem Traum.«

»Ach, jetzt lass doch mal den Traum weg!« Ich legte die Finger um ihren Hinterkopf und zog sie zu mir heran. Berührte ihre Stirn mit der meinen. »Chenny, selbst wenn du mich fressen wolltest, würde ich bis dahin trotzdem bei dir bleiben wollen. Ich liebe dich. So, wie ich keine Frau vorher geliebt habe.«

So! Jetzt war es raus! Und verflucht nochmal, es fühlte sich gut an, endlich auszusprechen, was ich ohnehin nicht mehr leugnen konnte. Nicht mehr leugnen wollte. Weder ihr noch mir selbst gegenüber.

»Keine Ahnung, warum ich mich ausgerechnet in einen Werwolf verguckt habe«, fuhr ich fort. »Aber es ist so. Und ich akzeptiere das mit allen Konsequenzen, die es nach sich zieht. Deswegen war es mir unmöglich, dich in den Fängen dieser Entführer zurückzulassen. Und deswegen will ich bei dir sein, so lange es irgendwie geht. Und wenn du mich verspeisen willst, dann lass mich dir vorher helfen, den Tisch zu decken.«

Ich hatte offenbar die richtigen Worte gefunden, denn sie legte ihre Arme um mich und presste sich fest an mich, Wange an Wange, Haut an Haut. Eine ganze Weile hockten wir so da, eng umschlungen, versunken in inniger Zweisamkeit. Am liebsten hätte ich den Rest meines Lebens so verbracht. Vielleicht unterbrochen von gelegentlichem Sex. Aber allein ihre Berührung, der Duft ihres Haares in meiner Nase und ihr warmer Atem auf meiner Schulter hätten mir auch gereicht.

»Das ist alles nicht so einfach«, flüsterte sie schließlich, ohne mich loszulassen. »In einem hat sie recht gehabt. Mein Rudel wird dich nicht akzeptieren. Und das Kind auch nicht.«

»Dann komm mit mir!« Die Worte verließen meinen Mund, ohne den Umweg über das Gehirn genommen zu haben.

Ihre Hand strich sanft über meinen Rücken. »Ich wünschte, das ginge so einfach. Aber unser Leitwolf wird das nicht zulassen. Und meine Mutter auch nicht.«

Ich versenkte meine Wange in ihren Haaren. »Und wenn wir woanders hingehen? Weit weg, wo deine Leute uns nicht finden?«

»Das geht auch nicht. Ohne den Schutz des Rudels wäre ich den Wrukolakas hilflos ausgeliefert. Du hast ja selbst gesehen, wie leicht sie mich aufgespürt haben, kaum dass ich meine Heimat verlasse. Die haben überall Spione und Informanten. Und bei einem anderen Rudel unterzukommen, ist auch keine Lösung. Die werden dieselben Fragen über dich und das Kind stellen wie meine eigene Familie. Ganz abgesehen davon, dass ich als Flüchtling dort in der Rangordnung ganz unten wäre, selbst ohne ein hautgeborenes Kind. Das ist kein Spaß, das kannst du mir glauben.«

Ein schwarzes Loch breitete sich in meinem Magen aus und fraß sich durch meine Eingeweide. »Haben wir denn gar keine Chance?«

Ich fühlte, wie sie den Kopf schüttelte. »Ich fürchte, nein.« Eine Weile schwiegen wir, ehe sie fortfuhr: »Es tut mir leid. Mit so etwas hatte ich nicht gerechnet. Ich dachte, ich nehme dein Kind, damit die Wrukolakas mir keinen ihrer Bälger in den Leib setzen, und verschwinde. Dass sich daraus mehr entwickelt … Ich hätte niemals für möglich gehalten, dass ein Mensch sich überhaupt in jemanden wie mich verlieben könnte. Und …« Ein Schluchzen entrann ihrer Kehle. Die nächsten Worte hauchte sie so leise, dass ich sie kaum verstehen konnte. »Und ich mich in ihn.«

Ihre letzten Worte weckten eine Wärme in mir, wie ich sie schon lange nicht mehr gespürt hatte, wenn überhaupt schon einmal. Ich hatte mich nicht getäuscht. Sie fühlte tatsächlich dasselbe wie ich. Doch angesichts dessen, was sie zuvor erzählt hatte, breitete sich inmitten der wirbelnden Schmetterlinge in meinen Eingeweiden ein schwarzes Loch aus, das die kleinen Flattermänner zu verschlingen drohte. Und mich gleich mit ihnen.

Ich drückte sie so fest an mich, dass ich fürchtete, ihr die Luft zu rauben. Doch sie erwiderte die Umarmung.

Wie lang wir so verharrten, weiß ich nicht mehr. Als wir es irgendwann schafften, das Bett zu verlassen, unsere Sachen zu packen und aufzubrechen, war es schon fast Mittag. Wehmütig genoss ich während der Fahrt ihre Hände um meinen Bauch, ihren Körper hinter dem meinen. Ungewiss, wie lang mir ihre Gesellschaft noch erhalten blieb. Nach zwei Tankstopps und einer kurzen Rast mit ein paar Sandwiches beendeten wir die Etappe bei Bakersfield. Im nächstgelegenen Diner von unserem

Motel aus bestellten wir zwei Steaks, meins medium, ihres so blutig, als hätte sie das Rind gerade erst auf der Weide gerissen. Wir redeten nicht viel, sondern beeilten uns, auf unser Zimmer zurückzukehren. Möglicherweise war dies unsere letzte gemeinsame Nacht und es brauchte keine Worte, um uns zu einigen, wie wir sie verbringen wollten.

Zügig hatten wir uns aller Kleidung entledigt. Standen uns neben dem Bett gegenüber, kaum eine Handbreit Luft zwischen unseren erwartungsvollen Körpern, und erforschten uns gegenseitig, zunächst mit Händen, doch bald auch mit Lippen und Zungen. Anfangs waren ihre Bemühungen, meinen hart aufragenden Schwanz mit ihren Fingern und dem Mund zu bearbeiten, noch zaghaft und ein wenig unbeholfen. Aber recht schnell hatte sie den Dreh raus. Und wie sie ihn raushatte! Jeder Muskel in meinem Leib versteifte sich und meine Hände krallten sich um ihren Schädel, bestärkten sie in dem lustvollen Takt, mit dem sie mich in ihre Kehle aufnahm und wieder freigab. Hätte ich sie nicht rechtzeitig unterbrochen und mit sanftem Druck animiert, sich aufzurichten, wäre unser Liebesspiel schon arg früh zum Finale gekommen.

Stattdessen küsste ich sie innig, erkundete mit meiner Zunge ihre Mundhöhle, in der sich kurz zuvor noch mein Schwanz ausgetobt hatte. Ich legte meine Hände auf ihren prallen Hintern und presste sie eng an mich. Spürte ihre Haut auf der meinen. Ihre festen Nippel, die auf meine Brust drückten. Ihre Fingernägel auf meinem Rücken. Die Welt um uns herum verschwamm, verlor sich in Bedeutungslosigkeit. Alles, was zählte, lag hier in meinen Armen.

Als meine Hand von vorn zwischen ihre Beine tastete, stöhnte sie laut auf. Feuchtigkeit begrüßte meine Finger, als ich tiefer glitt, eine Weile mit ihrem Kitzler spielte und schließlich in sie eindrang. Sie bäumte sich auf, krümmte sich vor Lust und wir verloren das Gleichgewicht. Ohne dass meine Finger ihre Pussy verließen, landeten wir auf der Matratze. Und ich sah keinen Grund innezuhalten. Ganz im Gegenteil stieß ich weiter in sie vor, zuerst mit dem Zeigefinger, dann nahm ich den Mittelfinger hinzu, während mein Daumen sich weiter des Kitzlers annahm. Sie wand sich unter mir, stöhnte und keuchte, krallte sich mit geschlossenen Augen und verzückter Miene in das Laken. Ihr Anblick ließ auch bei mir alle Dämme brechen. Ich zog die Finger zurück und ersetzte sie durch meinen Schwanz. Das rhythmische Klatschen meiner nassen Haut auf der ihren legte schnell an Geschwindigkeit zu. Ich war schon auf dem Weg zum Höhepunkt, als sie ihr rechtes Bein hob und an mir vorbei zwängte. Ohne mich aus ihrem Leib zu entlassen, drehte sie sich um und reckte mir auf allen vieren ihr Hinterteil entgegen. Na gut, dann eben doggystyle.

Kurzentschlossen legte ich meine Hände an ihre Lenden und zog sie an mich heran. Vor und zurück. Immer wieder. Immer schneller. Ihr animalisches Stöhnen spornte mich nur noch weiter an. Beschleunigte den Takt, bis es kein Halten mehr gab. Mit einem Schrei, der selbst in meinen eigenen Ohren kaum noch menschlich klang, entlud ich mich in sie. Zuckte mehrmals und zerrte ihre Hüften mit aller Kraft an mich, um so tief in sie einzudringen, wie es nur irgend möglich war. Das gesamte Universum schien nur noch aus meinem Unterleib zu bestehen, und dem ihren in meinen Händen, so fest an mich gepresst, dass es beinahe wehtat.

Nur langsam ließ die Anspannung nach. Traten wieder andere Empfindungen in meinen Geist neben der Vereinigung mit der Frau, die mein Leben bedeutete. Erschöpft sackte sie auf den Bauch und ich folgte ihr. Nach Luft ringend lagen wir übereinander, meine Brust auf ihrem Rücken. Mein nach und nach erschlaffender Schwanz weiter in ihr. Meine Muskeln versagten mir den Dienst und ihr schien es kaum besser zu ergehen. Es dauerte eine ganze Weile, bis ich genügend Kraft gesammelt hatte, um mich von ihr zu erheben und unmittelbar neben ihr auf die Matratze zu sinken.

Sie drehte den Kopf zu mir und strahlte mich aus glasig leuchtenden Augen an. Immer noch keuchend schob ich mich an sie heran und näherte meine Lippen den ihren. Salziger Schweiß nahm mich in Empfang, als ich sie küsste. Auf den Mund, dann die Stirn, die Wange und wieder ihre Lippen. Ihr Arm legte sich um mich, was ich gern erwiderte. So lagen wir nebeneinander. Wie lang, kann ich nicht sagen. Bis meine Hand ohne mein willentliches Dazutun begann, ihren Hintern zu massieren und sie sich enger an mich drängte. Sich revanchierte, indem ihre Finger in meinen Schritt vordrangen und sich um meinen Schwanz schlossen. Schon nach wenigen aufmunternden Versuchen regte sich wieder Leben im Unterstübchen. Nicht so erwartungsfreudig wie am Anfang unseres Liebesspiels, aber ausreichend, dass sie sich auf mich setzte und mich mit ein wenig manueller Unterstützung in sich aufnahm.

Ich spürte schon zu Beginn der Fortsetzung, dass mir ein neuerlicher Höhepunkt versagt bleiben würde. Doch ich genoss jede Sekunde, in der sie breitbeinig auf Händen und Füßen über mir hockte und ihr Becken kreisen ließ. Meine Hände fuhren ihren Körper entlang, die angespannten Schenkel, die weichen Lenden. Folgten den Linien ihrer Rippen und schlossen sich um ihre Brüste, glichen sich dem Takt an, den sie vorgab. Das Gesicht zur Decke erhoben, verfiel sie Zuckung um Zuckung tiefer in pure Ekstase. Ließ sich auf mir nieder, breitete die Arme aus und formte die Finger zu Klauen. Einen Moment lang befürchtete ich, sie würde sich verwandeln, doch dann hielt sie abrupt inne, verharrte mit starrer Miene und entspannte sich erst nach mehreren Sekunden wieder.

Das Gesicht von schwarzen Haaren umringt, beugte sie sich zu mir herab und gab mir einen Kuss, ehe sie abstieg und sich stöhnend neben mir auf den Rücken fallen ließ.

»Ich kann nicht mehr …«, seufzte sie kraftlos.

Mit äußerster Anstrengung gelang mir eine Erwiderung. »Glaubst du, mir geht's besser?«

Selbst das darauf folgende Lachen war mühsam.

Sobald ihr Atem sich halbwegs beruhigt hatte, fuhr sie mit den Fingern über meinen schweißnassen Bauch und leckte sie anschließend einen nach dem anderen ab. »Du schmeckst wirklich gut.« Sie wiederholte das Spiel. »Viel zu gut, um dich aufzufressen.«

Meine Belustigung verflog schnell wieder. »Ich möchte diesen wundervollen Moment nicht zerstören. Aber ist an dem, was die beiden in Cedar Creek gesagt haben, etwas dran? Dass ihr Menschen fresst? Morgen laufe ich Gefahr, deinem Rudel zu begegnen. Da würde ich gern wissen, worauf ich mich einlasse.«

Zu meiner tiefen Erleichterung blieb sie vollkommen ruhig. »In der Natur reißen die Wölfe immer die schwächsten Tiere. Auf diese Weise tragen sie dazu bei, dass die Herden als Ganzes stark bleiben. Früher, vor der Ankunft der Europäer, haben die Ma'ii Tsoh dasselbe bei den Menschen getan. Von daher … ja, es ist nicht völlig gelogen.«

»Aber jetzt tut ihr das nicht mehr?«

Sie schüttelte den Kopf. Ihre Augen suchten einen Punkt an der Wand, weit abseits meines Gesichts »Nicht mehr, um die Schwachen auszusortieren. Aber manche von uns …« Sie stockte. »Je weiter unsere Rudel durch die Wrukolakas und allgemein die moderne Zivilisation zurückgedrängt werden, umso verzweifelter und wütender werden einige von uns. Manche schrecken dann nicht davor zurück, Eindringlinge in ihrem Revier zu töten. Und weil es bei uns verpönt ist, Beute zu reißen, ohne sie zu verwerten …«

Ich nickte. »Verstehe.« Ich nahm ihre Wange in die Hand und drehte ihren Kopf so, dass sie mich ansehen musste. »Danke, dass du mir das anvertraut hast. Ich weiß, wie schwer dir das gefallen ist.«

Das verschämte Lächeln auf ihren Lippen beendete ich mit einem zarten Kuss.

»Aber wer bin ich schon, mir über euch ein Urteil zu erlauben?«, fuhr ich fort. »Sieh mich an! Ich bin ein Drogenkurier. Und das ist nicht das einzig Illegale, das ich in meinem Leben getan habe. Bei Weitem nicht. Ich habe nie jemanden getötet. Nicht direkt. Aber was die Drogen anrichten, die ich verhökere … Ich bin vermutlich nicht viel besser als deine mörderische Verwandtschaft.«

Nun war es an ihr, mich zu küssen. »Du bist viel besser, als du denkst.«

»Ich denke, dasselbe gilt auch für dich.«

Weitere Küsse und Umarmungen folgten, wurden nach und nach zaghafter, bis wir schließlich zur Ruhe kamen und nebeneinander einschliefen.

Dafür, dass der folgende Morgen vermutlich der letzte war, den wir gemeinsam verbrachten, waren wir erstaunlich gelöst und gut gelaunt. Vielleicht war das Scherzen und gegenseitige Necken beim Frühstück auch reine Verdrängung. Wie auch immer, ich genoss jede Minute, die mir mit ihr verblieb und bemühte mich, mir über die Zeit danach keine Gedanken zu machen.

In mittlerweile geübter Formation saßen wir am mittleren Vormittag auf meiner Maschine und fuhren über Fresno in Richtung des Yosemite Valley. Schon ein Stück vor dem Zugang zu dem berühmten Nationalpark führte Chenny mich abseits der Highways und State Routes über Nebenstraßen und schließlich Schotterpisten in die Berge. Die Ortschaften, die wir passierten, wurden immer kleiner und der Wald immer dominanter, bis irgendwann nur noch Parkplätze für Wanderer von der menschlichen Zivilisation zeugten.

An einer einsamen Blockhütte am Ende eines Trampelpfades bedeutete sie mir anzuhalten. Misstrauisch schaute ich mich um. Die dicht an dicht stehenden Bäume tauchten die Umgebung in Zwielicht, obwohl die Sonne noch hoch am Himmel stand. Jeden Moment erwartete ich, von Heulen oder gar pelzbesetzten Leibern umringt zu werden. Bei Anbruch der Dämmerung wollte ich in jedem Fall woanders sein.

Auch Chenny ließ den Blick schweifen, sobald sie abgestiegen war. »Ich glaube, es ist niemand in der Nähe.«

Ich blieb sitzen, den Lenker in der Hand, bereit für einen Alarmstart. »Gibt's hier keine Klingel?«

Der Blick, mit dem sie mich bedachte, war irgendwo zwischen amüsiert und vorwurfsvoll. »Ich gehe sie suchen.« Sie begann, sich auszuziehen.

»Und ich?«

»Du wartest hier.« Nacheinander verschwanden Jeans, Weste und Cowboyhut im Rucksack. Nackt kam sie auf mich zu und küsste mich. »Wenn ich in einer Stunde nicht zurück bin, dann komm morgen wieder her! Ich hinterlasse dir eine Nachricht in der Hütte.«

Ohne meine Antwort abzuwarten, öffnete sie die Tür und kam kurz darauf ohne Gepäck wieder heraus. »Bis später.« Sie wandte sich ab und verfiel in Laufschritt. Das Letzte, was ich von ihr sah, war ihre attraktive Kehrseite. Dann war sie außer Sicht.

Noch eine ganze Weile schaute ich ihr hinterher. Doch meine Hoffnung, sie würde umgehend zurückkommen, wurde enttäuscht.

Irgendwann stieg ich von der Softail ab und inspizierte in einer Mischung aus Neugier und Langeweile die Blockhütte. Staub und Muff schlugen mir im Inneren entgegen. Chennys Rucksack lehnte neben der Tür an der Wand. Ansonsten lagerten hier nur antike Truhen und ein paar Taschen unterschiedlichen Alters. Auf der einfachen matratzenlosen Holzpritsche hatte schon lang niemand mehr übernachtet.

Danach setzte ich mich wieder auf den Sattel und betrachtete den Wald. Wüsste ich nicht, was für Kreaturen darin lauerten, würde die Gegend durchaus idyllisch wirken. Nicht, dass ich ein großer Naturfreund wäre. Dass Chenny hier einen Großteil ihres Daseins verbracht hatte, zeigte mir erneut die Kluft zwischen den Welten, in denen wir lebten, aller Liebe und genussvollen Zweisamkeit zum Trotz.

Die Stunde verstrich ohne das leiseste Zeichen von Chenny oder ihrer Verwandtschaft. Ich ließ eine zweite folgen und begann eine dritte, ehe ich akzeptierte, dass sie heute nicht mehr kommen würde. Kurz erwog ich, die Nacht in der Hütte zu verbringen, aber außer meiner fast leeren Feldflasche hatte ich keinerlei Verpflegung bei mir. Und mir war alles andere als wohl bei dem Gedanken, in dieser Umgebung zu übernachten.

Schweren Herzens und mit einem dicken Kloß im Hals startete ich die Softail und verließ den Wald. Ich bemühte mich, mir den Weg zu merken, um am folgenden Tag wieder herzufinden.

Es war schon dunkel, als ich unweit der Einfahrt zum Nationalpark ein Motelzimmer bezog. Schmerzlich wurde mir bewusst, dass dies seit Beginn meiner Reise die erste Nacht war, die ich ohne Chenny verbrachte. Ihre Berührung fehlte mir, ebenso wie ihr ruhiger Atem, während sie in meinen Armen schlief. Ich mochte nicht glauben, wie sehr die letzten Tage mich verändert hatten, den ewigen Einzelgänger. Doch es war nicht zu leugnen. Was es über mich aussagte, dass ich mich ausgerechnet in einen Werwolf derart verknallt hatte, darüber dachte ich lieber nicht allzu intensiv nach.

Trotz endlosen Grübelns und hin- und her Wälzens fand ich ein paar Stunden Schlaf und unmittelbar nach einem kargen Frühstück kehrte ich zurück zu der Blockhütte. Der Himmel war zugezogen und immer wieder fiel leichter Regen. Das Wetter erleichterte die Orientierung nicht wirklich. Mehrmals nahm ich einen falschen Abzweig im Gewirr der Pfade, über die Chenny mich tags zuvor geführt hatte. Aber letztlich fand ich stets den rechten Weg wieder, ehe ich mich total verirrte.

Die Hütte war nass, stand jedoch ansonsten unverändert zwischen den Bäumen. Eilig marschierte ich hinein und suchte nach der versprochenen Nachricht. Doch schnell wurde klar, dass niemand die Tür durchschritten hatte, seit ich gestern hier gewesen war. Auch in der unmittelbaren Umgebung fand ich nichts, das als Botschaft zu deuten wäre. Nun ja, zugegebenermaßen war ich recht früh dran. Wer könnte es Werwölfen schon verübeln, bei derartigem Wetter ein bisschen später aufzustehen?

Ich ließ mich im Eingang der Blockhütte nieder, um nicht noch mehr durchweicht zu werden, als ich von der Fahrt ohnehin bereits war, und wartete. Schickte meine Gedanken zwischen den Baumstämmen hindurch auf Wanderschaft und malte mir aus, wie Chenny und ihre Familie in Wolfsgestalt durch den Wald tollten, Hirsche jagten oder sich miteinander balgten. Ob das auch nur das Geringste mit der Realität zu tun hatte, war fraglich. Dennoch beruhigte mich die Vorstellung, es ginge wenigstens ihr gut, während ich trauernd und mutterseelenallein in der Wildnis hockte.

Panisch schreckte ich hoch, als urplötzlich eine Gestalt zwischen den Bäumen stand und mich anstarrte. Ich sprang auf und nahm so viel Haltung an, wie mir in meiner angegriffenen Verfassung möglich war. Gemessenen Schrittes kam der Mann auf mich zu. Das erste, was mir an ihm ins Auge fiel, war seine völlige Nacktheit, ebenso wie die Selbstverständlichkeit, mit der er derart auftrat. Damit war schon einmal unmissverständlich klar, womit ich es zu tun hatte. Das Nächste war seine Größe und vor allem die bullige Statur. Auf mich wirkte er eher wie ein Bär als ein Wolf. Wie Chenny hatte er zweifellos eine gehörige Portion indigenes Blut in seinen Adern, war aber älter als sie. Hinter ihm erschienen weitere Personen, noch ein Mann, jünger als der erste, und zwei Frauen. Eine davon war Chenny, die andere ähnlich alt wie der Bärenindianer. Keiner von ihnen trug auch nur einen Fetzen Kleidung am Leib. Der Regen auf ihrer Haut schien sie nicht im Geringsten zu stören.

Sorgsam stellte ich mich ein Stück abseits der Hütte in Pose. Versuchte, mir meine Furcht nicht anmerken zu lassen. Während Chenny und der junge Mann in einigen Metern Entfernung stehenblieben, inspizierten die beiden Älteren mich von allen Seiten.

»Wirst du meine Tochter beschützen?«

Ich zuckte zusammen, als die Frau mich unvermittelt von der Seite ansprach. Ihre Worte waren guttural und von einem deutlichen Akzent geprägt, aber gut verständlich.

»Ja«, beeilte ich mich, zu antworten. »Mit meinem Leben.«

Sie zeigte keinerlei Reaktion auf mein vollmundiges Versprechen. Schaute mich stumm an.

»Dann ist es entschieden«, verkündete der Bullige mit einer Stimme wie ein knorriger Baumstamm, ebenfalls in leicht gebrochenem Englisch. »Huanta sagt, du nimmst Chenandeh mit dir, bis das Kind geboren ist. Dann bringst du sie zurück zu uns.«

Nur langsam sickerte in mein Bewusstsein ein, was er soeben gesagt hatte. Chenny und ich würden nicht getrennt werden! Zumindest noch nicht. Neun Monate, ein Dreivierteljahr – sofern die Schwangerschaft bei Werwölfen ebenso lang dauerte wie normal, aber davon ging ich aus – würden wir vereint bleiben.

»Geschieht ihr etwas«, fügte die Frau mit erhobenem Zeigefinger hinzu, »dann werden wir dich finden, Mensch.«

»Schon klar.« Ich nickte eifrig. »Aber das würde ich mir selbst nicht verzeihen.«

Damit schien die Angelegenheit erledigt zu sein. Zumindest wandten die beiden Älteren sich ab und marschierten zurück zwischen die Bäume, wo ich sie schnell aus den Augen verlor. Der junge Mann legte stumm seine Hand auf Chennys Brust und sie erwiderte die Geste mit ernstem Gesicht. Als sie sich losließen, warf er mir noch einen kurzen Blick zu, dann machte auch er sich davon und wir waren allein.

Stocksteif stand ich da und gaffte sie an. In langen schwarzen Strähnen hingen ihre Haare herab, klebten an Schultern und Brüsten. Ihre Haut glänzte unter dem feuchten Film, den der Regen auf ihr hinterließ. Sie entgegnete meinem Blick mit entspannter Miene. Schließlich hielt ich es nicht mehr aus und überwand mit wenigen schnellen Schritten die Distanz zu ihr. Stürmisch schloss ich sie in die Arme und presste meine Lippen auf die ihren. Voller Leidenschaft erwiderte sie den Kuss, während meine Hände ihren nassen Rücken streichelten.

Verdutzt zuckte ich zurück und sah sie an, als ihre Finger sich an meinem Gürtel zu schaffen machten. Ehe ich protestieren konnte, hatte sie meine Hose und die Shorts abgestreift und ließ ihre Finger über meinen Schwanz gleiten. Verlegen schaute ich mich um.

»Sie sind weg«, hauchte sie.

»Sicher?«

Sie nickte und fuhr fort, mit mir zu spielen. Mein bestes Stück zeigte weniger Zurückhaltung als der Rest von mir und reckte sich ihr entgegen. Also gut! Ganz offenbar war ich überstimmt.

Ich warf meine Scheu über Bord und entledigte mich aller Kleidung. Chennys Nähe ließ mich den Regen und die Wildnis um uns herum vergessen. Wir sanken ins nasse Gras und machten da weiter, wo wir vorletzte Nacht aufgehört hatten. Meine Versuche eines Vorspiels beendete sie durch einen entschlossenen Griff zwischen meine Beine und führte mich in sie ein. Von da ab gab sie sich mir vollkommen hin. Ihr Gesicht war voller Freude und Verheißung, während sie rücklings auf dem Boden lag und zu mir aufschaute. Weniger hart und in gemächlicherem Tempo als bei unseren früheren Ficks glitt ich in sie hinein und zog mich wieder zurück, um nicht sofort all meine Munition zu verschießen. Doch Chennys rhythmisch zuckendes Becken machte all meine Bemühungen, mich zurückzuhalten, zunichte. Ich spürte, wie der Erguss sich mit jedem Stoß in ihren Leib weiter aufbaute und ergab mich schließlich dem Unvermeidbaren. Mit einem lauten Jauchzen erstarrte Chenny unter mir, als sie mein Sperma in sich aufnahm, jeden einzelnen Muskel ihres Körpers angespannt.

Ich wollte schreien vor Glück und vielleicht tat ich es sogar. Meine ganze Wahrnehmung war konzentriert auf diesen einen

Punkt in Zeit und Raum, blendete das übrige Universum vollkommen aus. Alles, was in mein Bewusstsein drang, war die nasse Haut, die sich an meine drückte. Ihre Hände, die meinen Körper erforschten. Ihre Lippen auf den meinen.

Wie lang wir so verharrten, kann ich nicht sagen. Verschmolzen zu einem Ganzen, das weit hinausging über die Summe zweier isolierter Existenzen.

Irgendwann erhoben wir uns. Ich blinzelte, als die Sonne zwischen den Zweigen erschien. Nicht einmal das Ende des Regens hatte ich mitbekommen. In ihrem Schein breiteten wir meine durchnässte Kleidung aus, damit sie wenigstens ein wenig antrocknete, ehe ich mich anzog und die Softail startbereit machte. Auch Chenny war mittlerweile bekleidet und setzte freudestrahlend den Cowboyhut mit den Federn auf ihre nassen Haare.

»Chenandeh?« Fragend sah ich sie an.

Sie deutete ein Schulterzucken an. »Das ist mein Name. Zumindest unter Menschen.«

»Und unter Wölfen?«

»Da brauchen wir so etwas nicht.«

»Und dieser Huanta? Ich nehme an, er hat sich selbst gemeint mit dem Namen. Der ist aber nicht dein Dad, oder?«

Sie schüttelte den Kopf. »Nein. Er kam erst nach meiner Geburt zum Rudel. Aus dem Norden. Aber meine Mutter hat ihn zum Gefährten genommen. Deshalb ist er jetzt unser Leitwolf. Und der Vater meiner jüngeren Halbgeschwister.«

Wolfsfamilien! Ich beließ es dabei und setzte mich hinter den Lenker. In gewohnter Manier gesellte sie sich zu mir und ich warf den V2 an.

Wobei … Eine familiäre Sache gab es da doch noch zu klären.

»Und der andere?«, fragte ich, halb zu ihr umgedreht. »Der Jüngere. War das dein Bruder?«

»Ja.« Sie grinste. »Eifersüchtig?«

Ich gab mich nonchalant. »Nur neugierig.«

Sie ließ es dabei bewenden, wenn auch mit sichtlichem Amüsement.

Meine letzten Zweifel – auch wenn ich mit dieser Antwort gerechnet hatte – waren beseitigt und ich drehte den Gashahn.

Obwohl der Fahrtwind frisch über meine immer noch leicht feuchte Kleidung strich, konnte ich mich nicht erinnern, jemals zuvor in meinem Leben so gute Laune gehabt zu haben. Alles schien sich zum Guten zu wenden.

Wie sehr ich mich täuschte, ahnte ich zu diesem Zeitpunkt noch nicht.

# *Neun Monate*

Ich hatte ein wenig Angst, Chenny in meine Bude einzulassen. Zog für einen Moment sogar in Erwägung, die erste Nacht in L.A. in einem Motel zu verbringen und meinen Junggesellensaustall zunächst einmal auf Vordermann zu bringen. Doch sie wehrte all meine diesbezüglichen Vorschläge rigoros ab.

Ihre Miene zeigte nicht die geringste Spur von Enttäuschung oder Abscheu, als ich sie einließ. Eilig räumte ich einige Pizzakartons und leere Bierdosen beiseite, während sie ihr neues Heim inspizierte. Als sie als eine ihrer ersten Taten die Matratze meines Bettes prüfte, konnte ich mir ein breites Grinsen nicht verkneifen. Wo wir im Folgenden landeten und was wir dort taten, muss ich wohl nicht weiter erläutern. Vermutlich auch nicht, dass wir das so oft wiederholten wie möglich. Und wie sich herausstellte, war das ziemlich häufig. Unter anderem dank des Ertrags aus dem Deal in Vegas, der meine Finanzen für einige Zeit entspannte.

Die ersten ein oder zwei Wochen verbrachten wir gefühlt zu neunzig Prozent im Bett. Ich konnte nicht genug von ihr kriegen und auch sie ließ keine Gelegenheit aus, mich zum Sex oder, wenn ich erst wieder aufladen musste, stundenlangen Kuschelorgien zu animieren.

Meine Befürchtung, sie würde das kleine Appartement grundlegend umgestalten, erfüllte sich nicht. Weder dekorierte sie meine Regale mit unnötigem Zierrat, noch hatte sie an den anstelle ordentlicher Vorhänge provisorisch vor die Fenster gehängten Decken etwas auszusetzen.

»Hey!«, erwiderte sie, als ich sie darauf ansprach. »Ich bin im Wald aufgewachsen. Für mich ist das hier purer Luxus.«

Oh, wie ich sie für Bemerkungen wie diese liebte. Dass sie, sobald wir unter uns waren, konsequent auf Kleidung verzichtete, trug wohl auch dazu bei. Was das betraf, passte ich mich ihr weitgehend an. So sehr gewöhnte ich mich daran, in meinen vier Wänden nackt herumzulaufen, dass ich mir irgendwann den Bademantel an die Tür hängen musste, um nicht versehentlich den Post- oder Pizzaboten im Adamskostüm in Empfang zu nehmen.

Bald bemerkte ich allerdings Veränderungen an ihr – also an ihrem Verhalten. Zu welchen Transformationen sie körperlich in der Lage war, wusste ich ja bereits.

Anfangs war es nur ein unterschwelliges Bauchgefühl, das ich an nichts Bestimmtem festmachen konnte. Doch immer öfter ertappte ich sie dabei, wie sie ihren Blick zum Fenster wandte und sehnsüchtig den Himmel anstarrte oder hibbelig auf und ab marschierte, wie der sprichwörtliche Tiger im Käfig – beziehungsweise in diesem Fall ein Wolf im Zweizimmerappartement.

»Musst du mal Gassi?« Ich erstarrte, kaum dass ich die Worte ausgesprochen hatte, ohne dass sie zuvor von meinem Großhirn freigegeben worden waren. Solche Witze nahm sie nicht immer wohlwollend auf.

Zu meiner tiefen Erleichterung beschränkte sie ihre Antwort auf ein Nicken und machte sich unmittelbar auf den Weg zur

Wohnungstür. Erst nach meinem dezenten Hinweis bezüglich ihrer Garderobe – will heißen, deren vollständigem Fehlen – hüllte sie sich in Jeans und Weste.

Spürbare Erlösung durchflutete sie, sobald die Sonne ihr Gesicht berührte. Meine Aufmerksamkeit galt dem Rest des U-förmigen Wohnblocks, in dem ich hauste. An mehr als einem Fenster erspähte ich dezent zurückgezogene Vorhänge oder von spitzen Fingern gespreizte Jalousien. Neugieriges Pack! Aber was soll's? Sollten sie meine neue Freundin ruhig sehen. Gehört hatten sie Chenny ohnehin schon … Und das nicht zu knapp.

Wir begannen mit einer Runde um den Block, die sich jedoch schnell ausweitete. Dabei entdeckten wir Straßen, die selbst ich noch nie zuvor betreten hatte. Teilweise aus gutem Grund. Mein Domizil befand sich nicht unbedingt in der edelsten Ecke der Stadt.

Doch auch die weniger verrufenen Viertel behagten ihr, wie sich herausstellte, nicht übermäßig. Es waren schlicht und einfach zu viele Menschen auf zu wenig Raum verteilt. Also schnappten wir uns die Softail und verließen L.A. Allzu weit mussten wir gar nicht fahren. In den Wäldern der San Gabriel Mountains blühte sie auf der Stelle wieder auf.

Zielstrebig führte sie mich abseits der Ortschaften und Wanderwege in die Wildnis. Sobald keine anderen Ausflügler mehr zu entdecken waren, packte sie ihre Kleider in den Rucksack, drückte ihn mir in die Hand und wechselte die Gestalt. Nach so vielen Tagen als Mensch befremdete es mich zunächst, sie nun wieder als Wolf zu sehen. Doch das Unbehagen hielt nicht lang an. Ihre unverkennbare Begeisterung darüber, endlich wieder auf vier Beinen durch die freie Natur zu tollen, riss auch mich mit. Ich konnte zwar bei weitem nicht mit ihr mithalten, weder in Bezug auf Geschwindigkeit noch Ausdauer, aber sie kehrte jedes Mal zu mir zurück, wenn ich eine Verschnaufpause benötigte. Das aufmunternde Durchs-Gesicht-Lecken ließ ich stoisch über mich ergehen. Und als ich anschließend die Augen wieder öffnete, wurde ich mit dem Anblick einer unbekleideten Frau belohnt, deren Zunge sich gerade daran begab, sich anderen Regionen meines Körpers zu widmen. Der unmissverständliche Einstieg in andere ›natürliche‹ Aktivitäten.

So kam auch ich bei unseren Ausflügen auf meine Kosten. Wobei es derartiger Motivation gar nicht bedurft hätte. Ihrem Beispiel folgend, lernte ich, den Wald und die Wildnis mehr und mehr zu schätzen. Früher hatte ich mir daraus nie viel gemacht. Hatte müllübersäten Hinterhöfen den Vorzug vor der Natur eingeräumt. Doch Chenny schenkte mir eine neue Perspektive, ließ mich an ihrer Sicht auf die Welt teilhaben. Und das so sehr, dass ich schon nach kurzer Zeit selbst nicht mehr nachvollziehen konnte, warum ich mein bisheriges Leben zum größten Teil in schmutzigen Städten verbracht hatte. Na gut, mein ›Job‹ brachte das mit sich. In South Central gab es nun mal einen größeren Markt für Drogen als in den Bergen rund um L.A. Aber wenn ich frei hatte, bedurfte es meist keiner nennenswerten Anstrengungen, mich zu einem Trip in die Wälder zu animieren.

Natürlich kam es immer wieder vor, dass wir selbst auf den einsamsten Trampelpfaden Wanderern begegneten. Üblicherweise stellte es für Chenny kein Problem dar, sich im Dickicht zu verbergen. Aber es gab auch weite Lichtungen und andere baumfreie Zonen, in denen das nicht ohne weiteres möglich war. In diesen Fällen drängte sie sich dicht an mich und ich versicherte den Leuten eindringlich, sie sei eine ganz Brave. Dennoch hielten alle Fremden respektvoll Abstand von dem riesenhaften Tier an meiner Seite.

Ich muss zugeben, als sie einmal mit einem Hirschkalb im Maul aus dem Unterholz zurückkehrte, war auch ich ein wenig konsterniert. Erst recht, als sie es sich nicht nehmen ließ, ihre Beute gleich an Ort und Stelle vor meinen schreckgeweiteten Augen zu vertilgen, die bluttriefende Schnauze tief in die Eingeweide des Kadavers versenkt. Zwei Tage lang weigerte ich mich anschließend standhaft, sie zu küssen. Aber irgendwann siegte unweigerlich das Verlangen.

Ihre Revanche kam, nachdem ich in plötzlichem Übermut anfing, Stöckchen zu werfen, und sie aufforderte, es zu holen. Drei Tage lang zeigte sie mir im Bett die kalte Schulter. Doch auch ihr war es unmöglich, mir auf Dauer böse zu sein.

Als würdige Alternative zu den Bergen stellten sich das Meer und die zahlreichen Strände der Stadt heraus. Anfangs war ich strikt dagegen, dass sie sich auf den tagsüber gut frequentierten Promenaden als Wolf präsentierte. Aber wie üblich konnte ich ihr keinen Wunsch lange verwehren. Das hier zwingend vorgeschriebene Halsband samt Leine ließ sie sich zunächst nur mit äußerster Skepsis anlegen. Doch als klar wurde, dass sie mich damit mindestens genauso gut führen konnte wie ich sie, akzeptierte sie es. Über eine Reihe von Zufällen und Umwegen hielten die beiden Accessoires sogar Einzug in unser Sexleben. Spätestens von da an trug sie das Band auch in der Öffentlichkeit mit erheblich mehr Gegenliebe. Zumindest erweckte sie in meinen Augen den Eindruck, so weit ich in der Lage war, ihren emotionalen Zustand in Wolfsgestalt zu deuten.

Wenn ich sie jedoch nach Einbruch der Dunkelheit und an den einsameren Abschnitten des Strands von den ohnehin rein symbolischen Fesseln befreite, lebte sie richtig auf. Planschte durchs Wasser und schwamm ein Stück hinaus in den Pazifik. Nie konnte ich sicher sein, in welcher Gestalt sie aus den Wellen zurückkehrte. Mehrmals geschah es, dass urplötzlich eine nackte Frau von der Brandung angespült wurde und mir ebenso frech wie anzüglich ins Gesicht grinste. Darauf folgten dann meist wilde Verfolgungsjagden mit viel Lachen und gegenseitigem Nassspritzen, die immer damit endeten, dass wir letztlich beide bar jeglicher Kleidung im Sand lagen und uns liebten.

Es war zum Ende eines dieser Ausflüge, dass wir, Hand in Hand, unser beider Kleidung im Rucksack über meiner Schulter verstaut, einen heimlichen Beobachter bemerkten.

Zugegebenermaßen reagierte Chenny zuerst und stellte sich sofort vor mich. Ich wollte sie gerade fragen, was los war, als ich unmittelbar vor uns, knapp oberhalb der Linie, die das anbrandende Wasser in den Sand gezeichnet hatte, zwei leuchtende Augen im Mondlicht blitzen sah. Sowohl die Größe des Wolfes als auch die Tatsache, dass er vollkommen allein hier unterwegs war, waren eindeutige Hinweise, womit wir es zu tun hatten. Mit unterschwelligem Knurren kam das Untier Schritt für Schritt näher.

»Ich nehme nicht an, dass das einer von deinen Leuten ist?«, flüsterte ich.

Sie schüttelte den Kopf, die Augen keine Sekunde von unserem Besucher abwendend. Ich spürte, wie ihre Muskeln verkrampften. Hörte ein Keuchen und das mittlerweile vertraute ledrige Knirschen, als sie die Verwandlung einleitete. Doch sie hielt abrupt inne, als der Wolf vor uns die Zähne fletschte und drohend die Nackenhaare aufrichtete. Dass das bedeutete, sie solle auf der Stelle aufhören, wenn sie weiteren Ärger vermeiden wollte, war sogar für mich verständlich.

»Wir haben den Segen von Kathy Jorgensson«, rief ich dem Viech entgegen. »Aus Cedar Creek in Arizona. Wenn du dich nicht mit ihr anlegen willst, dann lass uns in Frieden!«

Dass sie denselben Nachnamen trug wie der einäugige Riese, war geraten, aber der Versuch zählte. Zu meinem eigenen Erstaunen wirkte meine kurze Ansprache sichtlich besänftigend auf unser Gegenüber. Einen Moment verweilte er noch, starrte uns stumm an. Dann wandte er sich ab und trottete davon.

Ich ließ den angehaltenen Atem entweichen und auch Chenny war die Erleichterung anzumerken.

»Gut gemacht.« Sie drückte mir einen Kuss auf die Lippen. »Hatte schon befürchtet, jetzt wird's blutig.«

»Stets zu Diensten. Doug Simmons, der Werwolfflüsterer.«

Dafür kassierte ich einen Klaps auf mein blankes Hinterteil, für den ich mich nur zu gern revanchierte.

Auf dem restlichen Rückweg beobachteten wir unsere Umgebung mit äußerster Aufmerksamkeit. Und auch unsere weiteren Ausflüge hierher waren einen Hauch weniger ausgelassen, nachdem wir wussten, dass wir möglicherweise nicht allein waren. Aber neuerliche Begegnungen mit anderen von Chennys Art blieben aus.

Brenzlig wurde es höchstens, wenn das Geld zur Neige ging und ich arbeiten musste. Doch auch hierbei war Chennys Einfluss auf mein Leben durchwegs positiv. Wie schon in Vegas ließ sie es sich nicht nehmen, mich zu den Deals zu begleiten – natürlich in Wolfsgestalt. Ihre bloße Anwesenheit wirkte sich dabei äußerst förderlich auf die Verhandlungen aus, zumindest aus meiner Sicht. Über einen Bekannten hörte ich, dass ich in der Szene einen neuen Spitznamen genoss: ›Der mit dem Wolf dealt‹. Mir sollte es recht sein.

Auch der Rest meines zugegebenermaßen überschaubaren Freundeskreises war größtenteils von ihr angetan – also von der menschlichen Chenny. Doch abgesehen von einem gelegentlichen Schwätzchen auf der Straße mieden wir allzu enge Gesellschaft. Erstens drohte immer die Gefahr, dass sich einer von uns verhaspelte und das eine oder andere Detail preisgab, das besser im kleinen Kreis blieb. Und außerdem waren wir uns zu zweit genug. Wir hatten zwar neun Monate, aber wie es danach weitergehen würde, war uns beiden nicht klar. Da wollten wir keinen einzigen Tag vergeuden.

Die Probleme begannen, als ihr Bauch nach und nach immer deutlicher zeigte, dass wir nicht zu zweit waren, sondern sich jemand drittes in unserer innigen Gemeinschaft ankündigte. Wie sie mir schon unmittelbar nach ihrem Geständnis, dass sie schwanger war, berichtet hatte, waren die Verwandlungen ab einem bestimmten Zeitpunkt gefährlich für unser ungeborenes Kind. Dieser Moment war nun erreicht.

Anfangs trug sie es mit Fassung, in ihrer menschlichen Gestalt gefangen zu sein. Doch schon nach wenigen Wochen wurde sie zunehmend unruhiger und reizbarer. Bei unseren Ausflügen und Spaziergängen schaute sie voller Sehnsucht ins dichte Gehölz der Wälder. Und auch am Strand war es nicht dasselbe, ihre bloßen Füße ins Wasser zu tauchen, anstatt auf vier Pfoten durch die Wellen zu toben.

Ich überschüttete sie mit aller Liebe und Zuneigung, die ich hatte. Gab mir Mühe, ihr jeden Wunsch von den Lippen abzulesen. Doch ihre drängendsten Begierden konnte ich nicht erfüllen.

Eines abends war es besonders schlimm. Den ganzen Tag lang war sie bereits übellaunig gewesen und hatte auf jede noch so kleine Störung mit stetig zunehmender Aggressivität reagiert. Doch all das war nur ein lauer Vorgeschmack darauf, was folgte, sobald die Sonne hinter dem Horizont verschwand.

In Embryonalstellung kauerte sie sich auf dem Sofa zusammen. Als ich mich zu ihr setzte und meine Hand auf sie legte, spürte ich das Beben ihres Leibes. Sie zuckte unter meinen Fingern und musste sich sichtlich beherrschen, die Berührung zuzulassen.

»Was ist?«, fragte ich.

Ihre Antwort beschränkte sich auf eine knappe Geste zum Fenster hin.

Ich stand auf, zog die als Vorhang zweckentfremdete Decke zur Seite und spähte hinaus. Zunächst entdeckte ich nichts, das ihren Zustand erklärte. Ich öffnete sogar die Tür einen Spalt und schaute mich in alle Richtungen um – ohne Ergebnis. Erst als ich den Blick zum Himmel hob und in einer Lücke zwischen den Wolken den Vollmond bemerkte, wurde mir klar, was mit ihr geschah.

Sorgsam schloss ich die Tür und zupfte die Decken zurecht, so dass möglichst kein Mondlicht hereinschien. Doch Chennys Unwohlsein ließ sich nicht so einfach aussperren.

Es kostete sie erhebliche Überwindung, sich meiner Umarmung hinzugeben. Aber schon nach kurzer Zeit minderte die körperliche Nähe ihr Zittern ein wenig. Trotzdem war es eine schlaflose Nacht für uns beide. Inniges Kuscheln wechselte sich ab mit nervösem Hin- und Herlaufen. Geballte Fäuste und zusammengepresste Zähne zeugten vom Kampf in ihrem Inneren. Ich fühlte mich schrecklich hilflos. Konnte ihr Leiden nur geringfügig lindern.

Bislang hatte es so ausgesehen, als könnte sie nach Belieben zu jeder Tages- und Nachtzeit willentlich die Gestalt wechseln. Aber im Rückblick erkannte ich, dass sie, seit wir zusammen waren, jedes Mal, wenn der Mond sich in vollem Rund zeigte, besonders viel Zeit in Fell gehüllt und auf vier Beinen verbracht hatte.

In den folgenden Tagen ließen die Qualen sichtlich nach. Ihre Gereiztheit verschwand allerdings nie mehr vollständig.

Und mit jedem Vollmond wiederholte sich die Tortur und wurde von Monat zu Monat schlimmer.

Letztlich sehnten wir beide die Geburt herbei, nur damit ihre Marter ein Ende hatte.

Ein Krankenhaus kam für Chenny nicht infrage, allein schon, weil sie keinerlei Ausweis oder ähnliche Papiere besaß. Das Kind irgendwo mitten im Wald auf die Welt zu bringen, wie sie es vorschlug, fand ich keine so tolle Idee. Als Kompromiss suchten wir eine Hebamme, die sich zu einer Hausgeburt überreden ließ. Soweit ich es beurteilen konnte, machte die resolute Schwarze einen guten Job und verwandelte mein Schlafzimmer in einen nahezu perfekten Kreißsaal. Auch als es Komplikationen gab, ließ sie sich nicht aus der Ruhe bringen und akzeptierte trotz ihrer anderslautenden Empfehlung, dass Chenny auf keinen Fall in ein Krankenhaus wollte.

Was ich an jenem Tag sah, habe ich seitdem aus meinen Erinnerungen verbannt. Alles, woran ich mich erinnere, ist Blut in einer Menge, die eigentlich nicht aus einem einzelnen Menschen herauskommen sollte, ohne dass er stirbt. Die Schmerzen, die Chenny durchlitt, schienen dem angemessen, sofern man ihr Stöhnen und Schreien als Maß heranzog, insbesondere in dem Bewusstsein, dass sie alles andere als zimperlich war. Die Nachbarn hatte ich wohlweislich vorab gewarnt, dass es ein wenig lauter werden könnte, auch wenn sie sicherlich nicht so etwas erwartet hatten. Zumindest rief keiner von ihnen die Polizei.

Doch selbst wenn ich zwischenzeitlich daran zweifelte, überstanden sowohl Mutter als auch Kind die stundenlange Prozedur. Die Stelle, von der an mein Gedächtnis wieder mit Details aufwarten kann, war, als ich ein kleines quäkendes Würmchen in den Armen hielt. Zu meiner Erleichterung sah alles an ihm aus, wie es sich bei einem neugeborenen Mädchen gehörte, ohne Fell und derlei Dinge.

Chenny war zu schwach, um mehr als einen flüchtigen Blick auf ihre Tochter zu werfen. Doch die Hebamme blieb noch über Nacht und zeigte mir alles, was ich wissen musste, um das Kind in den ersten Tagen zu versorgen.

Wie von sämtlichen Wunden und sonstigen Gebrechen erholte Chenny sich zügig von den Strapazen. Bereits am Vormittag nach der Geburt war sie kräftig genug, um die Kleine an sich zu nehmen und zu stillen. Nach Monaten voller Trübsal und Quälerei war es eine Wohltat, Mutter und Tochter wohlauf zu sehen.

»Schon eine Idee, wie sie heißen soll?«, fragte ich.

Die Antwort beschränkte sich auf ein Schulterzucken. »Nicht wirklich. Wir geben unseren Kindern erst Namen, wenn sie sich das erste Mal verwandeln – also in menschliche Gestalt.«

»Tja, sie ist in menschlicher Gestalt. Von daher …«

»Aber sie hat doch noch gar nichts getan außer schlafen und essen. Wie sollen wir ihr da einen angemessenen Namen geben?«

Ein weiteres Mal öffnete sich die kulturelle Kluft zwischen uns.

»Bei uns muss ein Kind noch nichts geleistet haben, um einen Namen zu bekommen«, erklärte ich.

»Und wie wählt Ihr eure Namen?«

»Danach, ob sie uns gefallen. Oder wir wählen welche, die in der Familie bereits vorkommen. Ich wurde nach meinem Opa benannt: Douglas.«

»Okay …« Wirklich überzeugt wirkte sie nicht. »Also dann … Wie hieß ihre Großmutter?«

Die Idee gefiel mir nicht sonderlich. Die Erinnerung an meine Mutter gehörte nicht zu den angenehmsten Aspekten meines Lebens. Aber meine Oma hatte ich als kleiner Junge gern gehabt. »Wie wäre es mit Caitlyn?«

Begeisterung sah anders aus, doch wenigstens zeigte sich der Anflug eines Lächelns in Chennys Miene. »Klingt gut.«

Ich hielt unserer Tochter den Finger vor die Stupsnase, sobald Chenny sie von ihrer Brust nahm. »Na, kleine Caitlyn?«

Das spontane Bäuerchen wertete ich als Zustimmung, dass ihr der Name gefiel.

Sobald Chenny endgültig zu Kräften kam, bemühte sie sich tatkräftig um das Wohl der Kleinen, fütterte und wickelte sie. Doch das Miteinander der beiden wirkte irgendwie mechanisch, nicht wirklich liebevoll, selbst wenn ich keine Handlung hätte benennen können, an der mein Eindruck unmittelbar festzumachen war.

Ich führte Chennys Verhalten auf ihre fortgeführte Abstinenz von der Wolfsgestalt zurück. Daher nahm ich ihren Wunsch, sie für ein paar Tage zu ihrer Familie ins Yosemite Valley zu bringen, freudig auf, in der Hoffnung, danach würde es ihr wieder besser gehen – und damit auch Caitlyn und mir.

Ich kaufte ein altes Auto, denn es war Winter und in den Bergen lag Schnee. Außerdem hätte ich selbst bei wärmerer Witterung nicht gewusst, wie ich Mutter und Kind halbwegs sicher auf der Softail unterbringen sollte.

Ohne Chennys Führung hätte ich unter der dichten weißen Decke, die sich über den Wald und die Berge gelegt hatte, niemals den Weg zu der Blockhütte gefunden. Doch dank Schneeketten und Allradantrieb gelangten wir schließlich an den Ort, an dem wir vor neun Monaten schon einmal gestanden hatten.

Die Verabschiedung geriet deutlich kürzer, als ich es mir gewünscht hätte. Wir verabredeten, wann wir uns wieder treffen wollten, dann gab sie mir und Caitlyn einen Kuss, zog sich aus und verschwand nackt zwischen den weiß gepuderten Bäumen. Ich blieb eine Weile in der Erwartung, sie würde nach der ersten Runde auf vier Beinen noch einmal zu uns zurückkehren. Aber sie kam nicht. Als die Kleine vor Kälte zu weinen begann, machte ich mich auf den Heimweg. Hinter dem Steuer verdrückte ich eine Träne, denn spätestens ab diesem Zeitpunkt ahnte ich, dass unsere gemeinsame Zukunft unter keinem guten Stern stand.

Zwei Tage später kehrte ich zurück zu der einsamen Hütte im Wald, diesmal bestens ausgerüstet mit Campingkocher, fertig abgefüllter Milch und einer Wärmflasche für Caitlyn. Wir mussten allerdings nicht lang warten, bis Chenny aus dem Unterholz kam – bereits auf zwei Beinen. Eilig hüllte sie sich in die warme Kleidung, die ich mitgebracht hatte. Wie erhofft, wirkte sie erheblich gelöster und wieder einigermaßen mit sich und der Welt im Reinen. Umarmte mich und nahm Caitlyn an sich.

»Bist du allein?«, wollte ich wissen. Auf ihr Nicken hin hakte ich nach: »Will von deiner Verwandtschaft keiner deine Tochter sehen?«

Sie schüttelte den Kopf. »Ist zu früh. Neugeborene gehören noch nicht zum Rudel. Erst wenn einigermaßen sicher ist, dass sie überleben, werden sie aufgenommen.«

Schon als sie es aussprach, hatte ich das Gefühl, dass sie mir nicht die Wahrheit sagte. Aber ich wischte meine Bedenken zur Seite. Glaubte weiterhin, alles könnte gut werden. Wollte nicht wahrhaben, was meine Intuition mir bereits unterschwellig mitteilte.

Eine Weile sah es gar nicht so übel aus. Noch mehrmals trafen wir uns, kam sie mit in die Stadt. Wir unternahmen Ausflüge, gingen zusammen spazieren. Hatten auch Sex, obgleich weniger leidenschaftlich als früher.

Es gab durchaus noch schöne Momente. Nie werde ich vergessen, wie Chenny fernab der Zivilisation in Wolfsgestalt unser Baby auf ihren pelzigen Rücken nahm und vorsichtig neben mir her trug. Doch ich spürte, dass es sie jede Minute zurück in die Wälder zog. Nicht mit mir und unserer Tochter, sondern in vierbeiniger Gesellschaft. So wurden unsere Treffen immer seltener und kürzer. Abgesehen von vereinzelten Stippvisiten wurde ich zum alleinerziehenden Vater. Nicht ganz einfach in meinem Job. Zu meiner großen Überraschung bot Sue, meine Polizisten-Ex, sich gelegentlich als Babysitterin an, als sie über gemeinsame Bekannte von meiner Situation erfuhr. Doch es war klar, dass das nicht ewig so weitergehen konnte.

Es war rund ein viertel Jahr nach Caitlyns Geburt, als ich mal wieder bei der Blockhütte wartete, meine Tochter im Arm. Bei unserem letzten Treffen hatte Chenny sich eine längere Auszeit erbeten, um sich ihren Rudelangelegenheiten zu widmen. Ich dachte, nun wäre endlich der Zeitpunkt gekommen, um unseren Nachwuchs dem Rest der Familie zu präsentieren. Doch erneut kam Chenny allein zwischen den Bäumen hervor.

Dass diese Begegnung nichts Gutes bringen würde, bestätigte sich endgültig, als sie mich nicht mit der üblichen Umarmung begrüßte, sondern Abstand hielt.

Es dauerte eine Weile, ehe sie schließlich die zuvor zu Boden gerichteten Augen hob und mich ansah. »Ich …« Was auch immer sie mir zu sagen hatte, kam ihr nicht leicht über die Lippen. »Als wir uns das erste Mal begegnet sind … da war ich ja eigentlich unterwegs nach Arizona. Du erinnerst dich?«

Eine schreckliche Ahnung stieg in mir auf. Vollkommen mechanisch nickte ich, ohne einen Laut von mir zu geben.

»Vorletzte Woche habe ich den Weg erneut angetreten«, fuhr sie fort. »Dieses Mal war ich erfolgreich.«

Ich schluckte. In meinem Magen materialisierte ein schwarzes Loch.

»Ich bin schwanger.« Sie senkte die Augen wieder. »Es ging nicht anders. Das Rudel muss fortbestehen. Mit Wölfen, und nicht …« Ihr Blick wandte sich für einen Augenblick zu Caitlyn.

Die Leere in meinem Inneren breitete sich weiter aus. Drohte, mich zu verschlingen. Stocksteif stand ich da. Nahm ihre Worte in mich auf. Die Worte, die ich nicht glauben wollte. Und die trotzdem wahr waren.

Endlich hatte sie, was sie von Anfang an ersehnt hatte: In ihrem Leib wuchs ein reinblütiges Ma'ii Tsoh-Kind heran. Ein Kind, das als Wolf geboren würde. Das von der ersten Stunde seines Daseins an dem Wald tiefer verbunden war, als Caitlyn oder ich es jemals vermochten.

»Bei Fellgeburten schreitet die Schwangerschaft schneller voran«, erläuterte sie, was eine tief verborgene Region meines Gehirns mir schon längst einflüsterte. »Bald werde ich keine menschliche Gestalt mehr annehmen können. Mindestens für einige Monate.«

›Und was dann?‹, wollte ich fragen. Doch ich kannte die Antwort bereits.

Als ich mich abwandte, damit sie meine Tränen nicht sah, legte sie von hinten ihre Arme um mich. »Bitte sei mir nicht böse! Auch wenn ich weiß, dass das viel verlangt ist.« Noch einmal schmiegte ihre weiche Wange sich an die meine. »Es war schön mit dir. Eine wundervolle Erfahrung. Ich hätte sie wirklich gern fortgeführt, aber ich muss an das Rudel denken. Unsere Tochter kann nicht bei uns leben, bevor sie sich irgendwann verwandelt. Falls das überhaupt jemals geschieht. Viele Halbblute merken ihr gesamtes Leben lang nicht, was sie sind. Und bald bekomme ich neue Kinder, die mich brauchen.«

Mühsam unterdrückte ich ein Schluchzen.

»Ich wünsche euch beiden von ganzem Herzen alles Gute«, fuhr sie fort. »Ich hoffe, dass wir uns bald wieder treffen können. In ein paar Jahren vielleicht. Ich freue mich darauf, zu sehen, was aus euch geworden ist. Aber jetzt …«

Eine Weile blieb sie noch bei mir, ein letztes Mal vereint in Schweigen, doch schließlich zog sie sich zurück.

Als ich mich umdrehte, sah ich noch etwas großes Pelziges im Wald verschwinden. Dann war ich allein. Nur Caitlyn schaute mich unverwandt an und gluckste freudig.

Eine ganze Weile verharrte ich neben der Hütte. Hoffte ich, dass Chenny es sich doch noch anders überlegte? Wenn ja, dann war das ebenso töricht wie vergebens. Mit einem Kloß im Hals, der mich daran hinderte, Caitlyn oder mir selbst ein tröstendes Wort zu schenken, stieg ich schließlich in den Wagen.

Auf der Rückfahrt musste ich mir ständig die Augen trocken wischen, um die Straße sehen zu können. Lang überlegte ich, wie es nun weitergehen sollte. Sowohl auf dem Highway Richtung L.A. als auch die gesamte Nacht, nachdem ich spät abends in meiner Bude angekommen war und meine schon längst schlafende Tochter ins Bett gebracht hatte.

Auf Dauer war ich als Vater ungeeignet, daran hatte ich keine Zweifel. Allein wegen meines Gewerbes. Und ehrliche Arbeit lag mir nicht, ganz abgesehen davon, dass ich nichts Ordentliches gelernt hatte und mit einem mies bezahlten Knochenjob kaum uns beide angemessen versorgen konnte. Ein Kinderheim oder eine Adoption kamen auch nicht infrage. Allein die Vorstellung, was man mit Caitlyn anstellen würde, wenn sie in die Pubertät kam und plötzlich bei Vollmond Fell und Klauen aus ihr wuchsen, ließ mich schaudern.

Letztlich fiel mir nur eine Möglichkeit ein, ihr zumindest eine Chance zu geben, das Erbe, das sie in sich trug, einigermaßen zu ertragen. Doch war das wirklich eine gute Idee? Mit Sicherheit nicht. Aber wie ich das Dilemma anders lösen konnte, wusste ich auch nicht.

Nach einer Woche durchwachter Nächte gab ich schließlich auf, nach Alternativen zu grübeln. Ich packte Kinderwagen, Windeln und sämtliches sonstige Babyzubehör ins Auto, Caitlyn in den Kindersitz und fuhr früh morgens los.

Dank zahlreicher Pausen für Füttern, Wickeln, Trösten und was sie sonst noch alles benötigte, erreichte ich mein Ziel erst kurz vor der Dämmerung. Obwohl es über ein Jahr her war, dass mein Weg mich hierher geführt hatte, fand ich den Weg auf Anhieb. Das einfache Holzhaus stand immer noch am Ende von Cedar Creek, unweit des monoton vor sich hin plätschernden Baches. Diesmal stand kein Wagen vor der Tür. Dennoch stieg ich aus und klopfte an.

Die erste Reaktion war Kindergeschrei. Ein begeistertes »Mama, Tür! Mama, Tür!«, war zu hören, kurz danach gefolgt von »Joseph, bleib da weg!« und sich nähernden Schritten.

Eine junge Frau mit wirren roten Haaren öffnete mir und sah mich erwartungsvoll an. »Ja?«

Ich hatte mich seelisch darauf eingestellt, dem einäugigen Riesen gegenüberzutreten, war aber alles andere als böse darüber, dass mir das erspart blieb.

»Hi«, begann ich. »Ich suche Kathy Jorgensson. Können Sie mir sagen, wo ich sie finde?«

Der Argwohn in ihrem Gesicht schwand auf der Stelle, als sie das Kind in meinen Armen entdeckte. »Da sind Sie zu weit gefahren. Sie müssen zurück, die Dritte rechts. Hausnummer 75.«

Ich war nicht ganz sicher, aber vermutlich hatte ich ihre Stimme schon einmal gehört, aus dem Nachbarzimmer der Wohnküche, in der sie stand.

»Vielen Dank.« Ich verabschiedete mich mit einem Tippen an die Stirn.

In dem unübersichtlichen Gewirr von Feldwegen und Bäumen dauerte es eine Viertelstunde, bis ich die Adresse fand. Letztlich erkannte ich das Haus an dem Pick-up, der davor stand. Es war der Kleinere der beiden, die damals vor Daniels Eingangstür geparkt hatten.

Auf der Veranda wurde ich bereits erwartet. Anscheinend nutzten auch Werwölfe das Telefon. Zumindest hatte ich weder lautes Heulen gehört, noch unterwegs an mir vorbeirasende pelzige Tiere gesehen.

Kathy trug eine Arbeitsschürze, stützte sich auf das Geländer und starrte mich an. Ich erwartete Verachtung in ihrem Blick. Ein ›Ich hab's dir doch gleich gesagt‹ oder etwas in der Art. Aber stattdessen fand ich nur Wärme und Mitgefühl.

Ohne ein Wort zu sagen, kam sie mir entgegen und breitete auffordernd die Arme aus. Sicherer, als ich es jemals gekonnt hatte, nahm sie Caitlyn an sich und lächelte sie an. »Na du Süße! Wie geht's dir?«

Konnte sie riechen, dass es ein Mädchen war? Wie auch immer … Ich beobachtete ganz genau, wie meine Tochter reagierte. Ein spontanes Lächeln mischte sich zwischen die Tränenspuren in meinem Gesicht, als sie laut lachte und gluckste.

»Komm rein!« Die Augen auf das Baby gerichtet, drehte Kathy sich um und ging durch die offenstehende Haustür. Ich folgte ihr. In der Wohnküche – ähnlich ausgestattet wie die in Daniels Haus, wenn auch etwas altmodischer – deutete sie mit dem Kopf auf die Eckbank am Tisch. »Ich bringe sie ins Bett. Die Kleine ist völlig übermüdet.«

Mein erster Impuls war, sie aufzuhalten. Ja, ich war hergekommen, um Caitlyn hierzulassen. Aber sie derart schnell aus den Augen zu verlieren, widerstrebte mir zutiefst. Nur mit Anstrengung gelang es mir, ihr nicht zu folgen, sondern sitzenzubleiben und zu warten.

Zehn ewig erscheinende Minuten später gesellte Kathy sich wieder zu mir und stellte ein Bier vor mir auf den Tisch, ohne mich gefragt zu haben, ob ich eins wollte. Dankbar nahm ich einen tiefen Schluck.

»Hat nicht so funktioniert, wie du gehofft hast, was?« Es war keine Häme in ihren Worten. Lediglich eine Feststellung.

Ich setzte die Dose ab und schüttelte den Kopf. »Nein.«

»Eine gute Entscheidung, sie zu uns zu bringen. Selbst wenn es sich nicht so anfühlt.«

Konnte die Frau in mich hinein sehen?

Geistesabwesend drehte ich die Dose auf dem Tisch. »Werden die anderen sie auch akzeptieren? Daniel und … wer auch immer?«

»Ich werde ihnen keine Wahl lassen.« Sie legte ihre Hand auf die meine. »Es wird ihr gut gehen bei uns. So gut, wie es für jemanden wie sie möglich ist. Sicher wird es nicht immer einfach sein. Aber wir sind Kummer gewohnt. Und hier bei uns hat sie für den Kummer, der sie erwartet, die besten Ansprechpartner, die man finden kann.«

»Kann … Kann ich sie besuchen kommen?«

Sie seufzte. »Niemand wird dich davon abhalten. Aber ich fürchte, damit machst du es ihr nicht einfacher. Vielleicht in einigen Jahren. Wenn klar ist, wie sie sich entwickelt.«

Ich runzelte die Stirn. »Was meinst du?«

»Nun, ob sie sich verwandelt oder nicht. Möglicherweise kann sie leben wie ein normaler Mensch. Falls nicht … Wir werden sehen.« Sie stand auf. »Es ist schon spät. Soll ich dir ein Gästebett bereiten?«

Ich schüttelte den Kopf. »Danke. Ich nehme ein Motel. Bevor Daniel vorbeikommt oder so.«

»Wie du willst.« Sie schien mir die Ablehnung ihres großzügigen Angebots nicht übelzunehmen. »Wie ist ihr Name?«

»Caitlyn.«

Sie nickte anerkennend. »Ein guter Name. Gefällt mir.«

»Zeit zu gehen!« Abrupt stand ich auf. Nicht, weil ich noch etwas vorhatte, sondern aus Angst, ich könnte es mir doch noch anders überlegen, wenn ich länger hierbliebe. Nur durch eine Wand von Caitlyn getrennt.

Kathy folgte mir hinaus und half mit, die ganzen Babysachen aus dem Auto zu laden. Ohne weitere Worte, nur mit Gesten und Mimik verabschiedeten wir uns voneinander. Im Rückspiegel sah ich sie noch im Licht der Verandalampe stehen und mir hinterherschauen, bis ich außer Sicht war.

Es kostete mich große Anstrengung, in der Dunkelheit und mit feuchten Augen der Straße zu folgen. Nach Chenny hatte ich nun auch meine Tochter verloren. Ihr Schicksal lag nicht mehr in meinen Händen, wie auch immer es aussehen mochte. Doch auch meine eigene Zukunft lag im Nebel verborgen. Konnte ich nach dem, was ich erlebt hatte, wieder zu meinem alten Leben zurückkehren? Wollte ich das überhaupt? Ich hatte keine Ahnung. Steuerte in die Finsternis. Auf den Straßen von Arizona ebenso wie in meinem gesamten Dasein. Ohne Plan. Ohne die beiden Frauen, die ich zu lieben gelernt hatte. Ohne Perspektive. Von einem Moment zum nächsten. Immer der Straße nach.

# Teil 2:

# Lynn

# *Erwachen*

Etwas war nicht so, wie es sein sollte. Mir war kalt. Der Untergrund, auf dem ich lag, fühlte sich merkwürdig an. Es raschelte bei jeder Bewegung. Das war nicht mein Bett.

Fernes Rauschen drang an meine Ohren, begleitet von vielstimmigem Vogelgezwitscher. Ganz vorsichtig öffnete ich die Augen. Sonnenlicht erfüllte meine Umgebung, gedimmt, aber von allen Seiten. Das war nicht mein Zimmer.

Ich sah Zweige, die sich im Wind wiegten, Baumstämme, die in den Himmel ragten. Behutsam stemmte ich die Ellbogen in den weichen Boden und richtete mich in eine halbwegs sitzende Position auf. Schaute mich um. Der Wald erstreckte sich in sämtliche Richtungen, durchflutet von der Morgensonne. Wie zum Teufel kam ich hierher?

Mein Blick senkte sich, wanderte an meinem Körper herab. Warum war ich nackt?

Ungelenk richtete ich mich auf. Ein fader Geschmack lag auf meiner Zunge. Auch mehrfaches Ausspucken konnte ihn nicht vertreiben.

Ich analysierte die Situation. Ich stand allein und ohne Kleider mitten im Wald. Außer mir war keine Menschenseele zu sehen. Angestrengt bemühte ich mein Gedächtnis. Vergeblich.

Ich hatte nicht die geringste Ahnung, wie ich hier gelandet war. Das letzte, woran ich mich erinnerte, war, dass ich krank zu Hause gelegen hatte. Anne hat in der Schule angerufen und gesagt, dass es mir nicht gut ging. Stimmte sogar. Es hatte eine Weile gedauert, bis ihr Argwohn überwunden war. Vielleicht hatte ich in letzter Zeit ein paar Mal zu oft blaugemacht. Aber diesmal ging es mir wirklich beschissen. Erst nach dem Fiebermessen hatte sie mir geglaubt.

Ich tastete mit der Hand an meine Stirn. Keine Spur mehr von erhöhter Temperatur. Auch die Übelkeit war verschwunden. Ich fühlte mich gesund. Nackt und frierend mitten im Wald, aber gesund. Nun gut, der Filmriss war möglicherweise ein Anzeichen, dass mit mir etwas nicht in Ordnung war. Also, noch weniger in Ordnung, als mein beschissenes Leben sowieso schon war. Hatte mir mal wieder irgendwer einen Streich gespielt? Eines der Arschlöcher aus der Schule, die nichts Besseres zu tun hatten, als mir das Leben zur Hölle zu machen? Wenn ja, dann hatten sie ganze Arbeit geleistet.

Ich begann zu gehen, ohne mir große Gedanken über die Richtung zu machen. Das niedrige Gestrüpp des Unterholzes knisterte unter meinen bloßen Füßen. Ich ließ den Blick über meine Umgebung schweifen. Bereits nach wenigen Schritten hatte ich eine grobe Ahnung, wo in mich in etwa befand. Ich kannte den Wald. Ich verbrachte einen erheblichen Teil meiner Freizeit hier. Weit weg von blöden Schulkameraden und meinen Pflegeeltern. Ich war gern allein. Schon immer gewesen. Ein Sonderling.

Ich schlug den Weg nach Hause ein. Bereits wenige Minuten später hörte ich Autos in der Ferne. Kurz darauf tauchten die Außenbezirke von Flagstaff zwischen den Bäumen auf, erst der Trailer Park, dann einfache, aber solide Holzhäuser. Ich blieb im Schutz des Waldes, so lang es ging. Überlegte, wie ich am besten ungesehen zu Annes und Calebs Haus kam. Musste ja nicht jeder in der Stadt mitkriegen, dass ich ohne Klamotten durch die Gegend stromerte. Ich hatte vermutlich keinen Ruf mehr zu verlieren, aber allein schon die Bestätigung, dass mit mir etwas nicht stimmte, gönnte ich den Leuten nicht.

Ich gelangte zum Grundstück der Tanners. Die Hecke reichte fast bis an die Bäume. Aufmerksam spähte ich umher, ob niemand in Sichtweite war, als mir etwas Rotes im Gestrüpp auffiel. Ich schlich zu dem Objekt und hob es auf. Mein ›Demented Are Go‹-T-Shirt, schmutzig, feucht und mit einem dicken Riss. Na toll! Das war eines meiner Lieblingsshirts gewesen. Ich zog es mir über, so gut es ging. Zupfte es zurecht, bis wenigstens meine Brüste halbwegs bedeckt waren, und schaute mich weiter um. Nicht weit entfernt entdeckte ich meine Trainingshose, ebenfalls vollkommen verdreckt, aber in einem Stück. Ein paar Meter weiter lag eine Socke. Die zweite konnte ich leider nicht finden. Ebenso wenig wie meinen Schlüpfer. Aber immerhin musste ich nicht vollständig entblößt in die Zivilisation zurückkehren.

Dennoch suchte ich mir einen Weg zwischen Hecken und an fensterlosen Mauern entlang. Ich kannte alle Schleichwege in der Gegend. Nicht gesehen zu werden, war meine Spezialität. Erst als ich die Straße überqueren musste, verließ ich die Deckung. Glücklicherweise war nicht viel los. Ich beeilte mich, die letzten Meter zum Haus zurückzulegen und plante schon, direkt über das Garagendach in mein Zimmer zu klettern, als Anne plötzlich die Eingangstür aufriss und mir entgegenlief.

»Lynn!« Ihr Ruf hörte sich nicht erbost an, eher voller Sorgen. »Geht es dir gut?«

Was sollte ich sagen? ›Ja, alles bestens?‹, während ich mit ebenso unvollständiger wie kaputter Kleidung vor ihr stand?

»Weiß nicht …«, brachte ich schließlich heraus. »Bin im Wald aufgewacht.«

Sie kam zu mir und schloss mich in die Arme. Derart innige Zuneigung war ich von ihr nicht gewohnt. Zumindest nicht mehr, seit ich zehn gewesen war oder so. Zwar gab sie sich redlich Mühe, mich gegenüber ihren beiden leiblichen Kindern nicht allzu sehr zu vernachlässigen, aber es war immer klar, wen sie bevorzugte. Angesichts meines Zustands war es nur umso seltsamer, dass sie nicht einmal einen tadelnden Gesichtsausdruck aufsetzte.

»Komm rein!«

Auch ihrer Stimme war nicht der geringste Hauch von Unmut anzumerken. Etwas war hier oberfaul. Also noch oberfauler, als nackt zwischen Bäumen aufzuwachen ohnehin schon war.

Sobald sie die Haustür hinter uns schloss, begann sie, mich oberflächlich zu untersuchen. »Bist du verletzt?«

Ich schüttelte den Kopf. »Nein. Alles gut.«

Sie atmete erleichtert durch. »Geh dich duschen! Bis dahin ist vielleicht auch dein Dad wieder da. Dann reden wir.«

Die Worte hörten sich an wie eine Drohung. Wenn sie ankündigte, dass wir ›reden‹ müssen, bedeutete das eigentlich immer einen Moralvortrag. Nur der Tonfall wollte dieses Mal nicht so recht passen.

Auf dem Weg ins Bad lauerte mir mein kleiner Bruder Wes hinter seiner Zimmertür auf. »Lynn hat sich total schmutzig gemacht! Mama! Lynn hat sich total schmutzig gemacht!«

»Verschwinde und lass sie in Ruhe!«, kam Annes prompte Antwort.

Wes war von der eindeutigen Parteinahme ebenso überrascht wie ich. Knallend schlug die Tür zu.

Leslie, die Jüngste von uns Dreien, ließ sich glücklicherweise nicht blicken. Vermutlich schwelgte sie im rosaroten Barbieland. So blieb mir wenigstens ihr Spott angesichts meiner würdelosen Erscheinung erspart.

Ausgiebig ließ ich das heiße Wasser über meinen Körper laufen. Die Wärme tat gut. Und nach intensivem Einseifen und Schrubben fühlte ich mich wieder einigermaßen sauber. Ein weiteres Mal war ich froh darüber, dass ich mich vergangenes Jahr zum Entsetzen meiner Pflegeeltern von meinen langen Haaren getrennt hatte. Die jungenhafte Kurzhaarfrisur war eigentlich ein reiner Akt der Rebellion gewesen, erwies sich aber pflegetechnisch als absoluter Glücksgriff. Insbesondere nach einer Nacht im Gebüsch.

Beim Abtrocknen bemerkte ich zu meiner Überraschung, dass Anne die schmutzigen Klamotten weggeräumt und frische Kleidung bereitgelegt hatte. So hatte sie mich nicht mehr bemuttert, seit ich … keine Ahnung … seit einer gefühlten Ewigkeit. Was passierte hier?

Wie Anne prophezeit hatte, war Caleb mittlerweile zurückgekehrt, von wo auch immer er sich herumgetrieben hatte. Im Zweifelsfall mal wieder einer seiner geheimnisvollen Männerausflüge mit Onkel Dan.

Nachdenklich über seinen langen Kinnbart streichend, wartete er unten an der Treppe, die Arizona Cardinals-Basecap in der anderen Hand. Als er mich entdeckte, schaute er mit ernster Miene zu mir hoch. »Hallo, Lynn.«

Ich winkte halbherzig. »Caleb.« Trotz Annes intensiver Bemühungen bekam ich es schon lang nicht mehr über die Lippen, die beiden Mom und Dad zu nennen.

»Kommst du bitte runter, wenn du da oben alles erledigt hast?«

Was auch immer er mit ›alles erledigt‹ meinte.

»Komme gleich«, rief ich und verschwand in mein Zimmer.

Im Schneidersitz hockte ich mich aufs Bett und atmete erstmal tief durch. Schaltete die Musikanlage an, ohne wirklich hinzuhören, was aus den Lautsprechern kam. Irgendwas mit verzerrten Gitarren und schnellem Schlagzeug. Genauer brauchte ich es in meiner momentanen Verfassung nicht. Ich suchte Halt, irgendetwas Vertrautes beim Anblick der Postergalerie verschiedener Punk- und Psychobilly-Bands an den Wänden. Doch die würden mir heute nicht helfen.

Ich konnte mich des Eindrucks nicht erwehren, dass meine Pflegeeltern erheblich mehr darüber wussten, was vergangene Nacht mit mir geschehen war, als ich. Und bisher hörten sie sich nicht so an, als würden sie mir etwas vorwerfen. Sollte ich also einfach hinuntergehen und mir anhören, was sie zu sagen hatten? Ein unbestimmtes Gefühl in meinem Bauch warnte mich, dass mir ihre Eröffnungen nicht gefallen würden. Das letzte Mal, dass sie sich ähnlich verhalten hatten, war, als sie mich aufgeklärt hatten. Oder es zumindest versuchten. Zwar hatte ich eifrig genickt und viel ›Oh‹ und ›Ah‹ von mir gegeben, doch sowohl aus dem Internet als auch eigener Erfahrung – ja, ich bin wohl ziemlich frühreif gewesen – war mir das alles schon längst bekannt. Im Gegensatz zu damals hatte ich dieses Mal allerdings keinen blassen Schimmer, welche Weisheiten sie mir kundtun wollten.

Ich zog in Erwägung, durchs Fenster und übers Garagendach abzuhauen, wie schon so oft zuvor. Bei meiner besten – na gut, vermutlich auch einzigen – Freundin Heather unterzuschlüpfen und mit ihr zu bequatschen, was mit mir los sein könnte. Aber nackt im Wald aufzuwachen und sich an nichts zu erinnern, ging ein wenig über die Probleme hinaus, über die wir sonst gemeinsam brüteten. Welcher Junge in der Schule der heißeste war und so Dinge. Was für Sechzehnjährige eben wichtig ist im Leben.

Schweren Herzens entschloss ich mich, der Aufforderung meiner Pflegeeltern Folge zu leisten. Wenn sie sich ausnahmsweise schon mal so um mich bemühten, sollte man die Gelegenheit nicht ungenutzt verstreichen lassen.

»Ich lasse euch dann mal allein«, beschloss Anne, als ich nach unten kam.

Hilfesuchend schaute ich ihr hinterher, als sie in die Küche verschwand.

Caleb bedeutete mir, ihm ins Wohnzimmer zu folgen. Na gut. Dann eben zu zweit.

»Setz dich!«, forderte er mich mit bedeutungsschwangerem Timbre in der Stimme auf.

Ich setzte ein gekünsteltes Lächeln auf – darin war ich echt gut – und legte die Unterarme auf die Tischplatte. »Okay! Leg los! Was liegt an?«

Er holte tief Luft. Es fiel ihm sichtlich schwer, mir in die Augen zu sehen. »Kannst du dich an irgendwas erinnern, was letzte Nacht mit dir passiert ist?«

Mit gespielter Coolness schüttelte ich den Kopf. »Nope. Bin abends mit Fieber ins Bett gegangen und morgens im Wald aufgewacht.«

Es gefiel ihm überhaupt nicht, dass ich seine Bemühungen ins Lächerliche zog. Aber im Gegensatz zu sonst wies er mich dafür nicht zurecht. »Weißt du, was gestern für eine Nacht war?«

Schulterzuckend sah ich ihn an. »Schätze, es war die, nach der ich im Wald aufgewacht bin, ohne zu wissen, wie ich da hingekommen bin.«

Ihm war anzusehen, dass seine Geduld mit mir zusehends schwand. Okay … Vielleicht tat ich ihm unrecht. Die ›Rebellischer Teenager‹-Attitüde war mir mittlerweile dermaßen in Fleisch und Blut übergegangen, dass ich gar nicht mehr anders konnte. Wobei sich das bei mir weniger in Form von Rumschreien und Türen knallen äußerte, als durch deplatzierten Sarkasmus und offen zur Schau gestellter Verachtung für alles und jeden. Aber dieses Mal bemühte Caleb sich wirklich. Um was auch immer. Also einen Gang runterschalten!

»Nein«, sagte ich. »Keine Ahnung.«

»Es war Vollmond.«

Jetzt, da er es erwähnte … Tatsächlich erinnerte ich mich daran, die hell am nächtlichen Himmel leuchtende Scheibe gesehen zu haben. »Okay …«

»Du … Der Mond hat einen Einfluss auf dich …«

Wo führte das nun hin? Dass ich meinen Menstruationszyklus perfekt nach den Mondphasen stellen konnte, wusste ich schon lang. Aber nackt im Wald aufwachen, ging über PMS doch ein wenig hinaus. Außerdem stand mir das erst in einigen Tagen bevor.

»Erzählst du mir jetzt, dass ich ein Werwolf bin oder so was?«, fragte ich.

Dem völligen Entgleisen seiner Gesichtszüge war anzusehen, dass ihm gerade nicht nach dummen Scherzen zumute war. »Du … Du weißt es?«

»Was weiß ich?«

»Dass du … Was du bist.«

»Was? Ein Werwolf?« Ich prustete vor Lachen. »Jetzt verarschst du …« Mitten im Satz hielt ich inne, als ich seine todernste Miene sah. Ich kannte ihn gut genug, um zu erkennen, dass er keine Witze machte. Und ich musste zugeben: So aberwitzig der Gedanke auch war … Er würde recht gut erklären, was ich erlebt hatte.

Panik überkam mich. Abrupt stand ich auf. »Nein …«

Caleb erhob sich ebenfalls, streckte die Hände zu mir aus. »Lynn … Bitte beruhige dich! Wir kriegen das hin. Versprochen.«

Ein durchdringendes Zittern erfasste meinen gesamten Körper. »Nein.« Ich stolperte einen Schritt zurück.

Er tippte sich auf seine Brust. »Bitte vertrau mir! Ich bin so wie du. Was glaubst du, wo ich bei Vollmond immer hinfahre? In den Wald. Um mich zu verwandeln. Ich mache das, seit ich ungefähr so alt war wie du jetzt. Wir kriegen das hin. Bitte, Lynn, setzt dich wieder!«

Ich wollte wegrennen. Nicht wahrhaben, was ich hörte. Ich meine … Wer würde so einem Unsinn schon Glauben schenken? Höchstens jemand, der keine Ahnung hatte, warum er eines Morgens nackt im Wald aufwachte, ohne zu wissen, wie er dort hingekommen war.

Calebs Worte und das ungewohnte Flehen in seiner Stimme brachten mich tatsächlich dazu, mich wieder auf dem Stuhl niederzulassen. Aber das Beben in meinem Leib verebbte nicht. Er griff nach meiner Hand, doch ich zog sie hastig zurück, sobald er ansetzte, mich zu berühren.

»Es liegt in unserer Familie«, erklärte er weiter. »Viele von uns haben dasselbe durchgemacht wie du. Mein Bruder Dan … Oma Kathy … Du bist keine geborene Jorgensson, das weißt du. Dein indianisches Blut ist ja nicht zu leugnen. Aber trotzdem bist du wie wir. Als du ein Baby warst, hat dein Vater dich in unsere Obhut gegeben. Weil er wusste, was auf dich zukommen würde. Und dass er damit nicht würde umgehen können. Aber wir … Wir schaffen das. Okay?«

Ich wollte ihm Glauben schenken, so schwer es mir auch fiel. »Okay.« Das eine Wort blieb mir fast im Hals stecken, so angespannt war ich. Einatmen! Und wieder ausatmen! Ich zwang mich zur Ruhe.

»So ist's gut.« Calebs liebevolles Lächeln half mir, wieder ein wenig runterzukommen.

Irgendwo aus dem Chaos, das in mir tobte, erhob sich eine Frage. »Warum habt ihr mir nie etwas davon erzählt?«

Für einen Moment presste er die Lippen aufeinander, bevor er antwortete: »Du bist ein Halbblut, so wie ich. Dein Vater war ein gewöhnlicher Mensch, genau wie meiner. Manche Halbblute verwandeln sich nie. Sie sind bei Vollmond höchstens ein wenig gereizt oder aggressiv, können aber ein fast normales Leben führen. Solange wir nicht wussten, wie ausgeprägt es bei dir ist, haben wir dir nichts gesagt. Aber nach vergangener Nacht ist klar, dass du … na ja … eine von uns bist.«

Die nächste Frage drängte sich auf. »Und Anne? Und eure Kinder? Leslie? Wes?«

Er schüttelte den Kopf. »Deine Mom ist ein gewöhnlicher Mensch. Und damit auch unsere leiblichen Kinder.«

»Wissen sie …?«

Erneut verneinte er. »Sie wissen von nichts. Hoffe ich. Und das soll auch so bleiben. Wir bleiben unter uns. Deine Mom … Anne … Sie weiß, was ich bin. Und damit auch, was gerade mit dir geschieht. Ihr kannst du dich anvertrauen. Und natürlich Dan, meinem Bruder … beziehungsweise Halbbruder.«

Tja, auch das ergab Sinn. Onkel Dan war mir schon immer unheimlich gewesen. Allein schon die Narben in seinem Gesicht. Und seine Größe. Ein Werwolf … zu niemandem passte das besser als zu ihm. Aber das bedeutete, dass seine und Calebs Mutter … »Oma Kathy …?«

Caleb nickte. »Sie ist das Oberhaupt unseres Rudels, seit Opa Jake gestorben ist. Sie hat dich damals zu uns gebracht.«

Wow! Eine ganze Familie von Werwölfen. Und ich mittendrin. Noch immer wollte das nicht in meinen Kopf. Aber war das ein Wunder? Ich meine … Werwölfe! Wer glaubt schon, dass es so etwas wirklich gibt? Und auch noch, dass man selbst einer ist. Und dennoch … tief in meinem Inneren spürte ich, dass es die Wahrheit war. Wenn auch eine vollkommen irrwitzige, geradezu absurde Wahrheit.

Ich war ein verdammter Werwolf!

Das Zittern wurde wieder stärker. Ließ meinen Unterkiefer erbeben, so dass ich kein Wort herausbekam. Keine der unzähligen Fragen stellen konnte, die durch meinen Kopf tobten. Was bedeutete das für mich? Für mein Leben? Würde jetzt alles noch beschissener, als es eh schon war? Musste ich mir in Zukunft nicht nur die Beine rasieren, sondern auch den Bauch? Die Brüste? Würden meine Augenbrauen zusammenwachsen? Pubertät war schon anstrengend genug. Auf Wolfsprobleme konnte ich gut und gern verzichten. Was würde Heather dazu sagen? Würde sie noch meine Freundin bleiben wollen? Und die Jungs in der Schule? Die meisten von denen machten ohnehin einen großen Bogen um mich. Mit einem Wolfsmädchen würde bestimmt kein einziger mehr etwas zu tun haben wollen. Nicht mal die Nerds und anderen Verzweifelten.

»Ruhig, Lynn!«

Calebs Stimme riss mich wieder in die Realität. Verwundert schaute ich mich um. Ich stand mehrere Schritte vom Tisch entfernt, ohne mich daran erinnern zu können, aufgestanden zu sein. Mein Pflegevater hatte sich ebenfalls erhoben, streckte den Arm nach mir aus.

»Ruhig!«

Es half tatsächlich. Nach und nach sortierte sich das Chaos in meinem Oberstübchen. Auch wenn unzählige Fragen blieben. Ich ließ mich wieder auf dem Stuhl nieder.

»Wir kriegen das hin«, wiederholte Caleb. »Du bist nicht allein.«

»Geht schon wieder.« Ich musste die Worte mit Gewalt an dem Kloß in meinem Hals vorbei pressen. Mehrmals schluckte ich, bis der Weg halbwegs frei war für artikulierte Äußerungen.

»Und …«, setzte ich schließlich an, sobald eine Frage sich an all den anderen vorüber nach vorn gedrängelt hatte. »Meine wahren Eltern? Wer sind sie?«

Er zuckte die Achseln. »Ich habe sie nur ganz kurz kennengelernt. Vor deiner Geburt. Das Wolfserbe hast du von deiner Mutter. Ebenso wie das Indianerblut. Dein Vater war ein gewöhnlicher Mensch.«

»Und warum haben sie mich weggegeben?«

Wieder machte er eine entschuldigende Geste. »Was genau damals abgelaufen ist, weiß ich nicht. Oma Kathy hat das geregelt. Vielleicht kann sie dir mehr darüber erzählen.«

Oma Kathy … Witwe des geradezu legendären Opa Jake, bei dessen bloßer Erwähnung immer ein Hauch von Ehrfurcht mitschwang … die Ober-Werwölfin … Auch das passte irgendwie. Sie war zwar bei Weitem nicht so animalisch wie ihr Sohn Dan, aber der einzige Mensch, vor dem sogar er kuschte. Ihrer natürlichen Autorität widersetzte sich niemand lang. Schon oft hatte ich mich gefragt, warum diese alte Frau überall derartigen Respekt genoss. Jetzt wurde es klar.

»Und … Opa Jake war auch …?«

Caleb nickte. »Er hat das Rudel gegründet.«

Selbst wenn ich eigentlich gerade anderweitige Sorgen haben sollte, nahm ich die Gelegenheit wahr, möglicherweise ein altes Familienmysterium aufzuklären. »Wie ist er gestorben?«

»Vor uns gab es andere Rudel hier in der Gegend. Wilde, grausame Geschöpfe. Menschenfresser.«

»Menschenfresser?« Entgeistert riss ich die Augen auf. »Wir fressen Menschen?« Bilder von mir selbst erschienen vor meinem geistigen Auge, mit Blut, das mir zwischen langen Fangzähnen aus dem Mund trieft und einem abgetrennten Arm in der Hand.

»Nein«, entgegnete er eilig. »Natürlich nicht. Wir sind keine Monster.«

Darüber ließ sich bestimmt vortrefflich streiten, aber ich nahm das erst mal so hin. Immerhin verschwand das Bild der blutbesudelten Horror-Lynn.

»Aber andere von uns …«, fuhr Caleb fort.

»Ach du Scheiße!«

»Ja genau! Ach du Scheiße! Das waren echt üble Gesellen. Sie haben alle Einwohner in der Umgebung tyrannisiert. Deswegen haben Opa Jake und seine Geschwister gegen sie gekämpft. Allerdings hat er mit seinem Leben dafür bezahlt.«

Oha! Das war wirklich Stoff für Legenden.

»Aber du …« Ich schaute ihm in die Augen. »Du bist keines seiner Kinder …«

»Ich wurde erst nach seinem Tod geboren«, bestätigte er. »Mein Bruder Dan … Halbbruder … Er ist das letzte von Jakes Kindern, das noch lebt. Alle anderen wurden damals getötet.«

»Und dein Dad?«

»Hab ihn nie kennengelernt. Soweit ich weiß, war er nur eine kurze Episode in Oma Kathys Leben gewesen. Auf jeden Fall ein gewöhnlicher Mensch. Deshalb bin ich ein Halbblut, wie du.«

Meine ohnehin schon ausufernde Neugier erreichte ungeahnte Höhen. Sonst wurde um die Familienhistorie der Jorgenssons immer ein großes Geheimnis veranstaltet. Durchaus verständlich angesichts des kleinen Details, dass die Hälfte von ihnen Werwölfe waren. Meine eigene Verwandlung hatte mir anscheinend erweiterte Zugriffsrechte verliehen. »Hast du von den Kämpfen noch was mitbekommen?«

Caleb schüttelte den Kopf. »Ich war noch klein, als das zu Ende ging. Da stand meine erste Verwandlung noch bevor.«

»Und Onkel Dan? Hat er sich dabei …« Ich deutete auf meine rechte Wange, wo die Narben sich über sein Gesicht zogen.

»Ja. Er sagt, diese Wunde hat ihm der Mörder seines Vaters zugefügt.«

»Krass! Aber heute gibt es keine von denen mehr … Also von den Menschenfressern?«

»Nicht hier. Kathy und Dan haben die letzten von ihnen vertrieben. Und seitdem sorgt meine Mom dafür, dass der Frieden gewahrt bleibt.«

Ich hatte Oma Kathy schon immer gemocht. Jeder liebte sie. Doch nach dem, was ich soeben über sie erfahren hatte, war sie noch faszinierender geworden.

»Wann besuchen wir sie?«, fragte ich.

»Nun ja. Spätestens beim nächsten Vollmond, wenn das Rudel sich wieder versammelt. Diesmal mit einem Mitglied mehr, so wie es aussieht.« Er lächelte mich aufmunternd an.

Mir wich das Blut aus dem Gesicht. »Ich soll …?«

Sein Nicken duldete keinen Widerspruch. »Vergangene Nacht ist der Wolf in dir erwacht. Noch ungezähmt und unkontrolliert. Im Rudel wirst du lernen, ihn zu beherrschen. Dann wirst du dich später auch erinnern, was in der Zeit geschieht, wenn du verwandelt bist. Du hast viel zu lernen. In vier Wochen fangen wir damit an.«

Ich schluckte. Mein Leben schien sich grundlegender zu ändern, als ich geahnt hatte.

»Aber bis dahin«, mahnte er mit erhobenem Finger, »kein Wort zu niemandem! Das bleibt in der Familie. Verstanden?«

Eifrig nickte ich. »Verstanden.«

Wem sollte ich davon auch erzählen, der mich nicht auf der Stelle für vollkommen übergeschnappt gehalten hätte? Für die meisten Leute war ich sowieso schon seltsam genug. Die Adoptivindianerin. Die ewige Außenseiterin. Die Squaw. Das Mädchen mit den kurzen Haaren, das immer so merkwürdige Musik hörte. Ich hatte bereits ausreichend Klatsch und Tratsch an der Backe. Auf das ›Werwolf‹-Etikett konnte ich definitiv verzichten.

»Gut.« Mit einem wohlmeinenden Lächeln erhob er sich. »Falls du noch Fragen hast … oder dir was von der Seele reden willst … Ich bin für dich da.«

»Danke.« Das meinte ich sogar ehrlich.

»So! Dann bin ich jetzt dran mit Duschen.« Und weg war er.

Ich blieb noch eine Weile sitzen. Versuchte vergeblich, das Chaos in meinem Hirn zu sortieren.

Irgendwann gesellte Anne sich zu mir und deutete auf den Stuhl neben meinem. »Darf ich mich setzen?«

Ich konnte mich nicht erinnern, dass sie für so etwas jemals um Erlaubnis gebeten hatte. Allem Anschein nach hatte mein Status innerhalb der Familie sich über Nacht rapide gewandelt. Oder sie versuchten einfach, es mir nicht noch schwerer zu machen, als es ohnehin schon war.

Als ich nicht vehement widersprach, schien sie das als Zustimmung zu werten und ließ sich nieder. »Ist heftig, nicht wahr?«

Ich stieß einen Schwall Luft aus. »Das kannst du wohl sagen.«

»Man kann sich damit arrangieren. Dein Dad … Caleb … Er liebt es, so zu sein. Wirklich. Natürlich ist es nicht immer leicht.

Aber Kathy und die anderen, sogar sein Bruder Dan, sind unheimlich hilfsbereit. Sie werden sich auch um dich kümmern.«

Ich schaute sie an. »Seit wann weißt du davon? Also von ihm?«

Ein verträumtes Lächeln schummelte sich über ihre Lippen. »Ein paar vage Andeutungen hat er schon bei unserem ersten Date gemacht. Aber natürlich habe ich nicht verstanden, was er mir damit hatte sagen wollen. Aber bevor wir das erste Mal … Du weiß schon … Da ist er dann deutlich geworden.« Einen Moment hielt sie inne, ehe sie fortfuhr. »Wirklich geglaubt habe ich es erst, als er mir Dan vorgestellt hat. Im Gegensatz zu dei… zu Caleb kann er sich willentlich verwandeln, auch ohne Vollmond. Das war … heftig. Zum Glück war Kathy nicht weit. Sie hat mich danach zur Seite genommen und mir versichert, dass mir nichts geschehen würde. Ganz im Gegenteil. Kein Mann auf der gesamten Welt verteidigte seine Familie so verbissen wie ein Wrukolakas.«

»Wrukowas?«

»So nennen sie sich selbst. Das Wort stammt aus Osteuropa. Heißt in der ursprünglichen Bedeutung Wolfspelz oder so ähnlich. Aber wenn du darüber mehr wissen willst, fragst du besser Kathy.«

»Hast du ihn … also Caleb jemals gesehen, wenn er …?«

Sie nickte. »Das ist schon echt furchteinflößend. Aber er war total friedlich. Als ich ihn das erste Mal so berührt habe … meine Finger tief in sein Fell vergraben …« Das Lächeln kam wieder zurück. Dann sah sie mir in die Augen. »Ich liebe ihn. So wie er ist. Und ich werde auch dich weiterhin lieben. Wer sich mit den Jorgenssons einlässt, hat keine andere Wahl, als ihr kleines Geheimnis zu akzeptieren. Und auch wenn du nicht ihr Blut teilst, bist du ihnen doch auf andere Weise näher, als ich es jemals sein werde. Vertrau ihnen! Du bist hier am richtigen Ort.«

Dieses Mal zog ich meine Hand nicht zurück, als sie sie ergriff und fest drückte. Ihre Ansprache und die Nähe, die sie mir schenkte, verfehlten die beabsichtigte Wirkung nicht. Mein Puls beruhigte sich merklich und die Zukunft drohte mir nicht mehr ganz so finster wie zuvor. Ich hatte das Gefühl, ich könnte das wirklich schaffen.

Aus einem spontanen Impuls heraus rückte ich noch näher an Anne heran. Zuerst zögerlich, doch als ich mich nicht dagegen wehrte, nahm sie mich mit unendlicher Zuneigung in die Arme. Ich wurde wieder zu dem kleinen Kind, das sich an sie schmiegte und Trost suchte. Und sie gab ihn mir.

Aber das Grollen tief in meinem Inneren verstummte nicht. Die Aussicht, zu einem Werwolf zu mutieren, erhob sich wie eine unbezwingbare Wand vor mir. Alle Pläne, die ich für mein Leben entworfen hatte, waren von einem Tag auf den anderen hinfällig geworden. Es fühlte sich an, als hätte jemand mich aus der Realität herausgerissen und irgendwo anders fallen gelassen. Nein, nicht irgendwo. Mitten in einem bescheuerten Werwolf-Horrorfilm.

# *Das Rudel*

Noch niemals zuvor in meinem Leben war ich derart nervös. Nicht einmal, als ich das erste Mal Sex gehabt hatte. Und das, obwohl ich dabei erst vierzehn gewesen war – na ja, fast fünfzehn. Ich war eben ein bisschen frühreif. Ob das auch damit zusammenhing, was ich war? So viele Fragen! Ein paar davon würden heute vermutlich beantwortet werden. Aber meine Aufregung minderte das nicht im Geringsten. Eher im Gegenteil.

Vier Wochen lang hatte ich auf diesen Tag hingefiebert. Vier verflucht harte Wochen. Am schlimmsten war es, mit niemandem über das sprechen zu können, was mich unentwegt beschäftigte. Na gut, Anne und Caleb hatten das angeboten. Aber ich meine die Leute, mit denen ich normalerweise meine Probleme bequatsche. Allen voran Heather. Ihr war natürlich nicht entgangen, dass mich etwas umtrieb. Und meinen Beteuerungen, alles wäre in Ordnung, hatte sie nicht eine Minute lang Glauben geschenkt – zurecht. Am Ende war sie ziemlich sauer, weil ich mein Geheimnis nicht mit ihr teilte. Wie ich das wieder kitten sollte, war mir noch nicht wirklich klar.

Aber trotz aller Nöte hielt ich mich an das Versprechen, das ich meinen Pflegeeltern gegeben hatte. Kein Wort zu niemandem.

Das Totschweigen führte so weit, dass ich mich gelegentlich selbst fragte, ob das alles wirklich geschehen war oder ob ich lediglich endgültig so verrückt geworden war, wie viele Leute es ohnehin von mir dachten. Ein Blick in den Schrank auf das zerrissene ›Demented Are Go‹-T-Shirt, das ich aus dem Mülleimer gerettet hatte, brachte mich allerdings jedes Mal schnell wieder in die ebenso grausame wie absurde Realität zurück.

Ich war ein Werwolf.

Yippie.

Wobei die Hoffnung, das alles wäre ein vollkommen ausgeuferter Streich, zu dem meine gesamte Pflegefamilie sich verschworen hatte, immer noch irgendwo in mir glimmte. Jeden Tag hatte ich ein kleines bisschen darauf gewartet, dass Anne und Caleb mich lauthals auslachten und fragten, ob ich die wilden Geschichten wirklich geglaubt hätte. Aber nichts dergleichen geschah. Und für den Fall, dass der Albtraum, der mich erfasst hatte, doch einen Funken Wahrheit enthielt, wollte ich so gut es ging darauf vorbereitet sein.

Wie besessen durchforstete ich das gesamte Internet nach allem, was mit Wölfen, Gestaltwandlern und was mir sonst noch einfiel, zu tun hatte. Was ich fand, war allerdings größtenteils Müll. Esoterisches Gesülze und drittklassige Kinokacke. Ein paar Dinge konnte ich zwar bestätigen, zum Beispiel, dass meine Wahrnehmung, insbesondere der Geruchssinn seit meinem ›Erwachen‹ erheblich empfindlicher war. Nicht nur angenehm, wenn man schon von der Straße aus riechen kann, wer gerade das Klo besetzt. Wobei ich nie sicher war, ob ich mir diese erhöhte Sensitivität nicht nur einbildete. Wahnvorstellungen fände ich jedenfalls naheliegender, als ein Werwolf zu sein.

Aber das meiste von dem Zeug aus dem Netz gehörte ohne jeden Zweifel in die Kategorien Schund und wirre Fantasien.

Ich denke, ich hätte es bemerkt, wenn ich mit Satan persönlich einen Pakt geschlossen hätte. So was sollte eigentlich nicht versehentlich zwischen Hausaufgaben machen und mit der besten Freundin chatten untergehen. Und das Ganze während meines Blackouts im Wald vollzogen zu haben, fände ich unfair. Nein, wenn man schon seine Seele verkaufte, musste man das in vollem Bewusstsein tun, sonst galt es nicht. Von daher brachte das vielgerühmte Schwarmwissen der Welt mich offenbar nicht weiter.

Jede klare Nacht – und im Sommer gibt es in Arizona viele klare Nächte – schaute ich zum Himmel und beobachtete den Mond. Sah zu, wie er abnahm, verschwand und wieder zurückkehrte. Je weiter er sich dem vollen Rund näherte, umso kribbeliger wurde ich. Bis es schließlich so weit war. Der Tag der Wahrheit.

Als ich genau vier Wochen nach meiner ersten, unfreiwilligen Verwandlung neben Caleb im Auto saß und wir Flagstaff verließen, dachte ich zunächst, wir würden nach Cedar Creek fahren, dem verschlafenen Nest mitten im Wald, in dem Oma Kathy und Onkel Dan fernab der Zivilisation wohnten. Doch kurz vor dem Ortseingangsschild bogen wir von der unbefestigten Straße auf einen noch holprigeren Weg ab, der tiefer ins Gehölz führte. Ich fürchtete jeden Moment, wir müssten das Auto trotz Allradantrieb und Geländereifen stehenlassen, um irgendwelchen Trampelpfaden zu folgen. Die Navi-App behauptete, hier gäbe es weit und breit nichts als Wildnis.

»Mach das bitte aus!«, bat Caleb mich, als er das Smartphone in meiner Hand sah. »Wir wollen kein Risiko eingehen, dass irgendein Außenstehender diesen Ort findet.«

Ich tat, was er verlangte. Um zu erkennen, dass die Zivilisation meilenweit entfernt lag, brauchte ich das Gerät nicht. Ein Blick durch die Frontscheibe reichte völlig aus.

Rund eine halbe Stunde, nachdem wir die letzte Straße verlassen hatten, die diese Bezeichnung noch halbwegs verdiente, öffneten sich Stämme und Gestrüpp zu einer sonnenbeschienenen Lichtung, auf der bereits einige andere Autos parkten, zumeist Pick-ups und Jeeps.

Sobald Caleb den Motor abgestellt hatte und wir ausstiegen, wurden wir von den Anwesenden herzlich winkend begrüßt. Die Chance, die Werwolf-Geschichte wäre lediglich ein Scherz auf meine Kosten, sank soeben rapide. Einen derartigen Aufwand für einen kindischen Aprilscherz zu betreiben … Unwahrscheinlich.

Rund ein Dutzend Personen waren bereits versammelt. Onkel Dan ragte schon aufgrund seiner Statur zwischen den anderen hervor. Neben ihm standen Jessica, seine auch mit knapp vierzig Jahren immer noch wie ein Model für Country-Style-Kleidung wirkende Frau, sowie seine zwei ältesten Söhne aus erster Ehe, beides bärtige Riesen wie ihr Vater. Ein Stück abseits erblickte ich Joseph, das Älteste der gemeinsamen Kinder von Dan und Jessica und, wenn ich mich nicht verrechnete, seit Kurzem volljährig, sowie seine jüngere Schwester Luna, die ungefähr in meinem Alter war. Dazu kamen noch weitere Cousinen und Onkel aus Prescott und anderen Städten, die ich vermutlich schon mal auf Familienfeiern gesehen hatte, allerdings nicht alle beim Namen kannte.

Besonders zu einem von ihnen wollten meine Augen immer wieder wandern. Ich musste mich zusammenreißen, Joseph nicht allzu offensichtlich anzustarren. Aber jedes Mal, wenn ich ihn kurz beobachtete, machte mein Herz einen kleinen Satz.

Doch noch ehe wir uns begrüßen konnten, erklang mehrstimmiges Motorengeblubber, als ein Trupp Harleys eintrudelte und ebenso freudig in Empfang genommen wurde wie wir zuvor. Die Fahrer waren ausnahmslos Mitglieder der Mesa Jackals, des Bikerclubs, deren President Jessicas Vater Ike war. Beziehungsweise auch Fahrerinnen. Bei den Jackals waren die Frauen nicht nur Zierwerk auf dem Soziussitz, sondern fuhren selbst. Der Pres persönlich, der legendenumrankte Ike mac Comhail, war aber nicht dabei.

Es herrschte familiär-ausgelassene Stimmung. Mehrere Holzkohlegrills verbreiteten den Geruch von Barbecue. Mit allgemeiner Begeisterung wurde die Palette Bierdosen aus dem Kofferraum von Calebs Wagen begrüßt. Gleich danach machte mein Pflegevater mit mir eine komplette Runde und stellte mich allen vor, als würde ich die meisten von ihnen nicht bereits seit Jahren kennen.

Jessica umarmte mich sogar, was sie noch nie getan hatte. »Willkommen, Lynn. Ich war total aufgeregt, als ich gehört habe, dass du jetzt eine von uns bist.«

»Ähm, ja«, erwiderte ich unbeholfen. »Bin auch aufgeregt.«

»Das glaube ich dir. Aber dafür gibt es keinen Grund. Du wirst schon sehen. Hier kannst du ganz du selbst sein.«

Als sie mich wieder losließ, erhob sich eine haarige Wand vor mir. Onkel Dan trug nur eine offene Lederweste über seiner tonnenförmigen Brust. Ich hob den Blick und schaute in sein markantes Gesicht mit dem zotteligen Backenbart, den vier parallel verlaufenden Narben und dem milchigen Auge. Gekrönt wurde seine Erscheinung von einem Kopftuch, das die Südstaatenflagge zeigte und unter dem lange, leicht angegraute Haare hervorlugten.

»Sieh an«, murmelte er, während ich mich bemühte, seinem stechenden Blick standzuhalten, »die kleine Lynn ist zum Wolf geworden.«

»Tja.« Ich versuchte, freundlich zu klingen. »So sieht's aus.«

Er bedachte mich mit einem Klaps auf die Schulter – was auch immer der zu bedeuten hatte – und wandte sich ebenso schnell von mir ab, wie er aufgetaucht war.

»Hi, Lynn.«

Die vertraute Stimme ließ mich, nervös, wie ich war, herumfahren. Und da stand er, keinen Meter von mir entfernt. Deutlich schlanker und weniger massig als sein Vater oder seine beiden Halbbrüder, aber kaum kleiner. Und erheblich weniger haarig, die Bartstoppeln nicht viel mehr als ein Schatten auf Wangen und Kinn. Dazu die dichten, geraden Augenbrauen und darunter blaugraue Augen, in denen ich auf der Stelle wieder versinken könnte. Aber dafür war momentan ein schlechter Zeitpunkt.

»Hi, Jojo«, begrüßte ich Joseph.

Genervt verdrehte er die Augen. »Nenn mich nicht so!«

»Selbst schuld, wenn du dich bei dem Nachnamen Joseph taufen lässt«, brachte ich meinen Standardspruch und ihn damit zum Schmunzeln.

»Krasse Frisur.« Er streckte die Hand aus, um über meine knapp daumenlangen, wirr in alle Richtungen ragenden Haare zu streichen. »Steht dir.«

Ich deutete auf seine dunkelblonde Mähne mit dem leichten Rotstich, den er von seiner Mutter geerbt hatte. »Dafür lässt du deine ja wachsen.«

Er lächelte. »Ja, zusammengenommen bleibt's also so wie früher. Nur anders verteilt.« Sein Finger wies auf mein ›The Cramps‹-T-Shirt. »Wenigstens deine Klamotten sind noch wie damals.«

Josephs Anblick und die unmittelbare körperliche Nähe weckten eine ganze Armee von Erinnerungen. Bis vor zwei Jahren war er oft bei uns zu Besuch gewesen, mindestens einmal im Monat, und immer dann, wenn Caleb mit Onkel Dan abgezogen war. Nun, da ich seine Eltern vereint hier sah, war klar, warum der kleine Jojo einen Babysitter gebraucht hatte. Ebenso hatte ich eine Ahnung, weshalb die Besuche so plötzlich aufgehört hatten.

Seitdem sahen wir uns nur noch sporadisch. Und unsere einstige Vertrautheit vom gemeinsamen Umhertollen im Wald, Staudämme bauen und allerlei anderen Spielen war verflogen. Wenn wir uns begegneten, war er stets unnahbar, beschränkte den Kontakt zu mir auf steife Begrüßungen und Abschiede. So viele Worte wie jetzt gerade hatten wir schon lang nicht mehr gewechselt.

Ich bemühte mich, ihn nicht allzu intensiv anzustarren. »Du also auch?«

»Seit zwei Jahren«, bestätigte er. »Und ich find's total klasse, dass du jetzt auch dabei bist.«

»Ja, ich auch«, log ich. Aber das Lächeln in meinem Gesicht war echt.

Ihm gegenüberzustehen, fühlte sich an, als würde ich meinem Ex begegnen, obwohl wir nie offiziell zusammen gewesen waren. Inoffiziell allerdings … Es war Joseph, der mir meine Jungfräulichkeit genommen hatte, kurz bevor die Besuche aufgehört hatten. Wobei ›genommen‹ nicht das richtige Wort ist. Ich war ihm dabei schon reichlich entgegengekommen.

Soweit ich weiß, war es auch für ihn das erste Mal gewesen. Zwei Teenager auf Forschungsexpedition. Heather und die anderen Mädchen in der Schule erzählten immer, ihr erstes Mal wäre grauenhaft gewesen. In ihrer Gegenwart stimmte ich natürlich zu. Aber insgeheim hatte ich es schön gefunden. Ganz zaghaft und vorsichtig hatten wir uns auf unbekanntes Terrain vorgetastet. So still wie möglich in meinem Zimmer, damit

Anne und meine Geschwister nichts mitbekamen. Ich hatte es in vollen Zügen genossen, seine schlanken Hände erst auf meinen Armen zu spüren, dann den Brüsten und schließlich, nachdem er all seinen Mut zusammengenommen hatte, zwischen meinen Schenkeln. Recht viel weiter hätte ich ihm meinen Unterleib auch nicht entgegenstrecken können, um ihn zu animieren.

Er wäre beinahe schon gekommen, kaum dass ich sein Glied berührt hatte. Danach war ich ganz vorsichtig gewesen, als ich ihm das Kondom überstreifte – ich war vielleicht frühreif, aber nicht leichtsinnig – und ihm mit spitzen Fingern den Weg in mich hinein wies.

Der Spaß war nur von kurzer Dauer und im Gegensatz zu ihm hatte ich keinen Orgasmus. Den holte ich später mit meinen eigenen Händen nach, sobald er gegangen war. Doch ich stellte mir dabei sein Gesicht vor. Genauso wie noch viele andere Male, wenn ich es mir selbst besorgte oder andere Jungs in Umkleidekabinen oder auf Autorückbänken ranließ. Trotzdem war es schön gewesen, Joseph derart nahe zu sein. Ich hatte mich unglaublich auf ein Rematch gefreut, aber dazu war es nie gekommen. Ein Wolf hatte uns, wie ich nun wusste, dazwischengefunkt.

Zu gern wüsste ich, ob er eine Neue hatte. Vielleicht sogar eine der Anwesenden? Abgesehen von seiner Schwester waren wir beide die Jüngsten in der Versammlung. Von daher wohl eher nicht. Aber was wusste ich schon, wie so was unter Werwölfen lief?

»Wir sehen uns dann später«, beendete er die peinliche Stille zwischen uns.

Verdammt! War ich so in Erinnerungen versunken, dass ich vergessen hatte, etwas zu sagen? Mir war echt nicht zu helfen!

»Ähm ja … Bis später.«

Super Kommentar! Lynn Jorgensson, die Königin der coolen Anmachsprüche. Er schenkte mir ein Zwinkern, dann war er weg, ging zu den Jackals und bewunderte ihre Harleys.

»Hallo, Lynn.«

Als Neuling in der Runde sollte ich nicht erstaunt sein, von allen möglichen Leuten angesprochen zu werden. Trotzdem erschrak ich erneut. Doch das freundliche Gesicht mir gegenüber besänftigte mich auf der Stelle.

»Hallo, Oma Kathy.«

Warum ich es nicht schaffte, Anne und Caleb als Mom und Dad anzusprechen, und es mir bei seiner Mutter undenkbar erschien, auf das ›Oma‹ zu verzichten, wird wohl ewig ein Mysterium bleiben.

Kathys Augen waren, wie üblich, von freundlichen Lachfalten umgeben. »Wie geht es dir?«

»Gut«, erwiderte ich automatisch. Ihr forschender Blick veranlasste mich zu einer etwas ehrlicheren Antwort: »Ich bin furchtbar aufgeregt.«

»Es wäre verwunderlich, wenn nicht.« Sie bedeutete mir, ihr zu folgen, und führte mich an den Waldrand, ein wenig abseits des Trubels rund um die Autos und Grills. Dort setzte sie sich mit einem unterdrückten Stöhnen auf eine dicke Wurzel und legte ihre langen grauen Haare über die Schulter, so dass sie sich nicht darauf hockte.

Ich ließ mich im Schneidersitz auf dem Gras neben ihr nieder. »Anne und Caleb …«, begann ich nach einer Weile, als sie schwieg, »Sie haben mir erzählt, du hättest mich damals zu ihnen gebracht?«

Sie nickte. »Das stimmt.« Wieder formten ihre schmalen Lippen ein Lächeln. »Und nun willst du von mir wissen, wer deine leiblichen Eltern waren.«

»Ja … schon.«

Sie überlegte einen Moment, ehe sie zu erzählen begann. »Viel kann ich dir leider nicht berichten. Deiner Mutter bin ich nur ein einziges Mal begegnet. Und deinem Vater zweimal. Wobei das zweite Mal war, als er dich mir anvertraut hat …« Ihr Blick wanderte zu den Baumkronen, die sich über uns im sanften Wind wiegten. »Er war verzweifelt. Ihm war bewusst, was es bedeutet hätte, ein Kind wie dich großzuziehen. Mit welchen Schwierigkeiten das für einen normalen Menschen, wie er einer war, verbunden ist. Dennoch hat es ihm großen Kummer bereitet, dich wegzugeben. Ich erinnere mich noch gut an den Schmerz in seinem Blick. Alles, was ich über ihn weiß, ist, dass er vermutlich die richtige Wahl getroffen hat. Stell dir nur mal vor, wie es wäre, in deiner Situation nicht einen Haufen Freunde um dich herum zu haben, die genau wissen, was in dir vorgeht und was du brauchst! Ich habe in meinem Leben einige von uns kennengelernt, für die die ersten Verwandlungen ein traumatisches Erlebnis waren. Weil sie allein waren. Sich niemandem anvertrauen konnten. Dieses Schicksal hat er dir erspart und das ist eigentlich schon alles, was du über ihn wissen musst.«

Nun ja, das hatte auch Caleb mir bereits in groben Zügen kundgetan. Wenn auch etwas weniger eloquent. Nicht unbedingt das, was mich interessiert hätte, aber ich spürte, mehr über meinen leiblichen Vater würde ich heute nicht aus ihr herausbekommen. »Und meine Mutter?«

»Ein noch schwierigerer Fall. Sie stammte aus einem Rudel, das Halbbluten wie dir äußerst kritisch gegenübersteht. Ich kann nur Vermutungen anstellen. Aber ich schätze, ihr Rudel hat dich verstoßen. Und sie musste dich gehen lassen.«

Verstoßen werden. Außenseiter sein. Nicht dazugehören. Damit kannte ich mich aus. Nun wusste ich, dass das schon von Geburt an ein Teil von mir war. Jay!

»So!« Kathy raffte sich auf. »Jetzt lass uns mal nachschauen, ob die Jungs mit dem Grill was auf die Reihe gekriegt haben! Ich hab Hunger.«

Damit war die Fragestunde dann wohl beendet.

Ich mischte mich ebenfalls unters Volk und versuchte, ganz zufällig in Josephs Nähe zu landen. Als ich dabei an einem der Jackals vorbeiging, schnüffelte er demonstrativ in meine Richtung, verzog das Gesicht und knurrte: »Skinwalker.«

Ohne auch nur den Hauch einer Ahnung, was er von mir wollte, sah ich zu, dass ich mich zügig von ihm entfernte. Dabei lief ich Caleb in die Arme.

»Na?«, fragte er. »Alles okay?«

»Klar.« Ich nickte. »Krasse Werwolf-Party.«

Er lächelte milde. »Sieh zu, dass du was isst! Die Verwandlung kostet viel Kraft.«

»Okay.«

»Und trink nicht zu viel Bier! Das verträgt sich nicht gut mit der Wolfsgestalt, wenn man es nicht gewohnt ist.«

»Ähm … geht klar«, entgegnete ich, was ihn offenbar zufriedenstellte.

Nicht dass ich den ganzen Nachmittag lang auch nur eine der Dosen angefasst hätte. Allein schon, dass er mir zutraute, ich würde mich hier besaufen, kränkte mich ein wenig, ließ es doch tief blicken, was er für eine Meinung von mir hatte. Natürlich hatte ich schon mal Alkohol getrunken, heimlich mit Heather und anderen Leuten aus der Schule, aber … Na gut, vielleicht war Calebs Ermahnung nicht vollkommen aus der Luft gegriffen. Hier allerdings, unter den wachsamen Augen meiner adoptierten Verwandtschaft kam Trinken für mich nicht infrage.

Ich organisierte mir einen fetttriefenden Burger. Wenigstens der war ganz nach meinem Geschmack. Wenig Salat und anderes Unkraut, dafür das Fleisch innen noch rosig. Während ich genussvoll hineinbiss, kam mir der Gedanke, ob es Vegetarier oder gar Veganer unter den Werwölfen gab. Wenn ich mich so umschaute, dann zumindest nicht in diesem Rudel.

Wie schon bei unzähligen Familientreffen zuvor bestaunte ich Dan und Jessica. Die rotgelockte Schöne und das narbenentstellte Biest. Doch jeder Blick, jede kleine Geste zwischen den beiden, und sei es nur eine flüchtige Berührung, wenn sie im Gedränge aneinander vorbeigingen, zeugte von der innigen Verbundenheit des ungleichen Pärchens. Wo die Liebe hinfiel …

Das Ergebnis dieser seltsamen Mischung bewunderte ich ebenfalls bei jeder Gelegenheit, leider nur aus der Ferne. Joseph hielt sich die meiste Zeit in der Nähe seines Vaters und seiner Halbbrüder auf. Gelegentlich schaute er zu mir rüber und setzte dabei ein Lächeln auf, das jedes Mal mein Herz ein kleines bisschen schneller pochen ließ.

»Schlag dir das aus dem Kopf!«, fauchte seine Schwester Luna mich von der Seite an. »Mit einem Skinwalker-Halbblut wie dir wird er sich nicht abgeben.«

Verdattert schaute ich sie an. »Was?«

»Er und ich, wir sind reinblütig«, erklärte sie mit hoch erhobener Nasenspitze. »Dein Vater war ein Mensch. Und deine Mutter ein Skinwalker. Jemand wie du ist unter seiner Würde. Er wird mal der Leitwolf, nach Oma und Daddy. Für dich ist da kein Platz.«

Schon wieder dieses Wort. Skinwalker. Was auch immer es bedeutete. Aber wenn es auf der Welt einen Menschen gab, den ich bestimmt nicht danach fragen würde, dann Luna. Sie und ich, wir waren schon als Kinder wie Feuer und Wasser gewesen. Ich hatte das rotblonde Püppchen noch nie ausstehen können.

Und meine Gesellschaft zu ertragen, war bereits im Kindesalter weit unter ihrer Würde gewesen. Deshalb war das Experiment, sie ebenfalls bei Anne und mir einzuquartieren, wenn unsere Väter auf Tour gingen, ganz schnell wieder beendet worden. Nun, da sie auch zum Rudel gehörte, war sie offenbar genauso zickig wie eh und je. Eher noch schlimmer. Manche Dinge änderten sich wohl nicht einmal dadurch, dass man zum Werwolf wurde.

Ich beschränkte meine Antwort darauf, ihr den ausgestreckten Mittelfinger zu zeigen – eine alte Tradition zwischen uns – und woanders hinzugehen.

Ich landete mitten im allgemeinen Grillabbauen. Oder zumindest zur Seite schieben. An ihrer Stelle wurde ein Lagerfeuer entzündet. Bei normalen Feiern kämen jetzt die Marshmallows zum Einsatz. Doch ich ahnte, dass der nächste Programmpunkt anders aussehen würde.

Eine innere Unruhe stieg nach und nach in mir auf, je weiter die Sonne sich in Richtung Horizont senkte. Außerdem wurde mir heiß. Schweiß stand auf meiner Stirn. So war es auch vor einem Monat losgegangen. Nun wurde es wohl ernst.

Den Übrigen sah ich an, dass es ihnen nicht besser erging. Einige fingen an, hin und her oder im Kreis zu gehen. Andere begannen, nervös mit den Fingern zu schnipsen. Lediglich Onkel Dan stand wie der Fels in der Brandung inmitten des Trubels und beobachtete nahezu regungslos das muntere Treiben.

Als die Sonne sich endgültig verabschiedete und nur noch das Feuer seinen flackernden Schein auf die Versammelten und die umstehenden Bäume warf, kam Oma Kathy zu ihm und stieß ihm auffordernd den Ellbogen gegen den Arm. Sein laut über die Lichtung gellender Pfiff brachte innerhalb weniger Augenblicke Ordnung in den wilden Haufen. Sie alle stellten sich in einem weiten Kreis rund um das Feuer auf. Ohne zu wissen, wie mir geschah, landete ich zwischen Caleb und einem der Biker statt neben Joseph, wie ich es mir gewünscht hätte. Tja, vielleicht ein anderes Mal. Außer natürlich, Lunas Rumzickerei besaß einen wahren Kern. Dann … Aber daran wollte ich gerade nicht denken.

Das letzte Gemurmel in der Runde verstummte, als Dan die Arme ausbreitete. »Willkommen, Freunde und Verwandte …« Für einen winzigen Moment blitzte der Anflug eines Lächelns über sein grimmiges Gesicht. »Wölfe! Ihr alle seid ungeduldig. Von daher mach ich's, wie üblich, kurz. Aber nachdem wir vor zwei Monden meine Tochter Luna zum ersten Mal hier begrüßt haben, gibt's schon wieder einen Neuzugang.« Sein Blick fiel auf mich und alle anderen folgten. »Begrüßt meine Nichte Lynn, sofern ihr es noch nicht getan habt. Und gebt auf sie acht, wenn's gleich losgeht!«

Die plötzliche Aufmerksamkeit behagte mir gar nicht. Verschämt winkte ich in die Runde und gab ein scheues »Hi« von mir. Am liebsten wäre ich im Boden versunken.

Ich war heilfroh, als Dan wieder die allgemeine Beachtung auf sich zog. »Und jetzt … gebt euch dem Mond hin!«

Erst erwartete ich, alle würden die Köpfe heben und ein gemeinsames Geheul anstimmen oder etwas in der Art. Doch stattdessen begannen sie kollektiv, sich auszuziehen. Oh Gott! Sollte ich da etwa mitmachen? Vereintes Heulen wäre mir definitiv lieber gewesen. Hatte ich gerade eben im Boden verschwinden wollen, so wünschte ich mir nun, ein schwarzes Loch würde sich vor mir auftun und mich verschlingen.

Je nach Temperament der Inhaber landeten die Klamotten entweder kreuz und quer auf dem Boden oder sorgsam zusammengefaltet auf einem Autositz. Darunter kamen im flackernden Schein des Lagerfeuers mehr oder weniger ansehnliche Körper zum Vorschein.

Zaghaft begann ich, an meinem Shirt zu nesteln. Ach scheiß drauf! Augen zu und durch! The Cramps landeten im Gras und entblößten meine überschaubare Oberweite. BHs hatte ich noch nie gemocht. Die ausgefranste Jeans folgte unmittelbar auf Sneakers und Socken. Bei meinem Slip zögerte ich einen Moment, schaute mich noch einmal unauffällig um, ob alle anderen die Nummer ebenfalls bis zur letzten Konsequenz durchzogen. Mit einem innerlichen Seufzer stellte ich fest, dass dem so war. Also nahm ich mir ein Herz und ließ auch das finale Stückchen Stoff von mir gleiten.

Lässig und natürlich vollkommen zufällig verschränkte ich die Hände vor mir, so dass sie zumindest meine Muschi halbwegs verdeckten. Der Rest der Truppe zeigte diesbezüglich weniger Hemmungen. Da baumelte alles völlig offen vor sich hin, entweder von der Brust oder zwischen den Beinen. Bei dem fettesten der Biker sogar beides.

Ich erschrak, als Caleb mich von der Seite anstupste und auf das Knöchelkettchen an meinem Fuß zeigte. »Das da besser auch. Sonst verlierst du es.«

Mist! Da machte man sich schon mal schick und dann war es wieder falsch.

Ich fummelte das Kettchen ab und steckte es in die Tasche meiner abgelegten Hose.

»Was ist damit?« Sorgenvoll deutete ich auf die drei Helix-Piercings in meinem Ohr.

»Die sollten gehen.«

Wenigstens etwas.

Ein Rundumblick offenbarte, dass, abgesehen von dezenten Ohrringen oder -steckern, tatsächlich keiner der anderen irgendein Stück Schmuck am Leib trug. Weder Halsketten noch Eheringe. Auch Tattoos waren nirgends zu entdecken, nicht mal bei den Bikern. Dafür ... Ach du Scheiße! Was an anderweitigen Verzierungen der Körper fehlte, machten sie alle, Männlein wie Weiblein, ausnahmslos durch Haare wett. Völliger Wildwuchs umgab mich, nur vereinzelt zumindest ein wenig in Form getrimmt. Wobei ›ausnahmslos‹ nicht ganz stimmte. Mein eigener Bauch glänzte vom Nabel bis zur Muschi mit vollkommener Nacktheit. Verdammt! Wir lebten im 21. Jahrhundert! Da rasierte man sich! Tja, ich war wohl mal wieder der Außenseiter, selbst in dieser elitären Gemeinschaft. Der Freak unter den Freaks. Wenigstens schien niemand offen Anstoß an meiner Andersartigkeit zu nehmen. Die meisten schauten mich nicht einmal an. Gingen weiterhin völlig locker miteinander um, als wären wir in einem Nudistencamp. Mir hingegen fiel es schwer, nicht doch den einen oder anderen zumindest flüchtig in Augenschein zu nehmen. Natürlich nicht Caleb. Adoptiert oder nicht ... Die eigenen Eltern hatten keine Geschlechtsteile zu haben! Wenigstens keine, die ich sehen wollte.

Bei Joseph war das anders, aber ihn hatte ich ja schon einmal entblößt gesehen. War zwar bereits eine Weile her, doch in der Zwischenzeit hatte er sich nicht zum Nachteil verändert. Ganz im Gegenteil. Seine damals schon ausgeprägten sehnigen Muskeln waren noch markanter geworden. Ein knackiger Sixpack spannte sich zwischen lockerer Brust und dichter Schambehaarung. Als ich es schaffte, den Blick wieder eine Etage höher zu heben, musste ich feststellen, dass er die Musterung erwiderte. Ich erkannte gerade noch sein anzügliches Zwinkern, bevor ich mich hastig abwandte.

Und auch wenn ich es eigentlich nicht wollte, kam ich nicht umhin, kurz bei Jessi und Dan hängenzubleiben. Bei ihr setzte die körperliche Perfektion sich unter den Kleidern nahtlos fort. Da saß noch alles an der richtigen Stelle, selbst nach … Wie viele Kinder hatten die beiden mittlerweile? Fünf, glaube ich. Und trotzdem noch so eine Figur. Respekt!

Was Dan betraf, galt dasselbe. Er musste inzwischen über fünfzig sein, doch seine Athletenstatur hätte auch einem halb so alten Mann gut zu Gesicht gestanden. Einzelne Narben zierten Brust und Rücken, aber bei Weitem nicht so prägnant wie auf seiner Wange.

Der Großteil der Versammelten war jedoch mit sonstigen Dingen beschäftigt, als sich gegenseitig zu bewundern. Einige liefen wild umher, andere hockten sich im Schneidersitz ins Gras und schlossen die Augen. Sehnsuchtsvolles ›Oh‹ und ›Ah‹ erklang, als der Mond sich über die Baumwipfel erhob und auf uns schien.

Ein plötzlicher Schmerzensschrei ließ mich zusammenfahren. Er kam von einer der entfernteren Tanten oder was auch immer sie war. Sie krümmte sich mit weit aufgerissenem Mund, verkrampfte am gesamten Leib und dann … sprossen überall Haare aus ihrer Haut. Ihr Gesicht zog sich in die Länge. Fangzähne traten aus den Kiefern. Ungläubig starrte ich auf die Verwandlung. Das flackernde Licht des Lagerfeuers ließ die Szene noch unwirklicher erscheinen, als sie ohnehin schon war. Andere folgten ihrem Beispiel, teils wild brüllend, teils lediglich keuchend und hechelnd, die offensichtlichen Qualen mit verkniffener Miene erduldend. Doch letztlich ließ sich einer nach dem anderen auf vier Beine nieder. Besonders gelassen wirkten Dan und Jessica. Sie küssten sich und liefen Hand in Hand in Richtung Wald. Gemeinsam machten sie einen weiten Satz … und landeten auf Pfoten. Okay … es ging also auch ohne viel Theater.

Während um mich herum Mensch um Mensch verschwand und pelzigen Tieren Platz machte, schaute ich an mir herab. Keine Haare abgesehen von denen auf meinem Kopf. Keine Krallen und Pfoten. Machte ich etwas falsch? War alles nur ein Irrtum? Gehörte ich gar nicht hierher?

Meine Zweifel endeten abrupt, als ein unangenehmes Ziehen meinen gesamten Körper erfasste. Wie ferngesteuert reckte ich mein Gesicht zum Himmel und starrte gebannt auf die helle Scheibe, die dort prangte. Sie schien zurückzuschauen. Mich geradewegs zu durchleuchten. Ergriff Besitz von mir. Die Welt um mich herum veränderte sich. Die in der Dunkelheit ohnehin kaum auszumachenden Farben verschwanden vollends. An ihre Stelle traten Myriaden Gerüche, drangen in mich ein, durchfluteten mich. Gerüche von Kiefernnadeln. Von Motoröl, das irgendwo auf den Waldboden getropft war und dort eine winzige Lache hinterlassen hatte. Von Menschen, von Sekunde zu Sekunde schwächer werdend. Menschen, die ich kannte. Deren Duft ich auf der Stelle zuordnen konnte, obwohl er mir niemals zuvor in dieser Intensität an ihnen aufgefallen war. Und über allem, rapide an Stärke zunehmend das Aroma von Fell. Von Luft, die hechelnd aus fangzahnbewehrten Kiefern drang. Von Duftdrüsen an Genitalien, die mir mitteilten, wer gerade scharf auf wen war. Ich trat in ein neues Universum ein.

Meine Erinnerungen an diese Nacht sind vage. Kein kompletter Filmriss diesmal, so wie bei meiner ersten Verwandlung, aber Details sind kaum darin auszumachen. Die Fetzen, die mir geblieben sind, werden bestimmt vom Laufen: Vorderpfoten … Hinterpfoten … Vorderpfoten … ein endloser Rhythmus. Bäume, zwischen denen ich geschickt umhertolle. Umgestürzte Stämme, über die ich in weiten Sätzen hinweg hechte. Andere Körper, die neben mir rennen. Mich spielerisch schubsen.

Herausfordern, noch schneller zu werden. Alles eingetaucht in einen Ozean von Düften, der mir trotz der Finsternis ein weit umfassenderes Bild meiner Umgebung vermittelt, als meine Augen es je zuvor getan hatten.

Doch die Empfindung, die alles andere überlagert, ist ein Gefühl von absoluter Freiheit. Stress in der Schule oder mit meinen Pflegeeltern, Ärger über meine Geschwister, bescheuerte Nachbarn … All das war so weit weg. Existierte nicht in der Welt, in die ich eingetaucht war. Alles was zählte, war der eine Moment. Jetzt! Vergangenheit, Zukunft, ferne Ereignisse, die mein Leben beeinflussen mochten … All das spielte nicht die geringste Rolle. Es war einfach unbeschreiblich. Unbeschreiblich schön.

Als ich erwachte und die hell am Himmel stehende Sonne anblinzelte, erfasste mich zuerst eine tiefe Enttäuschung, dass es vorbei war. Ohne jegliche Begeisterung betrachtete ich meine Arme und Beine, meinen Körper. Schmutzig, nackt, menschlich. Die Aussicht auf vier lange Wochen, ehe ich das wiederholen konnte, was ich letzte Nacht erlebt hatte, baute sich zu einer drohenden Kulisse vor mir auf, wie eine Wand, die ich erklimmen musste. Nur die ferne Erwartung, irgendwann auf die andere Seite zurückkehren zu dürfen, ermunterte mich dazu, mich zu erheben. Beinahe hätte ich mich auf der Stelle wieder hingehockt, als Schwindel mich erfasste. Zwei Beine waren definitiv zu wenig, um darauf sicher zu stehen.

Die Lichtung mit den Autos war in Sichtweite. Vorsichtig tippelte ich dort hin. Ich war nicht die Erste. Dan und Jessica waren bereits wieder vollständig angezogen und luden einen Grill auf die Ladefläche ihres Pick-ups.

Oma Kathy war noch unbekleidet und lächelte mich an, als ich zwischen den Bäumen hervortrat. »Na? Wie war's?«

Mir fehlten die Worte, um die Frage angemessen zu erwidern. Doch das Strahlen in meinen Augen reichte ihr als Antwort.

Erschrocken fuhr ich herum, als hinter mir ein lautes »Yehaa!« erklang. Joseph stürmte ungestüm aus dem Unterholz hervor und musste sich mit ausgestreckten Händen an mir abfangen, um mich nicht völlig über den Haufen zu rennen. Nicht, dass ich dagegen viel einzuwenden gehabt hätte.

»Na?«, grinste er mich an. »War das genial oder war das genial?«

»Genial«, sendete mein überfordertes Hirn in die Sprachausgabe.

Sein nackter Leib so dicht bei mir brachte mein gerade abgekühltes Blut wieder in Wallung.

»Hat so ausgesehen, als hättest du Spaß gehabt«, stellte er fest.

Eifrig nickte ich. »Und wie! Kann's kaum erwarten, das zu wiederholen.«

Seine Augen wanderten an mir herab. »Und ich kann's kaum erwarten, wieder hinter einer heißen Wölfin herzulaufen, bei der an einer interessanten Stelle das Fell fehlt.«

Das Blut schoss mir derart ins Gesicht, dass man mich in diesem Moment vollkommen zurecht als Rothaut hätte betiteln können. Instinktiv bedeckte ich meine Scham mit den Händen. »Ist nicht wahr …«

Grinsend nickte er. »Doch. Ist wahr.«

Und schon wieder wartete ich sehnsüchtig darauf, dass der Boden sich unter mir auftat. Einatmen. Ausatmen. Runterschlucken.

»Tja«, entgegnete ich schließlich. »Dann präg dir den Anblick gut ein! Wirst ihn nie wieder bekommen.«

Er zwinkerte. »Schade. Aber vermutlich besser so.« Und schon war er fort, auf dem Weg zu seinen Klamotten.

Auch ich suchte meine Sachen zusammen und zog mich in aller Ruhe an. Meine Nacktheit störte mich kaum noch, in jedem Fall viel weniger als gestern Abend. Fast erschienen mir die Hose und das Shirt beengend, überflüssig. Ich beschloss, Socken und Schuhe auszulassen. Auf diese Weise konnte ich zumindest noch eine Weile das Gefühl des Waldbodens unter meinen bloßen Sohlen genießen.

Ich merkte auf, als Onkel Dan zu mir kam und seine riesenhafte Gestalt vor mir aufbaute. Trotz der Narben und allem wirkte er heute erheblich weniger furchteinflößend auf mich.

»Bist gut gelaufen«, stellte er mit anerkennendem Unterton fest. »Der Wolf liegt dir im Blut. Mehr als den meisten anderen Halbbluten hier. Das konnte ich spüren.«

»Danke«, erwiderte ich verlegen. »War ein irres Erlebnis. Kann den nächsten Vollmond kaum erwarten.«

»Musst du irgendwann vielleicht gar nicht mehr.«

Fragend schaute ich ihn an.

»Manche Halbblute lernen, sich willentlich zu verwandeln, so wie Kathy, Jessica und ich«, erklärte er. »Könnte mir vorstellen, dass du das Zeug dazu hast.«

»Okay …«

Diese Aussicht war extrem verlockend.

»Aber gib dir damit Zeit! Kein Grund zur Eile.«

Das sah ich anders. Doch vorerst würde ich seinen Rat beherzigen. »Bin gespannt.«

»Ich auch.« Damit wandte er sich ab.

Ich half beim Zusammenräumen der Sachen, während nach und nach der Rest der Truppe eintrudelte. Bei mehreren sah ich verkrustete Blutreste rund um den Mund. Es war nicht schwer zu erraten, was sie getrieben hatten. Gab heute wohl ein paar Hasen oder Hirsche weniger im Wald.

Dass auch Caleb wieder eingetroffen war, bemerkte ich erst, als er seine Kleidung vom Fahrersitz des Wagens angelte und hineinschlüpfte.

Der Blick, mit dem er mich bedachte, war voller Stolz. »Hast dich toll geschlagen, Lynn. Bist durch den Wald gerannt, als hättest du nie was anderes gemacht.«

»Hab ich ja auch nicht«, verteidigte ich mich. »Bisher halt nur auf zwei Beinen.«

»Da hast du allerdings recht.« Er strubbelte mir mit der Hand durch die Haare. »Mein Waldkind.«

Normalerweise hätte ich eine solche Geste als unangenehm empfunden. Nicht meinem Alter entsprechend. Aber heute machte es mir gar nichts aus. Es war eine weitere Bestätigung, dass ich dazugehörte. Zum ersten Mal in meinem Leben war ich nicht die Außenseiterin, sondern mittendrin. Und ich wollte mehr davon.

# *Skinwalker*

Alles war anders.

Es waren nur zwei Nächte gewesen. Getrennt durch vier Wochen, in denen ich ein normaler Mensch war – mehr oder weniger. Und doch hatten diese beiden Nächte mein bisheriges Leben komplett über den Haufen geworfen.

Alles, was mir früher etwas bedeutet hatte, womit ich mein Dasein definiert hatte, erschien mir wie wertloser Tand. Ja, ich hörte immer noch Punk, Heavy Metal und andere, nicht dem Radio-Mainstream entsprechende Musik. Ja, ich telefonierte weiter mit Heather und ließ mir von ihren Nöten berichten, wie sie wohl irgendwie ihrem momentanen Traumtyp näherkommen könnte. Und ja, ich ging weiterhin in die Schule und tat so, als würden mich mathematische Kurvendiskussionen und die amerikanische Literatur des ausgehenden 19. Jahrhunderts interessieren. Doch in Wahrheit hatte all das seinen Wert für mich verloren. Ich wollte nur eins: Zurück in den Wald. Als Wolf.

Trotz meiner Bemühungen, mir nichts anmerken zu lassen, bemerkte Caleb meine geistige Abwesenheit, wenn wir zusammen aßen oder uns anderweitig im Kreis der Familie versammelten.

»Gib acht, dass der Wolf nicht dein Leben bestimmt!«, mahnte er, als er mich ein paar Tage nach meiner Einführung in das Rudel beiseitenahm. »Ich weiß, wie verführerisch das ist. Aber den Großteil deines Daseins wirst du weiterhin als Mensch verbringen. Vernachlässige ihn nicht!«

»Geht klar«, antwortete ich brav nickend. »Ist halt momentan alles total neu und aufregend. Das gibt sich bestimmt irgendwann.«

Seinem Gesicht war nur bedingt zu entnehmen, ob er mir glaubte, aber er beließ es dabei.

Ich genoss indes die kleinen Vorzüge meiner neuen Existenz, die ich auch in mein Dasein auf zwei Beinen mitgenommen hatte. Meine Nase ermöglichte mir Einblicke, die ich zuvor nicht für möglich gehalten hätte. Die Emotionen anderer Menschen lagen vor mir wie ein offenes Buch, sobald ich in Reichweite ihrer Ausdünstungen gelangte. Dass man Angstschweiß riechen kann, hatte ich ja schon gehört. Und selbst wenn das eigentlich nur metaphorisch gemeint war, entsprach es doch hundertprozentig der Realität – oder zumindest meiner Realität, wie ich unter anderem an meinen beiden Pseudogeschwistern testen konnte. Wenn mir von denen mal wieder einer auf die Nerven ging, musste ich bloß – ein weiteres Wolfsgoodie – den Tiefen meiner Kehle ein nur unterschwellig hörbares Grollen entlocken. Schon nahmen die Rotzblagen panisch Reißaus, ohne mich mit irgendwas Konkretem bei unseren Eltern anschwärzen zu können. War nicht nett, machte allerdings unheimlich Spaß. Meine kleine Rache für jahrelanges Petzen und sonstiges Auf-den-Sack-Gehen.

Die Sache mit dem Riechen ging aber weit darüber hinaus. Selbst nach mehreren Stunden konnte ich noch erschnüffeln, wer wo gewesen war. Und sogar ungefähr, wie lang derjenige schon weg war. In schlecht belüfteten Räumen klappte das noch Tage später. Von jetzt an würde niemand mehr ungestraft entkommen, der in der Schule Kaugummi ins Schloss meines Spindes steckte!

Damit ergaben sich auch ganz neue Perspektiven für die ewig quälende Frage, welchen Beruf ich nach meinem Schulabschluss nächstes Jahr ergreifen könnte. Ich war der perfekte Spürhund. Jay! Gleich eine Bewerbung an das nächste Polizeirevier abschicken!

Wobei das vermutlich keine so gute Idee war. Weniger, weil ich nicht wirklich ein Hund war, sondern die meiste Zeit ein Mensch und ansonsten ein gut fünfzig Kilogramm schwerer Riesenwolf, sondern weil der Jorgensson-Clan und die Polizei, vorsichtig ausgedrückt, nicht kompatibel waren. Von einigen korrupten Cops, die sich dafür bezahlen ließen, beide Augen zuzudrücken, mal abgesehen. In was für Gaunereien meine liebe Verwandtschaft – egal ob rein zwei- oder gelegentlich auch vierbeinig – verstrickt war, wusste ich nicht genau. Die Gerüchteküche in der Schule munkelte etwas von Schmuggelei und Schutzgelderpressung. Ersteres würde gut zu Calebs Job passen. Er war Truckfahrer bei einer lokalen Spedition. Gut möglich, dass sich hin und wieder auch andere Dinge zwischen Möbeln und Paletten mit Gebrauchsgütern auf der Ladefläche befanden. Und was die Schutzgeldsache betraf … Man musste sich Onkel Dan nur anschauen, um zu erahnen, wie schwer es wäre, ihm einen nachdrücklich vorgetragenen Wunsch abzuschlagen.

All das waren allerdings nur Vermutungen. Wir Kinder wurden aus diesen Aktivitäten strikt herausgehalten und in unserem Beisein wurde auch so gut wie nie darüber gesprochen. Ich war schon gespannt, ob sich das durch meinen neuen Status ebenfalls ändern würde. Doch bis dahin blieben Nachbarn und Schulkameraden meine besten Informationsquellen, hauptsächlich in

Form der bereits erwähnten Gerüchte und übler Nachrede. Heather teilte mir immer die neuesten Geschichten mit, die über uns kursierten. Natürlich waren ihre Eltern nicht begeistert über unsere Freundschaft. Das hatte sie mir schon vor langer Zeit anvertraut. Aber sie trauten sich wohl nicht, dagegen vorzugehen, aus Angst vor möglichen Repressalien. Außerdem bekam ich mildernde Umstände zugesprochen. Ich war ja nur adoptiert. Das arme unschuldige Indianermädchen. Wenn die wüssten …

Ein paar Dinge, die sich durch meine neugewonnene Sinnesschärfe ergaben, waren allerdings wirklich schräg. Sobald ich in der Schule ein Klassenzimmer oder den Pausenhof betrat, hämmerte mir unzweifelhaft in die Nase, welches von den Mädchen sich momentan in welcher Phase seines Zyklus befand. Ebenso wenig entging mir, wo sich angesichts knackiger männlicher Hintern oder ungezogener Fantasien gerade ein Tröpfchen der Vorfreude im Höschen sammelte. Auch alle Jungs hatten ein kleines Schildchen aus Pheromonen um den Hals hängen, das ihre amourösen Ambitionen mir oder jemand anderem gegenüber überdeutlich mitteilte. Für die Partnersuche sicherlich extrem nützlich. Doch meine Gedanken wurden derzeit nur von einem Einzigen bestimmt. Und der hatte die High School leider vergangenes Jahr verlassen und arbeitete jetzt bei einer Baufirma. Aber das nächste Wiedersehen mit ihm war bereits terminiert. Ich musste bloß nachts den Mond anschauen, um zu wissen, wie lang ich noch darauf warten musste, bis wir uns erneut begegneten.

Als ich endlich wieder neben Caleb im Wagen saß und wir den Weg in den Wald nahmen, war ich nicht weniger aufgeregt als einen Monat zuvor, aber erheblich weniger ängstlich und dafür voll freudiger Erwartung.

Angesichts der heftigen Gewitter, die in den vergangenen Tagen über Flagstaff und Umgebung gezogen waren, hatte ich schon befürchtet, das Treffen könnte ins Wasser fallen. Doch Caleb hatte mich milde lächelnd beruhigt: »Den Vollmond lassen wir uns nicht nehmen. Von keinem Menschen und erst recht nicht vom Wetter.«

Auf der Lichtung sah ich, was er meinte. Dan und seine Söhne waren gerade dabei, weite Zeltplanen über dem Grillplatz aufzuspannen, für den Fall, dass der Regen wieder losging. Aber momentan lugte sogar die Sonne zwischen den Wolken hervor. Warm war es sowieso. Arizona im Sommer halt. Als Vorgeschmack auf das, was kommen würde, ließ ich die Schuhe gleich im Wagen.

Jessica begrüßte uns beide herzlich, während die Jungs beschäftigt waren, und half beim Abladen des Biers. Jeder hatte seine feste Aufgabe für die Vollmond-Partys und Caleb kam dank seiner Liefertätigkeit für verschiedene Supermärkte am günstigsten an Alkohol.

Mit großer Freude bemerkte ich, dass Josephs erster Blick, sobald die Planen sicher vertäut waren, mir galt. Und das von oben bis unten, wobei – nicht völlig ohne Hintergedanken – meine knappen Jeans-Shorts und das bauchfreie ›Dead Kennedys‹-Top tiefe Einblicke gewährten. Ein Strahlen breitete sich über sein Gesicht aus und brachte auch meine Hormone in Wallung. Ebenso wie sein Outfit. Er hatte zwar nicht ganz so sehr mit Stoff gespart wie ich, aber die figurbetonende Jeanshose und die ärmellose Lederweste zeigten genug von ihm, um einen ersten Anflug von Feuchtigkeit zwischen meinen Beinen zu spüren. Unter all den Umarmungen, mit denen wir bedacht wurden, war seine die innigste und auch ich hielt mich nicht zurück, ihm dabei so nahe zu kommen, wie es für ein Familientreffen gerade eben noch schicklich war.

»Heute Nacht haben wir ein bisschen Spaß, was meinst du?«, flüsterte er mir ins Ohr.

Ich konnte mein Glück kaum fassen. Die Tür, die ich einrennen wollte, stand bereits sperrangelweit offen.

Ich beantwortete seine Frage mit einem Augenzwinkern und einer – natürlich vollkommen unbeabsichtigten – Berührung seines Schrittes. Falls es überhaupt noch Zweifel an seinen Absichten gegeben hatte, wurden sie von dem beinahe schon obszönen Duft, den er ausströmte, endgültig beseitigt.

Spontane Panik erfasste mich. Was, wenn die anderen auch riechen konnten, was da gerade zwischen uns beiden passierte? Verschämt sah ich mich um. Und tatsächlich … Die vielsagenden Blicke, die uns zugeworfen oder untereinander ausgetauscht wurden, ließen keine Zweifel: Wir waren entdeckt. Doch alles, was ich in den Gesichtern erkennen konnte, waren Freude, Zustimmung und Aufmunterung, auch bei Jessica und, kaum unter seiner üblichen mürrischen Miene verborgen, sogar Onkel Dan. Beinahe wären mir die Tränen gekommen. Hatte ich noch irgendwelche Bedenken gehabt, in diesem Kreis nicht als eine der ihren akzeptiert zu sein, waren sie in diesem Moment endgültig weggewischt. Daran konnte selbst Lunas missgünstige Grimasse nichts ändern.

Vollkommen entspannt mischte ich mich unters Volk. So fühlte es sich also an dazuzugehören. Daran könnte ich mich gewöhnen.

Dennoch suchte ich besonders die Nähe eines der anderen Gäste. Es war allerdings nicht so ganz einfach, ihn von seinem Vater und seinen beiden älteren Halbbrüdern zu trennen. Die vier schienen einiges zu bequatschen zu haben. Na gut, später würde sich schon noch eine Gelegenheit ergeben herauszufinden, wie weit sein bei unserer Begrüßung geflüstertes Versprechen gehen würde.

Ein abrupt einsetzender Regenschauer am späten Nachmittag weckte neue Hoffnung in mir, veranlasste er doch die gesamte Versammlung, eng gedrängt unter den Planen Schutz zu suchen. Aber genau diesen Moment wählten die Mesa Jackals für ihr von donnerndem Motorengedröhne begleitetes Erscheinen. Die Rocker beschwerten sich lauthals, wenn auch sichtlich scherzhaft, über das Wetter sowie den Schlamm an ihren nun nicht mehr gar so glänzenden Harleys und dass es bei ihnen zu Hause, in der Wüste, so etwas nicht gäbe.

Wie schon einen Monat zuvor hatte ich das Gefühl, bei Jessicas angeheirateter Verwandtschaft nicht ganz so beliebt zu sein wie bei ihr selbst und den Jorgenssons. Zumindest begegneten sie mir deutlich reservierter als dem Rest der Versammelten. Aber vielleicht bildete ich mir das auch nur ein. Wenigstens raunte mir heute keiner von ihnen irgendwelche Beleidigungen zu, oder was auch immer das letztes Mal gewesen war. ›Skinwalker‹, erinnerte ich mich. Eigentlich hatte ich Caleb fragen wollen, was das bedeutet, aber das war in den turbulenten Wochen seitdem unter die Räder gekommen. Ich packte es auf die To-do-Liste für morgen.

Als die Spätankommer ebenfalls ausgiebig begrüßt waren, hatte der Regen schon wieder aufgehört und alle verteilten sich über die Lichtung, leider auch Joseph, der sich zusammen mit seinen Eltern unter die Biker mischte. Mist. Wieder nichts. Wenn wir uns vor Einbruch der Nacht und damit der Verwandlung noch in irgendeiner unbeobachteten Ecke ein Stelldichein geben wollten, wurde langsam die Zeit knapp. Oder strebte er das gar nicht vor der Verwandlung an, sondern …? Oops! Interessant. Glaubte ich zumindest.

Angesichts dieser Option wurde ich nun doch wieder ein wenig nervös. Aber na gut. Ich ließ es mal auf mich zukommen.

Grillen und Bier trinken – wobei ich selbst enthaltsam blieb und mich mit Softdrinks begnügte – zogen sich arg in die Länge, während meine Ungeduld stetig wuchs. Als endlich die Sonne unterging, das Lagerfeuer entzündet war und Dan, wie auch letztes Mal, das Startsignal für das nächtliche Programm gab, hatte ich mich als eine der Ersten aus meiner zugegebenermaßen ohnehin spärlichen Garderobe geschält. Sobald ich Josephs Blick auf mir spürte, wackelte ich dezent mit den Hüften und präsentierte ihm die mittlerweile recht ansehnlichen, wenn auch sorgsam getrimmten Härchen auf meinem Venushügel. Glücklicherweise waren die anderen zu beschäftigt, um meinen kleinen Teaser und seinen zur Antwort nach oben gereckten Daumen zu bemerken. Wobei ich kurz zu erspähen glaubte, dass ein anderes seiner Körperteile sich ebenfalls ein wenig regte. Die Vorfreude war anscheinend beidseitig.

Die Wolken am nächtlichen Himmel wiesen dankbarerweise große Lücken auf. Sobald die pralle Scheibe des Vollmonds sich in einer davon zeigte, ging es los. Auch bei der Verwandlung war ich dieses Mal eine der Schnellsten. Zumindest kann ich mich nicht daran erinnern, den anderen lang dabei zugesehen zu haben.

Es war ein Gefühl, wie im Anschluss an eine lange, stressige Reise endlich nach Hause zu kommen. Mit einer Symphonie aus verschiedenen Gerüchen nahm die Nacht mich in Empfang. Noch viel intensiver als beim letzten Mal breitete sich vor mir eine weite, duftende Landschaft aus, wo zuvor nur undurchdringliche Dunkelheit gelauert hatte. Trotz der neu gewonnenen Sensitivität meiner Nase auch in menschlicher Gestalt war das hier eine vollkommen andere Welt. Auch waren die Aromen des Waldes gänzlich anders als vor einem Monat. Die frische Feuchtigkeit auf Kiefernnadeln, Gras und Steinen spiegelte sich überdeutlich in ihrem Duft wider. Begierig rannte ich los, um das Universum, das sich vor mir auftat, zu erkunden.

Ebenfalls auffallend war, dass ich alles viel bewusster wahrnahm als bei meinem ersten Ausflug mit dem Rudel. Trotz der Verwandlung schienen zumindest Teile meines menschlichen Verstandes dieses Mal erhalten geblieben zu sein. Doch sie standen mir nicht im Weg, wenn es darum ging, das Gefühl absoluter Freiheit in mich aufzusaugen. Ganz im Gegenteil wurde es dadurch, dass ich es nicht nur in meiner Erinnerung spürte, sondern jetzt in diesem Moment, noch viel intensiver.

So bemerkte ich auch schnell, dass ich nicht allein unterwegs war. Nur wenige Körperlängen hinter mir hatte sich ein anderer Wolf an meine Fersen geheftet und holte mit jedem Satz zu mir auf. Keine Ahnung, ob Wölfe grinsen können, aber als Mensch hätte ich es zweifellos getan, als ich roch, wer da hinter mir her war. Endlich waren wir ungestört.

In pure Euphorie gebadet, legte ich noch einen Zahn zu. Als Kind hatte ich ihn im Wettrennen durch den Wald meistens besiegt. Mal sehen, ob mir das in dieser Gestalt auch gelang. Zumindest so lang, bis ich eingeholt werden wollte.

Seite an Seite rasten wir durch den Wald, erklommen felsige Hügel und sprangen über tiefe Klüfte hinweg. Keinen Augenblick fürchtete ich, mich zu verlaufen. Die Gerüche entlang des Weges sowie jene, die wir selbst hinterließen, zeigten mir den Rückweg zur Lichtung ebenso deutlich wie die Navi-App auf meinem Smartphone. Hier in der Wildnis vermutlich sogar erheblich zuverlässiger.

An einem schmalen Bach, der zwischen steilen Felswänden plätscherte, hechtete ich in ein Farndickicht und bremste ein bisschen ab. Wenig überraschend spürte ich unmittelbar danach eine Berührung an meinen Hinterläufen. Spielerisch ließ ich mich fallen und rollte auf den Rücken. Sofort stand ein pelziger Körper über mir und stieß mir hechelnd seinen heißen Atem ins Gesicht.

Übermütig schnappten wir nacheinander, liefen im Kreis und balgten uns, bis wir schließlich im Bach landeten und uns anschließend das Wasser aus dem Fell schüttelten. Erst jetzt fiel mir auf, wie viel dunkler mein Pelz war, beinahe so, als verschluckte er das fahle Licht vollständig. Josephs Haare hingegen glänzten im Schein des Mondes. Ich fragte mich, ob das an meinen indigenen Wurzeln lag, aber letztlich war es egal und auch Joseph störte sich nicht daran. Ganz im Gegenteil.

Selbst ohne in Hundemanier an seinem Hinterteil zu schnuppern, konnte ich seine Geilheit überdeutlich riechen. Zärtlich rieben wir unsere Flanken aneinander, wühlte seine Schnauze sich in meinen Nacken. Ehe ich mich versah, war er auf mir, die Vorderpfoten an meine Seiten gestützt. Es fühlte sich seltsam an, als er in mich eindrang. Und trotz allen Verlangens, trotz meines sehnlichen Wunsches, mich ihm hinzugeben, gab es vorher noch etwas zu klären.

»Ähm …«, meinte ich, »ist jetzt blöd, aber das Kondom hab ich in meiner Hosentasche.«

Vorsichtig drehte ich mich um, als er innehielt. Selbst seinem Wolfsgesicht war die Verwunderung überdeutlich anzusehen.

»Was denn?« Ich sah ihn fragend an.

Dann wurde seine Schnauze kürzer, die Fangzähne schrumpften, das Fell zog sich zurück und nach wenigen Sekunden hockte Joseph in menschlicher Gestalt neben mir.

»Wahnsinn!« Er war völlig entgeistert. »Hast du dich gerade willentlich zurückverwandelt?«

Verdutzt schaute ich an mir herab. Das helle Mondlicht offenbarte Hände und Füße statt Pfoten, Körperbehaarung nur noch über meiner Scham … Ich war ein Mensch.

»Scheint so …« Ich zuckte die Achseln und deutete auf ihn. »Aber das hast du ja auch.«

»Ja, schon. Aber ich bin reinblütig. Und außerdem mache ich das hier schon ein bisschen länger als du. Aber selbst ich habe … keine Ahnung … ein halbes Jahr oder so gebraucht, bis ich frei wählen konnte, welche Gestalt ich annehme. Zumindest in einer Vollmondnacht.«

»Oh«, war alles, was ich dazu zu sagen hatte. Dann reifte in mir die Erkenntnis. »Heißt das, ich kann mich jetzt auch in einen Wolf verwandeln, wann ich will?«

Begeistert sah er mich an. »Probier's aus!«

Ich wollte gerade … was auch immer machen, als mir eine andere Idee kam. »Wo wir schon hier sind …« Ich streckte meine Hand nach ihm aus, strich ihm über die Wange, den Hals, die von weichem Flaum bedeckte Brust. »Ich glaube, ich fänd's so schöner als doggystyle.«

Statt zu antworten, beugte er sich zu mir, bis unsere Körper sich berührten. Ich legte mich rücklings in die nassen Farnwedel, ließ ihn gewähren. Schloss die Augen, als seine Hände sich an meine Seiten legten, den Linien der Rippen folgten und schließlich auf meinen Brüsten zur Ruhe kamen. Stöhnte auf, sobald seine Finger meine hoch aufgerichteten Nippel umspielten und vorsichtig pressten.

»Darauf habe ich zwei Jahre lang gewartet«, hauchte er.

Eifrig nickte ich. »Ich auch.«

»Echt?«

Ich schlug die Augen auf und sah seine fassungslose Miene.

»Ich dachte«, fuhr er fort, »das war damals nur ein … keine Ahnung … Experiment oder so.«

Meine Hände umschlossen die seinen, legten sie zurück auf meinen Körper. »Für mich war's mehr.«

»Scheiße …« Er schüttelte ungläubig den Kopf. »Zwei Jahre vertan …«

Ich packte ihn und zog ihn zu mir herab. »Holen wir's nach!«

Das ließ er sich nicht zweimal sagen. Seine Lippen fanden die meinen und die Zungen folgten unmittelbar. Ein Schauer nach dem anderen fuhr durch meinen Körper. Ich war so heiß wie noch nie zuvor in meinem Leben, begierig, mehr von ihm zu spüren … in mir.

Mein Becken streckte sich ihm entgegen, bis ich seine Erektion an meiner Muschi spürte. Gierig rieb ich mich an ihm. Fühlte, wie meine Feuchtigkeit sich über ihn verteilte. Hob mich weiter, bis seine Eichel meine Schamlippen teilte.

»Ähm …«, flüsterte er, »Vorspiel …?«

»Scheiß drauf!«, beschloss ich ungeduldig.

»Und … Kondom und so …?« Er betastete seinen nackten Körper. »Ich hab nämlich auch keins dabei.«

Damit hatte er nicht unrecht. Aber mittlerweile war ich einfach zu geil, um nicht noch einen Schritt weiter zu gehen. Außerdem wollte ich nicht noch eine Gelegenheit verpassen. »Kriegst du ihn rechtzeitig rausgezogen?«

Eifrig nickte er. Das reichte mir.

Nur einen keuchenden Atemzug später weitete er mich, drang in mich ein. Zuerst vorsichtig, mit jedem Anlauf ein Stückchen tiefer, bis er schließlich bis zum Anschlag in mir versunken war. Oh, wie hatte ich diesen Moment herbeigesehnt. Mir immer wieder vorgestellt. Und jetzt … Ich konnte es kaum glauben.

Ich zwang mich, die Augen zu öffnen, ihn anzusehen, sein Gesicht über mir. Vereint. Endlich.

Im Gegensatz zu unserem ersten Versuch vor zwei Jahren wusste er nun, was er tat. Woher, war mir gleichgültig. Es zählte nur, dass er jetzt bei mir war. Die Vergangenheit interessierte mich nicht. Ebenso wenig die Zukunft. Der Augenblick war alles. Die Bewegungen seines Beckens. Seine Haut auf meiner. Sein Glied in mir. Stoß für Stoß. Mich völlig ausfüllend. Das Puzzleteil, das in meinem Leben gefehlt und nun seinen Platz gefunden hatte.

Ich legte meine Beine um ihn, verschränkte die Füße hinter seinem Po, um mich ihm noch näher zu fühlen, ihn noch stärker an mich zu pressen, in mich zu führen. Mit jedem Schub staute die Lust sich weiter in mir an, füllte jede Faser meines zuckenden Leibes. Näherte sich der Punkt purer Ekstase, bis ich explodierte.

Alles um mich herum versank hinter einem Schleier reiner Wonne, der sich um mich schloss, mich einhüllte. Ich wurde eins mit dem Universum. Eins mit Joseph. Wünschte, dieser Moment könnte ewig anhalten.

Dann, nach und nach, ebbte der Orgasmus ab. Kehrte ich in die Wirklichkeit zurück. Nahm meine Umgebung wieder wahr. Schlug die Augen auf und blickte in Josephs verkrampft zitternde Miene.

Ein Blick nach unten zeigte den Grund für seine Anspannung. Eilig schob ich seine Hände von dem feucht glänzenden Glied, legte meine eigenen Finger darum und bemühte mich, denselben Rhythmus aufzunehmen, mit dem er mich zum Höhepunkt gebracht hatte. Sein Gesicht erstarrte, seine Augen fixierten die meinen, während er unter meinen Händen bebte. Dann spürte ich warme Nässe auf meiner Haut. Einen Schub auf die Brüste, dann noch einen auf den Nabel, und einen dritten in die Haare auf meinem Venushügel.

Unter wohligem Stöhnen kam er wieder zu sich, ließ die Erregung Stück für Stück von ihm ab, sowohl im Gesicht als auch zwischen den Beinen.

Erschöpft sank er auf mich, schmiegte seine Brust an die meine, ungeachtet des frischen Spermas, das er zwischen unseren nackten Körpern verrieb.

»Verflucht, war das gut«, brachte er mühsam hervor.

Ich schob meine Finger in die Mähne auf seinem Kopf, wuschelte und wühlte darin. »Ja, das war es.«

Noch lange lagen wir da, eng umschlungen im Farn, beschienen nur vom fahlen Mondlicht. Küssten uns. Streichelten uns gegenseitig. Als seine Finger unter meinen Bauchnabel glitten und sich in meinen einen Monat lang gehegten Busch vergruben, durchliefen neuerliche Schauer meinen weiterhin sensiblen Leib. Mit einem breiten Grinsen im Gesicht tastete er tiefer, spielte mit meinem Kitzler, bis ich erneut zu stöhnen begann. Ohne Vorwarnung drang er in meine immer noch triefende Muschi ein, erst ein Finger, dann zwei, während sein Daumen weiter meine Klitoris bearbeitete. Innerhalb weniger Augenblicke war alle Ruhe von mir gewichen, ergriff die Lust wieder Besitz von mir. Ja, er wusste, was er tat. Daran bestand spätestens jetzt nicht mehr der geringste Zweifel. Ebenso leicht, wie ich zuvor ihn zum Abspritzen gebracht hatte, spielte er nun mit mir und führte mich zurück ins Land unbegrenzter Erfüllung. Der neuerliche Orgasmus sandte zuckende Wellen durch jeden Muskel in mir. Ließ mich von oben bis unten erbeben.

»Aufhören«, keuchte ich atemlos. »Ich kann nicht mehr.«

»Sicher?«

Gnadenlos drangen seine Finger ein weiteres Mal tief in mich hinein. Krümmten sich und verharrten auf der Stelle, an der er mich bereits zuvor ins Nirwana getrieben hatte.

Unter Aufbringung aller Willenskraft brachte ich ein schwaches »Sicher« hervor.

»Na gut.« Er zog sich zurück. »Dann will ich noch mal Gnade vor Recht ergehen lassen.«

Er erhob sich und ich hörte Wasser platschen.

Panisch zuckte ich zusammen, als ein eiskalter Schwall auf meinen Bauch spritzte.

»Hör auf!«, schrie ich.

Doch erst, als ich aufsprang und ihn zu Boden rang, ließ er von seinem schändlichen Tun ab, zu dem Preis, dass wir beide mitten im Bach landeten.

Nach der Überwindung des ersten Schocks war das kalte Wasser nicht mal unangenehm. In jedem Fall half es, die Hitze des Sex aus meinem Körper zu spülen. Gegenseitig wuschen wir uns Schweiß, Sperma und was sonst noch unsere Haut beschmutzte, von den nackten Leibern.

Als wir fertig waren, schüttelten wir uns wie schon zuvor als Wölfe, doch ohne Fell war es weit weniger effizient.

»So!« Erwartungsvoll sah er mich an. »Und jetzt wieder zurückverwandeln!«

Ich hatte keine Ahnung, wie ich es tat, aber innerhalb eines Wimpernschlags tauchte ich erneut ein in die Welt aus Gerüchen und Freiheit.

»Unglaublich«, gab er noch von sich, ehe er mir folgte.

Einmal die Schnauzen aneinander reiben, dann wandte er sich ab und lief davon. Ich ließ mich nicht lang bitten und kam hinterher.

Erst als Wolf durch die Gegend rennen, danach Sex in menschlicher Gestalt, und nun wieder auf allen vieren zwischen den Bäumen toben … Was für eine Nacht! Doch irgendwann kamen wir zur Ruhe, schmiegten uns unter einer knorrigen Wurzel eng aneinander und rangen hechelnd um Atem.

Als wir wieder erwachten, schien bereits das Licht der Morgensonne durch das Geäst über uns. Im Gegensatz zu meinen beiden ersten Verwandlungen war ich immer noch in Wolfsgestalt, ebenso wie Joseph neben mir. Er wurde unmittelbar nach mir wach, und nach kurzem gegenseitigen Ablecken trotteten wir einträchtig nebeneinander zur Lichtung.

Dort waren schon die ersten Mitglieder des Rudels unterwegs, jedoch alle auf zwei Beinen. Ungläubige Blicke verfolgten, wie wir zwischen den Bäumen hervortraten und erst neben dem heruntergebrannten Lagerfeuer das Fell ablegten.

»Das ging ja noch schneller, als ich erwartet hatte.« Onkel Dan ließ vom Abbau der Haltestangen für die Planen ab, sobald er uns erblickte, und trat auf mich zu. »Da haben wir wohl ein Naturtalent unter uns.«

»Allerdings«, bestätigte Joseph voller Begeisterung. »Sie hat sich mitten in der Nacht verwandelt. Erst zum Menschen und danach wieder zurück. Wie eine Reinblütige.«

Dans einzelnes Auge musterte mich von oben bis unten. »Bemerkenswert.« Er schnupperte kurz. »Und was ihr dazwischen getan habt, muss ich wohl gar nicht erst fragen.«

Das Blut schoss mir ins Gesicht. Joseph neben mir erging es nicht anders.

Mit einem vielsagenden Lächeln wandte Dan sich von uns ab. »Kann mir nur recht sein! Je mehr Wölfe im Rudel, umso besser.«

»Wir haben aufgepasst«, rief Joseph ihm hinterher, bekam aber nur noch ein beiläufiges Winken als Antwort.

Nachdem wir unsere Kleidung aufgelesen und angezogen hatten, was bei mir dank sparsamer Ausstattung recht zügig vonstattenging, kam Oma Kathy auf mich zu. Ihr faltenzerfurchtes Gesicht war, wie üblich, voller Güte. »Eine prächtige junge Wölfin haben wir da!« Sie legte ihre Hand an meine Wange.

Aus einem spontanen Impuls heraus schlang ich meine Arme um sie und drückte zu. »Danke, dass ihr mich damals aufgenommen habt.«

Sie erwiderte die Umarmung herzlich. »Was hätte ich denn sonst tun sollen? So ein süßes kleines Bündel, wie du warst, schickt man doch nicht in die Gosse.«

»Ja«, bestätigte Joseph, der uns, zu meinem Bedauern nun ebenfalls bekleidet, Gesellschaft leistete. »Wär schade drum gewesen.«

Er erwiderte meinen Seitenblick mit einem freudigen Grinsen.

Noch bevor Kathy und ich uns wieder voneinander gelöst hatten, begann er aufgeregt zu plappern: »Schon beim dritten Vollmond nach ihrem Erwachen hat sie sich verwandelt. Also so, wie sie es gerade wollte. Erst in einen Menschen und danach wieder zurück. Als wäre es das Einfachste auf der Welt. Dabei ist sie ein Halbblut. Total irre.«

Sie nickte anerkennend. »Ja, das ist in der Tat beeindruckend.«

»Wie kann so was sein?«, fuhr er aufgeregt fort. »Ich meine, sogar ich habe viel länger gebraucht, bis ich das hinbekommen habe.«

»Ich kann da nur Vermutungen anstellen.« Seine Großmutter ließ ihren Blick über mich wandern. »Entweder ist das Erbe ihrer Mutter besonders dominant oder ihr Vater war kein gewöhnlicher Mensch.«

Josephs Gesicht war ein einziges Fragezeichen. Und meins wahrscheinlich auch.

»Wenn ein Halbblut mit einem Menschen ein Kind hat«, erklärte sie weiter, »dann ist das Kind auch ein Mensch. In nichts von jedem anderen zu unterscheiden. Höchstens bei Vollmond ein wenig unruhig und reizbar, aber nichts Greifbares. Aber ein kleines Stück des Wolfserbes steckt trotzdem in ihm. Und wenn er sich dann mit einem von uns paart, kommt es wieder zum Vorschein. Dann ist das Kind, das daraus erwächst, so stark wie ein Reinblütiger. Gut möglich, dass das bei dir so war.« Sie sah mich an. »Auch wenn ich deinem Vater nichts dergleichen angemerkt habe, als ich ihm begegnet bin. Vielleicht lag es schon mehrere Generationen zurück.« Sie hob die Achseln. »Nur Vermutungen.«

»Krass!«, kommentierte Joseph.

»Aber wo wir gerade dabei sind …« Von einem Moment zum nächsten wurde sie ernst und schaute uns beiden abwechselnd in die Augen. »Es ist vollkommen in Ordnung, wenn ihr euren Spaß habt. Aber auf ein paar Dinge solltet ihr achten.« Mahnend erhob sie den Zeigefinger. »Eure Kinder werden bei der Geburt die Gestalt haben, in der sie von euch gezeugt wurden.«

Unruhig tippelte ich von einem Fuß auf den anderen. Das Thema fand ich gerade ein bisschen unangenehm. Die in Josephs Gesicht aufsteigende Röte zeigte mir, dass es ihm ebenso erging.

Doch Kathy ließ sich nicht aufhalten. »Ich weiß, davon wollt ihr noch nichts hören. Aber es ist wichtig, dass ihr das wisst. Ihr seid beide hautgeboren. Du, Joseph, weil deine Eltern es so gewählt haben, und du, Lynn, weil dein Vater ein Mensch war – mehr oder weniger. Aber wenn ihr in Wolfsgestalt ein Kind zeugt, wird es als Wolf geboren. Fellgeburten wachsen schneller heran als menschliche Kinder, aber es wird trotzdem mehrere Jahre dauern, bis es sich zum ersten Mal verwandeln kann. Bis dahin hättet ihr einen Welpen und kein Baby.« Sie hielt kurz inne. »An Fellgeburten ist nichts grundsätzlich verkehrt, auch wenn sie unter uns selten sind. Aber überlegt euch gut, ob ihr euch das antun wollt!«

Mit betretenen Mienen schauten Joseph und ich uns an. Das war wirklich gut zu wissen.

»Und!« Ihre Stimme senkte sich und wurde noch eindringlicher. »Auf gar keinen Fall darf einer von euch in menschlicher Gestalt und einer als Wolf sein, wenn ihr euch paart. Niemals! Unter keinen Umständen!«

Angesichts des Nachdrucks in ihren Worten nickten wir beide folgsam.

»Denn das Ergebnis einer solchen Paarung«, fuhr sie fort, »wäre ein Wendigo.«

Allein die Betonung, mit der sie das Wort aussprach, ließ mich schaudern.

»Davon habe ich schon gehört«, erklärte Joseph. »Der war in einem Horrorfilm, den ich gesehen habe.«

»Den Film kenne ich zwar nicht«, räumte Kathy ein, »aber diese Kreaturen sind wirklich der reine Horror. Abscheulichkeiten, gefangen zwischen Wolf und Mensch, ohne sich jemals vollständig in das eine oder das andere verwandeln zu können. Dazu verdammt, früher oder später den Verstand zu verlieren. Blutrünstige Bestien, die alles töten, was ihnen in die Klauen kommt.«

»So wie die Wolfsmenschen in den Werwolf-Geschichten?«

»So in etwa, ja«, bestätigte sie. »Die Wendigos wachsen schnell heran, noch schneller als Fellgeburten, und sie sind schreckliche Kämpfer. Früher wurden sie in Kriege zwischen den Stämmen geschickt. Aber sie haben vor nichts haltgemacht. Haben alles getötet, was ihnen in den Weg kam, egal ob Freund oder Feind.«

»Früher?«, hakte ich ein. »Das heißt, heute …«

Energisch schüttelte sie den Kopf. »Jeder von uns, der einen Wendigo zeugt, wird geächtet und gejagt. Heutzutage gilt das als eines der schrecklichsten Verbrechen, das einer von uns begehen kann. Seit Jahrzehnten wurde keines dieser Scheusale mehr gesehen. Sie sind tabu. Geschichte. Hoffentlich für immer.«

»Wir werden bestimmt keinen machen.« Joseph sah mich mit festem Blick an, ehe er sich wieder seiner Großmutter zuwandte. »Versprochen.«

Auch ich nickte eifrig.

»Gut.« Sie schien zufrieden. »Dann will ich euch nicht länger mit solch unerfreulichen Dingen belästigen. Aber ihr solltet es wissen. Euer Erbe schenkt euch nicht nur tolle Fähigkeiten, sondern bürdet euch auch große Verantwortung auf.«

Das erinnerte mich an ein Zitat aus Spiderman. Doch nach dem, was sie zuvor erzählt hatte, entsprach es wohl der Wahrheit.

Mit einem Klaps auf unsere Oberarme verließ sie uns und marschierte zu Dan, Jessica und Caleb. Die Biker aus Mesa waren mittlerweile auch wieder eingetroffen und hatten eine zunehmend hitzige Diskussion begonnen. Flankiert von seiner Frau und seinem Halbbruder redete Dan beschwörend auf sie ein.

»Was ist da los?«, fragte ich Joseph.

Er hob die Achseln. »Gehen wir hin.«

Gesagt, getan. Oma Kathys Eintreffen in der Gesprächsrunde senkte zumindest die Lautstärke der vorgebrachten Argumente wieder auf ein zivilisiertes Maß. Dennoch redete einer der Biker, Jessicas Bruder, den die anderen, soweit ich es mitbekommen hatte, ›Fang‹ nannten, sich nach und nach erneut in Rage.

»Ihr habt leicht Reden!«, warf er Dan vor. »Euch lassen die Skinwalker ja auch in Ruhe. Wir müssen ständig unser Revier gegen ihre Überfälle verteidigen. Hier mag der Krieg vorbei sein, aber im Süden geht er nahezu unvermindert weiter. Immer wieder kommen sie aus den Wäldern in den Reservaten gekrochen, um bei uns zu wildern. Uns anzugreifen. Wir haben genug mit äußeren Feinden zu tun. Wir werden nicht tatenlos zusehen, wie die verfluchten Schwarzpelze auch noch Macht über das Rudel gewinnen.«

Einer seiner Kameraden stupste ihn an und deutete mit dem Kopf in meine Richtung, sobald ich in Hörweite kam. Alle anderen Augen wandten sich mir ebenfalls zu.

»Lass uns das ein anderes Mal besprechen!«, mahnte Dan.

Doch Fang ließ sich nicht abbringen. »Bei allem Respekt, aber das klären wir jetzt. Soll sie ruhig zuhören. Es geht ja schließlich um sie.«

Das hatte ich bereits an der anfänglichen Reaktion auf mein Näherkommen befürchtet.

»Also …«, fuhr er fort. »Unser Entschluss steht fest. Wir dulden sie als Mitglied des Rudels. Bin nicht begeistert, einen Skinwalker dabei zu haben, aber okay … Damit kann ich leben. Aber wenn sie die Gefährtin des zukünftigen Leitwolfs wird und ihr Nachwuchs hier irgendwann die Oberhand gewinnt … Keine Chance! Da machen wir nicht mit.«

»Die beiden sind Kinder«, hielt Onkel Dan mit mühsam unterdrückter Aggression dagegen. »Es ist noch lang nicht entschieden, wen Joseph sich als Gefährtin wählt.«

»Halte mich bitte nicht für blöd, Dan! Ich kann seinen Saft noch auf ihr riechen. Und Sally hier«, er schlug der Jackal-Frau neben sich gegen den Arm, »hat gerade eben ein paar Dinge in eurer Unterhaltung mitbekommen, die waren ziemlich eindeutig. Also verarsch mich nicht!«

Unvermittelt stieß Kathy ihm ihren Zeigefinger in seine noch unbedeckte Brust. »Du Dummkopf! Das ist doch genau das, worauf wir seit Jahrzehnten hinarbeiten. Je mehr Mischlinge wir in die Welt setzen, umso durchlässiger werden die Schranken zwischen den Stämmen. Wir wollen sie schließlich nicht ausrotten, sondern integrieren, so wie wir es schon seit Jahrhunderten tun.«

»Integrieren? Vergesst es! Die sind nicht wie wir. Das sind Tiere. Fellgeburten allesamt. Und die eine Hautgeburt«, er deutete auf mich, »macht das nicht wett.«

»Du sagst es!« Sie gab nicht nach. »Sie ist eine Hautgeburt. So wie du und ich und wir alle hier. Sie gehört zu uns. Nicht zu denen.«

Abwehrend hob er die Hände und schüttelte den Kopf. »Sorry, Kathy, aber in ihren Adern fließt Skinwalker-Blut. Daran wird sich nie etwas ändern, egal, wie sie erzogen wurde. Wir haben uns entschieden. Entweder sie lässt die Finger von Joseph oder wir verlassen das Rudel und gründen wieder ein eigenes.«

»Das wird uns alle schwächen«, mischte Dan sich ein.

Fang nickte. »Ja, das stimmt. Deshalb würde ich es bevorzugen, wenn du deinen Sprössling zur Räson bringst und er sich den Skinwalker aus dem Kopf schlägt, egal, was für ein heißes Gerät sie ist.«

Starr und sprachlos verfolgte ich, was da vor sich ging. Das warme Gefühl, das mich seit der gestrigen Begrüßung begleitete, wich eisiger Kälte, die sich in meinen Eingeweiden ausbreitete. Wie naiv hatte ich sein können? Hatte ich tatsächlich geglaubt, der ewige Fluch meines Lebens könnte so einfach enden? Ich würde so akzeptiert, wie ich war, trotz aller Zeichen meiner Andersartigkeit? Dummer kleiner Wolf!

Ein Blick zu Luna, die das Geschehen zufrieden grinsend beobachtete, gab mir endgültig den Rest.

Ich machte auf dem Absatz kehrt und rannte zurück in den Wald, aus dem wir gekommen waren. Nur am Rande meiner Wahrnehmung hörte ich die Rufe hinter mir. Und ebenso wenig bekam ich mit, wie ich mich von zwei auf vier Beine niederließ. Wie Shorts und Top von meinem fellbedeckten Leib rutschten und zurückblieben. Vorderläufe … Hinterläufe … Vorderläufe … Immer weiter hinein in den Wald. Fort von allem. Nur fort.

Doch schon bald merkte ich, dass ich nicht allein war. Ein Verfolger hatte sich auf meine Fersen gesetzt, derselbe wie gestern. Aber dieses Mal rannten wir nicht zum Spaß hintereinander her. Ich wollte ihm wirklich entkommen. Ihm noch mehr als allen anderen. Dem künftigen Rudelführer, für den ich nicht gut genug war. Mit dem es niemals die gemeinsame Zukunft geben würde, nach der ich mich so sehnte. Immer schneller wurde ich. Spürte die Kraft in meinen Beinen, die mich noch meilenweit tragen würde. Allerdings verfügte Joseph über dieselbe Stärke. Schritt um Schritt kam er näher heran, bis ich seinen rasselnden Atem hören konnte. Eine Berührung an meinem Hinterbein brachte mich aus dem Tritt. Ich strauchelte, rollte mich gewandt ab, doch die Jagd war vorbei. Ehe ich mich wieder aufrichten konnte, war er über mir, seine Beine wie die Stäbe eines Käfigs um mich herum in den Boden gestemmt. Dann verwandelte er sich.

»Lynn!«, hörte ich seine Stimme. »Rede mit mir! Bitte!«

Als Wolf war ich schneller als er in menschlicher Gestalt. Vermutlich auch stärker. Ich könnte ihn von mir stoßen und mit neuem Vorsprung weiterlaufen. Aber er würde mich erneut einholen. Also tat ich ihm den Gefallen und glich mich ihm an, mittlerweile so leicht, als würde ich die Jacke wechseln.

»Lynn …« Er rang immer noch um Atem, sein Mund nur eine Handbreit von meinem Gesicht entfernt. »Mein Dad wird die Kerle schon überzeugen. Vertrau ihm!«

Ich schüttelte den Kopf. » Hat sich für mich nicht so angehört. Und selbst wenn, werden die mich trotzdem niemals wirklich akzeptieren. Ich wäre ein ständiger Keil innerhalb des Rudels.«

»Dann verzichte ich darauf, Leitwolf zu werden«, widersprach er. »Wird's eben einer meiner älteren Brüder, auch wenn die nur Halbblute sind.«

»Nein. Du wirst ein toller Leitwolf. Besser als jeder andere Anwärter. Und ich werde dir dabei nicht im Weg stehen.« Rücklings krabbelte ich unter ihm hervor, hockte mich auf den Boden. »Es war ein Traum, Jojo. Mehr nicht. Ein schöner

Traum, keine Frage. Aber ich gehöre nicht hierher. Ich bin keiner von euch.«

Seine Augen waren starr auf mich gerichtet. Feuchtigkeit blitzte darin auf. »Und wohin willst du dann?«

»Weiß nicht«, log ich. »Erst mal weg. Muss nachdenken.«

Er schien ein wenig besänftigt. »Dann denk nach! Aber anschließend kommst du zurück, okay?«

Ich nickte. »Okay.«

Vermutlich roch er die Lüge. Trotzdem blieb er, wo er war, als ich mich abwandte.

»Sag Caleb, es tut mir leid!«, rief ich ihm noch über die Schulter zu. Dann entsprangen meinen Händen Krallen, die ich in den feuchten Boden trieb. Langsamer als zuvor trottete ich fort, noch lange seinen Geruch in der Nase, der nur allmählich hinter mir zurückblieb.

Ob ich ihn jemals wiedersehen würde, wusste ich nicht. Das hing wohl davon ab, was ich an dem Ort vorfand, den ich anstrebte. Auch wenn die Reise dorthin lang war und ich noch keine Ahnung hatte, wie ich sie bewältigen sollte. Fang hatte von Wäldern in einem Reservat gesprochen, in der Nähe von Mesa, seiner Heimatstadt. Das konnte eigentlich nur die Fort Apache Reservation sein. Weit über hundert Meilen entfernt. Und ebenso groß. Keine Ahnung, ob ich dort hingelangen und meine Verwandtschaft aufspüren würde, nackt und mittellos, wie ich war. Und selbst wenn, ob die Skinwalker mich ebenfalls verstoßen würden, so wie Oma Kathy es angedeutet hatte.

Aber ich musste es versuchen. Denn ansonsten blieb mir gar nichts mehr.

# *Abtauchen*

War einfach planlos wegzulaufen eine doofe Idee?

Definitiv.

Wünschte ich mir, ich hätte es nicht getan?

Nicht wirklich.

Alles erschien mir besser, als weiterhin unter den Menschen – und Wölfen – zu verweilen, die mir etwas bedeuteten, und so zu tun, als wäre alles in bester Ordnung. Da stromerte ich lieber allein durch Arizonas Berge und Wälder. Als einsamer Wolf … Scheiß Klischees!

Immerhin kam ich auf vier Beinen erstaunlich gut voran. An manchen Tagen schaffte ich um die vierzig Meilen. Wobei das nur grob geschätzt war. Um mich zu orientieren, musste ich meistens menschliche Gestalt annehmen. Zwar erkannte ich auch als Wolf am Straßenrand Wegweiser und Ortsschilder, aber das Lesen fiel mir schwer. War halt doch nur ein Wolfshirn, irgendwie. Natürlich verwandelte ich mich nur, wenn ich mich absolut unbeobachtet wähnte. Nackte Teenager neben der Straße tendieren dazu, Aufmerksamkeit zu erregen, und danach war mir überhaupt nicht zumute. Also verbrachte ich die Zeit nahezu ausschließlich als Wolf.

Doch die Nahrungsbeschaffung auf vier Beinen stellte sich als gar nicht so einfach heraus. Karnickel waren verdammt schnelle Biester. Und bei den seltenen Gelegenheiten, wenn ich einen Hirsch oder anderes Großwild aufspürte, rannten die Viecher weg, lange bevor ich in Schlagdistanz kam. Schätze, die hatten alle ein bisschen mehr Erfahrung als ich im ›Fressen und gefressen werden‹-Spiel. In meinem Fall wurde dann eben nicht gefressen. Wirklich böse war ich darüber allerdings nicht. Das Maul in ein frisch erlegtes Tier zu versenken und sein noch von der eigenen Körperwärme dampfendes Fleisch herunterzuschlingen … Bei aller Liebe zu meinem Dasein als Wolf, das war nicht mein Ding. Ich stammte aus einer Welt, in der ein Steak aus dem Supermarkt kam, oder aus dem Diner. Sechzehn Jahre in der Zivilisation warf man nicht mal eben so über den Haufen, selbst als Werwolf. Blieb also nur die Möglichkeit, meinen Hunger mit Hilfe ebendieser Zivilisation zu stillen.

Das hört sich jetzt sicherlich erniedrigend oder gar pennerhaft an. Aber von dem, was amerikanische Durchschnittshaushalte in die Mülltonne werfen, kann man ganz gut satt werden. Anfangs kostete es mich arge Überwindung, mich von anderer Leute Abfall zu ernähren. Doch gerade Supermärkte und Restaurants waren äußerst spendabel mit dem, was sie so alles entsorgten. Und wenn man keinen allzu großen – also besser gar keinen – Wert darauf legte, dass das Auge mitaß, war da durchaus der eine oder andere Leckerbissen dabei.

Na gut, falls ich wirklich mal auf der Straße landete – ich meine, dauerhaft, den Ausflug ins Reservat betrachtete ich als temporäres Event –, müsste ich schon mal nicht verhungern. Man musste bloß seine Würde über Bord werfen. Gut zu wissen. Und sogar ein mit Fleischerbeil bewaffneter Koch überlegte es sich zweimal, ehe er versuchte, einen fünfzig Kilogramm schweren Riesenwolf von seinem Hinterhof zu verjagen.

Von daher stellte die Ernährung ein sekundäres Problem dar. Den größten Kummer bereitete mir meine eigene Sehnsucht. Natürlich nach Joseph. Aber mindestens ebenso nach dem wundervollen Gefühl, ein echter Teil einer Gemeinschaft zu sein, das ich zwei Nächte lang hatte genießen dürfen. Und wenn schon Joseph hoffnungslos außerhalb meiner Reichweite lag, dann wollte ich wenigstens das andere wiederbekommen. Oma Kathys Ausführungen darüber, dass die Skinwalker mich ebenso verstoßen würden, ignorierte ich dabei geflissentlich. Möglicherweise war das alles nur Propaganda. Es musste Propaganda sein! Denn wenn nicht, wo sollte ich dann hin? Ewig allein bleiben? Das klappte vielleicht, wenn man es nicht anders kannte. Aber ich hatte davon gekostet, einem Rudel anzugehören. Und genau da wollte ich wieder hin. Um jeden Preis. Sogar um den, mein Essen aus Mülltonnen zusammenzuklauben.

Wenigstens eine Sorge, die ich anfangs mit mir herumgetragen hatte, erledigte sich weitgehend von selbst. Meine medizinische Versorgung war geregelt. Beziehungsweise gar nicht notwendig. Kleine Schnitte, Prellungen oder wundgelaufene Pfoten heilten quasi über Nacht. Sogar größere Wunden wie die, die ich mir bei der überstürzten Flucht vor einem mit Blaulicht anrückenden Streifenwagen an einem scharfkantigen Müllcontainer zugezogen hatte, verschwanden innerhalb weniger Tage, ohne Spuren zu hinterlassen. Ziemlich hilfreich.

Nach vier Tagen erreichte ich das Reservat. Ich war schon einmal hier gewesen, als Kind vor vielen Jahren. Da hatte ich eine Phase durchlebt, in der ich unbedingt mein indigenes Erbe erkunden wollte. Letztlich hatte es damit geendet, dass ich mir in Souvenirshops und von Straßenverkäufern vollkommen überteuerte Traumfänger und ähnlichen Kitsch hatte andrehen lassen, um ihn in meinem Zimmer aufzuhängen. War glücklicherweise nach rund einem halben Jahr wieder vorbei gewesen. Auf meiner jetzigen Suche nach meinesgleichen brachte mich diese Erfahrung aber nicht im Geringsten weiter. Falls die Skinwalker sich als Ramschverkäufer durchschlugen … Ich glaube, dann verzichtete ich lieber darauf, zu ihnen zu gehören.

Das Reservat maß rund hundert Meilen im Quadrat. Das machte in Quadratmeilen … verdammt viel. Hier die Nadel im Heuhaufen zu finden, beziehungsweise den Werwolf im Wald, war aussichtslos. Meine einzige Chance bestand darin, gefunden zu werden. Also lief ich kreuz und quer herum und hinterließ, was auch immer ich hinterlassen konnte. Ich rieb mich gefühlt an jedem zweiten Baumstamm und pinkelte an jeden dritten. Trotz meiner intensiven Bemühungen wanderte ich noch einmal drei Tage rastlos umher. Doch dann ging mein Plan tatsächlich auf.

Wie lang er mich schon beobachtet hatte, als ich ihn bemerkte, wusste ich nicht. Sicher war nur, dass er genau zu diesem Zeitpunkt von mir entdeckt werden wollte.

Die Abenddämmerung hatte bereits eingesetzt und ich suchte ein gemütliches Plätzchen zum Schlafen, als ein ebenso vertrauter wie fremdartiger Geruch in meine Nase drang. Er erinnerte mich sofort an die Vollmond-Partys bei mir zu Hause. Logischerweise fehlten die Aromen von Grillgut, Autos und dem anderen Zivilisationskrempel. Doch auch der natürliche Anteil unterschied sich trotz aller Ähnlichkeiten erheblich von den Ausdünstungen der Flagstaff-Wölfe. Er war … wilder, ursprünglicher, ungezähmter. Schwer zu beschreiben.

Völlig offen präsentierte ich mich und hielt Ausschau in sämtliche Richtungen. Und dann kam er mir plötzlich entgegen, sein Gang wiegend, unendlich viel eleganter als meiner. Wenige Meter vor mir blieb er stehen und starrte mich aus silbrig leuchtenden Augen an. Sein Fell so schwarz wie mein eigenes. Ich war am Ziel.

Mangels auch nur der leisesten Ahnung, wie fremde Wölfe sich untereinander begrüßten, nahm ich menschliche Gestalt an und hob zaghaft lächelnd die Hand. »Hi.«

Mein Gegenüber ließ sich davon nicht beeindrucken. Er hob lediglich den Kopf und gab ein paar halb jaulende, halb heiser kläffende Laute von sich. Falls das Wolfssprache war, verstand ich kein Wort. Entsprechend hob ich die Achseln.

Dann drehte er sich um seine eigene Achse und trottete gemächlich fort, sich immer wieder zu mir umwendend.

»Ich soll dir folgen?«, fragte ich.

Es kam zwar kein Nicken oder etwas in der Art, aber als ich mich in Bewegung setzte, wartete er, bis ich knapp hinter ihm war, ehe er schneller wurde. Schon nach wenigen Metern glich ich meine Gestalt erneut der seinen an. Seite an Seite liefen wir durch die einsetzende Nacht. Nach einer Woche vollkommener Einsamkeit fühlte ich mich endlich wieder ein kleines bisschen geborgen.

Aus dem kleinen bisschen wurde ein größeres, als er am Fuß eines hoch aufragenden Felsens stoppte und mit der Schnauze in Richtung einer Mulde unter einem Überhang wies. Zaghaft und ihn nicht aus den Augen lassend, ging ich dorthin und legte mich auf den Boden. Sofort kam er zu mir und schmiegte sich eng an mich. Das war zugegebenermaßen eines der besseren Nachtlager, die ich in letzter Zeit genossen hatte. Und dann auch noch in Gesellschaft. Eindeutig ein Fortschritt.

Ich konnte riechen, dass mein Gastgeber es ebenfalls genoss, jemanden bei sich zu haben. Unmittelbare sexuelle Ambitionen hingegen machte ich nicht aus. Wir waren einfach nur zwei einsame Wölfe, die sich aneinander kuschelten. Das entbehrte nicht einer gewissen Romantik. So gut wie in dieser Nacht hatte ich seit meinem überhasteten Aufbruch nicht geschlafen. Vielleicht war ich hier richtig.

Als ich erwachte, stand die Sonne bereits hoch am Himmel. Ich reckte und streckte mich, ehe ich mich auf alle Viere erhob und umschaute. Mein neuer Gefährte stand ein Stück abseits. Auf halbem Weg zwischen uns lag ein totes Karnickel. Ein erwartungsvoller Blick lastete auf mir.

Die Geste war sicherlich gut gemeint, aber dennoch zögerte ich, mich dem Kadaver zu nähern. Auf der anderen Seite hatte ich mordsmäßigen Hunger. Und ich war hier weiter von der nächsten menschlichen Siedlung entfernt als je zuvor auf meiner Reise. Also fasste ich mir ein Herz und biss in das noch warme Fleisch.

Es war gar nicht mal so schlecht. Geschmacklich kein Vergleich mit Annes Braten, aber mein Wolfsgaumen nahm es mir nicht übel, ein rohes Tier zu verschlingen. Gierig riss ich einen Fetzen nach dem anderen von den Knochen und schluckte sie hinunter. Sobald ich fertig war, kam mein Gönner näher und rieb seine Schnauze an der meinen. Fühlte sich fast so an wie ein vorsichtiger Kuss. War vermutlich auch so gemeint. Ganz offensichtlich hatte ich schon mal einen Freund gefunden.

Für einen Moment fragte ich mich, ob er wirklich ein Werwolf war und nicht doch ein nettes, aber gewöhnliches Tier. Seine Größe und die unzweifelhafte Intelligenz waren allerdings eindeutige Anzeichen, dass ich es mit einem der Meinen zu tun hatte. Warum auch immer er sich dann nicht verwandeln wollte. Egal. Ich fühlte mich wohl bei ihm und lief ihm freudig hinterher, als er sich dem Wald zuwandte.

Soweit ich es erkennen konnte, schlug er ziemlich genau dieselbe Richtung ein, in die wir schon gestern Abend unterwegs gewesen waren. Mein Verdacht, er rannte nicht kreuz und quer umher, sondern steuerte ein bestimmtes Ziel an, erhärtete sich.

Als er plötzlich stehenblieb, schaute ich ihn zunächst erwartungsvoll an. Doch bereits einen Augenblick später roch ich, dass wir nicht mehr allein waren. Die Düfte mehrerer Individuen hüllten mich ein, mindestens vier. Ein flaues Gefühl breitete sich in meiner Magengegend aus. Die Geschichten von den Menschenfressern, die Caleb mir erzählt hatte, kamen mir in den Sinn. War es eine Falle? Wenn ja, saß ich mittendrin. Ohne eine Chance zu entkommen.

Von vier Seiten gleichzeitig traten Gestalten zwischen den Bäumen hervor. Wölfe. Große Wölfe. Schwarzes Fell. Ich roch ihr Misstrauen, ihre Neugier, aber auch Feindseligkeit, kaum verborgene Aggressivität. Jetzt keinen Fehler machen! Ich reaktivierte mein Halbwissen aus dem Biologieunterricht. Wie war das bei Wölfen? Klare Rangordnung. Der Niedere hatte sich dem Boss zu unterwerfen.

Ich warf mich rücklings auf den Boden und streckte dem vordersten der Neuankömmlinge meinen ungeschützten Bauch entgegen. Beinahe auf der Stelle verschwanden die Ressentiments aus den Pheromonwolken. Anscheinend hatte ich das beabsichtigte ›Ich will keinen Ärger‹ korrekt rübergebracht.

Der Wolf, dem ich mich unterworfen hatte, beziehungsweise die Wölfin, wie ich zweifelsfrei an ihrem Geruch erkennen konnte, kam zu mir und beschnupperte mich von allen Seiten. Ich gab mir Mühe stillzuhalten. Hauptsache, nichts tun, was mir irgendwie negativ ausgelegt werden konnte.

Dann plötzlich, als sie die Umrundung beendet hatte und wieder in mein Sichtfeld kam, stand ein Mensch vor mir. Eine

Frau mittleren Alters mit langen ungekämmten Haaren. Eindeutig Native American. Und natürlich – was auch sonst – vollkommen unbekleidet.

Eilig verwandelte ich mich ebenfalls und stellte mich vor ihr auf. »Hallo.«

Aus zusammengekniffenen Augen schaute sie mich an. Zuerst dachte ich schon, sie wäre ebenso schweigsam wie mein Freund, der mich hergeführt hatte, doch schließlich äußerte sie sich. Leider in Apache oder einer anderen Indianersprache.

»Sorry.« Verlegen sah ich sie an. »Englisch?«

Sie gab ein mürrisches Knurren von sich, dann sprach sie, wenn auch mit deutlichem Akzent: »Was willst du hier, Hautgeburt?«

Nicht die freundlichste Begrüßung, die man sich vorstellen konnte, aber immerhin Worte, die ich verstand.

»Ich … Ähm … bin auf der Suche nach meiner Familie. Skinwalker. Seid ihr …?« Ich sah in die Runde.

»Woher kommst du?«

Lügen hatte ohnehin keinen Zweck. »Flagstaff.«

Entsetzt zuckte sie zurück. »Wrukolakas!«

Das Wort hatte ich auch schon mal gehört. Panisch durchforstete ich mein Gedächtnis. Ja! Anne hatte damit Caleb und seine Werwolfsippe bezeichnet.

Ich nickte. »Ja. Sie haben mich als kleines Kind adoptiert.« Angesichts ihrer sich rapide verfinsternden Miene fügte ich eilig hinzu: »Aber ich bin da weggelaufen. Als ich angefangen habe, mich zu verwandeln, haben sie mich nicht mehr akzeptiert. Jetzt bin ich auf der Suche nach meiner wahren Familie.«

Sie schien ein wenig besänftigt. Kam wieder einen Schritt auf mich zu, schnupperte erneut. »Ma'ii Tsoh, ja. Aber nicht von diesem Rudel.«

»Ma'ii … was?«

»Skinwalker. Unser Stamm. Du weißt nicht viel, was?«

Ich schüttelte den Kopf. »Nein. Aber ich will mehr erfahren. Wo ich herkomme. Wo ich hingehöre.«

»Nicht hierher!« Sie unterstrich die Aussage mit einer vehementen Geste. »Keine Hautgeburt im Rudel! Keine Wrukolakas-Kinder. Geh weg!«

Lief nicht besonders gut. Aber ich war nicht den weiten Weg hierhergekommen, um mich jetzt so einfach abwimmeln zu lassen. »Bitte! Ich will lernen, was es bedeutet, ein Skinwalker zu sein, ein Ma'ii … Dingens.«

»Ma'ii Tsoh.«

»Genau. Ma'ii Tsoh. Ich will wissen, wer meine Eltern waren und warum sie mich weggegeben haben. Ich … Ich will …« Ich kämpfte gegen den Kloß in meinem Hals an. »Ich will nicht mehr ständig hin- und her geschubst werden. Irgendwo muss ich doch hingehören!« Mühsam versuchte ich, eine Träne zu unterdrücken – vergeblich.

Ein Hauch von Mitleid zeigte sich auf ihren Zügen. Sie schnaufte tief durch. »Du darfst in unserem Revier bleiben. Aber nicht im Rudel! Vielleicht bist du ein Spion.«

»Bin ich nicht«, verteidigte ich mich.

»Wir werden sehen.« Sie wandte sich ab und ging fort.

»Und wo soll ich jetzt hin?«, rief ich ihr hinterher. »Gibt es hier einen Ort, an dem ich mich einrichten kann?«

Noch einmal drehte sie sich halb zu mir und deutete auf den Wolf, der mich hergebracht hatte. »Bleib bei ihm!«

Mein Blick wanderte zwischen ihm und ihr hin und her. »Aber … Er will sich nicht verwandeln.«

»Er ist ein Halbblut«, erklärte sie. »Er kann es nicht. Nicht so wie du und ich.«

»Ein Halbblut?« Dann dämmerte es mir. »Halb Wolf, halb Ma'ii Tsoh …«

Sie nickte. »Fellgeboren. Wie wir alle. Nur du nicht.«

Also hatte ich mit meinem Verdacht, dass er nur ein Tier war, zumindest zur Hälfte recht gehabt. »Wie heißt er?«

»Kein Name.« Damit verwandelte sie sich zurück und lief davon. Die drei anderen Wölfe, die mit ihr gekommen waren, folgten ihr.

Mein namenloser Freund und ich waren wieder allein.

Tja, das freudige Wiedersehen mit der verschollenen Tochter, das ich erhofft hatte, war ausgeblieben. Aber immerhin hatten sie mich nicht aufgefressen und ich durfte in ihrer Nähe bleiben. Vielleicht war das eine Art Prüfung. Sie wollten mich unter Beobachtung halten, um sicherzugehen, dass ich wirklich kein Spion ihrer Feinde war. Durchaus verständlich. Ich beschloss, dem Ganzen eine Chance zu geben und mitzuspielen. Zu verlieren hatte ich ja nicht viel.

Ich wandte mich meinem Wohltäter zu, dem Einzigen, der mir hier mit Freundlichkeit begegnet war, und grub meine Finger tief in das Fell in seinem Nacken. »Na du. Wenigstens du kannst mich leiden, nicht wahr?«

Er schloss die Augen und reckte sich meiner Hand entgegen. Ich wertete das als ein ›ja‹.

»Aber du brauchst einen Namen.« Ich neigte den Kopf zur Seite und sah ihn an.

Er tat dasselbe.

»Ich nenne dich … Bob. Wie wär's damit?«

Seine Schnauze hob sich zu mir und seine Zunge schlabberte über meine Wangen.

»Dann ist es wohl entschieden, Bob. Ich bin übrigens Lynn. Nur pro forma, auch wenn du es nicht aussprechen kannst.«

Ich hockte mich vor ihn und er legte seinen Kopf auf meine Schulter, während ich ihn mit beiden Händen kraulte. »Das magst du, hm?«

Er drängte sich noch enger an mich.

»Ich mag dich auch.«

Eine ganze Weile verharrten wir so. Dann löste er sich von mir, schaute mich an und marschierte ins Gehölz.

Mit einem Seufzen erhob ich mich und folgte ihm. Es hatte sich gut angefühlt, mal wieder menschlich zu sein, und sei es nur für kurze Zeit. Aber im Wald war die Wolfsgestalt einfach praktischer. Also kehrte ich zurück auf vier Beine und holte schnell zu Bob auf.

Nach meiner ersten Nacht in Dans Rudel hatte ich es gar nicht erwarten können, wieder als Wolf durch den Wald zu laufen. Tja, nun hatte ich wohl endlich ausreichend Gelegenheit dazu. Und dabei sogar nette Gesellschaft.

Als Gesprächspartner war Bob zwar eher ungeeignet, aber es war schön, an seiner Seite meine neue Heimat zu erkunden. Bei ihm fühlte ich mich geborgen und er tat wirklich alles, was er konnte, um mir das Leben so angenehm wie möglich zu machen. Vor allem schien er der Meinung zu sein, ich müsste lernen zu jagen. Dagegen hatte ich nichts einzuwenden und ich muss sagen, er war ein hervorragender Lehrer. Insbesondere außerordentlich geduldig, wenn ich mich mal wieder wie ein dummer Mensch anstellte.

Als ich nach unendlich vielen Fehlversuchen irgendwann zum ersten Mal ein Kaninchen aus seinem Bau zerrte, rannte er jubelnd Kreise um mich. Meine erste selbst erlegte Beute schmeckte so köstlich wie kaum ein anderes Mahl, das ich je genossen hatte.

Die Nächte verbrachten wir in verschiedenen Unterschlupfen, jedes Mal woanders. Das Rudel, in dessen Nähe wir stets blieben, schien keinen festen Aufenthaltsort zu haben, sondern zog permanent durch den Wald. Doch Bob kannte sich offenbar gut aus und führte mich jeden Abend sicher zu einem Plätzchen, in dem man es sich gemütlich machen konnte, sei es unter Felsen, wie nach unserer ersten Begegnung, oder im Schutz knorriger Wurzeln uralter Kiefern oder Zypressen.

Von Nacht zu Nacht merkte ich, wie seine Ambitionen mir gegenüber wuchsen und irgendwann – war es aus Neugier oder aus einer Laune heraus? – streckte ich ihm mein Hinterteil entgegen.

Er schnüffelte ausgiebig daran, ehe er sicher war, dass ich es tatsächlich so meinte. Dann sprang er auf mich und fackelte nicht lang. Ich spürte seinen Penis in mir zucken und war zunächst verwundert, wie klein und zart er sich anfühlte. Doch dann schwoll er in mir an und füllte mich so sehr aus, dass es schon fast wehtat. Ich versuchte, ihm klarzumachen, dass er aufhören sollte, wollte weg von ihm. Aber sein Glied hatte sich dermaßen in mir verkeilt, dass wir nicht voneinander loskamen. Mein Vorsatz, mich rechtzeitig von ihm zu trennen, um der Verhütung Rechnung zu tragen, war damit wohl dahin. Ich spürte, wie er sich in mich ergoss, ohne dass ich etwas dagegen tun konnte. Und auch danach blieben wir zwangsweise vereint. Ich fürchtete schon, irgendwas wäre schiefgegangen, nicht kompatibel, aus welchem Grund auch immer. Aber er blieb vollkommen ruhig, nachdem er sein Sperma losgeworden war, und strich sanft mit seinen Pfoten über meinen Nacken.

Keine Ahnung, wie lang ich unter ihm lag, seine Nähe eher erduldend als genießend, selbst wenn er sich redlich Mühe gab, es mir so angenehm wie möglich zu machen. Dennoch fielen mir diverse Steine vom Herzen, als die Schwellung endlich nachließ und wir uns voneinander trennten.

So schnell mein schmerzender Hinterleib es zuließ, rannte ich zum nächsten Bach und setzte mich hinein. Das kühle Wasser tat gut. Ob es auch verhindern konnte, dass in mir ein kleiner Wolf heranwuchs, war allerdings ungewiss. Zum Glück stand ich kurz vor der Menstruation und hatte die fruchtbarsten Tage meines Zyklus schon hinter mir. Aber galt das auch, wenn ich in Wolfsgestalt war? Bei der Vorstellung, einen Welpen zu gebären, wurde mir ganz anders, egal wie süß er sein mochte. Doch wo ich hier mitten in der Wildnis einen Schwangerschaftstest herbekommen sollte, war fraglich. Also blieb mir wohl nichts übrig, als bis zu meiner nächsten Periode zu warten, bis ich wusste, welche Folgen meine Experimentierfreude hatte. Bis dahin waren es ja nur noch wenige Tage.

Von den anderen Rudelmitgliedern bekam ich nicht viel zu sehen – beziehungsweise zu riechen. Sie waren nicht weit weg, das nahm ich wohl wahr. Aber allzu nah kamen wir uns nicht. Vermutlich beobachteten sie mich. Ich versuchte, sie zu ignorieren. Genoss, so gut es ging, mein beschauliches Dasein zusammen mit Bob. Jagte, rannte, suchte seine Nähe, wenn auch ab sofort ohne Sex – was er bedauernd, jedoch klaglos hinnahm.

Dann eines Morgens – ich war mittlerweile eine volle Woche hier – erwartete mich beim Verlassen unseres Nachtlagers eine Überraschung. Nicht, wie üblich, mein vierbeiniger Wolfsfreund stand in der aufgehenden Sonne, sondern ein Mann. Ein Mensch.

Ungläubig starrte ich ihn an. Schnupperte … und erkannte doch nur Bob.

Die Erkenntnis durchzuckte mich wie ein Blitzschlag. Eilig wechselte ich ebenfalls in menschliche Gestalt. Sie fühlte sich beinahe schon ungewohnt an. So wie die eigene Wohnung fremd wirkt, wenn man aus einem langen Urlaub zurückkehrt.

Meine ersten Schritte auf ihn zu waren dann auch eher unbeholfen. Aber auf zwei Beinen gehen ist wie Fahrradfahren. Das verlernt man nicht.

Ungläubig musterte ich mein Gegenüber. Eindeutig indigene Wurzeln, so wie ich. Strubbelige schulterlange Haare. Der weiche Flaum in seinem Gesicht wirkte wie der erste Bartwuchs eines Teenagers. Dass er überhaupt einen Bart hatte, wies darauf hin, dass unter seinen Ahnen nicht ausschließlich Indianer gewesen waren. Oder das war bei Skinwalkern anders. Wie auch immer, er war jung, dem Aussehen nach ungefähr mein Alter. Aber nach dem, was Oma Kathy mir erzählt hatte, musste das nicht unbedingt etwas bedeuten. Auf Brust und Bauch sprossen ebenfalls spärliche Haare. Und die Muskeln darunter … Wow! Wie bei einem Top-Athleten. Kein Gramm Fett. Von oben bis unten perfekt durchtrainiert. Auch ein Stück tiefer … Alles so, wie man es sich bei einem solchen Prachtexemplar von einem Mann nur wünschen konnte. Ich fühlte mich wie bei der versteckten Kamera, so unwirklich erschien mir die Situation.

Etwas linkisch hob er die rechte Hand. »Hi.«

»Bob?« Ich streckte meinen Arm aus und legte vorsichtig die Finger auf seine Brust.

Ein unsicheres Lächeln zeigte sich auf seinen Lippen. »Lynn.«

An dieser Stelle konnte ich mich nicht mehr zurückhalten, schlang meine Arme um ihn und drückte ihn an mich, so fest ich konnte. Mein Bob … als Mensch. Noch während wir uns in den Armen lagen, wurde mir bewusst, was für ein Tag heute war. Exakt zwei Wochen nach meinem Aufbruch von der Lichtung bei Flagstaff. Neumond. Sieh einer an! Bei geborenen Wölfen lief es also genau andersherum wie bei menschlichen Halbbluten. Neumondtag statt Vollmondnacht. Eigentlich logisch, wenn man darüber nachdachte. Sofern daran, dass sich

Menschen in Tiere verwandelten und umgekehrt, überhaupt irgendetwas logisch war.

Vorsichtig erwiderte er die Umarmung, strich mit seinen Händen zärtlich über meinen Rücken. Als ich mich von ihm löste und mit ausgestreckten Armen an den Schultern hielt, sah er mich betreten an, als hätte er etwas falsch gemacht.

»Alles gut«, beruhigte ich ihn und ließ meine Augen nach unten wandern.

Wie ich bereits gespürt hatte, war seine Männlichkeit zu voller Größe erhoben und reckte sich mir verführerisch entgegen. Ich rang einen Moment mit mir. War das eine gute Idee? Egal! Die Aussicht auf Sex – und das sogar mit einem Menschen – versprach eine angenehme Ablenkung vom doch weitgehend ereignislosen Leben in der Wildnis. Passieren konnte eigentlich nichts mehr, auch ohne Kondom, denn voraussichtlich noch heute oder morgen stand meine Monatsblutung an – wenn sie denn kam. Und wenn nicht, war es ohnehin schon zu spät. Dann wollte ich mit dem Vater meines Welpen wenigstens noch einmal richtigen Sex haben. Menschensex.

Ich senkte den Arm und ließ meine Finger seinen Schaft entlanggleiten. Ein Schauer der Erregung durchfuhr ihn.

»Jetzt zeige ich dir mal, wie wir Menschen das machen …« Ich ging vor ihm in die Knie, ohne die Hand von seinem Glied zu lassen, strich die Finger langsam vor und zurück. Er zuckte, als ich meine Lippen an seine Eichel legte, sie mit meiner Zunge umspielte und schließlich in meinen Mund aufnahm. Dem Stöhnen nach zu urteilen, das ich von oben hörte, fand er Gefallen an meinem Tun. Nun ja, hätte mich auch gewundert, wenn nicht. Er verbrachte vielleicht die meiste Zeit seines Daseins als Wolf, aber jetzt in diesem Augenblick war er ein Mann. Und die hatten meiner Erfahrung nach alle Spaß daran, einen geblasen zu kriegen.

Ich hielt mich allerdings kurz, wollte nicht riskieren, dass unser Liebesspiel ein vorzeitiges Ende nahm, und richtete mich wieder auf.

»Na?«, fragte ich, »War das schön?«

Sein Gesicht hatte mir die Antwort schon längst verraten, dennoch nickte er.

»Willst du mehr?«

Erneut bejahte er eifrig.

Ich nahm ihn bei der Hand und führte ihn zu einer Stelle, an der üppiges Gras wuchs. Dort ließ ich mich rücklings nieder und zog ihn mit mir hinab. Ehe er sich versah, hockte er auf allen vieren über mir. Ich hob meine Hüfte und strich meinen mittlerweile ziemlich dicht behaarten Venushügel an sein Glied.

Er wirkte verwirrt. Vermutlich kannte er nur die Hündchenstellung. Na gut. Machte ich es ihm erst mal ein wenig einfacher.

Ich drehte mich unter ihm, bis ich ebenfalls auf Händen und Knien war. Damit konnte er offenbar mehr anfangen. Das Vorspiel fiel erwartungsgemäß aus. Ich musste keine Sekunde warten, da spürte ich auch schon, wie er in mich eindrang. Und ja, es fühlte sich gut an. Unendlich viel besser als in Wolfsgestalt. Mein wohliges Stöhnen war für ihn anscheinend das Startzeichen, richtig loszulegen. Und er legte los.

Was ihm an Zärtlichkeit und Erfahrung fehlte, machte er durch schiere Energie wett. Und selbst wenn ich es eigentlich etwas einfühlsamer mochte, griff seine ungezügelte Geilheit auch auf mich über. Ich gab mich ihm hin, ließ ihn sich an mir austoben. Verfiel in denselben stakkatohaften Takt, den er vorgab. Es war wie ein Rausch, wie eine Naturgewalt, die über mich hinweg rollte. Ich schloss die Augen, versank im Rhythmus unserer aneinanderklatschenden Leiber. Stellte mir vor, es wäre Joseph, der … Hektisch riss ich die Augen auf. Fuck! Genau ihn hatte ich doch vergessen wollen.

»Stopp mal!« Ich hielt inne.

Auch Bob wurde abrupt langsamer, stöhnte, keuchte.

Ich wand mich unter ihm, zog mein linkes Bein an, ohne dass sein Glied aus mir glitt, drehte mich in einer akrobatisch anmutenden Verrenkung … und kam auf dem Rücken zum Liegen. Geschafft.

Bob schaute mich fragend an. Aber als ich begann, mein Becken vor und zurück zu schieben, setzte auch er da an, wo wir aufgehört hatten. Jep. Funktionierte. Lektion des Tages: Missionarsstellung für fellgeborene Werwölfe. Häkchen dran.

Sein Gesicht fest im Blick, versuchte ich, mich wieder zu entspannen. Zurückzufinden in die Ekstase, in der ich versunken war. Bobs ungezügeltes Engagement brachte mich zumindest wieder auf halben Weg dorthin. Genug, um es in vollen Zügen zu genießen. Rein, raus. Vor, zurück. Nur darauf konzentrierte ich mich. Blendete alles andere aus meinem Bewusstsein aus. Schneller. Immer schneller. Seine Augen wurden glasig. Sein Blick wich in weite Ferne. Viel fehlte nicht mehr. Ich zog erneut die Beine an, legte die Fußsohlen auf seine Brust, streckte ihm meinen Unterleib so weit entgegen, wie ich konnte. Ja! Und noch einmal. Und … nahezu gleichzeitig mit seinem Erguss überflutete der Orgasmus meine Wahrnehmung. Tauchte ich ab in jene Welt, die nur aus Lust und purer Wonne besteht. Verweilte dort so lang, wie ich konnte. Und erblickte erneut Josephs Gesicht vor meinem geistigen Auge.

Mit einem tiefen Seufzen ließ ich die Wogen von mir fließen, die mich überspült hatten. Kehrte zurück in den Wald. Zu Bob.

Er lag auf mir, Brust an Brust, sein Glied noch in mir, und rang hechelnd um Atem. Ich legte meine Hand auf seinen Rücken und streichelte ihn. Es fühlte sich an, als hätte ich ihn verraten, hintergangen, betrogen, nur weil meine Gedanken bei einem anderen geweilt hatten. Und obwohl mein animalischer Freund davon nichts mitbekommen hatte und definitiv auf seine Kosten gekommen war, tat er mir leid. Denn in diesem Moment wusste ich, wo ich hingehörte. Und das war nicht hier. Nicht bei Bob. Auch wenn ihm das vermutlich sein gerade rasant pochendes Wolfsherz brechen würde.

Ich ließ ihn gewähren. Schmiegte mich an ihn. Gab ihm alle Liebe, die ich aufbringen konnte, wohl wissend, dass es nur die Liebe zu einem guten Freund war. Mehr nicht.

»Bob Lynn lieb«, stammelte er, als sein Atem sich ein wenig beruhigt hatte.

Gut, dass seine Wange an meiner Schulter lag und er nicht sehen konnte, wie mir die Tränen in die Augen schossen.

»Ich hab dich auch lieb, Bob.« Meine Bemühungen, nicht zu schluchzen, waren vergebens.

Auch als er sich von mir trennte, blieben wir noch im Gras liegen, die Sonne auf unseren nackten Körpern, den Wind über unserer schweißnassen Haut. Diesen Tag wollte ich noch mit ihm verbringen. Das war ich ihm schuldig. Und vielleicht wäre es einfacher, mich morgen von ihm zu verabschieden, wenn er wieder ein Wolf war. Und ich ein Mensch.

# *Wurzeln*

Plötzlich schreckte Bob auf. Neigte den Kopf zur Seite. Lauschte.

Ich stemmte mich auf die Ellbogen, sah ihn an. »Was ist?«

Dann hörte ich es auch. Schüsse.

Gleichzeitig sprangen wir auf, beide noch wackelig auf den Beinen. Er, weil er es nicht gewohnt war und ich, weil es ein wenig im Schritt brannte. Mein kleiner Wolf hatte echt das Tier rausgelassen.

»Da!« Er deutete in eine Richtung und lief los.

Ohne zu wissen, wie mir geschah, folgte ich ihm. Es wäre mir ein Leichtes gewesen, mich zu verwandeln, aber da Bob menschlich blieb, tat ich es auch.

Mittendrin wieder Schüsse. Automatisches Feuer. Das waren keine Wochenendjäger. Dann, leiser, das Geräusch hochdrehender Motoren. Fragend sahen wir uns an. Ich zuckte die Achseln.

Weiter laufen!

Zwischen zwei hoch aufragenden Felsen, umgeben von Strauchwerk, entdeckte ich eine Versammlung von Menschen. Alles Indianer. Alle nackt, so wie wir. Das Skinwalker-Rudel.

Die Frau, die ich als einzige schon in menschlicher Gestalt gesehen hatte, kam auf mich zu, den Zeigefinger drohend erhoben. »Du hast sie hergeführt! Du hast uns verraten!«

»Nein!« Zwei Meter vor ihr hielt ich an, Bob neben mir. »Ich habe niemanden hergeführt. Ehrlich.«

»Du Wrukolakas!«

»Nein!« Ich gestikulierte hektisch. Tippte mit der Hand gegen meine Brust. »Skinwalker. Ma'ii Tsoh.«

»Aber du kennst sie.«

»Ja«, gab ich zu, »schon. Aber …«

»Dann sag ihnen, sie sollen gehen!«

Entgeistert sah ich sie an. »Ich?«

»Ja. Du.« Sie kam einen Schritt auf mich zu. »Du willst hierbleiben? Dann sag ihnen, sie sollen gehen! Sonst du weg!«

Erneut hallten Schüsse durch den Wald. Auch die Motorengeräusche waren weiterhin deutlich zu vernehmen. Mich beschlich eine grobe Ahnung, mit wem wir es da möglicherweise zu tun hatten. Vielleicht konnte ich wirklich etwas ausrichten.

Na gut! Es schien, als wäre das meine Bewährungsprobe. Zwar hatte ich eigentlich gerade beschlossen, Bob und die Ma'ii Tsoh zu verlassen. Aber nur zu gern würde ich mich dafür erkenntlich zeigen, dass sie mich geduldet hatten. Und natürlich für alles, was Bob für mich getan hatte. Außerdem war es nie verkehrt, sich ein paar Freunde zu bewahren. Wer weiß, wofür es irgendwann mal gut war.

»Okay. Ich versuch's.«

Die Frau nickte mir aufmunternd zu.

Tja, nun konnte ich wohl keinen Rückzieher mehr machen. Ich drehte mich um, zu dem fernen Lärm hin.

»Bob mit.« Mein Freund setzte an, mich zu begleiten.

»Nein.« Ich hielt ihm die ausgestreckten Hände entgegen und schüttelte energisch den Kopf. »Du bleibst hier bei den anderen! Hier geht es um Menschensachen. Das muss ich allein tun.«

Widerwillig blieb er stehen, schaute mich aus traurigen Augen an. Ahnte er, dass dies unser Abschied war?

Noch einmal umarmte ich ihn. Drückte ihn so fest an mich, wie ich konnte. Dann wandte ich mich ab und verließ das Rudel.

Nach wenigen Metern ließ ich mich auf alle Viere nieder und rannte als Wolf weiter. So kam ich schneller voran. Außerdem konnte ich erheblich besser riechen. Und schon bald nahm ich neben den Düften des Waldes und dem Gestank von Zweitakterabgasen auch eine vertraute Note auf. Ja, ich kannte die Eindringlinge. Sie waren letztlich der Grund dafür gewesen, dass ich überhaupt hier war.

Die Sonne stand mittlerweile hoch am Himmel und ihr Licht durchflutete den Wald. So war es ein Leichtes, die Randalierer auch optisch in Augenschein zu nehmen. Ihre schweren Harleys hatten sie durch wendige Geländemotorräder ersetzt, aber allein schon an den Farben ihrer Kutten waren die Mesa Jackals eindeutig zu erkennen. In lockerer Formation durchpflügten sie den Wald, auf dem Rücken oder in Holstern an den Vordergabeln der Bikes Gewehre. Ich sah mindestens zehn von ihnen.

So! Jetzt kam es darauf an.

Ich nahm wieder menschliche Gestalt an und marschierte offen, ohne jede Deckung auf sie zu. Als die Ersten von ihnen mich entdeckten, winkte ich, um auf mich aufmerksam zu machen. Kurzzeitig wurde mir mulmig, als sie ihre Waffen bereitmachten, ehe sie sich mir weiter näherten. Doch schnell merkte ich, dass sie nicht mich aufs Korn nahmen, sondern sich lediglich zu allen Seiten hin absicherten.

Eines der Motorräder hielt mit einem eleganten Seitwärts-Slide vor mir an. Der Fahrer schob seine Schutzbrille hoch und sah mich an. »Sieh an! Da kommt das verlorene Wölflein ja freiwillig aus der Deckung.«

»Hi, Fang«, begrüßte ich Jessicas Bruder. »Verschwindet ihr, wenn ich mit euch komme?«

Erstaunt runzelte er die Stirn. »Das geht ja einfacher als gedacht. War's doch nicht so toll bei deiner wilden Verwandtschaft?«

»Doch. Aber wenn ich euch auf diese Weise davon abbringen kann, hier weiter Streit zu suchen, dann tu ich das.«

Misstrauisch schaute er sich um. »Sind ganz in der Nähe, die Skinwalker, was? Kann sie schon riechen.«

»Lasst sie in Ruhe!«

Sein Blick kehrte zurück zu mir, wanderte meinen unbekleideten Körper entlang. »Ganz schön aufmüpfig für ein kleines Schwarzpelzmädchen.« Er stieg von dem Motorrad ab und kam auf mich zu, sein Sturmgewehr locker in der Hand.

Ich wich keine Handbreit zurück, so dass unsere Nasen sich beinahe berührten, als er anhielt.

»Wenn's nach mir ginge«, flüsterte er, »würde ich dich hier und jetzt abknallen, so wie ich es schon mit vielen von deiner Bande gemacht habe. Aber falls das irgendwie rauskommt, weil einer der anderen sich verplappert oder wie auch immer, dann reißt Dan mich in Stücke. Danke ihm also angemessen, dass du den heutigen Tag überlebst, Skinwalker!« Er zog seine Jacke aus und reichte sie mir. »Anziehen und aufsitzen!«

Die kreisende Bewegung seiner nach oben gereckten Hand schien das Zeichen zum Abzug zu sein. Es missfiel mir, ihm so nahe zu sein, sogar die Arme um seinen Bauch legen zu müssen, um nicht rücklings vom Motorrad zu stürzen, während er holpernd die Baumstämme umkurvte. Auch die Berührung der Sitzbank mit meiner bloßen Muschi fand ich irgendwie obszön, als würde Fang selbst mir permanent zwischen die Beine greifen. Aber ich sollte mich nicht beschweren. Immerhin hatte er mir die Jacke gegeben, so dass ich nicht vollkommen nackt war.

Mehrmals blickte ich mich um, als könnte ich noch einen letzten Blick auf Bob oder ein anderes Mitglied des Rudels werfen. Aber sie waren schon weit hinter mir. Ob ich sie jemals wiedersehen würde? In unmittelbarer Zukunft sicher nicht. Die führte mich vermutlich erst mal wieder nach Flagstaff. Und dann? Falls Anne und Caleb mich nicht einsperrten, hatte ich bereits Pläne. Mindestens genauso verrückt wie der, ins Reservat zu gehen. Doch wem, wenn nicht einem Werwolf, stand ein bisschen Verrücktheit gut zu Gesicht?

Ich war erleichtert, als in einem winzigen Kaff am Waldrand die Motorräder auf Anhänger und die Pritschen von Pick-ups verladen wurden und es in Autos weiterging. Die vollen drei Stunden bis Mesa mit blankem Hintern auf einem Motorrad? Am besten noch mitten auf dem Highway? Da hätten die Cops mal was Nettes für ihren Bericht gehabt.

Fang angelte eine muffige Decke von der Ladefläche seines Wagens und verlangte dafür die Jacke zurück. Mir war's recht.

Ich wickelte mich in den Stoff. »War das eigentlich Zufall, dass ihr ausgerechnet heute aufgekreuzt seid?«

Sein boshaftes Grinsen nahm die Antwort vorweg. »Wir haben schon vor langer Zeit gelernt, an welchem Tag ihre pelzigen Halbblute nicht so gut drauf sind. Zumindest die jüngeren.«

Ja, das hatte ich an Bob selbst sehen können. »Und … Seid ihr nur wegen mir gekommen?«

»Sagen wir mal so. Als Dan mich darum gebeten hat, im Reservat nachzusehen, ob wir dich da aufstöbern, war das ein willkommener Anlass. Macht immer Spaß, die Schwarzpelze ein bisschen aufzumischen. Besonders an Neumond.«

Jay! Ich war zwar kein Spion, aber die Vermutung der Skinwalkerfrau, dass ich es war, der ihre Feinde angelockt hatte, war gar nicht weit von der Realität entfernt. Toll gemacht!

»So!« Fang hielt mir die hintere Wagentür auf. »Rein mit dir!«

Auf dem Weg nach Mesa unterhielt er sich mit seiner Beifahrerin über Belanglosigkeiten. Ich und mein weiteres Schicksal wurden nicht erwähnt. So hatte ich ausreichend Muße, aus dem Seitenfenster der Rückbank zu glotzen und zu sehen, wie Bäume und Büsche zunehmend Kakteen und nackten Felsen wichen. Meine Gedanken jedoch blieben im Wald zurück, wo ich auf vier Pfoten durch wilde Bäche tollte, wahlweise in Gesellschaft von Bob oder Joseph.

Es war bereits Abend, als wir das Clubhaus der Jackals erreichten. Eine ehemalige Tankstelle mit angeschlossener Werkstatthalle am Rand der Stadt. Wortlos führte Fang mich hinein, zwischen den geparkten Harleys hindurch, ins einstige Büro des Werkstattchefs.

»Du wolltest sie sehen«, stellte er mich dem einzelnen Mann vor, der hinter dem breiten Schreibtisch saß und zur Begrüßung nur mit der linken Hand auf den einzigen anderen Stuhl im Raum deutete.

Artig ließ ich mich nieder und zog die Decke enger um meinen Leib.

Als Fang sich breitbeinig vor der Tür aufbaute, hörte ich ein gebrummtes »Lass uns allein!«

Der Angesprochene rümpfte die Nase. »Dann viel Spaß, ihr beiden.« Er ging hinaus und schloss die Tür hinter sich.

Sobald er fort war, nahm ich mein Gegenüber genauer in Augenschein. Sein Geruch ließ keine Zweifel, dass es sich um einen Wolf handelte. Dass er groß war, konnte man sogar erkennen, wenn er saß. Vermutlich reichte er nicht ganz an Onkel Dan heran, wirkte aber erheblich bulliger. Ein langer grauer Bart und ebensolche Haare rings um eine reichlich fortgeschrittene Glatze waren eindeutige Zeichen für sein Alter. Sein Gesicht … Es fiel mir schwer, ihn lang anzusehen. Gegen den zermatschten Brei rund um seine halbierte Nase waren Onkel Dans Narben kaum mehr als ein kleines Muttermal, wobei der Mann vor mir wenigstens noch beide Augen besaß. Aus seiner ärmellosen Jackals-Kutte ragte auf der rechten Seite ein Stumpf, der bereits auf halber Strecke zum Ellbogen endete. Bei seinem unversehrten linken Arm zeichnete sich unter der faltigen Haut ein massiver Bizeps ab. Ich war ihm noch nie persönlich begegnet, aber aus den Erzählungen meiner Adoptivfamilie wusste ich nur zu gut, wen ich vor mir hatte. Jessicas Vater Ike mac Comhail, den President der Mesa Jackals.

»Das ist also das Skinwalkermädchen, das uns solchen Ärger bereitet.« Seine Stimme erinnerte mich an das Knirschen schwerer Schuhe auf einem Schotterweg. In jedem Fall passend zu seinem Erscheinungsbild.

Sollte er erwartet haben, dass ich etwas darauf erwiderte, musste ich ihn enttäuschen.

»Weißt du eigentlich, was du angerichtet hast?«, fuhr er fort.

Ich schüttelte den Kopf.

»Fang wollte dich am liebsten gleich erledigen. Und ich hätte ihm liebend gern die Erlaubnis dazu erteilt.« Er schnaufte röchelnd. »Aber Dan hält große Stücke auf dich. Und sein Junge ist anscheinend total vernarrt in dich.«

Auch wenn ich mich bemühte, es mir nicht anmerken zu lassen, freute ich mich zumindest über die letzte Aussage.

»Und genau da liegt das Problem.«

»Warum?«, fragte ich aus einem plötzlichen Impuls heraus. »Was wäre so schlimm daran, eine Ma'ii Tsoh unter euch zu haben?« Angesichts der Verachtung, mit der alle hier das Wort ›Skinwalker‹ aussprachen, verwendete ich absichtlich den indianischen Namen für meine Verwandtschaft.

»Was daran so schlimm ist? Wir sind im Krieg. Und das schon seit Jahrzehnten.«

»Krieg?« Woher ich den Mut fand, jemandem wie ihm in meiner jammervollen Situation derart Paroli zu bieten, weiß ich nicht mehr. Vielleicht war ich die in die Ecke gedrängte Ratte. »Was ich heute gesehen habe, hat nicht wie ein Krieg ausgesehen. Eher wie eine Treibjagd.«

Er lehnte sich nach vorn. Deutete mit der Linken auf seinen Stumpf. »Dann habe ich meinen Arm also bei einer Treibjagd verloren?« Zu meiner Erleichterung ließ er sich wieder in seinen Sessel sinken. »Wenn du glaubst, die Skinwalker wären arme, mitleidswürdige Indianerchen, die vom bösen weißen Wolf gejagt werden, dann täuschst du dich gewaltig. Sie sind Monster. Und sie erschaffen noch schlimmere Monster.«

Mich beschlich eine Ahnung, worauf er hinaus wollte. »Wendigos?«

»Ah.« Seine Augen blitzten auf. »Das Mädchen weiß Bescheid.«

Ich sah seinen Stumpf an. »War das ein Wendigo?«

Bedächtig nickte er. »Wir heilen viele Wunden. Schlimme Wunden. Doch nicht diejenigen, die ein Wendigo in unseren Leib schlägt.«

»Auch On… Dans Narben?« Ich fuhr mir mit dem Finger über die rechte Wange.

»Das war derselbe, der mich in die Mangel genommen hat. Derselbe, der Dans Vater getötet hat, meinen alten Kampfgefährten Jake. Und viele andere.«

Erstaunt hob ich die Augenbrauen. »Ein einziger Wendigo hat das getan?«

»Das hat er. Und es hat nicht viel gefehlt, dann hätte es auch Dan und mich erwischt. Du siehst also, die Skinwalker sind alles andere als wehrlos. Aber selbst sie konnten das Ungetüm nicht bändigen, das sie erschaffen hatten. Es hat fast genauso viele von ihnen getötet wie von uns. Nachdem wir es besiegt und vernichtet hatten, haben sie es nicht gewagt, einen weiteren zu erschaffen. Sie mussten sich zurückziehen. Seitdem gehört nur noch das Reservat zu ihrem Revier. Den Rest des Waldes hat Dan mit seinem Rudel übernommen. Unser Rudel.«

Krasse Geschichte.

»Warum kommst du eigentlich nicht zu den Treffen?«, fragte ich.

Er schnaufte verächtlich und hob seinen Armstumpf. »Was soll ich da? Den anderen auf drei Beinen hinterher humpeln? Nein, kleiner Schwarzpelz, den Wolf habe ich hinter mir gelassen. Als Mensch kann ich wenigstens noch aufrecht stehen.«

Das war verständlich. Und es flößte mir nur noch mehr Respekt vor diesem Mann ein. Wenn ich mir vorstellte, mich niemals wieder verwandeln zu können … Keine Ahnung, ob ich das aushalten könnte. Und ich hatte erst vor zweieinhalb Monaten damit angefangen. Wie sich ein solcher Verlust nach so vielen Jahren anfühlen mochte …? Ich wollte es lieber nicht am eigenen Leib erfahren.

»Deshalb«, fuhr er fort, »habe ich auch Kathy und Dan die Führung des Rudels überlassen, obwohl sie nach Jakes Tod mir zugestanden hätte. Und an der Stelle kommen wir wieder zu dem Problem, das du uns eingebrockt hast.«

Erneut hatte ich eine grobe Ahnung, worauf es hinauslief. »Darf ich raten? Fang will Leitwolf werden?«

Ein Lächeln umspielte das, was der Wendigo von Ikes Lippen übriggelassen hatte. »Langsam verstehe ich, warum Dan so von dir angetan ist. Gerade erst drei Vollmonde als Wolf erlebt, aber versteht schon, wie das Spiel läuft.« Er legte den Kopf in den Nacken und schaute zur Decke. Schloss für einen Moment die Augen. Dann sah er wieder zu mir. »Kathy ist eine Idealistin. Sie glaubt immer noch daran, dass wir irgendwann die Skinwalker in unseren Stamm eingliedern können. Ob sie es wollen oder nicht. Und den guten Dan hat sie so lang bearbeitet, dass er es mittlerweile auch glaubt. Trotz allem, was er selbst erlebt hat.« Er deutete auf mich. »Und auch wenn sie es nicht zugeben, sehen sie in dir ein Werkzeug auf diesem Weg.« Seine Augen verengten sich zu engen Schlitzen, durch die er mich fixierte. »Alles was ich sehe, ist ein Kind, das seine Hormone nicht unter Kontrolle hat und heulend zu unseren Erbfeinden rennt, sobald in Mamis Schoß nicht alles nach seinen Vorstellungen läuft. Was nicht so schlimm wäre, wenn dadurch nicht die Einheit des Rudels in Gefahr gebracht würde.«

Ich erinnerte mich an das, was Joseph mir bei unserem Abschied gesagt hatte. »Was ist mit Dans älteren Söhnen? Können die nicht das Rudel anführen?«

»Halbblute«, winkte Ike ab. »Keine Chance. Und Josephs Schwester Luna …« Er schüttelte den Kopf.

Wenigstens darin waren wir uns einig.

»Also …« Er ballte seine Hand zur Faust. »Entweder du erklärst Joseph, dem liebeskranken Jungen, dass das mit euch beiden nichts wird. Niemals. Oder du überzeugst selbst die größten Zweifler, also mich und Fang, dass du trotz allem würdig bist, die Gefährtin eines Leitwolfs zu sein. Aber deine Aktion im Reservat war diesbezüglich schon mal ein denkbar schlechter Einstieg.«

»Das finde ich gar nicht«, entgegnete ich aus einem spontanen Einfall heraus. »Wer außer mir ist den Skinwalkern denn schon persönlich begegnet? Ohne mit Sturmgewehren auf sie zu schießen?«

Er schnupperte kurz. »Derselbe, der erst heute einen von ihnen gefickt hat.«

Oops! Das war jetzt ganz doof. Einzige Möglichkeit, um da wieder rauszukommen: Gegenangriff!

»Ich wollte sie kennenlernen«, argumentierte ich. »Wissen, wer sie sind. Da ließ sich enger Kontakt nicht immer vermeiden. Ja, sie sind wild. Aber sie sind keine Monster. Davon bin ich überzeugt. Ich halte Frieden mit ihnen für möglich, genauso, wie Kathy und Dan es tun. Und vielleicht bin ich ja wirklich die Richtige, um einen Schritt in diese Richtung zu gehen. Von einer Ma'ii Tsoh geboren. Von Wrukolakas aufgezogen. Ein Kind beider Welten.«

Erneut versuchte er sich an einem Lächeln, nachdem ich meinen Monolog beendet hatte. »Nicht schlecht.« Er stemmte seine Hand auf den Schreibtisch und stand auf. Wie eine Wand erhob sein massiver Leib sich vor mir. »Wie auch immer. Ich habe keine andere Wahl, als dich deinen Eltern zurückzugeben, wenn ich einen rudelinternen Kampf vermeiden will. Aber bei allem, was du tust, vergiss niemals, wozu die Brut deiner leiblichen Mutter fähig ist.« Er warf einen kurzen Blick auf seinen Stumpf. »Und jetzt geh! Dein Vater wartet schon draußen.«

Da mir nicht einfiel, was ich ihm noch zum Abschied sagen sollte – ›War schön dich kennenzulernen‹ wäre gelogen gewesen –, stand ich auf, raffte die Decke um mich und ging stumm hinaus.

Vor dem Rolltor zur Werkstatt parkte tatsächlich Calebs Wagen. Sobald er mich sah, lief er auf mich zu und schloss mich in die Arme. Ich erwiderte die Geste nicht, denn ich brauchte meine Hände, um die Decke festzuhalten, wollte ich nicht splitterfasernackt an ihn gedrückt werden. Und das erschien mir unpassend bei meinem Pflegevater.

»Auf der Rückbank liegen Kleider.« Er deutete auf den Wagen.

Unter den finsteren Blicken von Fang, der ein paar Meter abseits mit verschränkten Armen an seinem Pick-up lehnte, streifte ich die Decke ab, faltete sie ordentlich zusammen und legte sie auf die Ladefläche. Erst dann nahm ich das Bündel aus Calebs Wagen und zog mich an.

»Fahren wir nach Hause!«, meinte mein Pflegevater, sobald ich fertig war.

Schweigend lenkte er den Wagen in Richtung Highway. »Willst du über irgendwas reden?«

Ich schüttelte den Kopf.

»Alles klar«, entgegnete er ohne hörbaren Groll. »Falls du dich anders entscheidest, ich bin hier.«

Wenigstens keine Moralpredigt, sondern nur strafendes Schweigen. Oder aber ein verzweifelter Versuch, die Sache nicht noch peinlicher zu machen, als sie ohnehin schon war.

Als wir nördlich von Phoenix die Interstate 17 erreichten, wurde es bereits dunkel.

Was für ein Tag! Morgens mitten in der Wildnis aufgewacht, Sex mit einem Wolf in Menschengestalt gehabt, halbnackt hinter Fang auf seinem Motorrad gesessen, mit dem legendären President der Jackals gequatscht und jetzt neben meinem Pflegevater auf dem Weg nach Hause. Vervollständigt durch lüsterne Fantasien von einem Mann, den ich nicht haben durfte, obwohl er mich auch wollte. Und eine Wiederauflage meiner Selbstzweifel, wo zur Hölle mein Platz in dieser verrückten Welt war. Volles Programm!

Was Letzteres betraf, reifte zumindest die Erkenntnis, dass das traute Heim meiner Pflegeeltern, das wir gerade ansteuerten, nicht der Ort meiner Sehnsucht war. Diese Tür hatte sich seit meinem Erwachen stückweise geschlossen und war nach meinem Ausflug ins Reservat endgültig zugeknallt. Mein Kinderzimmer beziehen, in die Schule gehen, stundenlang mit Heather telefonieren … Was bis vor Kurzem normal gewesen war, wirkte nun so weit weg, dass es mir wie ein anders Leben erschien. An ihre Stelle waren Rudelpolitik, Stammeskriege und bestialische Monster getreten, die selbst beeindruckende Kämpfer wie Dan und Ike in die Knie zwingen konnten. Von der Werwolf-Sache im Allgemeinen mal ganz zu schweigen. Ja, man konnte mit Fug und Recht behaupten, mein Dasein war vollkommen aus dem Ruder gelaufen. Ohne Rückfahrticket.

Während die Meilenangaben nach Flagstaff auf den Straßenschildern stetig schrumpften, reifte mein Entschluss, dieser Erkenntnis Rechnung zu tragen. Auch wenn der Preis dafür hoch war.

»Bringst du mich bitte zu Oma Kathy?«, durchbrach ich das stundenlange Schweigen.

»Was?« Caleb nahm die Augen von der Straße und sah mich ungläubig an. »Jetzt?«

Ich nickte. »Jetzt.«

»Es ist schon spät«, wandte er ein. »Und zu Hause kann Anne es gar nicht erwarten, dich endlich wieder bei uns zu haben.«

»Ich weiß. Ich muss trotzdem zu Oma Kathy.«

»Morgen. Gleich morgen können wir …«

»Nein. Jetzt. Bitte.«

Sein verzweifeltes Stöhnen zeigte, dass ich auf der Zielgeraden war. »Darf ich wenigstens erfahren, was du um diese Uhrzeit von ihr willst?«

»Ich habe ein paar Fragen.«

»Und die können nicht bis morgen warten?«

»Nein.«

Das war gelogen. Auf einen Tag kam es bestimmt nicht an. Aber so war es einfacher, als ihm zu erklären, dass ich es nicht ertragen würde, mein Zimmer zu betreten und mit all den Erinnerungen an ein Leben konfrontiert zu werden, dass ich endgültig und unwiederbringlich verloren hatte.

Er gab keinen weiteren Kommentar ab. Aber als er die Interstate mehrere Ausfahrten vor derjenigen verließ, die zu seinem Haus führte, hatte ich wohl gewonnen.

Cedar Creek lag schon tief im Schlaf. Doch sobald er vor Kathys Haus einparkte, ging drinnen das Licht an. Bis ich ausgestiegen war, erwartete sie mich bereits, in Nachthemd und Hausmantel gehüllt, in der offenen Tür.

Ohne ein Wort nahm sie mich in die Arme.

»Darf ich heute Nacht bei dir bleiben?«, flüsterte ich.

»Ist Caleb denn damit einverstanden?«

Ich schüttelte den Kopf. »Vermutlich nicht.«

Sie atmete tief durch. »Ich regele das.«

Ein kurzes kontroverses Gespräch später zog mein Pflegevater mit bedrückter Miene ab und fuhr davon.

»Anne wird ihm die Hölle heiß machen«, merkte Kathy an.

Damit hatte sie wohl recht. Es tat mir auch furchtbar leid, doch es ging nicht anders. Vielleicht irgendwann wieder. Möglicherweise sogar schon morgen. Aber nicht heute.

»Du stinkst«, stellte sie fest. »Wonach allem, will ich gar nicht aussprechen. Geh dich erst mal duschen! Es ist noch heißes Wasser im Boiler.«

Das warme Nass über meinen Körper laufen zu lassen, war ein erster Schritt zurück in die Normalität. Die roten Spuren an der Innenseite meiner Schenkel, die mittendrin auftauchten, begrüßte ich mit innerlichem Jubel. Niemals zuvor war ich so froh gewesen, meine Periode zu bekommen. Schon mal ein Problem weniger. Blieben nur noch hunderttausend andere.

Als ich der Dusche entstieg, hatte Kathy sogar frische Kleidung aus ihrem eigenen Fundus bereitgelegt. Unterwäsche, die aus einem lange vergangenen Jahrtausend zu stammen schien, eine Bluse und einen Rock. Ein Rock! So etwas hatte ich seit mindestens zehn Jahren nicht mehr getragen. Aber Mode und Styling gehörten derzeit zu meinen geringsten Problemen. Und der voluminöse Schlüpfer erwies sich als sehr aufnahmefähig für gefaltetes Klopapier, um sich meiner Blutung anzunehmen.

In der Wohnküche setzten wir uns gegenüber an den Tisch, zwei dampfende Tassen Tee und eine Schale Biskuits zwischen uns. Erst jetzt wurde mir bewusst, wie hungrig ich war. Viel gegessen hatte ich an diesem ereignisreichen Tag noch nicht.

»Also«, setzte Kathy an, während ich mich über die Kekse hermachte wie das Krümelmonster persönlich, »wie geht's jetzt weiter?«

»Hilfst du mir, meine Eltern zu finden? Meine wirklichen Eltern?«

Ihr Gesicht zeigte wenig Begeisterung für mein Anliegen. Trotzdem nickte sie. »Wenn es das ist, was du willst, werde ich das tun. Aber zuerst will ich wissen, warum.«

Die Antwort auf diese Frage hatte ich mir schon auf der Autofahrt weitgehend zurechtgelegt.

»Ich weiß einfach nicht, wo ich hingehöre«, sprudelte es aus mir heraus. »Bei Caleb und Anne … Das ist vorbei. Das ist Vergangenheit. Da hat eine andere Lynn gelebt. Und auch die war dort immer fremd gewesen. Bis zum letzten Vollmondtreffen dachte ich, das Rudel, dein und Dans Rudel, könnte meine neue Heimat werden. Aber da gab's dann ja nur Ärger wegen mir. Bei den Ma'ii Tsoh im Reservat war ich auch nicht willkommen.

Die haben mir gesagt, dass ich nicht von dort stamme. Ich … Ich denke, um herauszufinden, wo ich hingehöre, muss ich zuerst herausfinden, wo ich herkomme.« Ich zuckte die Achseln. »Und dieser Weg führt zu meinen Eltern. Meinen leiblichen Eltern.«

Schweigend hatte sie sich meinen Vortrag angehört, die Unterarme auf die Tischplatte gestützt. Nun, da ich endete, streckte sie die Hand aus und streichelte meine Wange. »Es ist meine Schuld, dass du hier bist. Ich habe dich damals aufgenommen.«

»Und das war bestimmt auch gut so«, wandte ich ein. »Aber jetzt bin ich … fast erwachsen. Und ein Werwolf. Jetzt ist der Zeitpunkt, mein Leben neu zu ordnen. Aber das geht nicht, solange ich meine Wurzeln nicht kenne. Zumindest nicht, falls eine Chance besteht, diese Wurzeln zu finden. Wenn nicht … Okay. Ist dann halt so. Aber wenn es irgendwie möglich ist, dann muss ich es wenigstens versuchen. Sonst würde ich mich den Rest meines Lebens fragen, ob ich nicht doch hätte herausfinden können, wer ich bin.«

Sie nickte. »Ich verstehe, was du meinst. Aber ob es möglich ist, weiß ich nicht. Deine Mutter habe ich nur einmal gesehen. Ich weiß weder einen Namen, noch von welchem Rudel sie stammt. Von deinem Vater habe ich wenigstens eine Spur. Ein Bekannter aus einem anderen Rudel hat ihn damals in Los Angeles entdeckt und beobachtet, zusammen mit deiner Mutter. Da war sie schon mit dir schwanger. Er hat mich angerufen, weil die beiden mich wohl als Referenz angegeben haben, dass sie unter unseresgleichen geduldet wären. Diesen alten Bekannten gibt es noch, soweit ich weiß. Gleich morgen werde ich versuchen, ihn zu erreichen. Alles Weitere hängt dann davon ab, ob er sich nach so langer Zeit noch an deine Eltern erinnert und was er damals für Informationen über sie gesammelt hat.

Und natürlich, ob das alles noch aktuell ist.« Sie schnaufte tief durch. »Viele wenn's und vielleicht's, aber mehr kann ich dir nicht geben, fürchte ich.« Sie senkte den Blick. »Ich hätte damals schon mehr über deine Eltern herausfinden sollen. Als das alles noch frisch war. Tut mir leid, dass ich das versäumt habe. Aber ich habe nicht vorausgesehen, wie sich das entwickelt.«

Ich legte meine Hand auf die ihre. »Niemand konnte das voraussehen. Aber danke, dass du es jetzt zumindest versuchen willst.«

Hoffnung keimte in mir auf. Eine vage, unbestimmte Hoffnung nur, aber immerhin. Man wird ja bescheiden, wenn das eigene Leben sich erst einmal in einen totalen Scherbenhaufen verwandelt hat.

# *Abschied*

Als ich erwachte, musste ich mich erst einmal orientieren. Es dauerte eine ganze Weile, bis ich Oma Kathys Gästezimmer erkannte. Das seltsame Weiche unter mir stellte sich als Schlafsofa heraus. Und das Zeug, in das ich eingewickelt war, als flauschige Bettdecken. Nach zwei Wochen in der Wildnis lernt man, solche Errungenschaften der Zivilisation wieder zu schätzen.

Durch den zugezogenen Vorhang drang Sonnenlicht herein. Und aus der Wohnküche nebenan hörte ich verhaltene Stimmen. Ein tiefer Atemzug durch die Nase verriet mir, wer da zu Besuch war. Insbesondere einer davon weckte meine Lebensgeister und veranlasste mich, trotz aller Gemütlichkeit mein Kuschelbett zu verlassen.

Kathy, Dan und Joseph unterbrachen ihr Gespräch und schauten mich an, sobald ich die Tür öffnete.

»Morgen«, murmelte ich und rieb mir die Augen.

»Guten Morgen.« Die Gastgeberin deutete auf den freien Platz am Tisch und schüttete Tee in die bereitgestellte Tasse. »Frühstück?«

Ich nickte und setzte mich, schaute in die Runde.

Onkel Dans eines Auge musterte mich kritisch. Ich betrachtete das andere trübgraue und die vier langen Narben auf Wange und Kiefer, erinnerte mich an Ikes Bericht, wer – oder was – sie ihm beigebracht hatte und schauderte innerlich.

Schnell wandte ich mich Joseph zu. Seine Miene war erheblich freundlicher, voll unterschwelliger Erwartung. Nein … eigentlich schon nicht mehr unterschwellig, sondern ziemlich offensichtlich. Das verlegene Lächeln, das ich ihm zuwarf, hätte einem verliebten Teenager gut zu Gesicht gestanden. Tja, genau das war ich wohl.

Eilig schlang ich den Toast und das Rührei herunter, die Kathy mir auftischte. Die anderen hatten bereits gegessen und schauten schweigend zu. Als ich fertig war, wartete ich gespannt, was nun kommen würde.

Die Gastgeberin erhob sich und räumte den leeren Teller ab. »So!« Sie deutete auf Joseph und mich. »Jetzt geht ihr beide erst mal nach draußen und erledigt, was ihr dringend erledigen müsst. Und danach reden wir.«

Dan schien über die Reihenfolge nicht glücklich, aber Joseph und ich waren zu schnell aufgesprungen und aus der Tür hinaus, als dass er hätte Einspruch einlegen können.

Auf der Veranda streifte Joseph sich kurzerhand das Hemd vom Leib und machte sich sofort danach an seiner Hose zu schaffen.

Na gut. Mir sollte es recht sein. Kaum hatte ich Rock und Bluse sorgsam gefaltet auf den Schaukelstuhl gelegt, da packte Joseph meine Hand und zerrte mich förmlich in den Wald. Schon nach wenigen Metern ließen wir uns los und rannten auf Pfoten weiter. Die kühle Morgenluft in meinem Fell fühlte sich wundervoll an. Und noch wundervoller waren die flüchtigen Berührungen meines Begleiters, während wir nebeneinander her liefen.

Er führte mich den Bach aufwärts, mindestens den halben Weg bis zu Onkel Dans Haus am Ende der weit über den Wald verstreuten Ortschaft. Dann hielt er abrupt an. Wir standen an einem kleinen aufgestauten Becken, vielleicht vier oder fünf Meter im Durchmesser. Sorgsam aufeinandergeschichtete Äste und Moosklumpen bildeten eine Barriere quer über den Bachlauf.

Entgeistert glotzte ich auf den Mini-Staudamm. Verwandelte mich in menschliche Gestalt und starrte Joseph an, der dasselbe tat.

»Den gibt's immer noch?« Ich konnte es nicht fassen.

»Ist 'ne Weile her, dass wir den gebaut haben, hm?« Strahlend betrachtete er das Bauwerk. »Ich war zwölf oder so. Dann musst du zehn gewesen sein.«

»Kommt hin. Aber dass er nach all der Zeit …«

»Meine kleinen Geschwister und ihre Freunde halten ihn intakt. Ist 'ne Art Familientradition geworden.« Er kam auf mich zu und nahm meine Hände in die seinen. »Und … Was ich mir wünsche, wäre, dass irgendwann unsere Kinder diese Aufgabe übernehmen.«

Ich denke, das war der Moment, in dem meine Gesichtszüge vollkommen entgleisten.

»Ich habe in den letzten Wochen viel darüber nachgedacht«, fuhr er fort, als ich schwieg. »Über uns. Ich glaube, ich war schon in dich verliebt, als wir den Damm gebaut haben. Erinnerst du dich an unser erstes Mal? In deinem Zimmer?«

Eifrig nickte ich, immer noch einen dicken Kloß im Hals, der mich daran hinderte, auch nur einen Laut von mir zu geben.

»Da habe ich gedacht, ich wäre endlich am Ziel meiner Träume angekommen. Das war … Klar, war bestimmt nicht der beste Sex aller Zeiten. Ich meine … War ja für uns beide Neuland. Aber ich fand's trotzdem schön.«

»Ich auch«, presste ich hastig hervor.

Und da war es wieder. Das bezauberndste Lächeln, das mir jemals ein Werwolf geschenkt hatte.

»Aber dann …« Seine Miene verfinsterte sich. »Dann kam meine erste Verwandlung. Und ich war mit mir selbst beschäftigt. Und … solange noch nicht feststand, ob du dich auch verwandeln würdest, habe ich mich von dir ferngehalten. Ich wollte dich da nicht in etwas hineinziehen …« Seine Augen fanden die meinen. »Du kannst dir gar nicht vorstellen, wie ich gejubelt habe, als mein Dad mir erzählt hat, du würdest an unserem nächsten Vollmondtreffen teilnehmen.«

»Vermutlich so ähnlich wie ich, als ich dich dort gesehen habe.«

»Echt? Hat man dir gar nicht angesehen.«

Ich hob die Achseln. »Waren ziemlich viele Eindrücke auf einmal. Und … ich wollte nicht zu offensichtlich … Wusste ja nicht, ob du nicht inzwischen eine andere …«

»Keine, für die ich dasselbe gefühlt hätte wie für dich. Nicht mal annähernd.«

»So ging's mir auch.« Meine Augen richteten sich auf den Boden, weg von Joseph. »Ich muss dir was gestehen … Ich habe da jemanden kennengelernt … im Reservat …«

Abrupt packte er mich an den Schultern, bis unsere Blicke sich wieder begegneten. »Liebst du ihn?«

Ich fixierte ihn, damit er sehen konnte, dass ich nicht log. »Nein. Wir sind nur Freunde …«

»Wo ist dann das Problem?«

»Wir hatten … Ich war einsam und wollte dich vergessen …«

»Ihr habt's miteinander getrieben.«

Erneut musste ich mich abwenden, ehe ich beinahe unmerklich nickte.

»Sieh mich an, Lynn!« Seine Stimme duldete keinen Widerspruch, also tat ich es. »Wir sind Wrukolakas. Werwölfe. Wir sind immer auf Wanderschaft zwischen den beiden Welten, in denen wir existieren. Dabei geschehen in der einen Welt manchmal Dinge, die wir in der anderen bereuen. Was im Wald geschieht, bleibt im Wald, heißt es bei uns. Und gelegentlich werden wir auch dazu gezwungen, etwas zu tun, das wir eigentlich gar nicht wollen. Wir sind nur wenige. Und das muss auch so bleiben, damit die Kämpfe um unsere Reviere nicht ausufern. Um trotzdem unsere Stämme zu erhalten und nicht der Inzucht anheimzufallen, ist es üblich, immer wieder andere Rudel aufzusuchen und frisches Blut in die eigene Familie zu bringen. Mein Vater hat viele Nachkommen zwischen Texas und dem Pazifik gezeugt. Mom weiß das. Und bevor sie ihn kennengelernt hat, hatte auch sie bereits eine Tochter. Aber das ist reine Arterhaltung und hat nichts mit unserer wahren Familie zu tun. Mit mir und Mom und Dad und meinen Geschwistern. Wichtig ist dabei nur, dass es den einen Partner gibt, zu dem wir immer wieder zurückkehren können. Der, dem unser Herz gehört. Wer das für mich sein soll, das weiß ich ganz sicher. Schon seit vielen Jahren. Und ich fände es unheimlich toll, wenn ich dieser Partner für dich sein dürfte. Egal, mit wem du dich zwischendurch triffst.«

Wow! Das musste ich erst mal verarbeiten. Fremdgehen war unter unseresgleichen also vollkommen normal? Gehörte gar zum guten Ton, für die Arterhaltung? Es war immer wieder interessant, was das Werwolfdasein für Überraschungen bot. Auf der anderen Seite kam das, was Joseph erzählte, dem, was ich im Reservat erlebt hatte, schon recht nah. Was im Wald geschieht, bleibt im Wald … Diese Regel käme mir nach der Affäre mit Bob durchaus zugute. Aber könnte ich das auch Joseph zugestehen? Dass er seinem Vater nacheiferte und seinen Samen übers ganze Land verteilte? Tja. Wenn das der Preis dafür war, mit ihm zusammen zu sein, dann musste ich ihn wohl bezahlen. Oder gelegentlich selbst von diesem Arrangement profitieren.

»Das darfst du«, flüsterte ich.

Das Strahlen in seinem Gesicht vertrieb meine letzten Zweifel. Stürmisch schloss er mich in die Arme und drückte mich an sich. Nur zu gern erwiderte ich seine Zuneigung. Wie oft hatte ich davon geträumt? Nun schien es wahr zu werden. Aber eine Sache stand immer noch zwischen uns.

»Was ist mit dem Rudel? Mit Fang und den Jackals?«

Ohne sich von mir zu trennen, teilte er seine Gedanken mit mir. »Noch ist mein Vater der Leitwolf. Und das wird er hoffentlich eine ganze Weile bleiben. Was danach geschieht … Ich habe vier jüngere Geschwister …«

»Nicht Luna!«, warf ich energisch ein.

Auch wenn ich sein Gesicht nicht sah, konnte ich spüren, wie er lachte. »Gib ihr etwas Zeit! Vielleicht verändert sie sich. Und wenn nicht, gibt es drei weitere Anwärter, auch wenn die noch auf ihre erste Verwandlung warten. Und falls das alles nichts wird … Soll Fang eben Leitwolf werden! So übel ist er gar nicht, wenn man ihn näher kennenlernt. Was ihm noch fehlt, ist eine Gefährtin, die ihn ein bisschen zähmt, sagt meine Mom. So wie sie es bei meinem Dad getan hat.«

Ikes Worte kamen mir in den Sinn. »Oder ich überzeuge sie davon, dass ich gar nicht so übel bin, wie sie denken.« Nun war es an mir, auf ein wenig Abstand zu gehen. Zumindest eine halbe Armeslänge, denn für das Folgende war es zwingend notwendig, ihm in die Augen zu sehen. »Du bist also sicher, dass du im Zweifelsfall auf die Führung des Rudels verzichten würdest, um mit mir zusammen sein zu können?«

Seine entspannte Miene ließ keine Zweifel an der Ernsthaftigkeit seiner Antwort. »Ja. Da bin ich mir ganz sicher.«

Sofort presste ich mich wieder an ihn. Sowohl, um ihm wieder so nahe zu sein wie möglich, als auch, damit er meine Tränen nicht sehen konnte. Tränen puren Glücks.

»Aber eine Sache muss ich noch erledigen«, brachte ich zwischen zwei unterdrückten Schniefern hervor.

»Deine Eltern. Deine richtigen Eltern.«

»Kathy hat euch schon davon erzählt?«

Er nickte. »Dad ist nicht begeistert darüber. Aber ich schätze, wenn wir zurückkommen, hat Oma ihn überredet. So wie immer. Und ich werde dich bei deiner Suche begleiten.«

»Ich fürchte«, widersprach ich, »das muss ich alleine machen.«

Doch so leicht ließ er sich nicht abwimmeln. »Kommt überhaupt nicht infrage. Erstens werde ich dich jetzt, wo ich dich gerade wiederbekommen habe, nicht schon wieder ziehen lassen. Zweitens bin ich im Gegensatz zu dir volljährig und habe ein Auto. Drittens geht es nach L.A., wenn ich es recht verstanden habe. Da gibt es Wrukolakas, aber keine Skinwalker. Wenn du einem von denen begegnest, wirst du möglicherweise jemanden brauchen, der für dich eintritt. Und wer wäre dafür besser geeignet als der designierte Leitwolf von Flagstaff? Und viertens habe ich mir schon Urlaub genommen und werde den nicht allein zu Hause verbringen.«

Verdammt. Vier absolut stichhaltige Argumente. Aber war die Aussicht, ihn bei mir zu haben, wirklich so schlimm? Definitiv nicht.

»Okay.«

»Na also.« Er klang hörbar zufrieden. »Geht doch. Wäre ja auch noch schöner, wenn ich mir von meiner Wölfin genauso auf der Nase herumtanzen lasse, wie Dad von Oma.«

»Hey!« Ich knuffte ihn in die Rippen.

»Und schlagen lasse ich mich von dir schon gar nicht.« Er lachte. »Nicht ohne Gegenwehr!«

Im Nu waren wir in ein handfestes Gerangel und gegenseitiges Kitzeln verwickelt, das uns unweigerlich zu Boden warf. Es dauerte nicht lang, bis Küssen und Streicheln sich dazu gesellten. Seine Hände fanden meine Brüste.

»Ähm …«, bremste ich seinen Eifer. »Bevor du weitermachst … Ich hab meine Tage.«

Er ließ sich nicht beirren. »Das habe ich schon gerochen, als ich vorhin ins Haus gekommen bin.« Stürmisch überschüttete er meine Nippel und meinen Bauch mit Küssen, ehe er hinzufügte: »Umso besser. Ich hab nämlich schon wieder kein Kondom dabei.«

Na gut … Wenn es ihm nichts ausmachte … An mir sollte es nicht scheitern.

Wohlig stöhnend räkelte ich mich auf dem moosbewachsenen Waldboden, ließ Joseph meinen Körper von oben bis unten mit Händen und Lippen liebkosen. Ein Keuchen entkam mir, als er meine steif aufgerichteten Nippel vorsichtig zwischen seine Zähne nahm und daran zog. Währenddessen hörten seine Finger nicht auf, jeden Quadratzentimeter meiner Haut zu erforschen. Langsam wanderte er tiefer, wühlte durch meine Schamhaare – für mich immer noch ein ungewohntes, aber gerade deshalb umso erregenderes Gefühl – und umspielte meinen Kitzler, ohne ihn direkt zu berühren. Weiter ging es zu den Innenseiten meiner gespreizten Schenkel. Und erneut machte er kurz vor den entscheidenden Teilen Halt und kehrte um, als wollte er mich provozieren. Na gut, das konnte er haben!

Abrupt richtete ich mich auf und schob ihn von mir, so dass er nun auf dem Rücken zum Liegen kam. Hockte mich breitbeinig auf ihn und küsste ihn. Auf den Mund, den Hals, die

Brust, den Bauch. Schon längst hatte sein Glied sich zu voller Größe erhoben. Ich fuhr auf ganzer Länge mit der Zunge daran entlang, beginnend an den Hoden, und leckte kreisförmig um seine Eichel, ehe ich meine Lippen an sie legte und sie schließlich in den Mund nahm. Doch im Gegensatz zu mir, als er noch oben gewesen war, gab er sich mir nicht untätig hin. Unablässig glitten seine Finger über meinen Rücken und meine Schenkel und was er sonst noch zu fassen bekam. Ich drehte mich ein wenig, um ihm entgegenzukommen, ohne seine Erektion aus meiner Mundhöhle entschlüpfen zu lassen. Diese Einladung ließ er sich nicht entgehen. Endlich fanden seine Finger meine Schamlippen, schoben sie auseinander und drangen in mich ein. Nur mein voller Mund verhinderte, dass ich einen Schrei purer Lust von mir gab.

Eine Weile versuchte ich noch, ihn weiter mit Zunge und Lippen zu bearbeiten, doch dann hielt ich es nicht mehr aus und ließ von ihm ab. Rutschte über seinen Bauch und setzte mich auf ihn, die Knie neben seinen Lenden, führte ohne viel Federlesens seine Erektion in mich ein und ließ mein Becken kreisen.

Dass ich mich im Eifer des Gefechts rücklings auf ihm niedergelassen hatte, mit dem Gesicht zu seinen Füßen, bemerkte ich zu spät. Doch als er begann, meinen Hintern mit den Händen zu massieren, während ich auf und ab wippte, ließ ich davon ab, daran etwas zu ändern. Stetig beschleunigte ich den Takt. Seine Hände wanderten indes ruhelos von meinem Rücken über Po, Schenkel, Waden und Knöchel bis zu den Zehen und anschließend denselben Weg in die andere Richtung zurück. Besonders lang verweilten sie dabei stets auf meinem Hintern, spreizten meine Backen und umspielten meinen Anus. Ganz vorsichtig, zaghaft und immer bereit, sich beim geringsten Widerspruch zurückzuziehen, drang sein Daumen dort ein. Nur ein kleines Stück, nicht weiter als bis über den Fingernagel, wenn überhaupt. Doch ich widersprach nicht. Wie sollte ich auch! Die zusätzliche Penetration entfachte in meinem Unterleib eine Feuersbrunst, die nicht mehr aufzuhalten war. Immer schneller zuckte ich auf und wieder hinab, füllte meine Muschi bei jedem Takt bis zum Anschlag mit seinem Schwanz. Dass dabei sein Finger aus mir glitt, war irgendwann egal. Noch ein Stoß ... dann noch einer ... bis mein gesamter Körper verkrampfte und in einer Eruption versank, wie ich sie niemals zuvor verspürt hatte.

Unter mir reckte Joseph mir weiterhin rhythmisch sein Becken entgegen, stieß noch mehrfach in meinen ekstatisch verzückten Leib, bis ich spürte, wie warme Flüssigkeit sich in mich ergoss.

Noch ein, zwei Zuckungen, dann hielt auch er inne. Eine Weile verharrten wir so, beide um Atem ringend. Langsam ließ ich mich rückwärts sinken und kam auf seinem Bauch zum Liegen, Scham und Brüste zum Himmel gereckt, die Spitze seines Glieds weiterhin in mir. Obwohl sein Brustkorb sich immer noch hektisch hob und senkte, fand er schon wieder genügend Kraft, um seine Hände auf meine Brüste zu legen und sanft um meine immer noch steifen Nippel zu streicheln.

»Wow!«, stöhnte ich mühsam zwischen zwei tiefen Atemzügen. »Wo hast du denn das gelernt?« Ich hob einen Daumen und wackelte damit. »Eine deiner Liebschaften?«

»Ja«, keuchte er, »vielleicht kennst du sie sogar. Sie heißt YouPorn.«

Der spontane Moment des Erschreckens wich auf der Stelle einem prustenden Lachen, sobald er das letzte Wort ausgesprochen hatte.

Aus dem postkoitalen Kuscheln wurde alsbald eine allgemeine Kicher- und Lachorgie, an deren Ende wir nebeneinander auf dem Boden lagen und uns verträumt in die Augen sahen. Hätte ich noch irgendwelche Zweifel gehabt, wo ich hingehörte, dann waren sie spätestens jetzt beseitigt. Musste ich mich dennoch auf die Suche begeben, die ich mir aufgebürdet hatte? Vermutlich ja. Ansonsten würde die Ungewissheit, was gewesen wäre oder hätte sein können, ewig in mir schwären.

»Ich glaube, wir sollten langsam zurück«, meinte er schließlich, als hätte er meine Gedanken gelesen. »Oma und Dad warten auf uns.«

Obwohl ich mir wünschte, endlos hierzubleiben, nickte ich und setzte mich auf. Der Waldboden und meine Blutung hatten deutliche Spuren auf unseren Körpern hinterlassen. Mir kam der Verdacht, dass er unseren alten Damm nicht nur aus purer Nostalgie als Schauplatz für unser Stelldichein gewählt hatte.

Nacheinander glitten wir ins eiskalte Wasser des aufgestauten Baches, schauderten und prusteten, bis wir uns an die Kühle gewöhnt hatten.

»Lang her, dass wir zusammen hier drin gesessen haben.« Ich räkelte mich im Wasser und wackelte mit den Zehenspitzen, die ich über die Oberfläche reckte. »Das letzte Mal noch unschuldig und ohne Hintergedanken.«

»Sprich bitte nur von dir!«

Entgeistert hob ich die Augenbrauen. »Echt? Da schon?«

Er nickte, dann tauchte er den Kopf unter und kam kurz danach wieder zum Vorschein, die langen Haare auf Hals und Brust klebend. »Ich war schon damals scharf auf dich.«

Ich senkte den Blick in die Richtung, in der ich durch das Wasser sein bestes Stück erahnen konnte. »Kann mich nicht erinnern, was bemerkt zu haben.«

»War auch echt harte Arbeit, das zu verbergen.« Er stieß sich ab und kam zu mir. »Aber das ist jetzt ja glücklicherweise nicht mehr notwendig.« Seine Lippen berührten die meinen zu einem zärtlichen Kuss.

Dann stieg er aus dem Staubecken. »Los! Ab nach Hause!«

Stöhnend und widerwillig folgte ich ihm. Im Nu hatten wir wieder Wolfsgestalt angenommen und rannten zurück zu Oma Kathys Haus. Der ›Fahrtwind‹ trocknete dabei unsere Leiber weit genug, um auf der Veranda in unsere Kleidung zu schlüpfen – beziehungsweise ich in Kathys Kleidung –, auch ohne vorher Handtücher erbitten zu müssen.

In der Stube erwartete Onkel Dan uns stehend mit vor der Brust verschränkten Armen und mürrischem Blick. Letzteren beherrschte er wirklich gut. »Da seid ihr ja endlich. Dachte schon, ich müsste euch suchen.«

Oma Kathy werkelte am Herd und bereitete das Mittagessen vor. »Fangt ruhig schon an! Ich höre zu.«

Wir setzten uns. Dan blieb, wo er war.

»Also …«, begann ich. »Dass ich meine leiblichen Eltern suchen will, scheint sich ja bereits herumgesprochen zu haben.«

Der einäugige Riese nickte, ohne mit der Wimper zu zucken. »Hat es.«

Argwöhnisch sah ich ihn an. »Und du hast nichts dagegen?«

»Doch. Habe ich. Und das nicht nur, weil du in den letzten zwei Wochen schon genug Schule geschwänzt und deinen Eltern … also Caleb und Anne große Sorgen bereitet hast.«

»Ich …«

Mit einer strikten Geste unterbrach er mich. »Erst hörst du mir zu!« Er nahm einen tiefen Atemzug. »Deine erste Verwandlung ist noch nicht lang her. Weißt du noch, was du dabei gefühlt hast? Welche Erinnerung alles andere überstrahlt hat?«

Natürlich wusste ich das noch. »Ich habe mich irrsinnig frei gefühlt. Wie noch nie zuvor in meinem Leben.«

Er nickte zufrieden. »Diese Freiheit ist das Wertvollste, das wir besitzen. Sie wird zwar eingeschränkt durch eine Vielzahl äußerer Zwänge. Davon hast du ja schon eine ganze Reihe mitbekommen. Aber sie ist der Kern unseres Wesens.«

Es hörte sich an, als würde er diesen Vortrag nicht zum ersten Mal halten. Dennoch lauschte ich gebannt.

»Und genau deswegen gewähre ich dir die Freiheit, deine Eltern zu suchen. Auch wenn ich dich noch für viel zu jung dafür halte und befürchte, selbst wenn du sie findest, könnte das Ergebnis dir nicht gefallen. So wie dir auch nicht gefallen hat, was du im Reservat gefunden hast.«

»Okay ...«, bestätigte ich. »Danke.«

Er deutete auf einen Notizzettel auf dem Tisch, auf dem eine Telefonnummer stand. »Wir haben unseren Kontakt von dem Rudel in L.A. erreicht. Er ist bereit, sich mit dir zu treffen.«

»Mit uns«, korrigierte Joseph ihn.

Dans Kiefer mahlten. »Das ist noch nicht ...«

»Doch«, widersprach sein Sohn. »Ist es. Oder willst du mir nicht die Freiheit gewähren, meine Gefährtin zu begleiten?«

In einer Mischung aus Genervtheit und Verzweiflung rollte Dan mit den Augen – beziehungsweise dem Auge. »Welchen Wert hat es eigentlich, Leitwolf zu sein, wenn hier doch jeder tut, was er will? Und dafür auch noch meine eigenen Worte gegen mich verwendet?«

Kathy hob die kochlöffelbewehrte Hand. »Offiziell bin hier immer noch ich die Chefin.«

Lautstark atmete er aus. »Ist ja gut, Mom.« Er wandte sich mir zu. »Aber eine Bedingung habe ich. Vorher gehst du zu Anne und Caleb und bedankst dich bei ihnen dafür, dass sie dich sechzehn Jahre lang bei sich aufgenommen haben. Dass sie dich behandelt haben wie ihr eigen Fleisch und Blut. Verstanden?«

Artig nickte ich. »Ich muss da eh noch was einpacken gehen.«

»Gut.«

»Ich hätte auch noch eine Frage«, merkte ich vorsichtig an.

»Frag!«

Ich legte mir eine passende Formulierung zurecht. »Was hat es eigentlich mit diesem Krieg auf sich? Zwischen den Wrukolakas und den Skinwalkern. Worum streitet ihr euch?«

Dans Blick ging hilfesuchend zu seiner Mutter.

Die hatte inzwischen alle Vorbereitungen beendet und ließ den dampfenden Kochtopf auf dem Herd vor sich hin köcheln. An einem Geschirrtuch wischte sie sich die Finger ab, ehe sie sich mit ernster Miene zu uns setzte.

»Früher«, begann sie. »Da gab es eine Vielzahl von Stämmen unter unseresgleichen. Unsere Ahnen stammen ursprünglich aus Skandinavien. In unseren Adern fließ das Blut der Berserker. Jessicas Familie kommt aus Irland. Und so weiter. All diese Stämme haben sich jahrhundertelang bekriegt. Haben um Reviere gekämpft. Sich gegenseitig Frauen geraubt und was weiß ich nicht noch alles. Das endete erst, als ein Stamm so mächtig wurde, dass er alle übrigen unterwarf, einen nach dem anderen. Das waren die Wrukolakas. Sie kamen aus Osteuropa. Das Geheimnis ihres Erfolges war, dass sie ihre Gegner im Gegensatz zu allen anderen nicht töteten, sondern integrierten. Sie paarten sich mit ihren Rivalen und vermischten ihr eigenes Blut mit allen übrigen. Auf diese Weise schufen sie über die Jahrhunderte einen einzigen Stamm, der letztlich fast die gesamte Alte Welt beherrschte. Natürlich gab es weiterhin Rivalitäten und Kämpfe, aber nur noch zwischen einzelnen Rudeln und nicht mehr ganzen Blutlinien wie zuvor. Und …« Sie hob den Zeigefinger. »Sie verboten die Erschaffung der Mischgeburten, die früher in die Stammeskriege geschickt wurden und großes Leid verbreiteten.«

»Wendigos …«, hauchte ich.

Bei der Erwähnung des Namens hob Dan unwillkürlich die Hand und fuhr sich über seine entstellte Wange.

»So nennt man sie hier«, betätigte Oma Kathy. »In Europa trugen sie zahlreiche andere schreckliche Namen, die heute glücklicherweise weitgehend vergessen sind. Oder nur noch Legenden.«

»Das heißt, die Skinwalker wehren sich dagegen, auch von den Wrukolakas integriert zu werden, so wie all die anderen Stämme?«

»So ist es. Die Wrukolakas haben unsere Art in die Moderne geführt. Ansonsten wären wir vermutlich alle schon längst ausgestorben. So wie unsere Vettern, die Wölfe, in weiten Teilen Europas. Die Skinwalker lehnen das ab. Sie halten an ihren Traditionen fest. Egal, wie grausam und anachronistisch sie sind. Die Folge ist der Krieg, der hier entbrannt ist, seit die ersten Wrukolakas zusammen mit den Siedlern aus Europa amerikanischen Boden betreten haben.«

Auch wenn ich mich damit auf dünnes Eis begab, konnte ich mich nicht zurückhalten. »Das heißt, ihr vertreibt sie von ihrem Land und zerstört ihre Kultur, so wie die Europäer es bei den menschlichen Ureinwohnern getan haben?«

Einen Moment herrschte Schweigen, bevor Dans Antwort seiner Mutter knapp zuvorkam: »Wenn diese Kultur beinhaltet, Wendigos auf die Welt loszulassen … Dann ja.«

»Die Skinwalker wollen nicht wahrhaben, dass die Welt, in der sie leben wollen, schon längst nicht mehr existiert«, ergänzte Kathy. »Das Rad der Zeit lässt sich nicht zurückdrehen, selbst wenn vieles, was geschehen ist, Unrecht war.«

Ich nickte. »Was ich im Reservat gesehen habe, fand ich teilweise auch befremdlich. Aber das war ja nur ein winziger Einblick. Vielleicht erfahre ich mehr über sie, wenn ich meine Mutter finde.«

Oma Kathy legte ihre Hand auf die meine. »Mach dir nicht zu viel Hoffnung! An der Westküste und weiter im Norden gibt es noch viele Skinwalker-Rudel. Sie kann überall sein.«

»Oder tot«, fügte Dan hinzu und erntete einen finsteren Blick seiner Mutter.

Ich sah beide nacheinander an. »Wir werden sehen, was ich in L.A. finde.«

Unsere Gastgeberin stand auf. »Aber vorher wird gegessen!«

Einen köstlichen Eintopf später verabschiedeten wir uns mit vielen Umarmungen und lieben Wünschen. Ich wagte es, sogar Onkel Dan zu drücken.

»Wenn es irgendwelchen Ärger gibt«, gab er uns noch mit, »dann ruft an! Ich lasse hier alles stehen und liegen, falls ihr mich braucht.«

»Danke«, erwiderte ich, »für alles.«

Er klopfte mir auf den Rücken. »Du gehörst zur Familie. Und zum Rudel. Vergiss das nie, egal, was deine Suche hervorbringt! Wir stehen füreinander ein. Immer.«

Dass ausgerechnet Dan mich jemals zu Tränen rühren könnte, reihte sich nahtlos in die Liste der Wunder ein, die ich bis vor wenigen Monaten noch für völlig unmöglich gehalten hätte.

Joseph hatte bereits gepackt und hielt mir galant die Tür seines Pick-ups auf. Das Riesenauto mit zwei Sitzreihen vor der Pritsche hatte früher seinem Dad gehört, bis der sich ein Neues zugelegt hatte. Es war erheblich älter als ich oder sein jetziger Fahrer, aber gut in Schuss.

Mal wieder sammelte sich ein Kloß in meinem Hals, als Joseph den Weg zum Haus meiner Pflegeeltern einschlug.

»Du schaffst das«, ermutigte er mich, als wir eine halbe Stunde später in der Einfahrt vor der Garage standen, ich aber wie versteinert sitzenblieb.

Er ging mit gutem Beispiel voran und stieg aus. Wie mechanisch folgte ich ihm. Wir hatten erst die Hälfte des Wegs zur Eingangstür zurückgelegt, als sie bereits aufgestoßen wurde und Anne mir entgegengelaufen kam. Weinend und schluchzend nahm sie mich in die Arme. Und verflucht nochmal ja, auch ich fing an zu flennen wie ein kleines Kind, als ich mich an sie schmiegte.

Wortlos, aber eng umschlungen gingen wir hinein, wo Caleb bereits wartete. Auf der Treppe zu den Schlafzimmern lauerten Wes und Leslie und beobachteten stumm die Rückkehr ihrer Adoptivschwester. Als ich ihnen zuwinkte, erwiderten sie die Geste, was den Kloß noch einmal vergrößerte.

»Ich bleibe nicht lang«, presste ich zwischen den Zähnen hervor.

»Wissen wir«, antwortete Caleb. »Wir haben schon mit Oma telefoniert.«

»Wirst du zurückkommen?« Auch Anne bereitete jedes Wort große Mühe.

»Bestimmt.« Ich nickte eifrig. »Ob nur zu Besuch oder länger … Ich weiß es nicht. Das hängt davon ab, was ich finde. Aber wiederkommen werde ich. Versprochen.«

Es endete in einer Gruppenumarmung, der sich dann sogar meine kleinen Geschwister anschlossen. Nur Joseph blieb außen vor.

»Ich werde auf sie aufpassen«, erklärte er mit fester Stimme, nachdem der Familienknubbel sich wieder aufgelöst hatte.

Caleb klopfte ihm auf die Schulter. »Ich weiß.«

Das Packen erledigte ich innerhalb von zehn Minuten. Allein schon, weil ich so schnell wie möglich aus meinem Kinderzimmer fliehen wollte, das nur so mit Erinnerungen gespickt war. Erinnerungen an eine Lynn, die es nicht mehr gab. Nur die Zeit zum Umziehen nahm ich mir noch. Nichts gegen Oma Kathys Garderobe, aber in Jeans und T-Shirt fühlte ich mich einfach wohler.

Mit meinem wandererfahrenen Trecking-Rucksack über der Schulter gab es letzte Umarmungen und Abschiedsworte. Dann ging ich hinaus, warf mein Gepäck auf die Rückbank und beobachtete im Rückspiegel noch lange die vier winkenden Gestalten in der Einfahrt, als Joseph den Wagen in Richtung Highway lenkte.

# *Familie*

Es war dunkel, als wir Los Angeles erreichten. Ich kannte natürlich Phoenix und war auch schon in Las Vegas gewesen, aber L.A. war noch eine ganze Nummer größer. Das zeigte bereits das gewaltige Lichtermeer, das uns in Empfang nahm. Und in diesem urbanen Monstrum wollte ich meinen Dad finden? Es war absolut klar, dass dieses Unterfangen zum Scheitern verurteilt wäre, falls Kathys Bekannter uns nicht weiterhelfen konnte.

Noch bevor wir uns ein Zimmer besorgten, rief ich die Telefonnummer an, die Dan mir gegeben hatte. Die bärbeißige Männerstimme am anderen Ende der Leitung stimmte angesichts der fortgeschrittenen Uhrzeit zu, dass wir uns erst am folgenden Tag treffen sollten. Er schlug Long Beach vor, mittags, am Strand. Ich erhob keine Einwände.

Sobald das geklärt war, mieteten Joseph und ich uns in einem Motel direkt neben der Interstate 10 ein. Da wir beide reichlich erschöpft waren, blieben intensive Liebesspiele aus und wir begnügten uns damit, in Löffelchenstellung einzuschlafen. War auch schön. Sehr schön sogar.

Am nächsten Tag machten wir uns sofort nach dem Auschecken auf den Weg. Tagsüber war die Stadt nicht weniger beeindruckend als in der Nacht. Endlos reihte sich Häuserblock an

Häuserblock. Autos verstopften die Straßen und überall wuselten Menschen herum. Horden von Menschen. Angesichts der Tatsache, dass ich vorgestern noch mitten in der Wildnis aufgewacht war, nur mit Bob als Gesellschaft, war das ein ziemlich krasser Kulturschock. Bob … Wie es ihm wohl erging?

Ich verbannte ihn aus meinen Gedanken und konzentrierte mich auf das, was vor mir lag. Werwölfe treffen, Eltern finden und derlei Dinge.

Doch zuvor klappte mir noch einmal die Kinnlade herunter, als wir unser Ziel erreicht hatten. Schon von unserem Parkplatz aus, ein paar Blocks vom Strand entfernt, drang der salzige Geruch des Meeres in meine Nase. Bis zu diesem Augenblick war ich noch nie am Ozean gewesen, aber die Herkunft des Duftes war eindeutig. Und dann lag er vor mir. Wasser bis zum Horizont. Die rauschende Brandung, die schäumend den Strand herauf rollte, um sofort danach eine unendlich breite Spur nassen Sandes zu hinterlassen. Das Kreischen von Möwen. Und – natürlich – wieder Scharen von Menschen, die sich überall tummelten. Mist! Meinen Badeanzug hatte ich zu Hause vergessen. Doch die Sneaker an den Schnürsenkeln zusammengebunden über die Schulter zu werfen, die Hose hochzukrempeln und wenigstens die Füße ins Meer einzutauchen, ließ ich mir nicht nehmen. Ob meine Mutter das auch getan hatte, als sie hier gewesen war?

Joseph tat es mir gleich und da wir fast eine Stunde zu früh waren, nutzten wir die Zeit, um Hand in Hand durchs Wasser zu laufen und uns gegenseitig mit den Füßen nasszuspritzen.

Dann, beinahe gleichzeitig, stoppten wir. Synchron drehten wir uns zu dem Mann um, der, wie wir mit hochgekrempelten Hosenbeinen, auf uns zukam. Sein Geruch … kein Zweifel. Einer von uns.

»Die, die ihr sucht, haben das ganz ähnlich gemacht«, sprach er uns an. Die Stimme vertrieb die letzte Skepsis. Mit ihm hatte ich heute Morgen telefoniert. Ich musterte ihn. Kurze graue Haare umrahmten sein tiefschwarzes, von Falten durchzogenes Gesicht. Die Kleidung war einfach, aber gepflegt. Seine Miene war freundlich. Entspannt. Auch sein Duft ließ keine Spur von Feindseligkeit oder Aggression erkennen.

»Ich bin Nathan«, stellte er sich vor.

»Lynn«, erwiderte ich und deutete auf meinen Begleiter. »Mein Freund Joseph.«

»Erfreut, euch kennenzulernen. Habt ihr schon zu Mittag gegessen?« Auf unsere Verneinung hin bedeutete er uns, ihm zu folgen. »Kommt mit! Ich lade euch ein.«

Keine fünf Minuten später saßen wir auf Campingstühlen vor einer Imbissbude, den Strand und das Meer immer noch unmittelbar vor uns.

»Die besten Hot Dogs von L.A.«, pries Nathan das Essen an und nahm uns damit die Entscheidung, was wir bestellen sollten, quasi schon ab. Auf unser Nicken hin, hob er nur drei Finger und bekam von dem Mann hinter der Theke eine knappe Geste als Bestätigung.

»Also«, begann er, während wir auf das Essen warteten, »ihr sucht jemanden.«

Ich nickte. »Ja. Kathy hat gesagt, Sie hätten sie vor vielen Jahren einmal angerufen wegen zwei … Personen, die Sie hier gesehen haben.«

»Zuerst mal bin ich zwar alt, aber da wir unter uns sind, bestehe ich darauf, von euch nicht gesiezt zu werden.« Er lächelte. »Und zu deiner Frage: Ja, das stimmt. Ich habe ein Pärchen gesehen. Sie haben am Strand herumgetollt, so wie ihr gerade eben. Nur, dass es nachts und sie in Wolfsgestalt war.«

»Und er war ein Mensch?«

»Hat zumindest so gerochen, ja. Ich kann mich noch gut erinnern. Es kommen nicht oft fremde Wölfe in die Stadt. Den meisten von uns ist hier zu viel Trubel.«

Das konnte ich nachvollziehen.

»Als ich mich ihnen gezeigt habe«, fuhr er fort, »hat er Kathy erwähnt. Wie er vermutete, kannte ich sie. Ich meine, wer von uns hat nicht von ihr gehört? Die Gefährtin von Jake Jorgensson, der den Wendigo herausgefordert hat. Ich habe sie dann später angerufen und sie hat mir bestätigt, dass sie die beiden kennt und alles in Ordnung wäre. Von da an habe ich sie in Ruhe gelassen.«

Er hielt inne, als drei riesige Hot Dogs und Coke-Becher auf dem Tisch abgestellt wurden. Ob es die besten Hot Dogs von Los Angeles waren, konnte ich nicht beurteilen. Aber sie waren wirklich verdammt gut. Viel zu schnell schlang ich meinen hinunter, doch ich war begierig, weiter Nathans Geschichte zu hören.

»Wissen Sie … Weißt du irgendetwas über die beiden?«, fragte ich. »Namen? Eine Adresse?«

Er verputzte erst in aller Ruhe seinen Hot Dog und wischte sich ausgiebig den Mund mit der Serviette ab, ehe er antwortete: »Ich habe die beiden noch eine Weile beobachtet. Bin ihnen gefolgt. Bis zu einem Appartement in Norwalk, mit dem Auto eine knappe halbe Stunde von hier. Auf dem Türschild stand der Name Doug Simmons.«

Joseph sah ihn fragend an. »Und an all das erinnerst du dich noch nach so langer Zeit?«

»Nein.« Nathan lachte. »Aber ich habe mir das damals alles notiert. Und den Zettel habe ich gestern im Anschluss an Kathys Anruf nach stundenlangem Suchen als Lesezeichen in einem alten Buch gefunden.« Er holte ein vergilbtes Stück Papier aus der Brusttasche seines Hemdes und entfaltete es. »Wenn man es selbst geschrieben hat, kann man es sogar noch entziffern.«

Ich betrachtete den Zettel, als er ihn mir reichte. Ohne seine Hilfe wäre es definitiv schwierig gewesen, aus dem halb verblichenen Gekritzel etwas zu erkennen.

»Hier.« Er steckte mir ein weiteres, deutlich neueres Papier zu. »Hab alles nochmal sorgfältig abgeschrieben.«

Das war eindeutig besser lesbar.

»Danke«, sagte ich. »Vielen, vielen Dank für deine Hilfe.«

»Ist mir ein Vergnügen, Kathy einen Gefallen zu tun. Und euch natürlich auch. Aber gestattest du mir eine Frage, Lynn?«

»Sicher.«

»Du hast nicht zufällig pechschwarzes Fell, wenn du dich verwandelst?«

Ich konnte in seiner Miene keinerlei Hintersinn erkennen, nur offene Neugier und Güte. »Ja. Habe ich.« Nach kurzem Zögern fügte ich hinzu. »Genauso wie meine Mutter.«

Er lächelte zufrieden. Dann hob er die Achseln. »Das ist leider alles, was ich euch erzählen kann. Die beiden sind danach nicht auffällig gewesen, also habe ich sie nicht weiter im Auge behalten. Und auch seitdem nichts mehr von ihnen gehört oder gesehen.«

Ich wedelte mit dem Zettel. »Das hier hilft uns vielleicht schon weiter. Noch mal vielen Dank.«

»Wie gesagt: Gern geschehen.« Dann schwand alle Fröhlichkeit von seinen Zügen. »Eine Sache noch. Ich habe keine Ahnung, wohin eure Suche euch führt. Aber haltet euch besser vom nördlichen Teil Kaliforniens fern. Da tobt gerade ein übler Krieg.«

»Skinwalker?«, fragte Joseph.

Nathans kurzer Blick in meine Richtung blieb mir nicht verborgen. »Ja. Bei Sacramento haben sie kürzlich fast ein komplettes Rudel vernichtet.«

»Ein ganzes Rudel?«

Der Schwarze machte eine ausweichende Geste. »So hab ich's gehört. Aber bisher sind's nur Gerüchte.«

»Aber wenn das stimmt …« Josephs Blick wirkte plötzlich gehetzt, beinahe ängstlich.

»Wollen wir mal nicht den Teufel an die Wand malen!« Nathan bemühte sich um Fassung. »Und selbst wenn, ist das nicht euer Kampf. Haltet euch einfach fern von allem nördlich von Fresno! Dann wird euch schon nichts passieren.«

Ich nickte ihm zu. »Danke für die Warnung.«

Das Lächeln kehrte auf sein Gesicht zurück. »Macht's gut!« Dann ließ er uns allein.

Ich schaute Joseph an. »Denkst du dasselbe wie ich?«

»Wendigo«, flüsterte er so leise, dass selbst ich ihn kaum hören konnte. Er schnaufte tief durch. »Beherzigen wir einfach seinen Rat! Halten uns aus diesem Krieg heraus.«

»In Los Angeles werden sie so ein Monster schon nicht loslassen.«

»Genau.«

Nachdem wir uns derart Mut zugesprochen hatten, hielt ich den Notizzettel hoch. »Auf geht's! Mal sehen, ob Doug Simmons immer noch da wohnt.«

»Und wenn nicht«, ergänzte Joseph, »dann wühlen wir uns durchs Telefonbuch.«

Hauptsache, wir hatten eine Spur, der wir folgen konnten.

Eine knappe Stunde später standen wir vor einem u-förmigen Appartementkomplex. Bröckelnde Farbe an den Wänden und Stapel von Müllsäcken im Innenhof zeugten nicht unbedingt von allerhöchstem Lebensstandard. Wir gingen die offene Galerie im zweiten Stock entlang und suchten die auf dem Zettel angegebene Nummer.

»Siebenundzwanzig«, rief Joseph mir zu. »Ich hab's.«

Ich eilte zu ihm. Mein Herz begann zu pochen. Befand sich hinter dieser Tür mein Vater?

Joseph deutete auf den Knopf. »Dein Job.«

Ich atmete tief durch, zupfte mein T-Shirt zurecht und drückte die Klingel. Auf der anderen Seite erklang ein deutlich hörbares Ding-Dong, doch mehr tat sich nicht.

»Keiner zu Hause?« Joseph zog die Stirn kraus.

Ich klingelte erneut. Und nach einer kurzen Pause noch einmal. Weiterhin nichts zu sehen oder zu hören.

»Dann warten wir eben.« Ich wandte mich dem Innenhof zu und stützte die Ellbogen auf das Geländer.

Synchron drehten wir beide uns zur Tür des Nachbarappartements, als die sich unvermutet öffnete.

Eine ältere Frau mit einer Chipstüte in der Hand schaute zu uns. »Wollt ihr zu Doug?«

Eifrig nickte ich.

»Is' nich' da.«

Ich bemühte mich trotz des Gestanks, den sie verströmte, um ein freundliches Gesicht. »Wissen Sie, wo wir ihn finden?«

»Den ham' gestern mal wieder die Cops eingesammelt. Würd's an eurer Stelle im Revier versuchen. Aber was wollt ihr eigentlich von dem?«

»Familienangelegenheiten«, warf Joseph ein.

»Ah.« Die Frau hob die Achseln. »Wusste gar nich, dass der Familie hat. Na denn macht's mal gut, ihr zwei Hübschen. Hauptsache, ihr hört mit der Klingelei auf. Das nervt.« Mit diesen Worten entschwand sie.

Betreten sah Joseph mich an. »Das muss gar nichts bedeuten. Wer weiß, worum es da ging.«

Ich breitete die Arme aus. »Schau dich doch um! Mein Dad wohnt in so einem Loch und hat die Cops am Hals. Und so, wie die Nachbarin sich anhörte, nicht zum ersten Mal.«

Darauf fiel auch ihm keine aufmunternde Erwiderung ein. Stattdessen zückte er sein Smartphone und tippte darauf herum. »Das nächste Revier ist drei Blocks weiter. Fahren wir hin?«

Missmutig zuckte ich die Schultern. »Was sonst? Jetzt ziehen wir's durch.«

Dans Warnung kam mir in den Sinn: ›Selbst wenn du sie findest, könnte das Ergebnis dir nicht gefallen.‹ Ich nehme an, er hatte das eher auf meine Mutter bezogen. Aber anscheinend traf es auch auf meinen Vater zu.

Mit erheblich weniger Enthusiasmus als zuvor kehrten wir zurück zum Pick-up und steuerten das Polizeirevier an.

Joseph war deutlich anzumerken, dass er sich unwohl fühlte, das Gebäude zu betreten. Die Jorgenssons und das Gesetz gingen gern getrennte Wege. Auch ich hatte für die Cops wenig übrig. Die bedeuteten normalerweise nur Ärger. Tja, anscheinend hatte ich schon mal etwas mit meinen Dad gemein.

Am Empfangsschalter begrüßte uns ein junger Schwarzer. »Was kann ich für euch tun?«

Wenigstens war er freundlich.

»Wir suchen Doug Simmons«, haspelte ich.

Er zog die Augenbrauen hoch. »Was wollt ihr denn von dem?«

Hatte seine Nachbarin nicht gerade die gleichen Worte benutzt? Jay! Mein Dad war ein stadtbekannter Nichtsnutz!

»Familienangelegenheiten«, nahm ich Josephs Einwurf von vorhin auf.

Dem Polizisten stand dieselbe Bemerkung ins Gesicht geschrieben, die auch die Nachbarin geäußert hatte. Aber im Gegensatz zu ihr sprach er sie nicht aus.

»Einen Moment bitte!« Er griff zu einem altmodischen Telefonhörer und tippte eine Nummer ein. Immerhin keine Wählscheibe mehr. »Sue?«, sagte er in den Hörer. »Hier ist jemand für die Sonderkommission Simmons.«

Das kurze Aufblitzen eines Lächelns ließ erahnen, dass er einen Scherz gemacht hatte. Hoffte ich zumindest. Nachdem er aufgelegt hatte, wies er auf eine Sitzbank an der gegenüberliegenden Wand. »Bitte wartet einen Moment! Gleich kommt jemand.«

Wir taten, wie uns geheißen, und hockten uns schweigend hin. Beide tendierten wir dazu, in der Gesellschaft von Cops nicht mehr zu reden, als unbedingt notwendig war.

Es dauerte nicht lang, bis eine Frau zu uns kam. Sie trug keine Uniform, sondern nur ein Dienstabzeichen auf ihrem strengen Kostüm, dazu knapp schulterlange brünette Haare, schätzungsweise Mitte vierzig.

»Hallo ihr zwei.« Ihr Lächeln sah echt aus. »Ihr sucht Doug Simmons?«

Ich nickte.

Ihr forschender Blick ruhte auf mir. »Seid ihr Angehörige? Oder Freunde?«

Tja. Was sollte ich darauf sagen? Da mir gerade keine wohlklingende Lüge einfiel, versuchte ich es ausnahmsweise mal mit der Wahrheit. »Angehörige. Glaube ich.«

»Glaubst du?« Erstaunen und Belustigung mischten sich in ihrer Miene. »Was meinst du damit?«

»Na ja … Ich bin auf der Suche nach meinem Dad. Nach meinem echten Dad. Ich bin als Baby adoptiert worden. Und Doug Simmons …«

Von einem Augenblick zum nächsten wurde sie kreidebleich. »Wie heißt du?«

»Lynn Jorgensson.«

»Lynn …« Sie fasste sich mit den Händen ins Gesicht, bedeckte ihren offenstehenden Mund. »Caitlyn?«

»So nennt mich niemand mehr, seit ich …« Ich stockte, als mir klar wurde, was hier gerade geschah. »Kennen wir uns?«

Ohne die Hände herunterzunehmen, nickte sie hastig. »Ich habe mal auf dich aufgepasst. Als Babysitter. Da warst du … Oh mein Gott! Caitlyn!« Sie rang nach Luft. »Kommt mit!«

Als ich aufstand, merkte ich, wie meine Knie weich wurden. Joseph fing mich auf und stützte mich, bis ich das Gleichgewicht wiedergefunden hatte. Meine schweißnasse Hand in seiner, folgten wir der Polizistin.

Sie eilte den Flur entlang, durch den sie gekommen war, und bat uns in ein schmuckloses Besucherzimmer. Rückte zwei Stühle vor dem Tisch zusammen, dem einzigen Möbelstück im Raum, und deutete darauf.

Josephs Hand weiter fest in der meinen, setzten wir uns hin.

Sue nahm auf der anderen Seite des Tisches Platz, ebenfalls sichtlich aufgewühlt. »Ich kann es immer noch nicht fassen! Die kleine Caitlyn ist zurück!« Sie schwankte irgendwo zwischen Weinen und Lachen, nahm ein Taschentuch zur Hand und wischte sich die Tränen aus den Augen. »Wo warst du? Ich meine … Wo lebst du jetzt?«

»Flagstaff«, antwortete ich.

»Oh. Da war ich schon mal. Ist schön da.« Sie sah Joseph an.

»Mein Freund«, stellte ich ihn vor. »Joseph. Der Neffe meines Adoptivvaters.«

»Sehr erfreut. Ich … Entschuldigt! Ich weiß immer noch nicht, was ich sagen soll. Das …« Sie atmete mehrmals tief durch, dann fasste sie sich ein wenig. »Du suchst deinen Vater. Doug.«

Mein Griff um Josephs Finger wurde noch fester, als ich nickte. »Hat er Ärger am Hals?«

Sie druckste ein wenig herum. »So könnte man es ausdrücken. Aber das ist bei ihm Dauerzustand. Schlägereien, Drogendelikte, Trunkenheit … solche Sachen. Alles nur Kleinigkeiten, aber halt ständig.«

Ich nahm all meinen Mut zusammen. »Ist er hier? Auf dem Revier?«

»Ja.« Sie nickte. »Er ist hier. Und jetzt möchtest du sicher gern zu ihm, nicht wahr?«

»Deswegen sind wir hergekommen.«

Noch einmal rang sie mit sich. »Na gut.« Sie stand auf. »Wartet hier! Ich hole ihn.« Eilig ging sie hinaus.

»Tja.« Joseph bemühte sich, aufmunternd zu klingen. »Deinen Dad haben wir wohl schon mal gefunden.«

Ich blieb stumm. Versuchte, die Panik in mir niederzuringen. Rutschte hibbelig auf dem Stuhl hin und her. Verflucht, war ich nervös. Fast so wie bei meinem Debütauftritt in Dans Rudel. Vielleicht sogar noch schlimmer.

Als die Tür wieder aufging, zuckte ich zusammen. Unmittelbar hinter Sue betrat ein Mann den Raum. Recht groß, wenn auch bei Weitem nicht so wie Dan, die langen dunkelblonden Haare mit dem minimalen Graustich zum Pferdeschwanz gebunden, stoppeliger Bart, unterbrochen von einer dezenten Narbe, Tätowierungen am Hals und auf den Armen, die aus einem kurzärmeligen Hemd ragten. An sich durchaus gutaussehend, wären da nicht die schmutzige Jeans, die abgetragenen Sneaker und vor allem der Geruch … Da war dringend eine Dusche fällig.

Die Polizistin winkte Joseph zu sich. »Lassen wir die beiden allein!«

Erst als ich knapp nickte, ließ er meine Hand los und folgte der Aufforderung.

»Wenn ihr fertig seid«, erklärte sie im Hinausgehen, »findet ihr uns in der Teeküche. Bis dann.«

Das Geräusch der hinter ihr zufallenden Tür klang in meinen Ohren wie der Gong, der das Ende der Welt einläutete.

Doch sie endete nicht. Es kostete mich einige Überwindung, ehe ich mich traute, dem Mann – Doug Simmons, meinem Dad – direkt in die Augen zu schauen. Als ich es tat, sah ich darin dieselbe Unsicherheit, die auch mich quälte. Wenn nicht noch schlimmer. Ich hatte mich seelisch zumindest ein bisschen auf diesen Moment vorbereiten können – nicht, dass es viel genutzt hätte. Für ihn tauchte ich völlig aus dem Nichts auf.

Ich stand auf. »Hi. Ich bin Lynn … Caitlyn.«

Sein Unterkiefer bebte, während er um Fassung rang. Hektisch wischte er die Feuchtigkeit aus seinem Auge, doch das Rinnsal ließ sich nicht zurückhalten. Wie in Zeitlupe, als müsste er um jeden Zentimeter kämpfen, hob er den Arm und streckte die Hand nach mir aus. Ich biss die Zähne zusammen, um nicht zurückzuweichen.

So sanft, dass er meine Haut kaum berührte, strich er mir über die Wange. »Caitlyn …«

»Dad?«

Er gab endgültig auf, den Strom der Tränen eindämmen zu wollen, als er scheu nickte. Seine Angst erfüllte den Raum, beinahe ebenso greifbar wie die Finger an meinem Gesicht.

Er zuckte ein wenig, als ich auf ihn zukam, doch dann ließ er zu, dass ich meine Arme um ihn legte, vorsichtig, ohne ihn zu sehr zu bedrängen. Zaghaft tat er es mir gleich, dann festigte sich sein Griff und er legte seine Hand an meinen Hinterkopf, drückte mich an seine Schulter. »Caitlyn … Ich … Es tut mir so leid.«

Ich wollte sagen, dass es gut war. Dass seine Entscheidung damals vermutlich die richtige war, so wie Caleb und Oma Kathy es mir gesagt hatten. Aber ich brachte keinen Ton heraus. Doch ich spürte – und roch –, wie seine Furcht ganz langsam ein wenig abebbte.

Irgendwann lösten wir uns voneinander. Er wischte sich die Tränen aus dem Gesicht, dann hielt er mich mit ausgestreckten Armen an den Schultern fest und betrachtete mich von oben bis unten. »Was für eine Schönheit du geworden bist! Wie deine …« Er brach ab, als ihm die Stimme versagte und wechselte das Thema. »Warst du die ganze Zeit in Cedar Creek?«

»Flagstaff«, korrigierte ich. »Da leben meine Pflegeeltern. Sie haben gut für mich gesorgt.«

Er presste die Lippen aufeinander. »Ich … Du musst verstehen …«

»Schon okay.« Ich versuchte mich an einem Lächeln. »Einen Wolf großziehen … das können am besten andere Wölfe.«

Er schmunzelte. Ein Anfang. Immerhin.

Dann wurde er wieder ernst. »Du … verwandelst dich?«

Wieder nickte ich. »Seit ein paar Monaten.«

»Und …« Mit dem Kopf deutete er zur Tür. »Der andere …«

»Mein Freund. Joseph.«

»Ist er auch …?«

»Ja. Er ist Dan Jorgenssons Sohn. Kathys Enkel.«

Erneut zuckten seine Wangenmuskeln. »Dan? Der große Einäugige?«

»Genau der. Mein Onkel. Also … Der Halbbruder meines Pflegevaters.«

Er schnaufte tief durch. »Und dir ist es dort gut ergangen?«

»Sie sind toll. Allesamt. Und als es so weit war … mit meiner ersten Verwandlung … da waren sie für mich da und haben mich in ihr Rudel aufgenommen. Du hast alles richtig gemacht. Das war der beste Ort, an dem jemand wie ich aufwachsen konnte.«

Unglauben zeigte sich in seinem Blick. Doch angesichts meiner festen Miene begann er nach und nach, mir Glauben zu schenken. Wieder sammelte sich Feuchtigkeit in seinen Augen. Seine Lippen bewegten sich, doch nur ein zaghaftes Schluchzen entkam seinem Mund. »Das …« Er rang um jede heisere Silbe. »Ich habe mich immer gefragt, ob meine Entscheidung …« Erneut versagte ihm die Stimme und er wischte sich verlegen eine Träne von der Wange.

»Deine Entscheidung war gut«, redete ich ihm zu. »Aber jetzt wollte ich wissen, woher ich komme. Und …« Ich stellte mich in Pose. »Hier bin ich.«

Endlich schaffte er es, zu lächeln. »Ja. Das bist du. Eine wunderschöne junge Frau. Meine Tochter … Das ist … Wow!« So schnell, wie sie gekommen war, verschwand seine Heiterkeit wieder. »Und hier bin ich … Frisch aus der Ausnüchterungszelle und mit einer Anklage wegen Drogenbesitzes am Hals. Hättest dir bestimmt einen anderen Dad gewünscht …«

Ich hob die Achseln. »Ich habe mir auch nicht ausgesucht, zu sein, was ich bin. Ist kein Wunschkonzert hier. Aber ich bin froh, dich endlich kennenzulernen.«

Wieder rang er mit den Tränen. »Ich auch.« Er nickte. »Ich auch.«

Ich wies mit dem Finger zur Tür. »Teeküche?«

»Ja«, stimmte er nach kurzem Zögern zu.

Sue und Joseph waren in Sichtweite am Ende des Flurs und kamen angeregt plaudernd zurück in den Besucherraum, als ich ihnen winkte.

Die Polizistin schaute uns abwechselnd an. »Erfolgreiche Familienzusammenführung?«

Wir nickten beide.

»Na dann!« Sie setzte sich hinter den Schreibtisch. »Deine Kaution ist soeben gestellt worden. Du kannst gehen.«

»Danke, Sue.«

»Bedank dich, wenn du mir das zurückgezahlt hast. Bis auf den letzten Cent. Und, Doug! Hör auf, ständig Scheiße zu bauen! Wenn ich dich schon nicht dazu bringen kann, dein Leben endlich in den Griff zu kriegen, dann vielleicht sie.« Sie warf einen Seitenblick zu mir. »Und jetzt raus mit euch! Ihr habt sicher noch einiges zu klären.« In freundlicherem Ton fügte sie hinzu: »Caitlyn, Joseph, es war mir eine große Freude, euch kennenzulernen. Ich hoffe, wir sehen uns wieder. Aber dann unter anderen Umständen.«

»Gern«, erwiderte ich.

Sie begleitete uns noch bis auf die Straße und winkte, als wir in den Pick-up stiegen.

»Zu dir nach Hause?«, fragte ich meinen Vater.

Er verzog den Mund. »Ist nicht wirklich aufgeräumt da, fürchte ich.«

Ich schnüffelte demonstrativ. »Aber die Dusche funktioniert?«

Er nickte.

»Dann los!«, wies ich Joseph an.

»Ihr müsst da vorne …«

»War'n schon da«, würgte Joseph die Wegbeschreibung ab. »Kenn' den Weg.«

Vor Ort angekommen, räumte Doug erstmal hektisch ein Sortiment von Bierdosen und Fast-Food-Verpackungen beiseite, ehe er sich ins Bad begab. Als er wenige Minuten später wieder zum Vorschein kam und frische Kleidung anhatte, war er bereits erheblich ansehnlicher. Und riechbarer. Erst vor unseren Augen zog er sich ein T-Shirt über, so dass ich einen Blick auf seinen bloßen Oberkörper werfen konnte. Die Tattoos waren Geschmackssache, aber der Sixpack … Für sein Alter war er noch ziemlich gut in Form.

Er bot uns etwas zu trinken an und kurz darauf hatten er und Joseph jeweils eine Bierdose und ich eine Coke in der Hand. Die L-förmige Polstergarnitur, auf der wir uns niederließen, hatte schon bessere Zeiten erlebt, doch sie krabbelte nicht unter uns davon.

»Lang keine Werwölfe mehr zu Besuch gehabt«, scherzte Doug verlegen. »Hab leider kein frisch erlegtes Wild im Kühlschrank.«

»War meine Mom auch hier?«, fragte ich, ohne auf seinen Witz einzugehen.

Er schaute kurz auf den Boden, ehe er den Blick wieder hob und nickte. »Ja. War sie.« Er deutete auf eine Tür, vermutlich zum Schlafzimmer. »Da drin bist du geboren worden.«

»Und … weißt du, wo sie jetzt ist?«

Erneut widmete er seine Aufmerksamkeit dem fleckigen Teppich. »Ich habe sie nicht mehr gesehen seit … bevor ich dich nach Cedar Creek gebracht habe.« Er zuckte die Schultern. »Hat nicht geklappt zwischen einem Drogendealer und einer Wölfin.« Einen tiefen Seufzer später schaute er wieder auf. »Ich kann euch zeigen, wo ich sie das letzte Mal gesehen habe. Aber das ist ewig her. Wie alt bist du? Sechzehn? So lang in etwa. Keine Ahnung, ob sie noch da in der Gegend ist. Und ob sie überhaupt noch …« Er stockte und nahm einen Schluck aus der Dose. »Das war irgendwo tief im Wald, oben in der Sierra Nevada. Weiß nicht, ob's die Wege noch gibt und ob ich sie finde. Aber versuchen können wir's.«

»Danke«, entgegnete ich.

Er breitete die Arme aus. »Viel kann ich dir nicht bieten, fürchte ich. Da ist es wohl das Mindeste, wenn ich wenigstens das mache.« Sein Blick wanderte zwischen Joseph und mir hin und her. »Heute ist's schon ein bisschen spät. Da kämen wir im Dunkeln an. Aber morgen früh? Ich stehe zur Verfügung.«

»Morgen früh ist gut«, stimmte ich zu.

Joseph nickte ebenfalls.

»Tja …« Doug ließ die Augen schweifen. »Wenn euch mein Saustall hier nicht zu chaotisch ist, könnt ihr gern hier pennen. Das Sofa kann man ausziehen. Ist groß genug für zwei und bequemer, als es aussieht. Aber ich nehm's euch auch nicht übel, wenn ihr lieber ein Hotel …«

»Wir bleiben gern hier«, unterbrach ich ihn.

»Okay … Mi casa es tu casa. Macht's euch gemütlich!«

Und das taten wir dann. Wir holten unser Gepäck aus dem Wagen und richteten uns ein.

»Sag mal«, fragte ich anschließend, »bin ich hier auch gezeugt worden?«

»Nein.« Er wirkte nicht befremdet angesichts meines intimen Wissensdurstes. »Das war in einem Motel auf dem Weg nach Vegas.« Lächelnd nahm er zur Kenntnis, dass Joseph und ich ihn neugierig anstarrten, und begann zu erzählen, wie er und meine Mutter sich kennengelernt hatten.

Es war eine wilde Geschichte. Seine erste Begegnung mit Onkel Dan hätte er auch gut als Horrorstory beim nächtlichen Lagerfeuer zum Besten geben können.

Je mehr das Bier – ich wagte mich ebenfalls an eine Dose. Aber nur eine! – seine Wirkung entfaltete, umso entspannter wurde die Atmosphäre. Ich lauschte gern Dougs Berichten, besonders natürlich denen über meine Mom, selbst wenn sie zum Ende hin traurig wurden.

Doch wir erfuhren auch anderes aus seinem Leben. Zum Beispiel, dass er mit Sue, der Polizistin, schon eine Affäre gehabt hatte, lang bevor er und Mom sich über den Weg gelaufen waren. Und dass sie es danach nochmal versucht hatten, aber langfristig nicht mehr als eine einfache, wenn auch ein wenig seltsame, Freundschaft daraus geworden war. Der Drogendealer und die Polizistin! Na ja, auch nicht schlimmer als Skinwalker und Wrukolakas.

»Ohne Sue«, legte er mit voller Überzeugung dar, »hättet ihr mich nicht auf dem Revier gefunden, sondern im Knast. Sie ist mein persönlicher Schutzengel. Auch wenn es mir ein Rätsel ist, was sie an jemandem wir mir findet, abgesehen davon, dass ich ihr gelegentlich einen Insidertipp über die Drogenszene gebe.«

An der Stelle könnte ich etwas von wegen Sixpack und so mutmaßen, aber das behielt ich für mich.

Natürlich wollte er auch meine Lebensgeschichte erfahren und ich erzählte bereitwillig. Joseph fühlte sich berufen, meine Schilderungen um die weniger glanzvollen Momente meines Daseins zu ergänzen, bis hin zu peinlichen Storys über Werwölfe und Schamhaarrasuren. Ich hätte ihn am liebsten erwürgt. Zu dem Zeitpunkt war vielleicht schon ein bisschen zu viel Bier geflossen. Aber dennoch war es zu meiner eigenen Überraschung ein wirklich angenehmer Abend. Bis weit nach Mitternacht saßen wir beisammen, erzählten und lachten, ehe Doug sich schwankend ins Schlafzimmer verzog und ich Joseph fast mit Gewalt davon abhalten musste, nicht laut irgendwelche imaginären Vollmonde anzuheulen.

»Ich glaube, ich mag deinen Dad«, murmelte er, als wir endlich eng umschlungen auf dem Schlafsofa lagen. Nur wenige Sekunden später begann er leise zu schnarchen.

Ich kuschelte mich an ihn, machte die Augen zu und antwortete niemand besonderem: »Ich auch.«

Ganz so früh, wie wir uns vorgenommen hatten, kamen wir am nächsten Morgen nicht aus dem Haus. Aber Doug verstand sich darauf, einen Kaffee zu produzieren, der sogar übermüdete Wölfe auf Trab brachte.

»Wo geht's hin?«, fragte Joseph, als wir alle im Pick-up Platz genommen hatten.

»Erstmal auf die Interstate 5 nach Norden. Und kurz vor Bakersfield auf die 99 in Richtung Yosemite Nationalpark. Alles Weitere vor Ort.«

»Yosemite?« Wenig begeistert schaute ich Joseph an. »Das ist nördlich von Fresno, oder?«

»Ja«, antwortete Doug, »fast hundert Meilen. Vor dem Nachmittag kommen wir da nicht an. Aber ist ja lang hell um die Jahreszeit.«

Im Gegensatz zu meinem Dad wusste Joseph, warum ich mich angesichts dieses Fahrtziels nicht wohl fühlte. »Trotzdem?«, fragte er.

Ich rang mit mir, dann hob ich die Schultern. »Jetzt sind wir schon hier. Wenn du noch dabei bist …?«

Er nickte und startete den Motor.

Nathan hatte uns zwar gewarnt, aber ein kurzer Ausflug würde uns schon nicht in einen Stammeskrieg verwickeln. Dachte ich zumindest.

Aber den Teil der Geschichte kann jemand anderes besser erzählen.

# Teil 3:

# Chenandeh

# *Eindringlinge*

Schon an Tahokees Gang konnte ich erkennen, dass etwas nicht in Ordnung war. Ebenso an seinem Geruch. Als er, kurz bevor er mich erreichte, in menschliche Gestalt wechselte, war ich endgültig alarmiert. Das taten wir hier im Wald eigentlich nur, wenn es komplexe Dinge zu diskutieren gab, für die Sprache vonnöten war.

Ich glich mich dem Ältesten meiner Söhne an und erhob mich auf zwei Beine. »Was ist?«

Er deutete nach Südwesten. »Die Blockhütte. Dort ist jemand. Ein großes Auto. Drei Leute. Zwei davon Wandler. Ein Mensch.«

Eindringlinge. Potenziell Ärger. Nicht gut. »Ma'ii Tsoh oder Wrukolakas?« Wobei die Anwesenheit eines Autos schon ein deutlicher Hinweis war.

»Bin mir nicht sicher. Aber ich kenne keinen von ihnen.«

»Was tun sie?«

»Ich hab sie nur kurz beobachtet. Bin so schnell wie möglich hergekommen. Aber bis dahin haben sie friedlich ausgesehen.«

»Waffen?«

Er schüttelte den Kopf. »Hab keine gesehen.«

Nach einer Invasion hörte sich das nicht an. Aber da zwei Wandler dabei waren, handelte es sich wohl auch nicht um abenteuerlustige Wanderer, die nur zufällig auf die versteckte Hütte gestoßen waren. Auch die Tageszeit war dafür untypisch. Touristen kamen meist vormittags hierher, nicht, wenn die Sonne bereits wieder in Richtung Horizont sank.

Tahokee war ob seiner Nervosität anzumerken, dass er zum selben Schluss gekommen war. »Soll ich Huanta Bescheid geben?«

»Nein«, antwortete ich eilig. »Halten wir ihn da raus!«

Er wirkte erleichtert. Genau wie ich wusste er nur zu gut, was unser Leitwolf tun würde, wenn wir ihm von Eindringlingen in unser Revier berichteten. Und daran war keinem von uns gelegen. Nicht ohne einen eindeutigen Anlass.

»Bring mich hin!« Ich ließ mich wieder auf vier Beine nieder.

»Nur wir zwei?«

Ich nickte, dann lief ich los. Mein Sohn folgte mir, sobald er sich ebenfalls zurückverwandelt hatte.

Eindringlinge! Als ob wir nicht schon genug Probleme hätten. Selbst wenn sie keine Feinde waren, hatten sie den Zeitpunkt für ihr Kommen schlecht gewählt. Meine einzige Chance, größeren Ärger zu vermeiden, war, was auch immer sie hier suchten, zu klären, ehe Huanta sich der Sache annahm.

So schnell ich konnte, rannte ich zur Hütte. Auch wenn ich sie bereits eine Weile nicht mehr aufgesucht hatte, kannte ich doch noch jeden Stein und jeden Baumstamm auf dem Weg dorthin. Schon lang bevor ich sie erreichte, drang der Geruch der Eindringlinge an meine Nase. Ebenso der des Autos. In beidem lauerten alte Erinnerungen, auch wenn ich sie nicht sofort greifen konnte. Vage vertraute Duftnoten, wie aus ferner Vergangenheit. Wer besuchte uns da?

Je näher wir kamen, umso intensiver wurden die Eindrücke. Ich verlangsamte meinen Lauf und Tahokee tat es mir gleich. Er war ein erfahrener Kämpfer – in den zurückliegenden Jahren zwangsweise dazu geworden – und besaß das Herz eines wahren Kriegers. Doch er beherzigte meine Lehre, keinen Feind zu unterschätzen. Erst einmal alles über einen potenziellen Gegner herauszufinden. Nicht so wie Huanta, der erst biss und dann Fragen stellte. Beziehungsweise beißen ließ, wobei meist nicht genug übrigblieb, dem man noch Fragen stellen könnte.

Das letzte Stück des Weges schlichen wir. Natürlich gegen den Wind. Dass zwei der Fremden Wandler waren, so wie Tahokee berichtet hatte, konnte ich mittlerweile bestätigen. Das hieß, auch sie würden uns riechen. Doch je später das geschah, umso besser für uns.

Schließlich kamen wir in Sichtweite. Vorsichtig spähte ich hinter einem Baum hervor. Das erste, was ich entdeckte, war das Auto. Panik stieg in mir auf. Den Wagen kannte ich. Es war schon eine Ewigkeit her. Länger, als Tahokee auf der Welt war. Aber dieses Fahrzeug hatte sich mir ins Gedächtnis eingebrannt, sowohl sein Geruch als auch das Aussehen. Einst hatte ich selbst darin gesessen. Als Gefangene. Als Beute. Fast erwartete ich, den einäugigen Wrukolakas zu erblicken, der mich verschleppt hatte. Doch er war nicht unter den drei Personen, die neben dem Wagen standen. Sie alle bewegten sich auf zwei Beinen, auch die beiden Wandler, ein junges Pärchen. Aber es war der Mensch, der meine Aufmerksamkeit auf sich zog. Ihn kannte ich ebenfalls. Allerdings waren die Erinnerungen an ihn erheblich angenehmer als die an das Auto. Was machte er hier nach all den Jahren? Und warum führte er zwei Wandler an diesen geheimen Ort? Es gab wohl nur eine Möglichkeit, das herauszufinden.

Ich bedeutete Tahokee, zu bleiben, wo und wie er war. Dann verwandelte ich mich und schlich auf zwei Beinen näher heran. Die Wandler bemerkten mich und wandten sich in meine Richtung. Weiterhin konnte ich weder Waffen noch Aggressivität an ihnen entdecken. Allerdings eine gehörige Portion Nervosität, insbesondere bei der jungen Frau. Beinahe schon Furcht.

Sie hatte eindeutig indigene Züge. Eine Ma'ii Tsoh? Ihr Geruch wirkte ebenfalls irgendwie vertraut, wenn auch auf eine Weise, die ich noch nicht einordnen konnte.

Dann hatten sie mich endgültig ausgemacht. Der Mensch – Doug – bedeutete den anderen, hinter ihm zurückzubleiben.

Doug.

Viele Jahre lang hatte ich damit gekämpft, ihn aus meinen Gedanken zu verbannen. Bis es irgendwann gelungen war. Zumindest weitestgehend. Bis heute suchte er mich gelegentlich in meinen Träumen auf – zumeist angenehmen Träumen. Manchmal sogar sehr angenehmen Träumen. Nur das anschließende Erwachen war jedes Mal schmerzlich, hinterließ eine Leere in mir, die mich oft bis weit in den Tag hinein quälte.

Und jetzt stand er vor mir. Sah mich an.

Er war älter geworden, so wie ich. Seine Züge waren allerdings immer noch so vertraut, als hätten wir uns erst gestern getrennt … Nein. Als hätte ich ihn erst gestern verlassen. Er hatte es damals nicht verstanden. Vielleicht mit dem Kopf, doch nicht mit dem Herzen. Dem Herzen, das ich ihm gebrochen hatte. Aber unterschied er sich darin so sehr von mir? Waren die Träume, in denen ich bei ihm war, nicht deutliche Zeichen dafür, dass ich niemals richtig über ihn hinweggekommen war?

Doch selbst wenn es so wäre, änderte das nichts daran, dass ich auch heute keine andere Wahl hatte als damals. Dass die Vernunft ein weiteres Mal über das Gefühl siegen musste. Alles andere würde Chaos und Tod nach sich ziehen. Noch mehr Tod, als die vergangenen Jahre ohnehin schon gebracht hatten.

Mit weit ausholenden Schritten ging ich auf ihn zu, blieb zwei Mannslängen vor ihm stehen, fixierte seine Augen. »Du hättest nicht herkommen sollen.«

»Chenny …« Sein Blick wanderte meinen nackten Leib entlang, blieb schließlich an meinen Augen hängen, flehte mich an.

Oh, wie gern hätte ich dem Wunsch nachgegeben, den seine Miene mir ebenso lautstark offenbarte wie sein Geruch. Doch das durfte ich nicht. Auch um seinetwillen. Besonders um seinetwillen. »Geh! Sofort!«

»Nein.« Das Beben in seiner Stimme war unüberhörbar. »Ich bin nicht wegen mir hier. Sondern wegen ihr.« Er deutete auf die Wandlerin hinter ihm. »Sie ist hergekommen, um ihre Mutter kennenzulernen.«

Ich betrachtete das Mädchen. Konnte das sein? Bedächtig ging ich auf sie zu, musterte sie von oben bis unten.

»Hi, Mom.«

Ich ignorierte ihre zitternd gesprochenen Worte. Streckte meinen Arm aus. Berührte ihr Gesicht. Ihre kurzen tiefschwarzen Haare. Nahm ihren Duft in mich auf. Bereitwillig ließ sie meine Inspektion über sich ergehen. Bis ich sicher war.

»Caitlyn …« Der Name kam mir unendlich schwer über die Lippen. Ein Menschenname. Und obwohl gesprochene Namen in meiner Welt von geringer Bedeutung waren, krampfte sich etwas in mir zusammen, als mein Mund ihn formte.

Ich zog die Hand zurück. Entfernte mich von ihr. Jeder Schritt eine Qual. »Ihr dürft hier nicht sein. Geht! Ihr alle! Schnell!«

Bevor sie widersprechen konnten oder ich selbst ein Zeichen von Schwäche zeigte, drehte ich mich um und lief davon. Zurück in den Wald. Bedeutete Tahokee, mit mir zu kommen.

Doch sobald wir außer Sicht- und Riechweite der Hütte und der Besucher waren, hielt er an und verwandelte sich.

»Wer sind die?«, wollte er wissen. »Wer ist das Mädchen? Warum hat sie dich ›Mom‹ genannt? Und woher kennst du ihren Namen?«

Nach Erklärungen war mir gerade nicht zumute. Also forderte ich ihn etwas nachdrücklicher auf, zum Rudel zurückzukehren.

Doch er blieb stur. »Ich habe viel hingenommen in letzter Zeit. Ohne zu murren. Ohne Fragen zu stellen. Aber unsere Feinde sind besiegt. Und dennoch tun alle so, als ginge der Krieg weiter. Huanta sowieso. Und du auch.« Er deutete in die Richtung, aus der wir kamen. »Sie haben sich nicht verhalten wie Feinde. Und du kennst sie. Das war unübersehbar. Wenn ich dir und Huanta weiter folgen soll, will ich Antworten.«

Ich seufzte innerlich. War ich in seinem Alter genauso aufmüpfig gegenüber den ranghöheren Rudelmitgliedern gewesen? Sogar gegenüber meiner Mutter? Vermutlich ja.

Widerwillig gab ich nach und erhob mich auf zwei Beine. »Ja, ich kannte sie mal. Vor langer Zeit. Bevor du geboren wurdest. Und jetzt hör bitte auf, Fragen zu stellen! Wir haben Wichtigeres zu tun, als in der Vergangenheit zu wühlen.«

Gerade wollte ich mich wieder zurückverwandeln, als er den Kopf hob und schnüffelte. »Sie folgt uns.«

Einen Wimpernschlag später roch ich sie ebenfalls. Hörte eigentlich keines meiner Kinder darauf, was ich sagte?

»Geh!«, wies ich ihn an. »Bitte! Ich erkläre es dir ein anderes Mal. Und sag Huanta, alles ist in Ordnung! Damit er nicht auf dumme Ideen kommt.«

Er zögerte. Aber die Erwähnung unseres Leitwolfs überzeugte ihn, mir ausnahmsweise Folge zu leisten. In Fell gehüllt und auf vier Pfoten verschwand er zwischen den Bäumen.

Doch ich war nur kurz allein. Aus der anderen Richtung bekam ich Gesellschaft, ebenfalls in Wolfsgestalt. Sieh an! Meine hautgeborene Halbblut-Tochter konnte sich also willentlich verwandeln. Und das sogar mit geradezu spielerisch erscheinender Leichtigkeit, wie sie bewies, als sie vor meinen Augen zum Menschen wurde.

Mit grimmiger Miene sah sie mich an. »So einfach wirst du mich nicht los.«

Ich schaute mich um, hielt die Nase in den Wind, um sicherzugehen, dass Huanta nicht bereits in der Nähe war. Oder noch Schlimmeres. Ich erkannte nichts. Ein paar Minuten hatte ich wohl für sie.

»Weswegen bist du hergekommen?«, fragte ich ohne Umschweife. »Was willst du von mir hören? Dass es mir leidtut? Dass ich es toll finde, was aus dir geworden ist? Na gut. Es tut mir leid. Und es ist schön zu sehen, dass es dir gut geht. Bist du jetzt zufrieden?«

Tiefe Traurigkeit zeichnete ihr Gesicht. »Warum tust du das? Bin ich dir wirklich so gleichgültig?«

Ich spürte einen Stich in meiner Brust, als hätte ihre Anklage mich geradewegs durchbohrt. Ihre Miene wurde auf der Stelle weicher, als sie die Feuchte in meinen Augen erkannte, ehe ich sie eilig wegwischen konnte.

»Mom.« Vorsichtig, als könnte sie mich mit einer hektischen Bewegung verjagen, kam sie näher. »Lauf nicht einfach so vor mir weg! Ich sehe doch, wie du mit dir ringst. Ich will nichts von dir. Ich möchte nur wissen, woher ich komme. Und wohin ich gehöre.«

Mit zusammengebissenen Zähnen schüttelte ich den Kopf. »Hierher gehörst du nicht. So … So gern ich auch dich kennenlernen würde … Es geht nicht. Du musst gehen. Bitte vertrau mir! Geh zurück zu deinem Vater und … dem anderen! Fahrt nach Hause und kommt nicht wieder her! Es ist zu eurem Besten.«

»Das geht nicht«, eröffnete sie mir. »Ich habe die beiden bereits weggeschickt. Nur ich bin noch hier. Und ich werde hierbleiben. Mindestens bis übermorgen. Dann kommen sie wieder. Aber im Zweifelsfall bleibe ich so lang, bis ich die Antworten auf meine Fragen gefunden habe.«

Ich bewunderte ihre Hartnäckigkeit. Und gleichzeitig verfluchte ich sie. »Du hast keine Ahnung, worauf du …«

»Stimmt«, fiel sie mir ins Wort. »Ich habe keine Ahnung. Und genau deswegen will … Nein: muss ich mehr erfahren. Ich bin ein Skinwalker, ein Ma'ii Tsoh. Wenn auch nur ein Halbblut. So viel weiß ich schon. Aber was das bedeutet … wie wir leben … Davon habe ich in der Tat keine Ahnung. Weil alle mich immer nur als Hautgeburt beschimpfen. Oder als Wrukolakas-Spion. Oder was auch immer. Ich hatte gehofft, dass wenigstens meine eigene Mutter mich nicht fortjagt. Aber anscheinend habe ich mich geirrt.«

Stumm schaute ich sie an. Ein trotziges Menschenmädchen, nackt und allein mitten im Wald, den Tränen nahe. Meine Tochter … Das Kind des einzigen Mannes, den ich jemals wirklich geliebt hatte.

Ich kämpfte gegen den Impuls an, zu ihr zu gehen, sie in die Arme zu schließen, sie zu trösten. Es durfte nicht sein! Ihr Geruch an mir … Das würde Huanta ihre Anwesenheit verraten. Und damit zwangsläufig ihren Tod bedeuten.

»Ja, du hast dich geirrt.« Jede einzelne Silbe, die ich ihr entgegen spuckte, bereitete mir Schmerzen, drehte den Dolch, der bereits in meiner Brust steckte, noch einmal um. »Du kannst nicht mit mir kommen. Bleib hier! Versteck dich im Wald, bis dein Vater wieder kommt, um dich zu holen! Und dann kehr nie wieder hierher zurück!«

Eilig wandte ich mich ab, verwandelte mich und rannte davon, ohne ihre Reaktion abzuwarten. Nein, ich rannte nicht davon. Ich flüchtete. Vor ihr. Vor den Erinnerungen, die sie in mir wachrief. Und davor, dass die Fassade, hinter der ich meine Gefühle verbarg, endgültig zerbrach. Die Risse darin waren jetzt schon viel zu tief.

Auf halbem Weg zurück zum Rudel hielt ich noch einmal an. Lauschte. Roch. Sie folgte mir nicht weiter. Das war gut, denn wenn sie Huanta so nah käme, würde er sie zweifellos bemerken. Entweder er oder gar … Nein! Besser gar nicht daran denken!

Ich rang damit, die in mir erwachten Emotionen in meinem Geist zu vergraben. So, wie ich es schon seit Jahren tat. Kittete die Risse. Legte wieder die mir mittlerweile so vertraute Maske an. Die seit dem Tod meiner Mutter noch notwendiger war als jemals zuvor.

Als ich die anderen erreichte, wartete Huanta bereits auf mich.

›Was gibt's?‹, fragten seine Augen.

›Alles gut‹, erwiderte ich, ›sie sind weg.‹

Ließ er sich mit derart einfachen Erklärungen abspeisen? Oder würde er menschliche Gestalt annehmen, um mehr Details zu erfahren, als Wölfe mit Blicken, Knurren und Gesten untereinander austauschen können?

Zu meiner Erleichterung wechselte er das Thema. ›Er ist hungrig. Geh jagen!‹

Ich war zwar nicht begeistert, ständig losgeschickt zu werden, um Futter für seinen jüngsten Sohn heranzuschaffen. Aber wenigstens hatte Huanta eingesehen, dass es eine schlechte Idee war, seinen Sprössling selbst auf die Jagd zu schicken. Also nahm ich Tahokee und zwei seiner jüngeren Geschwister mit und tat, wie mir befohlen.

Ich führte die Jagdgruppe in eine Richtung fort von der Hütte und der Stelle, an der ich meine Tochter allein gelassen hatte. Wir mussten weit laufen, um Großwild zu finden. Die Tiere spürten, was im Wald lauerte, und hielten sich instinktiv davon fern. Nur zu gern hätte ich es ihnen gleichgetan. Doch wenn ich das Rudel verließ, ginge das letzte Korrektiv verloren, auf dessen Rat Huanta wenigstens noch ein wenig hörte. Seit dem Tod meiner Mutter war ich die älteste Wölfin im Rudel. Es war meine Aufgabe, es vor größerem Schaden zu bewahren. Wir waren verwundbar. Der zurückliegende Krieg gegen die Wrukolakas aus dem Tal hatte uns arg dezimiert. Beinahe wären wir ausgelöscht worden. Das hatten Huanta und Mutter verhindert. Auch wenn der Preis dafür schrecklich gewesen war. Der Anblick, wie sie zerfleischt worden war … bei lebendigem Leib in Stücke gerissen …

Ich schüttelte die bösen Erinnerungen ab. Konzentrierte mich auf die Fährten unserer Beute. Wenn wir kein Futter zurückbrachten, liefen andere Rudelmitglieder Gefahr, das Schicksal meiner Mutter zu teilen. Das galt es zu verhindern.

Die Dunkelheit war bereits hereingebrochen, als wir Huanta zwei Hirsche präsentierten. Zufrieden nahm er sie in Empfang und schickte uns davon. Ich war nicht böse darüber, dass er die Fütterung selbst übernahm.

Die Nacht verbrachte ich mit meinen Kindern, eng an eng zusammengedrängt. Das letzte bisschen Glück, das mir geblieben war. Aber heute waren meine Gedanken nicht bei ihnen, sondern einer Wölfin, die keine Gesellschaft hatte. Die allein war, mitten im Wald. Zu gern hätte ich nachgesehen, wie es ihr erging. Doch das hätte Verdacht erregt.

Erst am nächsten Morgen, als die ersten Sonnenstrahlen zaghaft durchs Geäst drangen, setzte ich mich vom Rudel ab. Den anderen teilte ich mit, ich würde eine Runde drehen, um sicherzugehen, dass die Eindringlinge von gestern wirklich weg waren. Außer Tahokee stellte keiner meine Absicht infrage. Doch auch er begnügte sich mit einem argwöhnischen Blick, als ich mich auf den Weg machte.

Von der Stelle aus, an der ich sie zuletzt gesehen hatte, war es nicht schwer, ihrem Duft zu folgen. Sie war offenbar unerfahren darin, ihre Spuren zu verwischen. Wie sollte sie es auch gelernt haben? Sie war eine Hautgeburt, aufgewachsen unter Menschen. Und ihrem Alter nach hatte sie sich vermutlich erst vor Kurzem zum ersten Mal verwandelt. Hautgeburten benötigten eine Ewigkeit, um erwachsen zu werden. Nicht ganz so lang wie gewöhnliche Menschen, aber fast.

Ich fand sie vor einem Erdloch lauernd. Dem Duft nach verbarg sich darin Beute.

Zumindest hatte sie schon mal die Nacht überstanden. Reglos lag sie hinter einem umgestürzten Baumstamm, gegen den Wind, um ihre Anwesenheit nicht zu verraten. Gar nicht mal so übel.

Ein Stück abseits ließ ich mich unbemerkt nieder und beobachtete sie. Eine stattliche Wölfin mit tiefschwarzem, samtenem Fell und wachen Augen. Das Älteste meiner noch lebenden Kinder. Und doch das Unerfahrenste hier im Wald.

Dann regte sich etwas. Blitzartig sprang sie nach vorn, ließ ihre Krallen herabsausen und verpasste die Beute nur um Haaresbreite. Ein paar Sätze folgte sie dem wilde Haken schlagenden Hasen, dann gab sie auf. Diese Beute war zu flink für einen Wolf.

Aber nicht für zwei.

Lautlos erhob ich mich und ging in die Richtung, in die das Langohr abgehauen war. Seine Spur war noch frisch und schnell fand ich es zwischen den knorrigen Wurzeln einer Sequoia zusammengekauert, die Löffel alarmbereit in die Luft gestreckt. Ich musste nur meine Schnauze hinter dem Baumstamm zeigen, um das Tier zur panischen Flucht aufzustacheln. Mit einigen Sprüngen drängte ich es in eine bestimmte Richtung, hin zu meiner Tochter, die mein plötzliches Erscheinen mit großen Augen verfolgte. Doch dann fing sie sich und wurde der Beute gewahr, die genau auf sie zu rannte. Geschickt schnitt sie dem Hasen den Weg ab, veranlasste ihn zu einem abrupten Stopp und sprang exakt im richtigen Moment los, um das Tier zu greifen. Diesmal fanden ihre Krallen das Ziel. Sofort folgten die Zähne und beendeten den Todeskampf. Doch statt sich ihrer frisch erlegten Beute zu widmen, hob sie den Kopf und starrte wieder mich an.

Ich ließ die Musterung über mich ergehen und widmete mich dem blutigen Fellklumpen vor ihren Füßen. Mit einem beherzten Biss teilte ich den Hasen in zwei Teile, schnappte mir einen und begann zu fressen. Nach kurzer Pause folgte sie meinem Beispiel und nahm sich ihres Anteils der Beute an.

Der kleine Appetithappen war schnell verschlungen. Ich führte sie zu einem nahen Bach, in dem wir tranken und unsere rot beschmierten Schnauzen säuberten. Jede ihrer Bewegungen verriet, dass meine Vermutung korrekt war. Sie besaß noch nicht viel Erfahrung in Wolfsgestalt. Aber angesichts dessen stellte sie sich gar nicht mal ungeschickt an, wie ich schon bei der gemeinsamen Jagd festgestellt hatte. Die Grundlagen beherrschte sie. Ihr fehlte nur Übung.

Eine Zeit lang verweilten wir hier, beobachteten und beschnupperten uns gegenseitig. Stupsten uns mit den Schnauzen. Rieben unsere Köpfe aneinander. Im Gegensatz zu gestern würde mir heute genügend Muße bleiben, ihren Geruch abzuwaschen, ehe ich Huanta wieder unter die Augen trat.

Ich konnte ihre Ungeduld riechen, wusste, worauf sie die ganze Zeit wartete. Doch sie zähmte ihre Unrast, geduldete sich, bis ich den ersten Schritt tat. An Selbstbeherrschung mangelte es ihr also auch nicht.

Schließlich tat ich ihr den Gefallen und nahm menschliche Gestalt an. Sie folgte mir wie auf Kommando. Beeindruckend für ein Halbblut. Erwartungsvoll sah sie mich an.

»Wo warst du all die Jahre?«, fragte ich. »Bei deinem Vater nicht, wenn ich ihn gestern richtig verstanden habe.«

Sie schüttelte den Kopf. »Nein. Er hat mich weggegeben, als ich noch ganz klein war. An welche von unserer Art.«

»Wrukolakas?«

Ihr Blick richtete sich auf den Boden.

»Der andere«, fuhr ich fort, »der Junge, der euch begleitet hat. Er ist einer von ihnen, nicht wahr?«

»Er ist der Neffe meines Pflegevaters.« Sie hob die Augen und schaute in die meinen. »Sein Name ist Joseph. Er und seine Familie haben mich wie eine der ihren behandelt. Fast alle … Sie wussten, was ich brauchte, und haben es mir gegeben. Sie haben mich in ihr Rudel aufgenommen, obwohl sie wussten, woher ich stamme. Dafür bin ich ihnen zutiefst dankbar. Und du solltest es auch sein. Dafür, dass sie sich um deine Tochter gekümmert haben.«

Sie war zweifellos heißblütig, aber von meinem eigenen Kind musste ich mich nicht derart zurechtweisen lassen. Zumindest nicht unwidersprochen.

»Ist unter ihnen einer mit nur einem Auge?«, fragte ich in neutralem Tonfall. »Mit Narben im Gesicht?«

»Onkel Dan. Josephs Vater.«

»Hat Onkel Dan dir jemals erzählt, wie er und ich uns begegnet sind?«

Erneut schüttelte sie den Kopf. »Nein.«

»Er wollte mich vergewaltigen. Mir einen Bastard in den Leib pflanzen, damit mein Rudel mich verstößt. Nur damit du weißt, wozu deine Pflegefamilie fähig ist. Sie wollen meinen Stamm vernichten, indem sie ihre Brut unter uns mischen. Unsere Eintracht mit Wechselbälgern spalten. Und du lässt dich zu ihrem Werkzeug machen, wenn du dich mit diesem Joseph einlässt.«

»Du willst mir also verbieten, ihn zu lieben?« Sie blickte mir angriffslustig in die Augen.

»Ich will, dass du verstehst, was sie mit all dem bezwecken.« Es fiel mir schwer, halbwegs ruhig zu bleiben. »Dass sie dich nicht aus reiner Nächstenliebe bei sich aufgenommen haben, sondern damit einen Plan verfolgen. Einen Plan, der letztlich meinen Stamm auslöschen soll.«

Sie wirkte nicht sonderlich beeindruckt. »Ich habe schon mitbekommen, dass sie den Krieg gegen die Ma'ii Tsoh ohne Gnade führen. Aber an dem, was zwischen mir und Joseph läuft, ist nichts Schlechtes. Ich liebe ihn und er liebt mich. Das ist vollkommen unabhängig von irgendwelchen Kriegen und Stämmen. Und außerdem tu nicht so, als wärt ihr besser! Wenigstens erschaffen die Wrukolakas keine Wendigos.«

Bei der Erwähnung dieses Namens wich mir auf der Stelle das Blut aus dem Gesicht.

»Ich habe gesehen, was diese Bestien anrichten«, fuhr sie ungerührt fort. »Eine von ihnen hat Dan das Auge genommen. Und seinem Vater das Leben. Angesichts dessen finde ich es nicht verwunderlich, dass er euch nicht besonders mag.«

Zum Glück hatte ich mich schnell wieder gefangen. Offenbar ehe sie Verdacht schöpfte. Noch mal gutgegangen. Zeit für einen Themenwechsel, obwohl es mir widerstrebte, ihre Naivität gegenüber ihrer Pflegefamilie und diesem Joseph unwidersprochen zu lassen. Wenigstens vorerst. »Haben deine Pflegeeltern dir auch das Jagen beigebracht?«

Ein Lächeln stahl sich auf ihre Lippen. »Nein, das war Bob.«

»Bob?«

»Ein Ma'ii Tsoh-Halbblut. Als Wolf geboren. Eine Fellgeburt, oder wie das heißt.«

Nun war ich in der Tat überrascht. »Wie bist du denn an den gekommen?«

»In Arizona. Im Apachenreservat. Bei meinem ersten Versuch, mehr über meine Herkunft herauszufinden, war er der einzige im dortigen Rudel, der mich akzeptiert hat.«

»Und offenbar ein guter Lehrer.«

Sie schmunzelte. »Vor allem ein geduldiger Lehrer.« Dann kehrten der Ernst und auch die Traurigkeit in ihre Miene zurück. »Ist es wirklich vollkommen undenkbar, dass ich eine Weile hierbleibe? Meine Verwandtschaft kennenlerne? Dich kennenlerne?«

Nun war ich es, die den Boden anstarrte. »Ja. Das ist es. Und ich bedauere es zutiefst. Aber hinter uns liegt ein langer Krieg gegen ein Wrukolakas-Rudel. Diejenigen von uns, die noch übriggeblieben sind, sind zu großen Teilen verbittert. Allen voran Huanta, unser Leitwolf. Er und auch die meisten anderen würden dich niemals dulden. Nicht einen einzigen Tag lang. Deshalb musst du gehen. So gern ich auch mehr Zeit mit dir verbringen würde.«

Und mit deinem Vater, fügte ich in Gedanken hinzu.

»Kannst du denn nicht mit mir kommen?«, hielt sie mir entgegen. »Dich für ein paar Tage von deinem Rudel absetzen? Unter irgendeinem Vorwand.«

Diese Aussicht war in der Tat verführerisch. Ein kurzer Urlaub nach all den Strapazen der letzten Zeit. Aber die Verantwortung, die ich trug, war zu groß. Wenn irgendetwas Unvorhergesehenes passierte, musste jemand da sein, der Huanta vor Kurzschlussreaktionen bewahrte. Und das konnte nach dem Tod meiner Mutter nur ich.

»Nein«, antwortete ich. »Das ist nicht möglich. Nicht jetzt. Vielleicht irgendwann in der Zukunft einmal. Wenn unsere Situation sich wieder gefestigt hat. Aber momentan …« Ich schüttelte den Kopf.

Sie ließ den ihren hängen. Doch dann kehrte ein zaghaftes Lächeln auf ihre Züge zurück. »Wenigstens haben wir zusammen einen Hasen erlegt. Besser als gar nichts.«

In diesem Augenblick konnte ich einfach nicht anders, als zu ihr zu gehen und sie in die Arme zu schließen. Fest presste ich sie an mich. Spürte, wie ihr Leib bebte, während sie sich an mich schmiegte, ihr Kopf an meiner Brust. Auch in mir stieg eine Wärme auf, wie ich sie schon lang nicht mehr gespürt hatte. Am liebsten hätte ich sie nie mehr losgelassen.

Doch dann gelangte ein vertrauter Geruch an meine Nase. Nur ein Hauch, aber eindeutig.

Hastig ließ ich Caitlyn los, stieß sie beinahe von mir, streckte mein Gesicht in die Luft und sog sie tief in mich ein. Zügig hatte ich die Richtung ausgemacht, aus der der Duft kam, und rannte dorthin, so schnell meine menschlichen Beine mich trugen. Schon nach wenigen Schritten verließ der heimliche Späher seine Deckung hinter einem Felsvorsprung und suchte das Weite.

»Bleib stehen, Tahokee!«, rief ich ihm hinterher. »Sofort!«

Der Befehlston entfaltete seine Wirkung. Er wurde langsamer und hielt schließlich an, wandte den Kopf zu mir. Sein Wolfsgesicht war nicht so ausdrucksstark wie das menschliche, dafür verriet sein Geruch eine Mischung aus Scham und Trotz.

»Verwandle dich und sprich mit mir!«, fuhr ich ihn an.

Er zögerte, sah mich an und anschließend Caitlyn, die mir gefolgt war. Dann erhob er sich. »Also wirklich deine Tochter … meine Schwester.«

»Halbschwester«, korrigierte ich ihn.

Verachtung schwang in seinen Worten mit. »Eine Hautgeburt. Und dazu noch eine halbe Wrukolakas.«

»Das ist nicht wahr! Ihr Vater ist ein Mensch. Sie ist ein Halbblut, aber keine Wrukolakas.«

»Sie ist bei ihnen aufgewachsen.« Er blieb hartnäckig.

»Das war nicht meine Entscheidung. Und ihre auch nicht.« Ich sah den Kampf, der in ihm tobte. Ging einen Schritt auf ihn zu. Nahm die Schärfe aus meiner Stimme. »Tahokee, bitte! Das sind alte Geschichten. Ich war jung. Habe Fehler begangen. Fehler, unter denen sie jetzt leidet. Bitte sag kein Wort darüber zu irgendwem! Insbesondere nicht zu Huanta. Er wird sie töten für etwas, an dem sie keine Schuld trägt. Und möglicherweise wird er auch mich töten. Dann zerbricht das Rudel endgültig. Willst du das?«

Zaghaft schüttelte er den Kopf.

»Danke.« Ich legte ihm die Hand an die Wange und streichelte sie sanft. »Ich kläre das hier. Dann kehre ich zum Rudel zurück und wir tun so, als wäre das hier niemals geschehen. Einverstanden?«

Mehr als sein knappes Nicken durfte ich als Antwort wohl nicht erwarten. Nach einem letzten misstrauischen Blick zu seiner Halbschwester drehte er sich um und lief davon, nach wenigen Metern auf allen vieren.

Ich atmete tief durch.

Caitlyn trat von hinten an mich heran. »Wird er uns verraten?«

»Nein. Er hat mindestens genauso viel Angst vor Huanta wie ich.«

Sie kniff die Augen zusammen. »Ist er so ein Tyrann?«

Wie formulierte ich es möglichst unverfänglich …? »Er hat das Rudel durch einen langen und harten Kampf geführt. Dabei ist er selbst hart geworden. Und unnachgiebig. Ich hoffe, jetzt, da Frieden einkehrt, wird er wieder zur Ruhe kommen. Aber das wird dauern.« Noch einmal betrachtete ich meine Tochter. Mein prachtvolles Kind. »Falls das irgendwann geschieht, können wir vielleicht einmal mehr Zeit miteinander verbringen. Ich werde dich dann schon finden. Aber momentan …«

»Verstehe schon.« Sie rang sich ein Lächeln ab. »Wenigstens hatten wir diesen Moment. Und den Hasen.«

Und schon wieder kämpfte ich mit den Tränen. »Du musst jetzt gehen. Versteck dich noch eine Nacht im Wald, bis morgen dein Vater und der Junge wieder kommen und dich abholen. Und dann bleib weg von hier! Es ist zu gefährlich. Ich will nicht, dass dir etwas passiert. Wenn ich schon sechzehn Jahre lang nicht für dich da war, dann will ich dich wenigstens jetzt beschützen, so gut ich kann.« Ich umarmte sie noch einmal. Dann wandte ich mich ab und ließ sie allein, ehe ich es mir doch noch anders überlegte und mit ihr ging.

Nachdem ich in einem Bach ihren Duft von mir abgewaschen hatte, hielt ich noch zweimal an und versicherte mich, dass sie mir nicht wieder folgte. Aber es war keine Spur von ihr zu sehen oder zu riechen. Und um sich so gut anschleichen zu können wie Tahokee, fehlte ihr die Erfahrung.

Den Rest des Tages bemühte ich mich, mir nicht anmerken zu lassen, wie aufgewühlt ich war. Immer wieder drängte Caitlyns Gesicht sich in meinen Geist. Und in der folgenden Nacht kam auch noch das ihres Vaters hinzu. All die Zeit hatte ich die Erinnerung an Doug und das eine Jahr, das ich mit ihm verbracht hatte, tief in mir weggesperrt. Doch nun kam alles erneut hervor. Und ich merkte, dass es nicht von allein wieder verschwinden würde. Die Entbehrungen und Verluste des zurückliegenden Krieges plagten mich ohnehin schon genug. Umso verführerischer erschien da die Welt, die ich einst mit meinem menschlichen Gefährten erkundet hatte. Und wenn ich doch einen Urlaub machte? Nur wenige Tage. Vielleicht konnte ich dabei die Kraft tanken, die ich benötigte, um endlich das Rudel wieder auf den Weg des Friedens zu bringen. Um Huantas rapide abnehmendes Urteilsvermögen auszugleichen. Oder, falls er sich dagegen wehrte, irgendwie zu versuchen, seine Herrschaft zu beenden. Auch wenn ich nicht die geringste Ahnung hatte, wie ich die Macht brechen sollte, über die er gebot. Die Macht, für die meine Mutter hatte sterben müssen.

Ob das alles nur ein Vorwand war, um Doug und meine Tochter wiederzusehen, und sei es nur für wenige Tage, kann ich nicht sagen. Aber am nächsten Morgen stand mein Entschluss fest.

Huanta nächtigte, wie üblich, ein Stück abseits des restlichen Rudels, am Eingang der Höhle, die alle anderen von uns mieden, wann immer es ging. Ich trat in menschlicher Gestalt an ihn heran.

Nachdem er mich ausgiebig gemustert und beschnuppert hatte, glich er sich mir schließlich an. »Was hast du mir zu sagen, Chenandeh?«

»Die Fremden, die wir vorgestern bei der Hütte entdeckt haben, bereiten mir Sorge. Bei meinem Rundgang gestern Vormittag habe ich vereinzelt ihre Witterung aufgenommen. Ich weiß nicht, was sie im Wald getan haben. Aber ich würde gern versuchen, ihnen zu folgen. Herausfinden, wer sie sind und was sie wollen. Vielleicht sind sie die Späher eines neuen Wrukolakas-Rudels. Je nachdem, wie weit weg sie sind, bin ich mehrere Tage unterwegs. Das wollte ich dir nur mitteilen.«

Er setzte eine mürrische Miene auf. Das konnte er wirklich gut. »Lass einen der Jüngeren gehen! Wie wäre es mit deinem Sohn, Tahokee?«

»Das war auch mein erster Gedanke«, log ich. »Aber er hat ihre Witterung noch nicht so verinnerlicht wie ich. Ich muss das selbst machen.«

Seinen versteinerten Zügen war nicht anzusehen, was in ihm vorging. »Also gut«, stimmte er schließlich zu. »Folge den Fremden!«

Erleichterung und Vorfreude fluteten mich gleichzeitig. Doch beides durfte ich mir nicht anmerken lassen. »Ich bin bald zurück.« Ich verwandelte mich und verließ diesen Ort, so schnell ich konnte.

Mein Abschied war kurz. Nur für Tahokee nahm ich mir ein wenig mehr Zeit und gemahnte ihn noch einmal an das Versprechen, das er mir gestern gegeben hatte. Dann eilte ich davon, so rasch meine Pfoten mich trugen.

Fast fürchtete ich schon, ich käme zu spät. Doch als ich die Hütte erreichte, saß Caitlyn auf der Schwelle der offenstehenden Tür. Sie trug wieder die Kleidung, in der sie angekommen war. Anscheinend hatte sie sie hier deponiert, so wie auch wir es taten.

Als ich mich zeigte – bereits in menschlicher Gestalt –, fuhr sie hoch und starrte mich an.

Stumm kam ich zu ihr, betrat an ihr vorbei die Hütte und griff nach meinem alten Rucksack. Wie lang war es her, dass ich seinen Inhalt das letzte Mal gebraucht hatte? Vermutlich mehrere Jahre. Ich zog die Hose und die Weste daraus hervor. Beide waren nicht im allerbesten Zustand und muffelten, aber sie würden meine Blöße bedecken.

»Was …« Ungläubig beobachtete Caitlyn, wie ich mich anzog. »Kommst du mit?«

»Wenn ich darf.«

Von einem Moment zum nächsten strahlte sie von einem Ohr zum anderen.

»Aber nur für kurze Zeit«, dämpfte ich ihren Enthusiasmus. »Zwei oder drei Tage höchstens. Dann muss ich zurück.«

Ihre Freude schien das nicht im Geringsten zu mindern. Sie schloss mich so stürmisch in die Arme, während ich noch mit dem zweiten Hosenbein kämpfte, dass ich beinahe das Gleichgewicht verloren hätte.

Eng aneinander hockend, ihre Hände in den meinen, ihr Kopf an meiner Schulter, warteten wir darauf, abgeholt zu werden. Schon lang, bevor es in Sicht kam, hörten und rochen wir das Auto bereits.

Nachdem es angehalten hatte und die beiden verdutzt dreinschauenden Männer ausgestiegen waren, gingen wir breit grinsend auf sie zu. Caitlyn nahm den jungen Wrukolakas in den Arm und küsste ihn. Es fiel mir nicht leicht, das unwidersprochen anzusehen, aber ich beherrschte mich, mir meinen Widerwillen nicht anmerken zu lassen.

Ich baute mich vor Doug auf. »Habt ihr noch einen Platz frei?«

Entgeistert nickte er, unfähig, auch nur einen Laut von sich zu geben.

Ich öffnete die Tür zur Rückbank und warf meinen Rucksack hinein. »Worauf warten wir dann noch?«

# Kulturschock

Alles war ungewohnt. So lang an einem Stück in menschlicher Gestalt zu verweilen. Kleidung zu tragen. In einem Auto zu sitzen.

Bis jetzt war mir gar nicht bewusst gewesen, wie weit ich mich in den vergangenen Jahren von der einen Hälfte meiner Existenz entfremdet hatte. Während des Krieges war die Welt der Menschen für uns weitgehend tabu. Außerhalb des Waldes und der Berge hatten überall potenzielle Spione unserer Feinde darauf gelauert, uns in weniger vertrauter Umgebung und ohne den Schutz des Rudels aufzuspüren. Ich hatte mich eine gefühlte Ewigkeit nicht mehr so weit in die Zivilisation gewagt wie in diesem Moment. Und aufgrund der Lüge, mit der ich mich verabschiedet hatte, nagte permanent der Eindruck, etwas Verbotenes zu tun, an meinem Gewissen. Erschwerend kam hinzu, dass ich auch mit dem Wagen, in dem ich saß, eher unangenehme Erinnerungen verband. Als ich vor vielen Jahren schon einmal auf dieser Rückbank gesessen hatte, war ich gefesselt gewesen, inklusive eines Bandes um meinen Hals, das mich an der Verwandlung gehindert hatte.

Die Gesellschaft, in der ich mich befand, linderte mein Unwohlsein ein wenig. Nicht unbedingt der junge Wrukolakas, der am Steuer saß. Der Sohn desjenigen, der mir damals die Fesseln angelegt hatte. Und potenzieller Kandidat, meiner Tochter das anzutun, was seinem Vater bei mir verwehrt geblieben war. Aber da waren ja auch noch Caitlyn auf dem Beifahrersitz und Doug neben mir auf der Rückbank. Schon kurz nach dem Losfahren hatte er meine Hand in die seine genommen und seitdem nicht mehr losgelassen. Seine Finger schwitzten nicht weniger als meine und jede noch so geringe Bewegung war ein Versprechen für das, was kommen mochte. Auch wenn wir so gut wie kein Wort sprachen, war bereits abzusehen, wo wir unweigerlich landen würden, sobald die beiden Teenager außer Sicht waren. Und ich konnte es kaum erwarten.

Die erste Gelegenheit bot sich bei der Mittagspause in einem kleinen Kaff irgendwo zwischen Fresno und Bakersfield, dessen Namen ich nicht mitbekommen hatte, so abgelenkt war ich. Es gab Burger für alle. Ich war zwar kein besonderer Freund dieser Dinger, wagte mich nach derart langer Abstinenz aber noch nicht wieder an die Benutzung von Messer und Gabel. Zumindest nicht in der Öffentlichkeit. Da kam mir ein Essen, das man mit den Händen halten durfte, gerade recht. Als wir das eilige Mahl beendet hatten, verabschiedeten Doug und ich uns unter dem fadenscheinigen Vorwand eines Verdauungsspazierganges über zwei Querstraßen bis an den Ortsrand und weiter in ein angrenzendes Maisfeld. Sobald die übermannshohen Halme den Blick halbwegs versperrten, lagen wir uns in den Armen und küssten uns. Auch das hatte ich lange nicht mehr getan. Aber es fühlte sich gut an. Richtig gut.

»Wow!«, entfuhr es Doug. »Erst lerne ich meine fast erwachsene Tochter kennen und jetzt … bist sogar du wieder hier. Das alles kommt mir vor wie ein Traum.«

»Gefällt dir der Traum?«

»Ob er mir gefällt?« Er umfasste meinen Kopf und sah mir tief in die Augen. »Das ist der beste Traum, den ich seit langer Zeit hatte.«

Und wieder fanden unsere Lippen zueinander, dicht gefolgt von den Zungen. Ich musste mich ein wenig beherrschen, im Überschwang der Emotionen und angesichts der immer noch ungewohnten Gestalt nicht sein ganzes Gesicht abzulecken. Wobei er vermutlich nicht einmal etwas dagegen gehabt hätte, wenn mein Mund sich anderen Regionen seines Körpers widmen würde als dem seinen. Zumindest seine Finger wurden bereits zudringlich, wanderten von meinem Hinterkopf den Rücken hinab bis zu meinem Po. Glitten unter den gürtellosen Bund meiner Jeans und drückten in mein Fleisch. Mit wenigen Handgriffen entledigte ich mich des störenden Textils und gab ihm mehr Bewegungsfreiheit.

»Ähm …« Innerhalb eines Atemzugs wich das Erstaunen in seiner Miene einem breiten Grinsen und er ging vor mir in die Hocke.

Seine Hände weiter fest auf mein Hinterteil gepresst, fand seine Zunge schnell, was sie suchte. Oh ja, daran erinnerte ich mich gut. Seine Lippen, seine Zunge, und ganz vorsichtig auch seine Zähne an meinem Kitzler. Sein Gesicht versunken in meinem Unterleib. Ich spreizte die Beine, so weit ich konnte, ohne umzufallen. Schenkte ihm so viel Platz, wie ich konnte. Vergrub meine Finger in seinen Haaren und drückte seinen Kopf noch näher an mich heran, bis seine Zunge meine Schamlippen teilte und bis zu meiner feuchten Spalte vordrang.

Meine ohnehin noch nicht übermäßig standsicheren Knie wurden weich, während ich mit geschlossenen Augen in purer Lust versank und Schauer der Erregung durch meinen Leib fuhren. Dann schlossen seine Lippen sich zielsicher um meinen

Kitzler, saugten und zogen daran, bis ich mich vor Leidenschaft krümmte, jede Faser meines Körpers sich verkrampfte und ein lange nicht gespürtes Feuerwerk in mir explodierte.

Als ich wieder zu Sinnen kam, hatte er sich erhoben und grinste mich breit an. Ich packte ihn und suchte seine Lippen mit den meinen. Ließ meine Zunge durch den Mund wandern, der mir solche Wonne bereitet hatte. Gleichzeitig machten meine Finger sich an seiner Hose zu schaffen, unter der ich bereits seine Erektion ertasten konnte. Durch den geöffneten Reißverschluss arbeiteten sie sich weiter vor, schoben die Boxershorts zur Seite und holten zum Vorschein, was ich ersehnte. Er keuchte, als ich meine Hand um ihn schloss, vor und zurück bewegte. Nach einem weiteren Kuss ging ich in die Knie und begab mich nun meinerseits daran, ihm mit meinem Mund Freude zu bereiten. Und zugegebenermaßen nicht nur ihm.

Zuerst von der Seite liebkoste ich sein Glied mit Lippen und Zunge, ehe ich seine Eichel küsste und umschloss. Ich nahm ihn so tief in mich auf, wie es mir irgendwie möglich war, fühlte ihn in meinen Wangen und an meinem Gaumen. Gab ihn immer wieder ein Stück weit frei, um ihn anschließend wieder in meinem Mund zu versenken. Glich mich dem Rhythmus an, den er schon nach kurzer Zeit vorgab, bis über mir ein gepresstes »Vorsicht!« erklang.

Doch ich war viel zu tief in meinem eigenen Verlangen nach ihm gefangen, um ihn freizugeben. Beschleunigte den Takt weiter, bis sich ein Strahl warmer Flüssigkeit in meinen Mund ergoss. Langsamer fuhr ich fort, während er nach und nach erschlaffte. Dann erst ließ ich von ihm ab und stand wieder auf.

Seine Augen waren glasig, sein Gesicht irgendwie entrückt, aber zweifellos glücklich. »Ich hoffe, du willst mich jetzt nicht küssen?«

Erstaunt sah ich ihn an. »Warum?«

Er musterte mich genauer. »Hast du das etwa geschluckt?«

»Klar«, erwiderte ich mit einem Achselzucken. »Was sollte ich sonst damit machen?«

»Früher hast du's ausgespuckt, wenn ich mich recht erinnere.«

Ich zuckte die Achseln. »Jetzt nicht mehr.«

»Ist das nicht …« Er verzog das Gesicht. »… ein bisschen eklig?«

»Nicht ekliger, als Nachgeburten zu fressen.«

Entsetzen breitete sich auf seinen Zügen aus. »Du hast was …?«

»So eine Geburt ist anstrengend. Dauert 'ne Zeit, bis man danach wieder jagen kann. Da lässt man nichts verkommen.«

Abwehrend hob er die Hände. »Themenwechsel! Bitte!«

»Okay.«

Menschen! So was von zartbesaitet, wenn es um körperliche Dinge geht. Aber so waren sie nun mal. Dafür beherrschten sie ein paar Sachen … So etwas wie gerade eben gab es unter Wölfen nicht.

»Ich glaube, wir sollten langsam zurück«, schlug ich vor, während er seine Hose schloss.

Ich wollte mich soeben in Bewegung setzen, als er ein »Ähm …« von sich gab und auf die zusammengeknüllte Jeans deutete, die auf dem Boden lag.

Oops! Im Eifer des Gefechts fast etwas Wichtiges vergessen. Nur mit meiner Lederweste bekleidet zu den beiden Teenagern und in die Zivilisation zurückzukehren, war wohl keine gute Idee.

»Muss mich erst wieder an Kleidung gewöhnen«, erklärte ich, während ich in die Hose schlüpfte.

Er schmunzelte und schaute auf meine Füße. »Aber von Schuhen hältst du immer noch nicht viel.«

Auch ich betrachtete meine Zehen. »Sind doch nicht zwingend notwendig, oder?«

»Nicht zwingend«, räumte er ein. »Aber permanent barfuß umherzulaufen … Ach, ist schon gut. Wer sich dran stört, soll's für sich behalten.«

»Störst du dich daran?«

Er nahm mich bei der Hand. »Wenn's nur nach mir ginge, könntest du die ganze Zeit komplett nackt rumlaufen.«

»Hab ich mehrere Jahre lang getan. Hättest mich nur besuchen müssen.«

»Ihr lasst ja keinen in euren Wald rein.«

Punkt für ihn.

Schmunzelnd und Händchen haltend kehrten wir zum Wagen zurück. Caitlyn und Joseph erwarteten uns bereits mit wissendem Grinsen. Falls es irgendwelche Zweifel daran gegeben haben könnte, was wir getan hatten, wurden die durch unseren Geruch endgültig beseitigt. Netterweise enthielten die beiden sich anzüglicher Kommentare.

Der Rest der Reise verlief in etwa so wie die erste Etappe, mit dem einzigen Unterschied, dass Doug und ich etwas entspannter waren und ich die meiste Zeit meinen Kopf an seine Schulter lehnte.

Es war schon Nachmittag, als wir Los Angeles erreichten. Wir landeten mitten in der Rush Hour. Stoßstange an Stoßstange drängten sich die Autos auf so vielen Spuren nebeneinander, dass ich sie gar nicht mehr zählen mochte. Und jenseits davon erhob sich statt Bäumen nur Beton in den Himmel. Ein Anflug von Beklemmungen breitete sich in mir aus. Zum ersten Mal seit der Abfahrt fragte ich mich, ob die Reise wirklich eine so gute Idee gewesen war. Vielleicht hätte ich mich zunächst in kleineren Ortschaften wieder an die Welt der Menschen gewöhnen sollen, statt gleich mitten in eine der größten Metropolen der Vereinigten Staaten einzutauchen. Doug neben mir spürte mein Unwohlsein und legte den Arm um mich.

»Alles gut?«, fragte er.

»Geht schon.«

»Zu viel Stadt auf einmal?«

Ich nickte. Dann fiel mir etwas ein. »Können wir zuerst ans Meer?«

»Klar.« Er tippte Joseph auf die Schulter. »Fahr auf die Zehn, Richtung Santa Monica!«

»Wird gemacht.«

Der Weg dorthin war nicht weniger überfüllt als … wohin auch immer wir vorher unterwegs gewesen waren. Aber je weiter wir uns durch die Blechlawine in Richtung des Pazifiks vorarbeiteten, umso intensiver drang zwischen den Abgasen der salzige Geruch des Ozeans an meine Nase. Und als die Häuser sich lichteten und sich vor mir das endlose Blau bis zum Horizont erstreckte, war die Tortur des Freeways augenblicklich vergessen.

Ich hatte das Meer bereits gesehen, bevor ich Doug getroffen hatte. Und auch danach war ich noch mehrmals an den Küsten Kaliforniens entlang gewandert. Dennoch war es seit unserer gemeinsamen Zeit stets mit der Erinnerung an ihn verbunden gewesen. Der zurückliegende Krieg hatte mich über Jahre vom Pazifik ferngehalten. Ihn nun wiederzusehen, und das auch noch mit Doug an meiner Seite, erfüllte mich mit einem inneren Frieden, wie ich ihn schon seit einer Ewigkeit nicht mehr gespürt hatte. Wenn überhaupt schon einmal.

Sobald ein Parkplatz gefunden war, stürmte ich aus dem Wagen, den Blick erwartungsvoll an den Horizont geheftet.

»Wer zuerst am Wasser ist!« Unvermittelt rannte Caitlyn los, der Brandung entgegen.

»Das ist unfair!«, rief Joseph, der noch ein Parkticket lösen musste.

Diese Herausforderung nahm ich nur zu gern an. Und auch Doug setzte sich in Bewegung, konnte jedoch nicht mit mir und meiner Tochter mithalten. Im Slalom drängelten wir uns zwischen Skatern, Joggern und anderen Erholungssuchenden hindurch, ließen die Promenade hinter uns und stemmten unsere Zehen – beziehungsweise Caitlyn ihre Sneaker – in den Sand.

Permanent musste ich mich ermahnen, dass es eine ganz schlechte Idee war, sich hier zu verwandeln, um den Geschwindigkeitsvorteil von vier Pfoten zu nutzen. Ich schob es auf meine geringere Erfahrung auf zwei Beinen, dass Caitlyn am Ende eine oder zwei Wolfslängen vor mir die Wasserlinie erreichte. Als dritter kam überraschenderweise Joseph ans Ziel, der seinen Rückstand fast aufgeholt hatte. Bei einem fairen Start wäre er wohl der Sieger gewesen. Doch auch Doug war nicht weit abgeschlagen, keuchte und stöhnte allerdings lauter als wir drei anderen zusammen. Mit gegen die Knie gestützten Händen rang er vornübergebeugt nach Luft.

»Erste!« Caitlyn vollführte einen Siegestanz, während dem sie ihre nassen Sneaker und Socken von den Füßen zog. Auch die beiden Männer entledigten sich ihres Schuhwerks und krempelten die Hosenbeine hoch.

Ich gebe zu, ich war die Erste, die, an alte Traditionen anknüpfend, damit begann, die anderen nasszuspritzen. Im Nu war eine tobende Wasserschlacht entfesselt, die keinen von uns verschonte und die übrigen Strandbesucher dazu veranlasste, einen großen Bogen um uns zu machen.

Irgendwann hockten wir alle, mit mehr oder weniger triefenden Klamotten am Leib, im Sand, die Augen auf die untergehende Sonne gerichtet.

»Jay!« Caitlyn zupfte wenig begeistert an dem nassen Stoff über ihrer Brust. »Im Wet-T-Shirt-Contest habe ich wohl gewonnen.«

Diesbezüglich war meine Lederweste in der Tat von Vorteil. Doug und Joseph machten es sich einfacher, streiften ihre Hemden ab und legten sie zum Trocknen neben sich in den Sand. Ich kam nicht umhin, die beiden in Augenschein zu nehmen. Joseph war definitiv der trainiertere. Kein Gramm Fett verstellte den Blick auf seine wie in Stein gemeißelten Muskeln. Meine Tochter hatte offenbar einen erlesenen Geschmack. Mein Misstrauen bezüglich seiner Absichten minderte das allerdings nicht.

Auch Doug war noch gut in Form. Nicht mehr ganz so knackig wie vor sechzehn Jahren. Aber die Tätowierungen vom Hals bis zum Bauch wiesen alle noch dieselben Konturen auf, die der Künstler ihnen vor langer Zeit gegeben hatte.

Doch selbst wenn alles in mir sich danach sehnte, die Linien auf seiner Haut mit Fingern und Lippen nachzuzeichnen, wandte ich mich Joseph zu. Ein guter Zeitpunkt, dem Auserwählten meiner Tochter ein wenig auf den Zahn zu fühlen. »Dein Vater ist also der Einäugige, der mich einst verschleppt hat. Wie heißt er noch? Dan?«

Obwohl ich mich bemühte, jeden Vorwurf aus meiner Stimme zu verbannen, sah er betreten zu Boden. »Ja, das ist er.«

»Ein beeindruckender Kämpfer.« Ich nickte anerkennend.

»Und der beste Dad der Welt.«

Mit gerunzelter Stirn schaute ich den Jungen an. Ich konnte keine Spur von Ironie oder Lüge in seiner Miene entdecken.

Meinte er das ernst? Dieser narbengezeichnete Killer sollte ein Musterdaddy sein?

Auch wenn es mir schwerfiel, das zu glauben, beließ ich es dabei.

»Und du?«, ging er zur Gegenfrage über. »Lebst die meiste Zeit als Wolf und nimmst nur gelegentlich menschliche Gestalt an?«

Ich nickte. »Ja. Ich bin fellgeboren. Das Leben als Wolf ist mir viel näher als das hier.«

»Bei uns im Rudel gibt's keine Fellgeborenen«, berichtete er. »Aber vor 'nem Jahr hat mein Dad mich mal zu Bekannten nach Colorado mitgenommen. Da gab's welche. Denen hat man's allerdings sofort angemerkt, dass die nicht viel Ahnung vom Leben als Mensch hatten.« Mit interessiertem Blick musterte er mich. »Aber bei dir … Da erkenne ich nichts in der Richtung.«

»Es kostet mich erhebliche Anstrengung, mir das nicht anmerken zu lassen. Ist lang her, dass ich das letzte Mal in einer so großen Stadt gewesen bin.« Ich schaute mich demonstrativ um. »Aber ja, vielen von uns fällt es schwer, sich unauffällig unter Menschen zu bewegen. In meinem Rudel gehöre ich wohl zu den Unternehmungslustigeren, was das betrifft. Zumindest früher. Sobald ich mich verwandeln konnte, habe ich mich bei jeder Gelegenheit mit meinem Zwillingsbruder in die Ortschaften am Rand unseres Reviers geschlichen. Das war ein Riesenabenteuer.«

»Glaub ich.« Caitlyn lauschte mir ebenso gebannt wie die beiden Männer. »Ging mir neulich genauso, als ich zwei Wochen lang fast nur als Wolf unterwegs war und die Ma'ii Tsoh im Reservat besucht habe. Nur eben andersrum.«

»Muss ich das jetzt auch mal ausprobieren?« Joseph sah uns beide nacheinander an. »So lang am Stück war ich noch nie in Wolfsgestalt. Nicht mal annähernd.«

Caitlyn legte ihm die Hand auf den Arm. »Ist in jedem Fall eine ziemlich krasse Erfahrung.«

»Die du schon gemacht hast, kaum dass du dich überhaupt verwandeln konntest«, stellte er fest. »Ich hab das Gefühl, ihr Skinwalker seid um einiges umtriebiger als wir.«

Ich schüttelte den Kopf. »Die meisten nicht. Ganz im Gegenteil.«

»Gibt's bei euch eigentlich auch Hautgeborene?«, wollte er wissen.

»Wenige.« Mein Blick fiel automatisch auf meine Tochter. »Und die haben's meistens schwer, akzeptiert zu werden.«

»Das hab ich gemerkt«, bestätigte sie.

Ich nahm ihre Hand in die meine und drückte sie. »Es tut mir leid, dass ich dir den Start in dein Leben so schwer gemacht habe. Aber alles, was ich seit unserem ersten Aufeinandertreffen gesehen habe, zeigt mir, dass du eine Kämpferin bist. Du wirst das schaffen.« Die Augen auf Joseph gerichtet, seufzte ich betont theatralisch. »Selbst wenn das bedeutet, dass du dich mit Wrukolakas herumtreibst.«

Zu meinem eigenen Erstaunen stellte ich fest, dass ich den letzten Satz ernst meinte. Ich begann tatsächlich, diesen jungen Kerl zu mögen. Konnte keinerlei Arglist an ihm erkennen. Er war einfach nur ein verliebter Teenager, der sich gerade bemühte, gegenüber der Mutter seiner Auserwählten eine gute Figur zu machen. Und das gelang ihm recht gut.

Ich neigte den Kopf zur Seite. »Wenigstens ist er ein hübscher Bursche.«

Caitlyn betrachtete ihn ebenfalls. »Das finde ich auch.«

Doug neben mir wurde spürbar unruhig.

Ich legte meine zweite Hand auf seine Brust. »Du bist auch ganz ansehnlich.«

Er streckte mir die Zunge raus. »Du meinst, für einen Menschgeborenen, oder wie nennt man uns Normalos bei euch?«

»Einfach nur Menschen.« Lachend ließ ich meine Tochter los und umarmte ihn. Das schien ihn wieder gnädig zu stimmen.

Caitlyn kuschelte sich an Joseph, schaute aber ihren Vater an. »Oma Kathy meinte, er hat vielleicht ebenfalls ein bisschen Wolfsblut in den Adern. Wenn auch aus einer früheren Generation. Weil ich mich so leicht verwandeln kann und so.«

»Wäre möglich.« Ich betrachtete Doug intensiv und wuschelte mit den Fingern durch die Haare auf seiner Brust. »Würde erklären, warum ich damals auf sein Motorrad gestiegen bin, obwohl ich nichts bewusst gerochen habe.«

Abwechselnd sah er Caitlyn und mich an. »Ihr meint, mein Ur-ur-was-auch-immer-Großvater war einer von euch?«

»Zumindest denkbar.«

Spielerisch schnappte er nach mir. »Dann geht mal besser alle in Deckung, wenn das nächste Mal Vollmond ist!« Nach einem kurzen Moment allgemeiner Erheiterung wurde er wieder ernst. »Würde vielleicht auch erklären, warum ich mich immer so fremd in der Welt gefühlt habe, außer bei dir.« Er legte die Arme um mich und drückte mich an sich. »Und bei euch auch. Ich meine … Das ist doch nicht normal, oder? Dass ich hier mit drei Werwölfen am Strand rumhänge und mich dabei auch noch wohlfühle.«

»Nope«, antwortete Joseph kopfschüttelnd. »Definitiv nicht normal.«

Ein weiterer Lacher ging durch die Runde, ehe wir uns wieder sammelten und in stiller Eintracht beobachteten, wie die Sonne sich rot färbte, während sie sich dem Horizont näherte und ihn schließlich berührte.

Aus dem Augenwinkel musterte ich die entspannten Mienen der anderen drei. Trotz der ungewohnten Umgebung sah ich darin dieselbe innere Ruhe, die sich auch in mir ausbreitete. Mein Ziel, den ewigen Kampf im Rudel für ein paar Tage hinter mir zu lassen und das Leben einfach nur zu genießen, hatte ich bereits am ersten Tag meines Urlaubs erreicht. Und das trotz der Anwesenheit eines Wrukolakas, der es auf meine Tochter abgesehen hatte.

Als die glühende Scheibe schließlich verschwunden war, trennte Doug sich von mir und stand auf. »Und wie geht's jetzt weiter?«

»Was essen?«, schlug Caitlyn vor. »Und danach zu dir, Dad?«

Doug breitete die Arme aus. »Wenn meine kleine Chaosbude euch nicht abgeschreckt hat …«

Sie lehnte sich an Joseph. »Ist doch kuschelig.«

»Immer noch dieselbe wie damals?«, fragte ich.

Er nickte.

»An die habe ich auch gute Erinnerungen. Bin dafür.«

Joseph rieb sich die Hände. »Dann ist es entschieden.«

Auf dem Rückweg zum Auto wurde nach kurzer Diskussion das Essen ebenfalls in Dougs Appartement verlegt und an einem Drive-in eine Ladung dampfender Tüten eingeladen. Der Verkehr hatte deutlich nachgelassen und ich war mittlerweile so gelöst, dass auch der endlos erscheinende Betondschungel seinen Schrecken verloren hatte.

Sobald ich die Wohnung betrat, wurde ich geradezu überflutet von Erinnerungen an das knappe Jahr, das ich hier gelebt hatte. Die meisten davon waren angenehm. Einige sogar überaus angenehm. Auf Dougs Geheiß stellte ich meinen Rucksack ins Schlafzimmer und ließ den Ort auf mich wirken. Das Bett war zwar neu, aber der Rest … Hier hatte ich die wohl glücklichsten Tage – und Nächte – meines Lebens verbracht. Hier war Caitlyn geboren worden. Lang hatte ich nicht mehr an diesen Raum gedacht, nun allerdings, da ich darin stand, kam alles wieder. Am liebsten hätte ich mir ohne weitere Umschweife Doug geschnappt, ihn auf das Bett gezerrt und da weitergemacht, wo wir im Maisfeld aufgehört hatten. Doch ich gebe zu, ich hatte auch ein wenig Hunger und kehrte zurück ins Wohnzimmer, wo die anderen bereits eifrig die Tütchen verteilten. Und obwohl das mitgebrachte Essen nicht so hundertprozentig mein Geschmack war – rohes Wild hatte leider nicht auf der Speisekarte des Drive-in gestanden –, genoss ich weiterhin die Gesellschaft meiner … Freunde? Familie? Was auch immer sie sein mochten.

Als alles verzehrt war, begannen Doug und Joseph eine ausschweifende Diskussion über … Autos, Motorräder … Ich konnte dem nicht so recht folgen. Meine Dankbarkeit gegenüber meiner Tochter kannte keine Grenzen, als sie innig gähnte und anmerkte, dass die vergangenen Tage doch reichlich anstrengend gewesen wären und sie gern schlafen gehen würde. Als die Männer sich umgehend daran begaben, das Schlafsofa zu entfalten, zeigte ihr heimliches Augenzwinkern in meine Richtung, dass Müdigkeit nicht der vorrangige Grund für ihr Anliegen war.

Nach dem allgemeinen Gute-Nacht-Wünschen verzog ich mich als Erste ins Schlafzimmer, entledigte mich meiner Kleidung und kuschelte mich in die bereitliegenden Decken und Kissen. Ihr Geruch nach Doug war ein Vorgeschmack auf das, was ich ersehnte, und erweckte bereits ein Kribbeln in meinem Unterleib.

Ich wurde nicht lang auf die Folter gespannt. Mit frisch geputzten Zähnen kam Doug herein, entdeckte meine Hose und

Weste auf dem Boden und begann unverzüglich damit, Waffengleichheit herzustellen. Das Prickeln zwischen meinen Beinen steigerte sich mit jedem Kleidungsstück, das er von sich warf. Wie oft hatte ich von diesem Anblick geträumt? Und jetzt stand er leibhaftig vor mir. Oder war auch das hier nur ein Traum? Egal! Wenn es einer war, dann wollte ich ihn bis zur letzten Sekunde vor dem Aufwachen auskosten.

Ohne ein Wort zu sagen, schlüpfte er vom Fußende des Bettes her zu mir unter die Decke, schob seine warme Haut über die meine, bis unsere Augen nur noch eine Handbreit voneinander getrennt waren. Er musste lediglich minimal den Hals nach vorn recken, damit unsere Lippen sich berührten. Zuerst ganz sanft, geradezu zaghaft. Doch mit jedem Kuss, den wir uns gegenseitig schenkten, fiel die Zurückhaltung weiter von uns ab. Innerhalb kürzester Zeit waren unsere Zungen kaum weniger ineinander verschlungen als unsere Körper. Mit Händen, Mündern, unseren ganzen Leibern erforschten wir uns, pressten uns so eng aneinander wie möglich. Suchten jeden Quadratzentimeter Kontakt, den wir bekommen konnten.

»Wir müssen vorsichtig sein«, flüsterte er.

»Keine Sorge«, beruhigte ich ihn. »Ist gerade nicht meine fruchtbare Zeit. Auf Kondome oder so was können wir heute verzichten.«

»Gut zu wissen. Aber das meine ich nicht.« Er warf einen Blick in Richtung der Tür. »Wegen der Kinder nebenan. Wir sollten leise sein.«

Mit einem Lächeln im Gesicht strich ich ihm über die Haare. »Was glaubst du denn, was die gerade machen, hm? Ich kann sie bis hierher riechen.«

»Echt?« Verdutzt schaute er mich an. »Du meinst, unsere Tochter hat genau jetzt in diesem Moment …?«

Ich nickte. »Hat sie.«

»Aber … Sie ist erst sechzehn …«

»Was denkst du, wie alt ich gewesen bin, als du mich damals aufgegabelt hast? Wir werden schneller erwachsen als ihr Menschen. Auch die Hautgeborenen. Also mach dir keine Sorgen! Ihr geht es gut.«

Neugier breitete sich über sein Gesicht aus. »Wie alt warst du denn?«

»Genau weiß ich es nicht. Wir legen nicht so viel Wert auf Geburtstage und solche Dinge. Aber ich schätze, ungefähr so alt wie sie jetzt.«

Eine ganze Reihe verschiedener Emotionen spiegelte sich in seiner Miene wider. Schließlich zuckte er die Achseln und lauschte demonstrativ. »Zumindest sind sie leise.«

Ich musste ein lautes Lachen unterdrücken. »Komm her!«

Mit sanfter Gewalt zog ich ihn an mich, griff zwischen seine Beine und umfasste seine Erektion. Falls sie angesichts der Sorge um unsere Tochter kurzzeitig gelitten hatte, erlangte sie unter meiner Berührung schnell wieder Bestform. Mit geschlossenen Augen genoss er meine Liebkosungen, stets bemüht, so wenig Geräusche von sich zu geben, wie es ihm möglich war. Gleichzeitig ging auch seine Hand auf Wanderschaft, fand nacheinander meine Brüste, meinen Bauch, fuhr durch die Haare auf meinem Venushügel und glitt schließlich zwischen meine feuchten Schamlippen. Immer wieder von Küssen begleitet, drangen erst einer, dann zwei seiner Finger in mich ein, während sein Daumen meinen Kitzler bearbeitete. Ich drehte mich von der Seite auf den Rücken und spreizte die Beine, machte ihm den Weg frei zu allem, was er suchte. Versank immer tiefer in purer Lust. Gab schließlich sein Glied frei.

»Ich will dich in mir spüren«, keuchte ich.

Noch einmal reizte er mich mit den Fingern, ehe wir endlich so innig vereint waren, wie zwei Menschen es nur sein können. Jeder Stoß seiner Lenden steigerte meine Erregung, führte mich Schritt für Schritt näher zur Ekstase. Ich breitete meine Arme aus, krallte die Finger tief in die Matratze. Hob meine Beine, legte sie auf seine Schultern, so dass er noch tiefer in mich eindringen konnte. Biss die Zähne zusammen, um meine Wonne nicht laut in die Welt hinauszuschreien. Reckte mich ihm entgegen, um noch mehr von ihm in mir zu spüren.

Dann hielt er inne, verlangsamte den Takt und ergoss sich in mich.

»Weiter!«, flehte ich. »Weiter!«

Noch mehrmals stieß er in mich, senkte sein Glied bis zum Anschlag in meine Spalte, bis auch ich die finale Schwelle überwand und in pure Euphorie eintauchte. Oh, wie hatte ich mich danach gesehnt, diesen Ort reinsten Glücks wieder zu betreten, an den kein Wolf mich hatte führen können. Und nun war ich da. Im Reinen mit mir und der ganzen Welt. Und sei es nur für diesen flüchtigen Moment.

Immer noch trunken vor Wonne öffnete ich die Augen. Schaute in das nicht minder selige Gesicht des Menschen, den ich liebte. Den ich nie wieder verlassen wollte.

Ein plötzlicher Stich durchfuhr mich bei dem Gedanken, dass dieses Wohlgefühl vergänglich war. Dass ich Pflichten zu erfüllen hatte, die mich ein weiteres Mal von ihm trennen würden.

Nur mit äußerster Anstrengung gelang es mir, die bittere Realität beiseitezuschieben. Wenigstens für diese Nacht.

»Hui«, stöhnte er atemlos. »Ich glaube, wir können's noch.«

Ich kicherte leise. »Hast du daran gezweifelt?«

»Eigentlich nicht.«

Er zog sich aus mir zurück, legte sich neben mich und streichelte meinen schweißnassen, aufgeheizten Körper. Ich genoss seine Hand auf meiner Haut. Versuchte, mir den inneren Kampf, der mich noch nicht gänzlich freigeben wollte, nicht anmerken zu lassen.

»Ist alles gut?«, fragte er.

Offenbar war es mir nicht gelungen.

»Ich wünschte, ich könnte einfach hierbleiben«, gestand ich. »Bei dir und unserer Tochter und vermutlich sogar dem Wrukolakas. Caitlyn liebt ihn ganz offensichtlich. Und ich muss zugeben, ich mag ihn irgendwie auch. Trotz seiner Abstammung.«

»Ich finde, er ist ein famoser Bursche.« Während Doug sprach, hörte er nicht auf, seine Finger über meine Brüste streichen zu lassen. »Und definitiv hübscher anzusehen als sein Daddy.«

Die Erinnerung an den Narbengesichtigen trug nicht dazu bei, meine Stimmung zu verbessern. Ich schloss die Augen. Verbannte Vergangenheit und Zukunft aus meinem Geist. Konzentrierte mich auf die Gegenwart. Auf die spitzen Finger, die mit meinen hoch aufgerichteten Nippeln spielten. Auf den warmen Körper neben meinem.

»Alles gut?«, wiederholte er die Frage.

Statt einer Antwort nahm ich seine Hand und führte sie tiefer, über meinen Bauch zwischen die Beine. Spreizte die Schenkel.

Auch ohne ihn zu sehen, konnte ich sein breites Grinsen wahrnehmen. »Noch nicht genug?«

Ich schüttelte den Kopf. »Mach weiter!«

Das ließ er sich nicht zweimal sagen. Seine Finger glitten über meinen Venushügel, so sanft, dass ich sie nur andeutungsweise spürte. Vergruben sich anschließend in meine Schamhaare, spielten mit ihnen. Schließlich fuhr er tiefer. In Erwartung des Feuerwerks, das er in mir entfachen würde, hob ich mein Becken, doch er wich mir aus und streichelte wieder meine Schenkel, knapp an dem feuchten Einlass in meinen Leib vorbei.

Ruckartig streckte ich mich, schneller als er seine Hand zurückziehen konnte, bis er mich endlich dort berührte, wo ich es ersehnte. Ein weiteres Mal neckte er mich und zuckte zurück. Doch gleich darauf hatte er ein Einsehen und presste seine Finger auf meinen Kitzler, an meine Schamlippen, in meine Spalte. Die wohligen Schauer, die mich durchströmten, vertrieben endgültig die dunklen Schatten von meiner Seele. Riefen stattdessen Lust und Wonne wieder herbei, genährt von Dougs Händen und seinen langsam tiefer gleitenden Lippen.

Ich gab mich ihm vollkommen hin. Arme und Beine weit von mir gestreckt. Ließ ihn mit mir tun, was auch immer er wollte. Erbebte, als seine Zähne sich sanft um meinen Kitzler schlossen, während seine Finger immer tiefer in mich drängten. Tauchte ein in einen Kosmos fernab der Realität. Eine eigene Welt, in der nur Doug und ich existierten.

Er ließ sich Zeit. Brachte mich mehrmals an den Rand des Höhepunkts, nur um das Tempo dann wieder zu verringern. Ich wand mich unter seinen Berührungen. Bäumte mich immer wieder auf, nur um festzustellen, dass er mir erneut den Gipfel meiner Lust versagte. Wanderte unaufhörlich die Klippe entlang, bis ich es nicht mehr aushielt.

Ich packte seine Hand und stieß sie tief in mich hinein. Presste mit der anderen seinen Kopf in meinen Schoß. Er zeigte Gnade und beendete das Taktieren. Schloss seine Hand fest um meine Scham, die Finger in mir gekrümmt und unablässig vor und zurück wandernd. So aufgeladen, wie ich bereits war, brauchte es nur wenige harte Schübe, um mich zur Explosion zu führen. Das gesamte Universum schmolz zusammen auf einen einzigen Punkt zwischen meinen Schenkeln. Nahm mich freudig auf und überschüttete mich mit reinstem Glück. Losgelöst von allem Irdischen schwebte ich in nackter Zweisamkeit. Er. Ich. Sonst nichts.

Nur ganz allmählich drangen wieder andere Empfindungen zu mir durch. Seine Finger weiterhin in mir. Küsse auf meinem Bauch. Das nasse Laken unter meinem Rücken. Das wohlige Seufzen aus meiner eigenen Kehle.

Dougs flüsternde Stimme. »Immer noch nicht genug?«

Ich lachte. »Niemals.«

»Na dann …«

Und erneut begannen seine Hände, in mir zu arbeiten.

Wer wollte schon schlafen, wenn er die Nacht mit Wichtigerem verbringen konnte?

# *Kleiner Bruder*

Als ich aufwachte, fanden meine tastenden Hände nur zerwühltes Bettzeug. Das vorsichtige Öffnen der Augen – die Sonne strahlte bereits hell durch den dünnen Vorhang – bestätigte, dass ich allein war. Lediglich Dougs Geruch umgab mich noch, gefangen in den Laken, und zauberte mir auf der Stelle ein Lächeln ins Gesicht. Von nebenan hörte ich leise Stimmen. Anscheinend waren außer mir schon alle Bewohner und Gäste des Appartements unterwegs.

Auch wenn ich mir wünschte, hierbleiben zu können und darauf hoffte, dass Doug irgendwann zurückkam, raffte ich mich schließlich auf und öffnete die Tür.

»Guten Morgen«, begrüßte ich die Runde, die sich um den Frühstückstisch versammelt hatte.

Zuerst erntete ich nur erstaunte Blicke. Dann kam ein verhaltenes »Morgen« von Doug, während die beiden Teenager mich weiterhin stumm anstarrten.

»Mom!«, entfuhr es Caitlyn schließlich. »Bitte zieh dir was an!«

Ein Vergleich meiner eigenen Erscheinung mit der der anderen Anwesenden offenbarte tatsächlich einen kleinen Unterschied. Dennoch zuckte ich mit den Schultern. »Vor Doug brauche ich mich nicht zu verstecken. Und vor dir wohl auch nicht. Und auch Joseph hat, wenn ich mich recht erinnere, bei der Hütte schon alles von mir gese…«

»Mom!«, unterbrach sie mich vehement. »Trotzdem!«

Ich seufzte. »Na gut.«

Eine Minute später kehrte ich, in Hose und Weste gehüllt, zurück. »Besser?«

»Darüber lässt sich streiten«, kommentierte Doug.

Caitlyn warf ihm einen finsteren Blick zu, dann sah sie mich an. »Danke.«

Ihr Freund enthielt sich eines Kommentars und konzentrierte sich demonstrativ auf das Essen. Letzteres bestand zu meiner großen Freude neben Rührei und Bagels aus reichlich gebratener Wurst und Speck. Ein durchaus gelungenes Frühstück für hungrige Wölfe nach einer anstrengenden Nacht.

»Und?«, fragte Joseph in die eifrig kauende Truppe. »Was machen wir heute?«

»Strand!«, riefen Caitlyn und ich nahezu synchron, sahen uns gegenseitig an und lachten.

Doug schüttelte breit grinsend den Kopf. »Die beiden müssen irgendwie miteinander verwandt sein.« Dann schaute er zu mir. »Gehst du als Mensch oder soll ich nachsehen, ob ich die alte Hundeleine irgendwo finde?«

Caitlyns Augen wurden groß. »Hundeleine?«

»Leinenpflicht am ganzen Strand«, entgegnete Doug mit einer entschuldigenden Geste. »Nicht meine Idee.«

»Kein Bedarf!«, wehrte meine Tochter entsetzt ab.

Auch ich schüttelte den Kopf. »Zwei Beine werden reichen.«

Ich war mir nicht sicher, ob ein Hauch von Enttäuschung über Josephs Gesicht huschte. Dass Caitlyn ihn mit entrüsteter Miene gegen den Arm knuffte, war allerdings ein Hinweis darauf, dass ich mit meiner Beobachtung nicht ganz falsch gelegen hatte.

Eine gute Stunde später spürten wir wieder Sand zwischen den Zehen. Caitlyn und Joseph hatten an einem Straßenstand Badekleidung besorgt und zögerten keine Sekunde, sich gemeinsam in die Fluten zu stürzen. Doug und ich beschränkten uns damit, die Füße ins Wasser zu tauchen. Mit geschlossenen Augen hielt ich die Nase in die Brise, die vom Meer her wehte. Ich wehrte mich nicht gegen die Arme, die mich von hinten umschlossen. Lehnte den Kopf zurück, an Dougs Schulter.

Seine Stimme war von Wehmut erfüllt. »Haben wir wirklich keine Chance, das hier zu verlängern?«

Ich legte meine Hände auf die seinen. »Ich habe noch andere Kinder als Caitlyn. Sie brauchen mich. Mehr als sie.«

»Und wenn ich dich auch brauche?«, hauchte er in mein Ohr. »Seit du damals fortgegangen bist, habe ich irgendwie … Ich weiß auch nicht. Es lief einfach nicht mehr. Da war … Es fühlte sich an wie ein Loch. In mir drin. Und so sehr ich versucht habe, es mit irgendwas anderem zu füllen … Alkohol, Drogen, … Nicht einmal Sue ist das gelungen, meiner Freundin von den Cops. Und sie hat sich wirklich Mühe gegeben, mich wieder in die Spur zu bringen. Aber …« Er versenkte seine Nase in meinen Haaren. »Seit du wieder bei mir bist, ist das Loch weg.«

In seinen Armen drehte ich mich, bis ich ihn anschaute, unsere Nasenspitzen so nah zusammen, dass sie sich fast berührten. »Vielleicht kann ich mir öfters mal ein paar Tage freinehmen. Hängt davon ab, wie es dem Rudel ergeht, wenn ich nicht da bin.«

»Ist es nicht Aufgabe eures Leitwolfs, auf alle anderen aufzupassen?«

Mit einem Seufzen senkte ich den Kopf, schmiegte meine Wange an seinen Hals. »Normalerweise schon. Aber Huanta ist leider ein Teil des Problems. Er hat uns durch den Krieg gegen die Wrukolakas aus dem Tal geführt. Dafür hat er große Opfer gebracht.« Ich stockte einen Moment. »Wie wir alle. Aber nun gelingt es ihm nicht mehr, zum Frieden zurückzukehren. Er wittert überall Feinde. Hält das Rudel in ständiger Alarmbereitschaft. Seit meine Mutter tot ist, bin ich die älteste Wölfin im Rudel. Wenn ich ihn nicht immer wieder besänftigen würde ...«

»Das tut mir leid«, flüsterte er, als ich innehielt. »Das mit deiner Mutter. Ist sie im Kampf gestorben?«

Ihr jammervolles Wehklagen erhob sich aus den Tiefen meines Gedächtnisses. Begleitet von Bildern voller Blut und zerfetztem Fleisch. Nur mit größter Anstrengung gelang es mir, sie wieder in die Abgründe meiner Erinnerungen zu verbannen und Worte zu formen. »Sie starb bei der Geburt meines jüngsten Bruders.«

Er drückte mich noch fester an sich. Hielt mich in seinen Armen und ich wünschte, ich könnte ewig hierbleiben.

Nach einer Weile durchbrach er die Stille. »Aber dieser Huanta ... Kann man den nicht absetzen oder so?«

»Nein.« Ich schüttelte den Kopf, so weit ich das in Dougs Umarmung konnte. »Er ist der mächtigste Krieger des Rudels. Und er ... Gegen ihn kommt keiner von uns an. Nicht mal alle zusammen.«

»Wow! Scheint ja ein echter Super-Werwolf zu sein.«

Ich überging seine Anmerkung. »Und deshalb muss ich bald zurück. Am besten schon morgen. Um die anderen zu beschützen. Insbesondere meine Kinder. Die wenigen, die noch übrig sind.«

Eine Weile blieben wir so, wie wir waren. Bewegungslos, eng umschlungen, während die Brandung mit jeder Welle unsere Füße umspielte.

Erst als Caitlyn und Joseph lachend und feixend aus den Fluten zurückkehrten, lösten wir uns voneinander. Ich strich Doug über die stoppelige Wange und die blasse Narbe an seinem Unterkiefer. »Aber lass uns heute noch einen schönen Tag haben!«

Sein Lächeln war zunächst aufgesetzt, doch dann erreichte es auch die Augen. »Einverstanden.«

Und so taten wir es. Aßen in einem Steakhaus zu Mittag – ohne größere Unfälle mit dem Besteck –, wanderten zu viert den Strand entlang, erzählten uns Geschichten aus unseren Leben, fuhren in Santa Monica mit dem Riesenrad auf dem Pier und kehrten bei Anbruch der Dunkelheit zurück in Dougs Wohnung.

Wir bemühten uns gar nicht erst um eine Ausrede, als wir uns zügig von den Teenagern verabschiedeten und das Schlafzimmer aufsuchten. Im Nu lagen unsere Kleider wieder auf dem Boden und wir im Bett, eng aneinander gekuschelt. Im Gegensatz zur vorhergehenden Nacht ließen wir es diesmal langsam angehen. Streichelten und küssten uns gegenseitig vom Scheitel bis zu den Zehenspitzen.

»Was ist eigentlich aus den Perlen geworden?«, fragte Doug, während er mit meinen Haaren spielte. »Und den Zöpfchen?«

Ich seufzte. »Ist alles im Krieg unter die Räder gekommen. Da hatten wir Wichtigeres zu tun, als Eitelkeiten zu pflegen.«

»Vielleicht solltest du mit so was wieder anfangen. Um deinen Leuten zu demonstrieren, dass jetzt ruhigere Zeiten herrschen. Insbesondere Huanta.«

Das war gar keine schlechte Idee. Ob es etwas bringen würde, sei dahingestellt, aber es war zumindest ein kleines Zeichen.

»Hast du was da?«, fragte ich. »Perlen oder was anderes?«

Nach einigen Diskussionen über den Ring mit dem Totenschädelmotiv, den er aus einer Schublade seines Nachttisches angelte, sowie weiteren wenig ansprechenden Vorschlägen einigten wir uns schließlich auf ein paar Muttern von der kleinen Stehlampe. Die musste nun zwar ohne ihren Schirm auskommen, bis Ersatzbefestigung beschafft war, aber ich hatte wieder Glitzerkram in meinen Haaren.

»Sehr dekorativ«, kommentierte Doug, als ich zwei dünne Zöpfchen geflochten hatte, in jedem eine der Muttern.

Ich spielte mit meiner metallverzierten Frisur. »Jetzt habe ich etwas, das mich an dich erinnert, auch wenn ich nicht bei dir bin.«

Es folgten Küsse und Umarmungen. Finger, die sanft über nackte Haut strichen. Lippen und Zungen, die Körper erforschten. Natürlich endete es irgendwann wieder mit Sex. Aber dieses Mal viel langsamer und zärtlicher als in der Nacht zuvor. Und dennoch, oder gerade deswegen, kein bisschen weniger schön.

Eine Weile saßen wir uns einfach nur gegenüber, ich auf seinem Schoß, meine Beine um seine Lenden geschlungen, seine Erektion tief in mir. Streichelten uns gegenseitig, küssten uns, versanken in den Augen des jeweils anderen. Es war einer dieser Momente, von denen man sich wünscht, sie würden niemals zu Ende gehen. Doch irgendwann ertrug ich es nicht mehr, wie seine Finger über meinen Rücken wanderten, vom Nacken die Wirbelsäule entlang, meine Pobacken massierten und weiter vordrangen bis zu meiner von seinem Glied prall gefüllten Spalte. Ich umklammerte seine Schultern und stemmte mich an ihnen hoch, glitt sofort danach wieder hinab und wiederholte das Ganze. Er unterstützte meine Bemühungen, schloss seine Hände um meine Schenkel und hob mich rhythmisch an. Wir wurden eins im Spiel unserer Muskeln, in unseren stoßweisen Atemzügen, in der stetig wachsenden Erregung. Ein einziger Organismus, vereint in Körper und Seele. Nahezu gleichzeitig erreichten wir den Gipfel, erschauerte ich am gesamten Leib, floss sein Sperma in mich hinein, unsere Blicke ebenso innig verschlungen wie Arme und Beine. Ich konnte nicht anders, als laut zu lachen, mein Glück hinauszulassen in die Welt, die nur aus uns beiden bestand. Verharrte, wo ich war, während er langsam in mir erschlaffte. Überschüttete ihn mit zärtlichen Küssen, meine Finger in seinen Haaren vergraben, ehe wir uns irgendwann voneinander trennten und uns nebeneinander auf der Matratze niederließen.

Lange lag ich danach noch wach. Genoss Dougs Nähe. Das gemächliche Heben und Senken seines Bauches, während er in den Schlaf glitt. Fragte mich erneut, ob es nicht doch eine Möglichkeit gab, bei ihm zu bleiben. Und kam zum selben Ergebnis wie zuvor. So schön es hier war, so sehr ich mir wünschte, all das zu erhalten, würde ich es mir niemals verzeihen, meine anderen Kinder im Stich zu lassen.

So war der folgende Morgen von Melancholie bestimmt. Doug lag noch bei mir, als ich erwachte, begrüßte mich mit einem stillen Lächeln und einem Kuss. Wartete darauf, dass ich meinen Entschluss zu gehen, widerrief. Und presste die Lippen aufeinander, als ich doch nur schwieg.

Auch beim gemeinsamen Frühstück mit Caitlyn und Joseph war die Stimmung gedrückt. Ich hatte ein schlechtes Gewissen, weil alle wegen meiner Entscheidung traurig waren. Aber ich konnte es nicht ändern.

Allerdings ließ keiner der drei es sich nehmen, mich auf der Heimfahrt ins Yosemite Valley zu begleiten. So saßen wir dann bald in gewohnter Sitzordnung – die beiden Teenager vorn, Doug und ich auf der Rückbank – wieder im Pick-up auf dem Weg nach Norden.

Als wir Los Angeles hinter uns gelassen hatten, legte ich mich mit angezogenen Beinen hin, den Kopf auf Dougs Schoß, und ließ mir von ihm den Scheitel kraulen. Als ich das letzte

Mal mit ihm diese Strecke – und in diese Richtung – gefahren war, hatte ich es kaum erwarten können, mich wieder in einen Wolf zu verwandeln. Dieses Mal würde ich am liebsten noch eine Weile Mensch bleiben.

Beim Mittagessen kam noch einmal ein wenig Fröhlichkeit auf angesichts des weder neuen, noch sonderlich niveauvollen, aber immer wieder beliebten Spiels, das ›Wer‹ in Werwolf durch andere Frageworte zu ersetzen und auf diese Weise Wowölfe, Wannwölfe und Warum-überhaupt-Wölfe zu kreieren. Doch je näher wir anschließend unserem Ziel kamen, umso gedrückter wurde die allgemeine Stimmung wieder. Der Anblick der Blockhütte am Ende des Trampelpfades, der selbst dem geländegängigen Pick-up alles abverlangte, versetzte mir einen Stich. Hier endete mein Urlaub. Den anderen erging es anscheinend nicht viel besser. Als das Auto zum Stehen gekommen war, blieben erst einmal alle stumm sitzen und tauschten betretene Blicke aus.

Schließlich war ich es, die die Wagentür öffnete. Doch kaum umwehte der erste Hauch der Waldluft meine Nase, verharrte ich abrupt. Ein nur allzu bekannter Duft lag über dem Ort. Und nur einen Augenblick, nachdem ich ihn wahrgenommen hatte, trat Huanta zwischen den Bäumen hervor – in menschlicher Gestalt, neben ihm Tahokee als Wolf. Der Anblick meines ältesten Sohnes ließ mein Herz gefrieren. Sein rechtes Auge war zugeschwollen und getrocknete Reste von Blut hingen in seinem Fell. Um seine Angst zu erkennen, musste ich nicht einmal seinen Geruch wahrnehmen. Ebenso die Scham, mich verraten zu haben, auch wenn die Spuren an seinem Leib von dem Widerstand zeugten, den er geleistet hatte.

»Ich bin von dir enttäuscht, Chenandeh«, begrüßte mich der Leitwolf. »Ich weiß nicht, was schwerer wiegt. Dass du mich belogen hast oder dass du mit unseren Feinden paktierst.«

»Sie sind keine Feinde!« Ich deutete auf Caitlyn, die gerade ausgestiegen war und das Geschehen gebannt beobachtete. »Sie ist meine Tochter.«

»Und sie treibt sich mit Wrukolakas herum.« Huantas Miene verfinsterte sich. »Ihr Gestank ist sogar noch penetranter als der des Autos.«

»Huanta, bitte …!«

»Schweig! Verräterin!«

Da wir in Penuti sprachen, verstanden meine Begleiter kein Wort. Doch der Tonfall reichte aus, um den Inhalt des Gesprächs grob zu vermitteln.

Joseph hob die Arme und zeigte seine ausgestreckten Handflächen. »Wir fahren gleich wieder. Wir wollen keinen Streit.«

»Dafür ist es zu spät, Wrukolakas«, zischte Huanta in gebrochenem Englisch. »Keiner von euch wird diesen Ort lebend verlassen.« Mit Blick zu mir fügte er in Penuti hinzu: »Auch du nicht.«

Panik ergriff Besitz von mir, als ich die Entschlossenheit in seinen Augen erkannte. Die Erinnerung, was den anderen widerfahren war, die er auf diese Weise angesehen hatte, war unauslöschlich in mein Gedächtnis eingebrannt. Ein unwillkürliches Schnuppern bestätigte meinen schrecklichen Verdacht.

Er und Tahokee waren nicht allein.

»Weg hier …« Nur ein heiseres Keuchen entkam meiner Kehle. Mein Blick wanderte gehetzt über den Wald, während ich rückwärts zum Pick-up stolperte. Ich schluckte und legte alle verfügbare Kraft in meine Stimme. »Weg hier!«

Ein Knacken im Unterholz kündigte die Ankunft von Huantas Verstärkung an. Im selben Moment flutete ein Aroma die Umgebung, das für mich gleichbedeutend mit Krieg und Tod war.

Mit angsterfüllter Miene starrte Caitlyn in Richtung der Quelle von Geruch und Geräuschen. »Was ist das?«

Wie als Antwort auf ihre Frage trat ein mir nur allzu bekannter Albtraum zwischen den Bäumen hervor. Mehr als zwei Meter erhob sich die Gestalt über den Boden. Sie lief auf zwei gekrümmten Beinen. Der gesamte Leib war mit zotteligem Flaum bedeckt, der zum Kopf hin in eine schwarze Mähne überging. Die überlangen Arme endeten in krallenbewehrten Klauen. Und das Gesicht war geprägt von einer langen Schnauze mit kreuz und quer stehenden Fangzähnen.

»Fahrt!«, schrie ich. »Sofort!«

Doug, der gar nicht erst ausgestiegen war, überwand die Schockstarre als Erster, zog nacheinander Caitlyn und Joseph in den Wagen und streckte mir die Hand entgegen. »Komm!«

»Ich versuche, ihn aufzuhalten«, widersprach ich, stieß die Autotür zu und ging einen Schritt auf das Ungetüm zu.

Um weiteren Widerspruch abzuwürgen, warf ich die Lederweste von mir und verwandelte mich in Wolfsgestalt. Zog meine Hinterläufe aus der Jeans und tat mit gesenktem Kopf einen weiteren Schritt nach vorn. Mit Erleichterung hörte ich, wie der Motor startete und Dougs verzweifelte Rufe übertönte. Im selben Moment pfiff Huanta ein Kommando und deutete auf den Pick-up. Auf der Stelle setzte das Monstrum an seiner Seite sich in Bewegung, die ersten Schritte noch auf zwei Beinen, dann ließ es sich auf alle viere nieder. Ich stellte mich ihm in demütiger Haltung in den Weg, in der Hoffnung, er würde sich an die zahlreichen Kämpfe erinnern, die wir gemeinsam geschlagen hatten. Daran, wie ich ihn in den ersten Tagen seines Daseins gefüttert hatte, nachdem seine Mutter, unsere Mutter, bei seiner Geburt gestorben war.

Und tatsächlich zögerte er, mich anzugreifen. Verharrte unschlüssig auf der Stelle, hin- und hergerissen zwischen dem Befehl seines Vaters und der Zuneigung für seine Halbschwester.

Allerdings war er nicht mein einziger Gegner. Huanta hatte weniger Skrupel als mein Bruder. Aus dem Augenwinkel sah ich ihn, nun ebenfalls als Wolf, heranstürmen und konnte gerade noch ausweichen, so dass seine schnappenden Kiefer mich verfehlten und er mich lediglich mit seinem massigen Leib rammte und zur Seite stieß. Er knurrte seinem Sohn einen Befehl zu, woraufhin der, nun nicht mehr von mir daran gehindert, die Verfolgung des Pick-ups aufnahm.

Ich wollte mich gerade wieder aufrappeln, da war Huanta auch schon über mir, drückte mich mit seinem überlegenen Gewicht zurück auf den Boden, die Zähne drohend gefletscht. Durch schnelle Drehungen meines Körpers wich ich seinen Versuchen, mich zu beißen, aus. Lediglich seine Krallen trafen mich in die Seite und vereitelten meine Bemühungen, ihm zu entkommen. Mit dem Mut der Verzweiflung schnappte ich nach ihm, doch mehr als ein paar Kratzer vermochte ich ihm nicht zuzufügen.

Plötzlich ließ er von mir ab. Wandte sich grollend einem neuen Gegner zu. Tahokee krallte sich auf seinen Rücken und versuchte, seine Zähne in Huantas Genick zu schlagen, war jedoch schon bald vollauf damit beschäftigt, sich festzuhalten. Wie beim Bullenreiten klammerte mein Sohn sich fest, um von dem bockenden Rudelführer nicht abgeworfen zu werden, doch er hielt sich nicht lang. In hohem Bogen flog er durch die Luft, rollte sich gekonnt ab und stand schnell wieder auf den Beinen. Auch ich hatte die Ablenkung meines Kontrahenten genutzt, um aufzustehen.

›Lauf!‹, bedeutete Tahokee mir mit einem Winseln und einem Blick in Richtung des flüchtenden Wagens. ›Hilf deinen Freunden!‹

Meine Mutterinstinkte wehrten sich vehement dagegen, meinen Sohn im Duell mit Huanta zurückzulassen. Doch lange

Diskussionen würden uns nur noch mehr Probleme bereiten. Also tat ich, was er wollte, und rannte den Weg entlang, fort von der Hütte.

Recht viel schneller als Schrittgeschwindigkeit kam der Pickup auf dem Trampelpfad nicht voran, so dass ich zügig aufholte. Aber auch mein Bruder hatte damit wenig Mühe und ich musste hilflos zusehen, wie er mit einem weiten Satz auf die Ladefläche sprang und seine fingerlangen Krallen in das Blech versenkte. Im Nu hatte er sich trotz des wackeligen Untergrunds bis zur Fahrgastzelle vorgearbeitet und rammte seine Klauen in das Dach. Kurzzeitig kam der Wagen ins Schlingern und ich befürchtete schon, er würde gegen den nächsten Baum prallen. Doch Joseph oder wer auch immer gerade lenkte, bekam das Gefährt wieder unter Kontrolle und setzte die Fahrt fort.

Unter Aufbringung all meiner Kraft und die Verletzungen ignorierend, die Huanta mir beigebracht hatte, gelangte ich ebenfalls in Reichweite des Autos und folgte meinem Bruder auf die Ladefläche. Mit den im Vergleich zu seinen dolchartigen Klauen eher bescheidenen Krallen an meinen Pfoten fiel es mir allerdings erheblich schwerer, mich festzuhalten. Meine Hinterläufe schrappten mehrere Meter weit über den Waldboden, ehe es mir gelang, mich hochzuziehen und schließlich mit allen vieren auf der Pritsche zu landen. Zum Verschnaufen war jedoch keine Zeit. Sofort setzte ich weiter vorwärts, schloss meine Kiefer um das Bein meines Bruders und zerrte mit aller Macht daran. Gleichzeitig ertönte in unmittelbarer Nähe ein Schuss. Mein Sparringspartner zuckte kurz. Ich nutzte den minimalen Moment, den er benötigte, um sich wieder zu fangen, drückte mich von der Ladefläche ab und setzte zu einem neuen Biss an, diesmal in sein Genick. Er heulte und knurrte, ließ das Führerhaus mit einem Arm los und rammte mir seinen Ellbogen in die Seite. Nur einen Wimpernschlag später donnerte ein weiterer Schuss. Ich sah Blut aus dem zweiten Arm spritzen, mit dem er sich weiterhin festhielt, stemmte mich gegen die Rückwand der Fahrerkabine und schaffte es endlich, ihn zurück auf die Pritsche zu ziehen. Für einen Moment fanden sich unsere Blicke, fixierten seine blutunterlaufenen Augen mich. Darin sah ich, wie das letzte bisschen Zuneigung, das er mir gegenüber noch verspürt hatte, verblasste und nacktem Hass wich.

Ein dritter Schuss traf ihn mitten in die Brust und schleuderte ihn weiter zurück, schon halb von der Ladefläche herunter. Aus dem Augenwinkel sah ich, wie der Lauf des Gewehrs sich auf mich richtete. Doug, weit aus dem hinteren Seitenfenster gelehnt, zielte zwischen meine Augen, krümmte den Finger um den Abzug … und verharrte, als sein Blick auf die Schraubenmuttern fiel, die in meine Mähne eingeflochten waren. Auf der Stelle schwenkte er die Waffe und schoss in kurzer Folge noch zweimal auf meinen Bruder. Ich setzte ebenfalls nach und rammte ihn mit voller Wucht, so dass er endgültig stürzte und hinter dem Wagen verschwand.

Gerade wollte ich tief durchatmen, als vier lange Krallen sich in die abklappbare Rückwand der Ladefläche bohrten. Ohne nachzudenken, schnellte ich nach vorn und versenkte meine Fangzähne in der zugehörigen Pranke. Unter lautem Aufheulen kämpfte mein Bruder gegen die Schmerzen an, ließ aber erst los, als seine zweite Klaue einen sicheren Halt gefunden hatte. Ich wusste genau, dass er auch mit der verwundeten Hand sofort wieder zugreifen würde, sobald ich sie losließ, um die andere zu attackieren. Ich hatte keine Chance. Zumindest nicht allein.

Spritzendes Blut begleitete einen neuerlichen Knall aus Dougs Gewehr. Ein Volltreffer mitten auf die Pranke. Dennoch hielt sie ihren Griff aufrecht. Ich rückte, so weit ich konnte, zur Seite, um Doug freies Schussfeld zu geben. Der nächste Schuss ging knapp daneben und durchlöcherte nur das Blech. Doch dann gelang ein weiterer Treffer und endlich lösten sich die Krallen aus der Pritschenwand. Gleichzeitig lockerte ich meinen Biss und gab damit auch die andere Klaue frei. Beinahe hätte der Schwung mich mit von der Ladefläche gerissen, doch ich konnte mich gerade noch abfangen. Mein Bruder jedoch fiel zu Boden und überschlug sich mehrmals, bevor er zur Ruhe kam. Noch ehe er hinter der nächsten Kurve außer Sicht verschwand, stand er wieder auf und ließ ein markerschütterndes Brüllen durch den Wald hallen. Besiegt war er noch lange nicht.

Ich wandte mich um und schaute Doug an, der immer noch den gesamten Oberkörper aus dem Seitenfenster lehnte und das Gewehr in der Hand hielt. Ein knappes Nicken meinerseits vertrieb die größten Sorgen über meinen Zustand aus seiner Miene. Doch schnell wanderte sein Blick wieder an mir vorbei und er legte die Waffe an. Auch ich drehte mich um. Mit weiten Sätzen, durch seine Verletzungen scheinbar nicht im Geringsten eingeschränkt, hatte mein Bruder die Verfolgung wieder aufgenommen. Auf allen vieren rannte er hinter dem Pick-up her. Ob Dougs Schüsse trafen oder nicht, spielte keine Rolle. Dieser Verfolger gab nicht auf.

Glücklicherweise bogen wir kurz nach dem erneuten Auftauchen unseres Widersachers von dem Trampelpfad auf eine Schotterstraße ab, auf der der Wagen beschleunigen konnte. Eine Weile lang sah es so aus, als wären wir gleich schnell. Doch dann vergrößerte sich die Distanz nach und nach, bis Huantas Sohn endgültig außer Sicht verschwand. Mit immer noch rasselndem Atem und rasendem Herzen ließ ich mich auf die Pritsche sinken.

Meine Gedanken wanderten zu Tahokee, der mir die Flucht ermöglicht hatte. An Stärke war er Huanta eindeutig nicht gewachsen. Aber falls er dem unweigerlichen Angriff des Leitwolfs entkommen war, mochte ihm seine überlegene Geschwindigkeit dabei helfen, so wie ich das Weite zu suchen. So oder so war ich nicht in der Lage, ihm beizustehen. Mir blieb nur die Hoffnung, dass er es aus eigener Kraft geschafft hatte zu fliehen.

»Alles okay?«

Erschrocken sah ich auf und entdeckte Doug, nun ohne Gewehr. Ich nickte und machte eine abwehrende Geste mit der Vorderpfote.

Er zog seine Lederjacke aus und warf sie zu mir auf die Ladefläche. »Wenn du dich wieder verwandelst.« Dann zog er sich in die Fahrgastzelle zurück.

Erst als wir eine knappe Stunde später den Wald hinter uns gelassen hatten, hielt der Wagen am Straßenrand an. Sofort stürmten Doug und Caitlyn heraus und kamen zu mir. Ich hatte mittlerweile menschliche Gestalt angenommen und mich in die Jacke gehüllt.

»Bist du verletzt?«, wollte Doug wissen.

Ich schüttelte den Kopf. »Nein. Nichts Ernstes.«

»Was …« Er rang um Fassung. »Was war das für ein Monster?«

»Ein Wendigo«, nahm Caitlyn die Antwort vorweg.

Der Blick, mit dem sie mich anschaute, flehte beinahe darum, dass ich ihr widersprach. Als ich lediglich den Kopf senkte, presste sie die Lippen aufeinander.

»Ich kenne die Viecher nur aus alten Geschichten«, merkte Joseph an, der sich zu uns gesellt hatte. »Aber dieses Ding da … Wenn das keiner war, dann weiß ich es auch nicht.« Er begutachtete die Kratzer und Löcher in der Karosserie des Pick-ups. »Was für 'ne Scheiße ... Ist'n verfluchtes Wunder, dass wir alle noch leben.«

»Wo kam der her?«, wollte Doug wissen. »Und auch die anderen. Woher wussten die, wann wir kommen?«

»Sie haben dort gewartet«, erwiderte ich kleinlaut. »Mindestens seit gestern. Der ganze Ort roch nach ihnen.«

»Aber ...?«

»Tahokee ... mein ältester Sohn. Er wusste, dass ich mit euch fort bin. Und dass ich bald wiederkomme. Huanta hat ihn gefoltert, bis er mich verraten hat.«

»Huanta ist der Typ, der anfangs in menschlicher ...?«

Ich nickte.

»Und der andere ... dieser Wendigo ...?«

Es kam mir schwer über die Lippen, aber nach dem, was geschehen war, hatten sie wohl das Recht, die Wahrheit zu erfahren. »Er ist Huantas Sohn. Mein Halbbruder.«

»Was?« Doug fiel die Kinnlade herab. »Halbbruder? Wie ...?«

Caitlyn mischte sich ein. »Lasst uns darüber woanders reden! Suchen wir uns ein Motel. Die Sonne geht bald unter.«

»Ich weiß nicht ...«, wandte Joseph ein. »Ich würd mich wohler fühlen, je weiter wir von dem Ding weg sind.«

Doug sah ihn an. »Wenn es dir nichts ausmacht, noch bis tief in die Nacht weiterzufahren ... Ich bin gerade ziemlich fertig, muss ich zugeben.«

»Das kriege ich schon hin.« Joseph war bemüht, sich die Erschöpfung nicht anmerken zu lassen, auch wenn sein Geruch ihn verriet.

»Nein!« Caitlyns energischer Widerspruch zog die Aufmerksamkeit aller anderen auf sich, auch meine. Sie deutete in die Richtung, aus der wir gekommen waren. »Da treibt ein leibhaftiger Wendigo sein Unwesen! Wollt ihr euch einfach so in L.A. verkriechen und dieses Viech weiter wüten lassen?«

»Ähm …« Doug richtete seinen Blick auf sie. »Du hast schon mitbekommen, dass dieses Viech uns beinahe den Arsch aufgerissen hätte? Wenn deine Mutter nicht eingegriffen und Joseph die Jagdflinte unter der Sitzbank gehabt hätte, wären wir jetzt Hackfleisch!«

»Ja«, hielt meine Tochter dagegen. »Und wenn niemand etwas dagegen unternimmt, werden andere nicht so viel Glück haben wie wir. Und wer, wenn nicht wir, soll etwas dagegen unternehmen? Willst du die Polizei rufen? Oder die Nationalgarde?«

»Die hätten dagegen mit Sicherheit bessere Chancen als wir.«

»Motel …«, flüsterte ich, woraufhin der Streit abrupt endete. »Lasst uns ein Motel suchen!«

Nach dem Austausch gegenseitiger Blicke wurde schließlich allgemein genickt.

»Gut.« Joseph setzte sich wieder ans Steuer. »Dann also Motel.«

Ich ließ mich auf meinen Stammplatz neben Doug auf der Rückbank nieder und lehnte mich an ihn. Dass er trotz allem, was er soeben gesehen hatte, den Arm um mich legte, erfüllte mich mit tiefer Dankbarkeit.

Noch vor Fresno hielten wir an und mieteten ein Zimmer mit zwei Doppelbetten. In einem nahen Walmart besorgte Caitlyn eine Hose und eine Bluse für mich, die ich gern annahm. Großen Hunger hatte niemand, so dass wir uns mit ein paar in Plastik eingeschweißten Sandwiches begnügten. Ich aß überhaupt nichts.

So saßen wir alle zusammen, paarweise verteilt auf die beiden Betten und schwiegen uns erst einmal eine Weile an. Mit einem Seufzen kam ich zu dem Schluss, dass es an mir war, etwas zu sagen.

»Es tut mir leid«, begann ich. »Ich hätte euch nicht da hineinziehen dürfen. Es war selbstsüchtig von mir, dass ich mit euch gekommen bin. Ich hätte euch von Anfang an wegschicken sollen. Weit fort von …«

»Unsinn!«, fuhr Caitlyn mir ins Wort. »Genau das hast du doch anfangs versucht. Bis ich dich bearbeitet habe. Es war unser aller freie Entscheidung, dass wir dich mitgenommen haben.«

»Aber ohne zu wissen, was das für Konsequenzen haben würde.«

Doug mischte sich ein: »Hast du denn gewusst, dass dieses Wendigo-Monster uns erwartet?«

Ich schüttelte den Kopf. »Nein. Natürlich nicht. Sonst hätte ich niemals zugelassen, dass ihr auch nur in die Nähe der Hütte kommt.«

»Na also.«

»Aber im Gegensatz zu euch wusste ich, dass er existiert. Das allein …« Ich vergrub das Gesicht in den Händen. Zuckte kurz zusammen, als Doug mir seine Hand auf den Rücken legte. Doch als ich es zuließ, begann er, mich sanft zu streicheln. Das fühlte sich gut an.

»Okay«, setzte Caitlyn an. »Der Wendigo ist also dein Halbbru… Oh Scheiße!« Sie starrte mit heruntergeklapptem Kinn in die Runde. »Das heißt, er ist mein Onkel?«

»Nette Verwandtschaft«, kommentierte Joseph.

Ich straffte mich und schaffte es, den Blick wieder zu heben. »Er ist das jüngste – und letzte – Kind meiner Mutter. Huanta, unser Leitwolf, hat es gezeugt.«

»Aber …« Doug klang ängstlich. »Wie entsteht denn so was? Ist das eine Missgeburt oder was?«

»Das kommt heraus, wenn zwei von uns sich in unterschiedlicher Gestalt paaren«, erklärte Caitlyn. »Einer als Wolf, der andere als Mensch. Richtig?«

Ich nickte. »So ist es.«

Doug hielt mit dem Streicheln inne. »Das heißt … nur mal hypothetisch … Wenn du ein Wolf gewesen wärst, als wir damals … Dann wäre Caitlyn auch …«

»Nein«, beruhigte ich ihn. »Nur Reinblütige können einen Wendigo zeugen. So wie Huanta und meine Mutter. Und selbst dann … Der Preis dafür …« Ich stockte.

Mit ruhiger Stimme fragte Caitlyn: »Warum haben sie das getan?«

Nach einem tiefen Atemzug sammelte ich all meine Kraft, ehe ich berichtete: »Wir waren im Krieg. Ein Wrukolakas-Rudel aus dem Tal ist immer weiter in die Berge vorgedrungen. Sie wollten uns auslöschen. Und sie waren uns überlegen. Einen nach dem anderen haben sie getötet. Meine Geschwister, meinen über alles geliebten Zwillingsbruder, meine Kinder …« Ich drängte den Kloß beiseite, der meinen Hals zu füllen drohte. »Zuerst haben wir versucht, unsere Verluste durch Halbblute auszugleichen. Haben uns mit Wölfen gepaart. Also mit echten Wölfen. Halbblute sind viel schneller erwachsen als Reinblütige. Aber die waren nur Kanonenfutter für unsere Feinde und haben nicht die erhoffte Wende gebracht. Der Wendigo war die letzte Möglichkeit, unsere Vernichtung zu verhindern. Zuerst wollte Huanta ihn mit mir zeugen. Aber meine Mutter hat ihn davon überzeugt, dass sie ihn austrägt. Sie hat sich für mich geopfert.«

»Geopfert?« Doug sah mich fragend an.

Erneut brauchte ich ein wenig Zeit, bevor ich fortfuhr: »Mit einem Wendigo schwanger zu gehen, birgt ein hohes Risiko für die Mutter. Er wächst schnell, viel schneller als eine Fell- oder gar eine Hautgeburt. Ähnlich wie ein Wolfs-Halbblut, aber er wird viel größer. Selbst für eine junge, gesunde Wölfin ist das gefährlich. Meine Mutter war Mitte Vierzig, als er gezeugt wurde. Man konnte beinahe zusehen, wie er das Leben aus ihr heraussaugte. Als die Geburt sich ankündigte, war sie zu schwach, um ihn aus ihrem Leib zu pressen. Da hat er …« Meine Stimme begann zu beben. Bilder fluteten meinen Geist. Dieselben Bilder, die seit Jahren meine Albträume begleiteten. Erst als Doug mich fester in den Arm nahm, beruhigte ich mich so weit, dass ich weitersprechen konnte. »Er hat sich seinen Weg selbst gebahnt. Hat meine Mutter von innen heraus aufgeschlitzt und gebissen. Das war … Am Ende lag ihr Leib in Fetzen und wenn wir ihm nicht sofort anderes Futter gegeben hätten, dann wäre sie seine erste Mahlzeit geworden.«

Stille kehrte ein.

Ich wischte mir die Tränen von der Wange. »Ich hätte ihn am liebsten auf der Stelle getötet. Aber Huanta hat ihn beschützt. Er hatte nun endlich die Waffe, mit der er unsere Feinde bezwingen konnte. Innerhalb eines Jahres war sein Sohn schon so groß wie ein normaler Wolf. Also einer von uns in Wolfsgestalt. Und er war noch nicht einmal zwei Jahre alt, als Huanta ihn das erste Mal in den Kampf schickte. Er hat fürchterlich unter unseren Gegnern gewütet. Kein einziger von ihnen hat den Wald wieder verlassen. Mit ihm zusammen ist Huanta dann sogar zum Gegenangriff übergegangen. Hat die Wrukolakas aus dem Tal aufgespürt und alle vernichtet, die er zu fassen bekam. Sein Sohn … mein Bruder … Er war von Geburt an eine furchtbare Kampfmaschine. Aber erst Huanta hat ihn zu dem Monster gemacht, das ihr gesehen habt.«

Betretenes Schweigen füllte den Raum, als ich meine Erzählung beendete.

Bis Caitlyn sich von Joseph löste, sich neben mich setze und meine Hand in die ihre nahm. »Aber dir ist klar, dass wir etwas gegen ihn unternehmen müssen?«

Ein Schauer der Furcht fuhr durch meinen Körper. Ich nickte stumm.

»Und was willst du dagegen tun?«, fragte Joseph. »Du hast sie gehört. Er hat ein ganzes Rudel getötet. Wir sind nur zu viert. Und Doug ist nicht mal …«

»Zu viert schaffen wir das nicht«, gab Caitlyn ihm recht. »Dafür benötigen wir Hilfe.«

»Und wen?« Ihr Vater sah sie fragend an. »Die Polizei? Die Forstbehörde? Wer von denen ist für Werwölfe und Wendigos überhaupt zuständig?«

»Keiner von denen«, antwortete Joseph an ihrer Stelle. »So etwas regeln wir ausschließlich unter uns.«

»Genau.« Caitlyn atmete tief durch und holte ihr Mobiltelefon aus der Hosentasche. »Und deshalb fragen wir jemanden, der schon einmal einen Wendigo besiegt hat.«

# *Treibjagd*

Der Plan gefiel mir überhaupt nicht.

Das Problem war, ich hatte keinen besseren.

Ich stimmte Caitlyn zu. Jemand musste etwas unternehmen. Und wer, wenn nicht wir, sollte dieser Jemand sein?

Viel zu lang war ich Huanta gefolgt. Immer mit Rücksicht auf das Rudel. Doch was war das Rudel noch wert unter einem Leitwolf wie ihm? Er konnte nach Jahren des Krieges nicht mehr zum Frieden zurückkehren. Hatte meinen Sohn misshandelt. Und letztlich auch meine Mutter getötet. Sie so lang bedrängt und sogar gedroht, mich mit dem Wendigo zu schwängern, bis sie eingelenkt hatte. Er musste beseitigt werden. Und mit ihm sein Kind. Mein Halbbruder. Allein war ich dazu nicht in der Lage, spätestens jetzt, da ich in Ungnade gefallen war. Ob es mir vorher möglich gewesen wäre, wenn ich den nötigen Mut aufgebracht hätte? Ein nächtlicher Hinterhalt, wenn er schlief? Aber das war nun nicht mehr relevant. Als Außenseiter kam ich ohne Hilfe nicht mehr an ihn heran. Und auch meine drei Gefährten würden dafür nicht ausreichen. Sie hatten sich bei der Flucht gut geschlagen. Insbesondere Doug, obwohl er nur ein Mensch war. Doch knapp mit dem Leben davonzukommen, war etwas anderes, als das Monstrum zu besiegen.

Es entbehrte nicht einer gewissen Ironie, dass meine Mutter und Huanta den Wendigo erschaffen hatten, um gegen die Wrukolakas zu kämpfen, und ich nun die Wrukolakas darum bitten musste, ihn zu vernichten. Aber außer Caitlyns und Josephs Rudel wusste ich niemanden sonst, an den ich mich hätte wenden können. Für die Skinwalker aus Arizona, von denen mein Vater ebenso wie der von Tahokee stammten, wäre allein schon die Anreise ein Wagnis, mitten durch Wrukolakas-Territorium. Nicht umsonst beschränkten sie ihre Reviere auf die Wälder des Reservats. Und die indigenen Rudel weiter im Norden, in den Küstenwäldern von Oregon und Washington, kannte ich zu wenig. Außerdem kam Huanta von dort. Nicht auszuschließen, dass die Einheimischen eher zu ihm hielten, als mir gegen ihn beizustehen. Also blieb nur eine Möglichkeit, gegen das Übel vorzugehen, das im Yosemite Valley lauerte, egal wie wenig sie mir zusagte.

Zwei Nächte verbrachten wir in dem Motel. Die Leichtigkeit, die wir vier in Los Angeles genossen hatten, war vollständig verflogen. Die meiste Zeit wagten wir uns nicht einmal vor die Tür, außer um etwas zum Essen zu besorgen. Wir hockten auf den Betten, kuschelten paarweise – was zugegebenermaßen gar nicht so unangenehm war – und starrten auf den nahezu pausenlos laufenden Fernseher, der uns ein Minimum an Ablenkung von unseren trüben Gedanken verschaffte. Und nachts veranstalteten wir einen inoffiziellen Wettbewerb, wer unruhiger schlafen konnte und öfter von Albträumen geweckt wurde.

Josephs plötzliches »Sie sind da« am zweiten Vormittag, verbunden mit einem erwartungsfreudigen Blick auf sein Smartphone, weckte noch einmal meine Bedenken, ob ich dieses verzweifelte Bündnis wirklich eingehen sollte. Aber für einen Rückzieher war es nun wohl zu spät.

Wir packten unsere Sachen – wobei ich nichts zu packen hatte – und verließen die gemeinschaftliche Höhle, als die ich das Motelzimmer in den beiden vergangenen Nächten betrachtet hatte. Natürlich war es irrational, hinter jeder Ecke einen Wendigo zu erwarten. Dennoch hielt ich aufmerksam Ausschau in alle Richtungen, sobald ich vor die Tür trat. Doch abgesehen von dem Verkehr auf dem nahen Highway regte sich nicht allzu viel.

Wir warteten im Wagen, die Türen offen. Unsere Geduld wurde nicht lang auf die Probe gestellt. Drei Autos, zwei Pickups und ein geländegängiger Kombi, fuhren in Kolonne auf den Parkplatz und hielten uns gegenüber in einer Reihe an. Insgesamt acht Personen stiegen aus. Der Geruch nach Wrukolakas war überwältigend und kostete mich größte Überwindung, um nicht sofort das Weite zu suchen. Flecktarn und Outdoor-Kleidung bestimmten ihr Äußeres. Einige trugen darüber Bikerkutten. Doch meine Augen galten einem Speziellen von ihnen.

Seine Haare zierte ein erster Hauch von Grau. Der Bart war ein wenig länger, als ich ihn in Erinnerung hatte. Und das Südstaatenflaggen-Kopftuch fehlte. Aber seine Statur, die vier parallel verlaufenden Narben in seinem Gesicht und das trübe Auge waren unverkennbar. Siebzehn Jahre war es her, dass er mich auf dem Weg nach Las Vegas aufgespürt hatte. Dass er versucht hatte, seinen Samen in meinen Leib zu pflanzen. Dass er mich gefangen, gefesselt und verschleppt hatte. Und nun sollten wir Seite an Seite kämpfen? Ein abwegiger Gedanke.

Mit Schrecken beobachtete ich, wie Joseph und Caitlyn auf ihn zuliefen und ihn sowie die rotgelockte Frau neben ihm stürmisch begrüßten. Sich gar von ihnen in die Arme schließen ließen. Dann fiel der Blick meiner Tochter auf mich. Und der des Einäugigen folgte. Ich atmete tief durch und nahm all meine Willenskraft zusammen, um nicht zurückzuweichen oder gar davonzulaufen, als er gemessenen Schrittes auf mich zu marschierte.

Rund eineinhalb Mannslängen vor mir blieb er stehen und musterte mich von oben bis unten. »So sieht man sich wieder, Skinwalker.« Für Doug neben mir hatte er nur einen verächtlichen Seitenblick übrig.

Jede einzelne Silbe kostete mich Überwindung, als ich antwortete: »Danke, dass ihr gekommen seid.«

Mit einem Kopfnicken deutete er auf Caitlyn. »Sie ist meine Nichte. Sie gehört zu meinem Rudel. Wir stehen füreinander ein.«

Jedes seiner Worte versetzte mir einen Stich. Ja, sie war ein Teil seiner Familie. Nicht meiner. Von Letzterer hatte sie nichts Gutes erfahren. Ganz im Gegenteil war ihr ein Wendigo auf den Hals gehetzt worden. Mir war zum Heulen zumute.

Caitlyn trat zwischen uns. »Bitte vertragt euch! Ich weiß, ihr hattet in der Vergangenheit ziemlichen Ärger miteinander. Aber das hier ist wichtiger als eure Fehde. Okay?«

Der Riese mahlte mit den Kiefern. »An mir soll's nicht scheitern.«

Ich nickte nur.

Dann kam die Rothaarige auf mich zu und streckte mir die Hand entgegen. »Hi. Ich bin Jessica, Dans Frau. Ich hätte mir andere Umstände gewünscht, aber ich freue mich, endlich Lynns leibliche Mutter kennenzulernen.«

Die aufrichtige Freundlichkeit erwischte mich vollkommen auf dem falschen Fuß, so dass ich ihre Geste fast schon automatisch erwiderte und ihre Hand schüttelte. »Chenandeh. Das bin ich. Chenandeh.«

Und wieder zeigte sie mir dieses gewinnende Lächeln ohne jeden Argwohn. »Lynns Pflegeeltern sind leider nicht dabei. Sie passen auf unsere jüngeren Kinder auf. Aber auch sie würden dich gern kennenlernen. Wenn das hier erledigt ist.«

»Ja«, erwiderte ich, immer noch völlig überrumpelt. »Gut.«

»Sehr schön.«

Caitlyn nahm mich bei der Hand und stellte mir die Übrigen vor. Die zwei Halbblut-Söhne von ›Onkel Dan‹, zwei weitere Onkel und die beiden Biker, einen Mann und eine Frau, die wohl mit Jessica verwandt waren. Bei dem Mann – sie stellte ihn als Fang vor – spürte ich eine gegenseitige Antipathie zu meiner Tochter. Anscheinend war auch innerhalb der Wrukolakas nicht alles eitel Sonnenschein, was mich zugegebenermaßen ein wenig beruhigte. Selbst wenn dieser Zwist sicherlich in keinem Verhältnis zur Spaltung meines eigenen Rudels stand.

Nach der allgemeinen Begrüßung trat Dan neben mich. »Du bist also bereit, uns den Weg zu dem Wendigo zu zeigen?«

»Ja«, erwiderte ich mit halbwegs fester Stimme. »Er hätte schon nach dem Ende des Krieges getötet werden müssen.«

Der Narbengesichtige rümpfte die Nase. »Eine derartige Abscheulichkeit hätte gar nicht erst erschaffen werden dürfen.«

Ich scheiterte daran, seinem herausfordernden Blick standzuhalten, und sah betreten zu Boden. Dachte an meine Mutter. »Ja … Vermutlich hast du recht.«

Unvermittelt kam er einen weiteren Schritt auf mich zu, so nah, dass ich seinen warmen Atem im Gesicht spüren konnte. »Eins sage ich dir«, flüsterte er. »Wenn du uns in eine Falle lockst, dann …«

»Dann würde ich ebenso sterben wie ihr«, fiel ich ihm ins Wort. »Frag Caitlyn oder deinen Sohn, wie unser letztes Treffen mit meinem Rudel verlaufen ist! Ich habe mich gegen Huanta, unseren Leitwolf, gestellt. Ich bin jetzt deren Feind.«

»Was eine Motivation dafür sein könnte, dich wieder mit ihm gutstellen zu …«

»Nein!« Erneut unterbrach ich ihn. »Dieser Konflikt geht zu tief. Auch mein ältester Sohn hat aufbegehrt. Nur ihm verdanke ich es, dass ich noch hier stehe. Und ich denke, viele andere im Rudel sehen Huantas Führung ähnlich kritisch. Sie wagen es nur nicht, gegen ihn zu revoltieren, weil sein Sohn, der Wendigo, ihm aufs Wort gehorcht. Von daher nehme ich dir noch ein Versprechen ab, bevor ich euch zu ihnen führe: Das Ziel dieser Jagd sind ausschließlich Huanta und der Wendigo. Bitte verschont alle anderen, solange sie sich euch nicht unmittelbar in den Weg stellen!«

Er verzog das Gesicht, ohne sein Auge von mir zu nehmen, dann nickte er. »Einverstanden. Aber jeder, der einen von uns angreift, ist zum Abschuss freigegeben.«

Schweren Herzens stimmte ich zu. »Anders wird es wohl nicht gehen.«

Damit schien er zufrieden und wandte sich der Versammlung auf dem Parkplatz zu. »Also dann! Es geht los! Alle aufsitzen!« Er deutete auf mich. »Du kommst mit mir!«

Doug, der bislang stumm an meiner Seite gestanden hatte, widersprach ihm: »Ich würde es bevorzugen, wenn sie mit uns fährt.«

Der Blick, mit dem Dan ihn ansah, troff vor Verachtung. »Du bleibst hier, Mensch! Das ist eine Angelegenheit für Wölfe.«

»Was?« Doug schaute abwechselnd ihn und mich an. »Hey! Wer von uns hat schon auf den Wendigo geschossen und ihn so stark verletzt, dass er vom Wagen gefallen ist?«

»Doug …« Ich legte ihm die Hand an den Arm. »Er hat recht. Das ist …«

»Kommt überhaupt nicht infrage!«

»Bitte!«, mahnte ich. »Bleib bei Caitlyn!«

Das führte zu neuem Protest, diesmal von meiner Tochter, die mitgehört hatte. »Ich soll hierbleiben? Bin ich etwa kein Wolf?«

Bevor ich ihr etwas entgegnen konnte, kam mir Dan zu Hilfe: »Du bist ein Wolf, Lynn. Und zwar ein richtig guter. Aber du bist noch jung und unerfahren im Kampf.«

»Ich hab mich zwei Wochen allein durch die Wildnis geschlagen!«, hielt sie ihm entgegen. »Zählt das nichts?«

»Nicht, wenn es gegen einen Wendigo geht«, entgegnete der Einäugige. »Tut mir leid. Aber ich habe entschieden.«

Doch so leicht gab sie nicht auf. »Was ist mit Joseph? Darf er mitkommen?«

Dan schnaufte hörbar. »Er soll mir einmal als Leitwolf nachfolgen. Da stünde es ihm schlecht zu Gesicht, wenn er …«

»Und ich werde an seiner Seite stehen, wenn er Leitwolf ist«, unterbrach sie ihn mit wild entschlossener Miene. »Da stünde es mir wohl genauso schlecht zu Gesicht, wenn ich ihn jetzt nicht begleite.«

Das einzelne Auge des Riesen starrte sie finster an, dann richtete es sich auf mich. »Hat sie die Sturheit von dir?«

Ich hob entschuldigend die Achseln. »Möglich …«

»Dann rede du es ihr aus! Du bist ihre Mutter.«

»Das lasse ich mir von niemandem ausreden!« Caitlyn verschränkte die Arme vor der Brust.

Von hinten trat Joseph an sie heran und legte seine Arme um sie. »Auch von mir nicht?« Er küsste sie auf die Wange. »Mir wäre wohler, wenn ich dich in Sicherheit wüsste. Sonst wäre ich in dem Kampf immer damit beschäftigt, auf dich zu achten, statt auf unseren Gegner. Bitte! Bleib hier! Zusammen mit deinem Vater.«

Doug knuffte ihr sanft mit der Faust gegen den Arm. »Komm, Caitlyn! Lassen wir die Meute ziehen! Wir halten hier die Stellung.«

Ihrem Gesicht war der Kampf anzusehen, der in ihr tobte. Doch schließlich gab sie nach. »Also gut. Wenn ihr alle dagegen seid …«

Ich überließ sie erst einmal Joseph, damit sie sich verabschieden konnte, und widmete mich Doug.

»Pass bloß auf dich auf!«, mahnte er und umarmte mich fest. »Ich will dich nicht nochmal verlieren.«

»Mach ich. Versprochen.« Ich hob meine Augen und schaute in die seinen. »Aber falls etwas schiefläuft … Falls wir nicht zurückkommen, dann versprich mir, dass du so weit von hier verschwindest, wie du kannst. Mit Caitlyn.«

»In Ordnung.« Er drückte meinen Kopf an seine Brust.

Für einen Moment gelang es mir, die Welt um mich herum auszublenden. Mich nur auf den Mann zu fokussieren, der mich in seinen Armen hielt. Dessen Wärme ich spürte. Dessen Herzschlag ich lauschte. Der trotz allem, was ich verbockt hatte, immer noch eisern zu mir stand. Den ich niemals wieder verlassen wollte.

»So! Los geht's!«

Dans Stimme riss mich unerbittlich aus dem Tagtraum.

»Bringt's hinter euch!« Dougs Lippen berührten meine Stirn. »Und komm an einem Stück zurück!«

Ich wollte irgendwas sagen, aber ich war ohnehin schon den Tränen nahe. Also beließ ich es bei einem kurzen, aber innigen Kuss, wandte mich von ihm ab und folgte Dan zu seinem Auto.

Erst als ich neben Jessica auf der Rückbank Platz genommen hatte, schaute ich noch einmal zu Doug und meiner Tochter, die Arm in Arm und mit versteinerten Mienen beisammen standen. So, als würden wir uns niemals wiedersehen. Dann erwachte der Motor und die Kolonne aus den drei Wagen setzte sich in Bewegung. Joseph auf dem Beifahrersitz übernahm die Führung und wies seinem Vater den Weg.

Der Geruch nach Wrukolakas in der engen Fahrgastzelle erdrückte mich beinahe. Ich gab mir Mühe, ihn aus meinem Bewusstsein auszublenden, lehnte den Kopf gegen die Seitenscheibe und betrachtete die vorbeiziehenden Straßen, Äcker und Ortschaften, ohne sie wirklich wahrzunehmen. Der Tag war, passend zu meiner Stimmung, ziemlich trüb. Auch von der Unterhaltung der drei anderen bekam ich nicht viel mit. Dan schwieg die meiste Zeit und Jessica fragte ihren Sohn aus, was er auf seiner Reise nach Kalifornien erlebt hatte. Mich in das Gespräch miteinzubeziehen, gab sie nach mehreren einsilbigen Antworten meinerseits auf. Erst als wir nach rund zwei Stunden Fahrt die letzten befestigten Straßen hinter uns ließen, zwang ich mich, meine Aufmerksamkeit der Umgebung zu widmen.

Joseph hatte sich den Weg gut eingeprägt, so dass ich nicht eingreifen musste. Dennoch beobachtete ich den Wald um uns herum aufs Genaueste, als könnte hinter jedem Baum mein Bruder hervorspringen und uns attackieren.

Als wir die einsame Blockhütte erreichten und hintereinander anhielten, kurbelte ich die Scheibe herunter und hielt meine Nase hinaus.

»Und?«, fragte Dan. »Ist die Luft rein?«

»Keiner in unmittelbarer Umgebung.« Ich öffnete die Tür und stieg aus. Suchte nach Spuren des zwei Tage zurückliegenden Kampfes. Unweit meiner alten Jeans und der Lederweste fand ich ein paar Reste getrockneten Blutes, ungefähr an der Stelle, an der ich Tahokee und Huanta miteinander ringend zurückgelassen hatte. Zu meiner Erleichterung war es weit weniger, als bei schweren Verletzungen eines der Kontrahenten zu erwarten gewesen wäre. Meine Hoffnung, dass mein Sohn mit dem Leben davongekommen war, wuchs.

Auch die anderen hatten die Autos verlassen. Kofferräume und Gepäckkisten wurden geöffnet und ein Waffenarsenal hervorgeholt, das einer paramilitärischen Miliz gut zu Gesicht gestanden hätte. Die Wrukolakas planten offenbar, die Jagd in menschlicher Gestalt zu beginnen. Ihre Kleidung beschränkten sie abgesehen von Munitionsgürteln und Pistolenholstern auf das Notwendigste. Leichte Schuhe, weite Hosen, T-Shirts oder offene Westen zeugten davon, dass sie im Zweifelsfall nicht zögern würden, sich zu verwandeln. Ich hingegen zog mich vollständig aus und warf meine Sachen auf die Rückbank von Dans Wagen. Die musternden Blicke auf meinen nackten Leib ignorierte ich.

»Ungefähr eine Stunde von hier befindet sich eine Höhle«, berichtete ich. »Wenn ihr auf zwei Beinen geht, eher eineinhalb bis zwei Stunden. In deren Nähe hält sich das Rudel meistens auf. Der Wendigo ist üblicherweise darin, zusammen mit seinem Vater. Falls sie diesen Ort verlassen haben, können wir von da aus ihrer Fährte folgen. Ich kenne ihre Gerüche gut genug, um auch eine zwei Tage alte Spur sicher aufzunehmen. Zumindest in Wolfsgestalt. Ich bitte euch alle noch einmal: Greift niemanden an, der nicht zuerst angreift! Einige meiner Leute haben Zweifel an unserem Leitwolf. Ich werde versuchen, sie zu überzeugen, sich zusammen mit uns gegen ihn zu wenden. Auch wenn das vermutlich schwierig wird.«

»Viel Glück dabei!«, entgegnete der Biker namens Fang. »Aber ich gehe davon aus, dass die uns als Feinde ansehen werden, egal, was sie von ihrem Leitwolf halten.«

Damit hatte er wohl recht. Doch ich musste es zumindest versuchen.

»Okay!« Dan platzierte sich neben mir. »Sie weist uns den Weg. Wir schießen auf alles, das nach Wendigo aussieht oder sich uns in den Weg stellt. Wenn es zum Nahkampf kommt, scheiß auf die Waffen und so schnell wie möglich verwandeln! Noch Fragen?«

Je einfacher der Plan, umso weniger kann schiefgehen, hatte ich mal irgendwo aufgeschnappt. Dan schien dieser Philosophie ebenfalls zu folgen.

Als niemand einen Einwand erhob, senkte ich mich auf vier Pfoten herab und machte mich auf den Weg.

Die Wrukolakas kamen trotz menschlicher Gestalt erstaunlich gut voran. Im Dauerlauf joggten sie ebenso geschickt wie ausdauernd durchs Unterholz. Dan hatte seine Mitstreiter gut ausgewählt.

Je weiter wir vordrangen, umso deutlicher roch ich die Spuren meines Rudels. Eine besondere Duftnote stellte die meines Bruders dar. Sie war schwach, was darauf hindeutete, dass er seit vorgestern nicht mehr im Wald unterwegs gewesen war. Mehrere der anderen Fährten waren jedoch jüngeren Datums. Das bedeutete, das Rudel war nicht weitergezogen. Entweder erwartete Huanta keinen Gegenangriff oder er war sich seiner Sache sicher.

Für den Fall, dass Letzteres zutraf, verlangsamte ich meine Schritte. Die menschengestaltigen Wrukolakas in meinem Gefolge schlossen sich mir umgehend an. Einige von ihnen nahmen Jagdgewehre und Schrotflinten in Anschlag, während sie weiter marschierten. Dass uns ein Überraschungsangriff gelang, war ausgeschlossen. Vermutlich waren wir spätestens auf der Hälfte des Weges bereits entdeckt worden. Aber von einem Gegenangriff nicht selbst allzu sehr überrumpelt zu werden, wäre schon hilfreich.

Mein Verdacht, dass wir erwartet wurden, erhärtete sich, als die Felswand mit der Höhle, in der Huanta meinen Bruder verbarg, in Sichtweite kam. Die Gerüche meiner Verwandtschaft waren frisch, höchstens einige Minuten alt, doch zu sehen war keiner von ihnen. Alternativ bestand natürlich die Möglichkeit, dass sie angesichts der anrückenden Jagdgesellschaft geflohen waren. Aber daran mochte ich nicht so recht glauben. Nicht, solange sie über die Kampfkraft eines Wendigos verfügten.

Ein Schuss beendete das Versteckspiel. Gerade noch erspähte ich, wie ein schwarzbefellter Schwanz hinter einem Baum verschwand. Sofort rückten die Jäger in Richtung der Feindsichtung vor. Ich blieb zurück und heulte laut auf, um meine Begleiter zu warnen. Doch sie verstanden mich nicht. Und um mich in einen Menschen zu verwandeln und artikuliert zu sprechen, war keine Zeit mehr. Die Strategie, Angreifer derart anzulocken, hatte mein Rudel schon im Kampf gegen die kalifornischen Wrukolakas erfolgreich angewendet. Gegen die aus Arizona funktionierte sie offenbar genauso gut. Vielleicht wäre eine etwas intensivere Planung unseres Vorgehens doch besser gewesen. Aber dafür war es nun zu spät.

Sobald die Bewaffneten den Baum passiert hatten, hinter dem sich der Wolf gezeigt hatte, stürmten von allen Seiten weitere Gegner heran. Keiner der Eindringlinge schaffte es, mehr als einen oder maximal zwei Schüsse abzugeben, bevor Krallen und Fangzähne auf sie eindrangen. Sich mitten im Nahkampf zu verwandeln, war meist eine schlechte Idee, da alle bis auf die Geübtesten während des Prozesses mehrere Sekunden lang nahezu wehrlos waren. So blieb nur zurückzuweichen, die Reihen zu schließen und sich mit Gewehrkolben und Messern halbwegs zu verteidigen. Mit Schrecken erkannte ich, dass die Richtung, in die meine Verbündeten gedrängt wurden, nicht zufällig war. Sie bewegten sich genau auf die Höhle zu.

Ich stürmte nun ebenfalls vorwärts, heulend und knurrend, und versuchte, die Phalanx der Wölfe zu durchbrechen. Doch eine von Huantas Halbblut-Töchtern stellte sich mir entgegen. Mit ihr über die Legitimität ihres Vaters als Leitwolf zu diskutieren, war zwecklos. Also ging ich ohne Umschweife zum Angriff über. Als reinblütige Ma'ii Tsoh und darüber hinaus mit rund zwei Jahrzehnten mehr Kampferfahrung war ich ihr haushoch überlegen. Das wusste auch sie und versuchte, mich mit rasanten Ausweichmanövern dazu zu bringen, ihr zu folgen. Doch sobald sie mir ein wenig Raum gab, ließ ich sie links liegen und hielt wieder auf mein eigentliches Ziel zu. So blieb ihr nichts anderes übrig, als zum Angriff überzugehen, was eine Reihe blutiger Striemen von meinen Krallen auf ihrer Schnauze zur Folge hatte. Mit einem Biss in ihre Flanke beendete ich den Kampf, als sie sich mit Mühe von mir losriss und winselnd das Weite suchte. Doch das Geplänkel hatte seinen Zweck erfüllt. Ich kam zu spät, um meine Mitstreiter von dem Weg abzubringen, auf den meine Verwandtschaft sie drängte. Immerhin hatte rund die Hälfte der Wrukolakas es mittlerweile geschafft, Wolfsgestalt anzunehmen, und leistete erbitterten Widerstand gegen die Treibjagd, so dass der Rückzug gestoppt war. Dan, an seinem milchigen Auge auch auf vier Beinen unschwer zu erkennen, fuhr mitten in die feindliche Meute und biss wild um sich. Doch gerade, als das Blatt begann, sich zu wenden, schallte ein markerschütterndes Gebrüll durch den Wald. Auf der Stelle wichen alle Angehörigen des einheimischen Rudels zurück. Die Falle schnappte zu.

Mit einem gewaltigen Satz landete ein drei Zentner schweres krallen- und zähnestarrendes Ungetüm inmitten der Invasoren. Seine überlangen Arme wirbelten herum, seine Klauen zertrennten Haut und Fleisch, seine Kiefer schlossen sich um einen Schädel und drohten, ihn zu zermalmen. Nur Dans beherzter Gegenangriff bewahrte seinen Gefährten davor, als Erster den Tod zu finden. Er verbiss sich in den rechten Oberarm des Wendigos. Doch mit seiner Linken fegte mein Halbbruder ihn davon, so dass er mehrere Meter weit durch die Luft flog und erst von einen Baumstamm unsanft gestoppt wurde. Der Verlust ihres Anführers löste die Formation der ohnehin schon arg bedrängten Wrukolakas endgültig auf. In alle Richtungen stoben sie fort, um den rasenden Pranken des Wendigos zu entkommen. Perfekt, um sie nun einen nach dem anderen zu erlegen. Ich musste etwas tun.

In einem weiten Kreis rannte ich um die Flüchtenden und Orientierungslosen herum und knurrte sie an, mir zu folgen. Der Erfolg war zunächst überschaubar, doch dann schloss sich mir ein zweiter Wolf an und half, die Reihen zu schließen. Ich sah ihn das erste Mal in Wolfsgestalt, aber Josephs Geruch war unverkennbar. Gemeinsam sammelten wir die sich zerstreuende Meute und vereinten sie wieder zu einer Jagdgemeinschaft. Auch Dan gesellte sich zu uns und führte zusammen mit seinem Sohn den nächsten Angriff an. Von drei Seiten gleichzeitig stürzten sie sich auf den Wendigo. Ich hielt mich von ihm fern und versuchte, den Wrukolakas den Rücken freizuhalten. Ging auf jedes Mitglied meines eigenen ehemaligen Rudels los, das sich dem Geschehen wieder näherte und bemühte mich, sie mit Drohgebärden einzuschüchtern. Tatsächlich ließen nur wenige von ihnen es darauf ankommen, sich blutige Schnauzen einzufangen, und bewahrten Abstand. Ihre Bereitschaft, sich selbst zu opfern, um meinen monströsen Bruder zu beschützen, hielt sich offenbar in Grenzen.

Doch dann wichen sie zur Seite, öffneten eine Gasse unmittelbar vor mir. Ich ahnte, was nun geschehen würde, und musste nicht lang warten, bis Huanta erschien. Wütend knurrte er links und rechts seine treu- und mutlosen Gefährten an. Er wartete jedoch nicht darauf, dass sie den Kampf wieder aufnahmen, sondern stürzte sich direkt auf mich.

Zwei Attacken konnte ich ausweichen, doch zwischen den Ma'ii Tsoh und dem Getümmel rund um den Wendigo war zu wenig Platz für ausufernde Verfolgungsjagden. Mit einer Finte lockte Huanta mich in ein Ausweichmanöver, schnellte dann aber in die andere Richtung und rammte meinen Körper mit voller Wucht. Wir rollten mehrfach übereinander hinweg, ehe wir zur Ruhe kamen. Sofort begannen wir, gegenseitig nacheinander zu schnappen, den Gegner mit Pfoten und Krallen von den eigenen empfindlichen Teilen fernzuhalten und selbst Treffer zu landen. Schnell wurde deutlich, dass ich ihm nicht lang würde standhalten können. Er war einfach zu stark, schob mich immer wieder auf Distanz, wenn ich zupacken wollte, und landete einen Hieb nach dem anderen. Es waren zumeist nur Kratzer und Stöße, die er mir zufügte, aber jeder zehrte ein klein wenig an meinen Kräften und es war klar, dass ich diesen Kampf verlieren würde.

Zumindest, wenn es ein Zweikampf blieb. Doch plötzlich rauschte von der Seite ein weiterer Kombattant heran und stieß Huanta weit von mir. Selbst vollkommen überrascht, benötigte ich einen Moment, um mich aufzurappeln … und traute meinen Augen nicht – ebenso wie meiner Nase. Caitlyn stand zwischen mir und meinem einstigen Leitwolf und fauchte ihn an. Doch auch ihr war wohl bewusst, dass sie sich nicht auf einen direkten Kampf einlassen sollte, denn statt sich weiter auf ihn zu stürzen, zog sie sich Schritt für Schritt von ihm zurück. Das war zwar verständlich, erkaufte uns aber höchstens ein wenig Zeit.

Ich zuckte zusammen, als ein Schuss durch den Wald donnerte. Hektisch sah ich mich um und erkannte – nach der Ankunft meiner Tochter sollte ich wohl nicht überrascht sein – Doug mit angelegtem Jagdgewehr in der Hand. Neben ihm ein Wolf, der die anderen Ma'ii Tsoh von ihm fernhielt – Tahokee. Mein ältester Sohn hatte sich anscheinend mit meiner Tochter und ihrem Vater verbündet. Die Kavallerie war angekommen.

Doug schoss ein zweites und ein drittes Mal. Die Kugeln flogen weniger als einen Meter an mir und Caitlyn vorbei … doch sie trafen alle. Als ich mich wieder Huanta zuwandte, sah ich ihn um sein Gleichgewicht kämpfen. Blut tropfte aus seiner Flanke. Aber sein Kampfeswille war noch nicht gebrochen. Mit gefletschten Zähnen stürmte er los, hielt direkt auf den Schützen zu, der ihn verwundet hatte. Ich zögerte keine Sekunde und schnitt ihm den Weg ab. Traf ihn mit voller Wucht in die Seite und stieß nun ihn zu Boden. Versenkte meine Zähne in seiner Kehle und schloss meine Kiefer mit aller Kraft, die mir verblieben war. Er strampelte und knurrte, rammte mir seine Pfoten in den Bauch und schnappte nach meinem Genick, doch ich ließ nicht los. Blut füllte meinen Mund, während ich den Kopf ruckartig hin und her drehte und Fell und Fleisch zerriss. Mit jeder meiner Bewegungen wurden die seinen schwächer und abgehackter, bis er schließlich reglos vor mir lag. Ich stemmte meine Pfoten auf ihn, fixierte seinen Leib und seinen Schädel mit meinen Krallen und biss ein letztes Mal zu. Zertrennte endgültig seine Kehle, bis sein Körper nur noch von loser Haut an einem Stück zusammengehalten wurde.

Am ganzen Leib zitternd und hechelnd um Luft ringend, stand ich über seinem Kadaver. Benötigte einen Moment, um zu begreifen, was ich soeben getan hatte. Und dass der Kampf damit noch nicht entschieden war.

Ich richtete meine Aufmerksamkeit auf die Wrukolakas und ihren Kontrahenten. Immer noch wütete der Wendigo brüllend und um sich schlagend. Er blutete aus unzähligen Wunden, stand jedoch weiterhin auf zwei Beinen. Auch seine Gegner hatten einen hohen Tribut gezahlt. Zwei lagen bewegungslos auf dem Boden und von den anderen schien kein einziger unverletzt zu sein. Das sah nicht gut aus.

Gerade machte ich mich daran, die Reihen der Wrukolakas zu verstärken, und humpelte in deren Richtung, als unweit ein Heulen erklang. Es war Tahokee, der die seinen aufforderte, ihm in den Kampf zu folgen. Und einer nach dem anderen der Ma'ii Tsoh, zunächst misstrauisch und verhalten, doch dann immer beherzter, scharte sich um ihn. Auf sein Zeichen hin setzten sie sich in Bewegung und stürmten auf den Wendigo zu. Die beiden Ersten wurden von den wirbelnden Klauen des Ungeheuers hinweggefegt, aber der Dritte biss zu. Ebenso wie der Vierte und der Fünfte und alle Weiteren. Auch diejenigen der Wrukolakas, die noch halbwegs kampfbereit waren, schlossen sich an, bis der Wendigo stürzte und unter braunem und schwarzem Fell begraben wurde. Caitlyn hatte sich ebenfalls unter die Angreifer gemischt und beteiligte sich an dem Blutbad.

Als deutlich wurde, dass sich unter den vereinten Rudeln nichts mehr regte und sie keine Hilfe mehr benötigten, hielt ich inne und legte mich erschöpft auf den Boden. Schritte näherten sich mir. Zwei Knie ließen sich neben mir nieder. Ein Gewehr wurde achtlos fallengelassen.

»Chenny!« Dougs Hände fuhren in mein Fell. »Alles in Ordnung?«

Ich hob den Kopf, sah in seine besorgten Augen, streckte die Zunge raus und schlabberte ihm durchs Gesicht.

Er verstand die Botschaft und seine Züge entspannten sich.

Sobald ich wieder einigermaßen zu Atem gekommen war und ein wenig Kraft gesammelt hatte, verwandelte ich mich in seinen Armen. Hob meine Hand an seine Wange und küsste ihn innig. »Ups!« Ich wischte den roten Streifen von seinem Gesicht, den meine blutverschmierten Lippen hinterlassen hatten. Ihn schien es nicht zu kümmern.

»Was machst du denn hier?«, fragte ich. »Solltest du nicht mit unserer Tochter bei Fresno warten?«

Er lächelte. »Sorry, aber das stand niemals ernsthaft zur Debatte. Weder für mich, noch für Caitlyn. Und mir scheint, wir konnten uns doch noch nützlich machen.«

»Ja, scheint so.«

Er begutachtete mich von oben bis unten, so gut das hockend ging, wobei sein Blick an den zahlreichen Schrammen hängenblieb, die meinen Körper bedeckten. »Bist du okay?«

»Wird schon wieder.« Stöhnend und mit Dougs Unterstützung erhob ich mich auf zwei Beine.

Meine weichen Knie waren dankbar für seine Hilfe, aber nach ein paar vorsichtigen Schritten konnte ich mich aus eigener Kraft vorwärts bewegen. Mein Streben galt der Versammlung rund um die Überreste des Wendigos. Nach und nach nahmen immer mehr der siegreichen Streiter menschliche Gestalt an. Caitlyn erhob sich neben mir von vier auf zwei Beine. Ich blieb kurz stehen, strich ihr mit der Hand über die Wange. Erwiderte ihr halb entschuldigendes, halb freudiges Lächeln. Wischte ihr in mütterlichem Reflex einen blutigen Klumpen aus dem rot verschmierten Mundwinkel, schmunzelte über mich selbst und ging weiter.

Ma'ii Tsoh und Wrukolakas standen nebeneinander, unschlüssig, unsicher.

Doch sie alle machten mir Platz, als ich auf den riesigen Kadaver in ihrer Mitte zuschritt, mich bei ihm angekommen auf die Knie senkte und die Überreste seines Gesichts streichelte.

»Tut mir leid, kleiner Bruder«, flüsterte ich, »aber es ging nicht anders.«

Dan trat neben mich, ein Bein hinter sich herziehend. »Du hast Mitleid mit dieser Bestie?«

Ohne zu ihm aufzusehen, nickte ich. »Er war nur wenige Jahre alt. Ein Kind. Ein fehlgeleitetes Kind. Es war nicht seine Schuld, dass er zu einem Monster geworden ist.«

»Er wurde geboren, um zu töten.«

Erneut nickte ich. »Auch das stimmt. Aber auch das war nicht seine Wahl, sondern die von jemand anderem.« Ich erhob mich. »Ich weiß nicht, ob jemand wie er unter den richtigen Umständen in der Lage wäre, ein friedfertiges Gemüt zu entwickeln. Aber ihm hier wurde nie die Chance dazu gegeben, es zumindest zu versuchen. Deshalb habe ich Mitleid mit ihm.«

Der Einäugige stieß mit dem nackten Fuß gegen das tote Fleisch auf dem Boden. »Ich bin trotzdem froh, dass er tot ist.«

»Ich auch«, pflichtete ich bei. »Es ist das Beste für alle.«

»Na wenigstens da sind wir uns einig.« Er wandte sich ab und sammelte sein Rudel um sich.

Tahokee kam zu mir. »Was wird jetzt?«

Eine gute Frage, über die ich bislang nicht allzu viel nachgedacht hatte. Meine Planung hatte an dem Punkt geendet, der nun erreicht war. Darüber hinaus … Noch während ich überlegte, bemerkte ich, wie die übrigen Angehörigen meines alten Rudels sich um mich scharten. Ihre Blicke stellten dieselbe Frage, die mein Sohn bereits ausgesprochen hatte.

Ich schaute sie der Reihe nach an. »Danke, dass ihr im entscheidenden Moment gehandelt habt. Aber so konnte es nicht weitergehen. Was als Nächstes passiert …« Ich deutete mit dem Kopf zu den Wrukolakas. »Das hängt auch von ihnen ab.«

Ich gab meinen Mitstreitern aus Arizona einen Augenblick, sich zu sortieren. Nur einer von ihnen war tot. Die Bikerfrau, anscheinend eine Schwester von Fang, der sich mit versteinerter Miene über ihren Leichnam beugte. Alle übrigen waren mit mehr oder minder schweren Verletzungen davongekommen. Gebrochene Knochen, blutende Wunden. Nichts, was einer von uns nicht innerhalb einiger Tage heilen konnte. Auch wenn sicherlich Narben bleiben würden. So wie bei der Rothaarigen, Jessica. Ihr zuvor makelloses Gesicht hatte mehrere tiefe Striemen abbekommen. Zu ihrem Glück nicht so schlimm wie Dans alte Kampfesspuren. Insgesamt waren die Verluste weitaus geringer, als ich befürchtet hatte.

Unsere Verbündeten nahmen den Tod eines der Ihren offensichtlich weniger gelassen hin. Sie scharten sich um Fang und die Leiche. Legten ihm die Hände auf die Schultern oder versuchten auf andere Weise, ihm Trost zu spenden. Erst angesichts dieses Verhaltens wurde mir bewusst, wie selbstverständlich der Tod in den letzten Jahren für mich geworden war. Für mein gesamtes Rudel. So selbstverständlich, dass ich mir, mit Ausnahme meines Zwillingsbruders und natürlich meiner Mutter, für keinen der unsrigen, der den Kämpfen zum Opfer gefallen war, viel Zeit zum Trauern genommen hatte. Kaum mehr als gerade eben für meinen Wendigo-Halbbruder. Es bedurfte einer Horde von Wrukolakas, um mir vor Augen zu führen, wie tief der Krieg auch in mir noch steckte. Ja, der Weg zurück in den Frieden würde für uns alle eine Aufgabe werden. Umso wichtiger war es, diese Aufgabe nun in Angriff zu nehmen.

Sobald die ärgsten Verletzungen versorgt und gebrochene Arme und Beine provisorisch geschient waren, ging ich zu Dan, der seine Hose halbwegs an einem Stück wiedergefunden und angezogen hatte. »Was jetzt?«

Sein eines Auge fixierte mich. »Was meinst du mit ›was jetzt‹? Der Wendigo ist tot. Wir haben unsere Aufgabe erfüllt. Jetzt fahren wir nach Hause.«

»Das heißt, wir gehen von nun an getrennte Wege?«

Er hob die Achseln. »Nicht unbedingt.« Er warf einen Blick auf Caitlyn, die zusammen mit Doug etwas abseits stand, ihre Blöße zumindest teilweise von seiner Jacke bedeckt. »Sie verbindet unsere Rudel miteinander. Sie ist deine Tochter und, wenn sich zwischen ihr und Joseph nichts ändert, meine Schwiegertochter.«

Entsetzt starrte ich ihn an. Deutete mit dem Finger erst auf ihn, dann auf mich. »Heißt das, wir sind jetzt … miteinander verwandt?«

»Sieht ganz danach aus, Skinwalker. Oder zumindest verschwägert.«

Ich spürte, wie ich erbleichte. Der Tag hielt offenbar noch weitere Schrecken jenseits des Kampfes gegen einen Wendigo für mich bereit.

»Ich schätze«, fuhr er mit einem kurzen Blick auf meine Leute fort, »das hier ist jetzt dein Rudel. Wenn es nach mir geht, schließen wir einen dauerhaften Waffenstillstand. Vielleicht sogar Frieden. Kathy, meine Mutter, würde es jedenfalls so wollen.«

Mir kam ein Gedanke. »Hatte sie so etwas von Anfang an geplant? Als sie mich damals hat gehen lassen, nachdem du mich gekidnappt hast?«

Er zuckte die Achseln. »Im Detail sicherlich nicht. Dass Wendigos in der Geschichte vorkommen, war bestimmt nicht vorgesehen. Aber grundsätzlich … Nicht auszuschließen, dass sie damals etwas in der Art im Sinn gehabt hat.«

»Verschlagene alte Wrukolakas …«

»Dem widerspreche ich nicht.« Erneut sah er zu meinen … zu meinem Rudel. »Werden sie einem Frieden zustimmen?«

Zu meinem Erstaunen trat Tahokee an meine Seite. Sein Englisch war brüchig, aber verständlich. »Wir heute gemeinsam gekämpft. Wer gemeinsam kämpft, auch gemeinsam Frieden machen.«

»Kluger Bursche.« Dan hielt ihm die Faust entgegen.

Nach kurzem Nachdenken imitierte Tahokee die Geste und Dan schlug seine Knöchel dagegen.

»So.« Der Einäugige wandte sich zum Gehen. »Wir packen jetzt unsere Sachen. Würde mich freuen, dich und vielleicht sogar einige deiner Leute mal bei uns in Arizona zu begrüßen. Diesmal ohne Kidnapping.«

»Ich denke, das Angebot werde ich annehmen. Aber zuerst gibt es hier einiges zu erledigen.«

»Ich wünsche dir dabei viel Erfolg.« Er drehte sich um, winkte mir über die Schulter zu und ging zu seinen Gefährten.

Ein tiefes Durchatmen später bedeutete ich Doug und Caitlyn, zu mir zu kommen, stellte mich an ihre Seite und wandte mich meinem Rudel zu. »Dies hier ist meine Tochter Caitlyn.«

»Lynn«, korrigierte sie mich.

»Meine Tochter Lynn. Und das ist ihr Vater Doug. Sie beide sind ab sofort immer hier in unserem Revier willkommen und stehen unter meinem Schutz.«

»Aber …«, kam ein vorsichtiger Einwand aus der hinteren Reihe. »… er ist ein Mensch. Und sie eine Hautgeburt …«

»Das stimmt«, bestätigte ich, »aber es ändert nichts an dem, was ich gesagt habe. Wir haben leidvolle Zeiten hinter uns.

Wenn wir das überwinden wollen, müssen wir einige Dinge in Zukunft anders angehen. Wer dazu nicht bereit ist, verlässt das Rudel besser.« Ich nahm Doug und meine Tochter in die Arme. »Aber wer bereit für etwas Neues ist, dem verspreche ich einige einzigartige Erfahrungen.«

Vermutlich würden nicht alle bleiben. Die Ma'ii Tsoh halten gern an den althergebrachten Wegen fest. Und auf die anderen, Wagemutigeren warteten enorme Herausforderungen. Doch ich war überzeugt, dass Veränderungen der einzige Weg waren, das Leid der Vergangenheit hinter uns zu lassen. Das hatten eine alte Wrukolakas, ein Mensch und eine Hautgeburt mich gelehrt.

# *Freiheit*

Seine Hände auf meiner Haut. Seine Lippen an den meinen. Seine Erektion tief in mir.

Niemals würde ich davon genug bekommen.

Wohlig räkelte ich mich auf dem rhythmisch quietschenden Bett. Unter mir ein kuscheliges Bärenfell. Über mir der Mann, mit dem ich den Rest meines Lebens verbringen wollte.

Das Feuer des offenen Kaminofens zeichnete flackernde Muster auf unsere schweißbedeckten Körper. Dougs Augen waren fest auf mich gerichtet. Je intensiver die Stöße seines Unterleibs mich erfüllten, umso mehr verschwand das sanfte Lächeln von seinen Zügen und wandelte sich zu einem Ausdruck purer Lust.

Ich schloss die Augen und gab mich ihm hin. Glich das Zucken meines Schoßes dem Takt an, den er vorgab. Genoss jedes einzelne Vordringen seines Glieds in mich. Stöhnte und schrie vor Glück, ohne Rücksicht auf irgendwelche Nachbarn oder sonst jemanden nehmen zu müssen. Ließ mich von Doug auf die Klippe größter Ekstase und darüber hinaus tragen. Fiel in einen Ozean aus purer Euphorie und tauchte darin ein. Spürte kurz danach seinen Erguss in mir. Hörte sein atemloses Keuchen, als er mir ins Reich unbegrenzter Wonne folgte. Ließ meine Lenden kreisen, bis er beinahe jubelte. Hielt inne, als er sich versteifte. Öffnete die Augen. Sah die Verzückung in seinem Gesicht. Und atmete tief aus, als die Anspannung langsam von uns beiden abließ.

Ja, beim Sex waren wir wieder ein eingespieltes Team. Wussten jede Regung des anderen zu deuten und seine Wünsche aus minimalen Hinweisen zu erspüren. Spielten miteinander und testeten jedes Mal neue Grenzen aus, um unser beider Genuss zu vergrößern.

Er zog sein erschlaffendes Glied aus mir heraus und fuhr mit den Fingern durch die Haare über meiner Scham. »Noch mehr?«

Ich schüttelte den Kopf, hob meinen Arm und zog ihn zu mir herab. »Heute nicht. Komm einfach zu mir!«

Er ließ es sich dennoch nicht nehmen, noch ein wenig meinen Kitzler zu verwöhnen und meine Nippel zu küssen. Auch das war mittlerweile ein vertrautes Ritual, wenn auch mit ungewissem Ausgang. Oft genug gelang es ihm, mich auf diese Weise noch einmal derart heiß zu machen, dass ich ihn gewähren ließ. Mich seinen Händen und Fingern noch einmal hingab, ihm das diebische Vergnügen gönnte, mich ein weiteres Mal zum Höhepunkt zu bringen und möglichst lang auf der Welle reiten zu lassen. Manchmal freute ich mich darauf fast mehr als auf seine Erektion in mir und ich glaube, das war kein Geheimnis, auch wenn ich es nie ausgesprochen hatte.

Aber heute war mir nur noch nach Zärtlichkeit zumute. So widerstand ich der süßen Versuchung, die seine Finger mir versprachen – wenn auch zugegebenermaßen nur knapp – und bat ihn neben mich auf das Fell. Das hielt ihn nicht davon ab, weiter meine am ganzen Leib feuchte Haut zu streicheln, doch es gab mir die Chance, langsam zur Ruhe zu kommen.

Besonders intensiv widmete er sich meinem Bauch, wie so oft in letzter Zeit. »Alles gut da drin?«

Ich legte meine Hände beiderseits meines Nabels ab. »Dem Kleinen geht's gut. Das spüre ich.«

Noch einmal glitt er an mir herab und küsste mich knapp oberhalb der Scham. Dann kam er zurück und seine Lippen fanden die meinen. »Ich liebe dich.«

So oft er diese drei Worte auch aussprach, zauberten sie doch jedes Mal zuverlässig ein Lächeln auf meinen Mund. »Ich liebe dich auch.«

Noch eine ganze Weile blieben wir liegen. Unsere Körper dicht beisammen. Die Augen ineinander versunken.

Erst als von draußen leise Geräusche erklangen, erhob ich mich mit einem Seufzer. »Sie sind wieder da.«

Mit zusammengepressten Lippen nickte er.

»Jetzt guck nicht so betrübt!« Ich knuffte ihn in die Seite. »Ist doch nur für ein paar Tage. Danach hast du mich vermutlich für ein halbes Jahr an der Backe. Da wirst du dir noch wünschen, du wärst mich mal wieder eine Zeit lang los.«

Seine Finger glitten über meine Wange. »Niemals.«

Noch einmal verharrten wir. Sahen uns an.

»Hast du immer noch Angst, es könnte wieder so enden wie letztes Mal?«, fragte ich.

Sein Blick senkte sich zu einem unbestimmten Punkt auf dem Boden. »Schon möglich.«

Mit beiden Händen griff ich seine Schultern, zwang ihn, mich anzuschauen. »Das musst du nicht. So vieles ist diesmal anders. Einfach wird es sicher nicht. Ich bin es nicht gewohnt, so lang an einem Stück in Menschengestalt zu sein. Aber im Gegensatz zu damals habe ich so viel Hilfe. Dich. Caitlyn. Kathy. Sogar Dan hat sich angeboten, dass ich ihn verprügeln darf, wenn ich ein paar Aggressionen loswerden muss.« Ich legte meine Hand an seine Wange. »Ich werde dich nicht wieder verlassen. Niemals. Dieses Kind ziehen wir gemeinsam groß. Du zeigst ihm Los Angeles und ich den Wald. Und wir haben zwei Rudel, die sich schon darum streiten, wer Babysitter spielen darf, wenn wir mal für uns sein wollen.«

»Ich denke, erstmal sollten wir Dans Rudel diese Aufgabe überlassen.«

»Meinst du?« Ich zog die Augenbrauen zusammen. »Romulus und Remus sind auch von einer Wölfin gesäugt worden. Und die haben immerhin eine Stadt begründet.«

»Unser Kind muss keine Stadt begründen«, entgegnete er. »Schon seine Schwester hat bereits etwas mindestens genauso Großes geschafft. Frieden zwischen einem Skinwalker- und einem Wrukolakas-Rudel gestiftet. Und das Kleine trägt auch schon seinen Teil dazu bei, noch bevor es geboren wurde. Ich denke, das muss den Vergleich nicht scheuen.«

»Nein«, stimmte ich ihm zu, »das muss es sicher nicht.«

»Na also.« Er küsste mich noch einmal, stand auf und sammelte seine Kleidung.

Ich erhob mich ebenfalls. Bewunderte ein weiteres Mal die kleine Hütte. Vor unserem Wiedersehen war sie fast schon verfallen gewesen. Doch mit Hilfe von Joseph und einigen anderen aus seinem Rudel hatte Doug sie wieder instandgesetzt und besser ausgestattet als jemals zuvor. Dank des Kaminofens war es hier nun sogar im Spätherbst kuschelig warm und es zog nicht mehr aus allen Ritzen. Nur das quietschende Bett sollte vielleicht noch ausgetauscht werden. Aber das hatte keine Eile.

In anderer Hinsicht war es ebenfalls hilfreich, ein Wrukolakas-Rudel in der Verwandtschaft zu haben. Über irgendwelche obskuren Beziehungen hatte Dan es geschafft, Dougs Probleme mit der Polizei zu bereinigen. Und darüber hinaus arbeiteten die beiden nun wohl auch zusammen. Was genau sie für Geschäfte machten, wusste ich nicht und wollte ich auch gar nicht wissen. Wer jahrelang dabei geholfen hatte, einen Wendigo zu füttern und zu pflegen, sollte sich mit moralischen Urteilen über andere zurückhalten.

Nackt wie ich war, ging ich vor die Tür. Kühler Wind traf meine immer noch nasse Haut und ließ mich kurz frösteln. Doch das würde sich bald erledigen, wenn ich wieder in Fell gehüllt war.

Draußen erwarteten mich drei junge Menschen. Beziehungsweise Wölfe in Menschengestalt. Joseph hatte bereits seine Sachen aus dem Pick-up geholt und angezogen. Tahokee und Caitlyn … Lynn! – an ihren bevorzugten Rufnamen hatte ich mich immer noch nicht endgültig gewöhnt – waren, wie ich, unbekleidet und trotzten wacker der Kälte.

»Na?«, fragte ich in die Runde. »Hattet ihr Spaß?«

»Der Wald hier ist einfach großartig«, bestätigte Joseph mit einem breiten Grinsen. »Und die Berge! Ich kann gar nicht genug davon bekommen.«

»Darfst ja wiederkommen«, lud mein Sohn ihn ein, »wenn du ein paar heiße Wrukas-Wölfinnen mitbringst.«

»Ich kann dir ja mal meine kleine Schwester vorstellen.«

Lynn zog eine Grimasse. »Luna? Diese Zicke? Davon rate ich dringend ab.«

Tahokee hob die Augenbrauen. »Jetzt will ich sie erst recht kennenlernen.«

Sie zuckte die Achseln. »Wenn du in dein Verderben rennen willst, werde ich dich nicht davon abhalten.« Nach gegenseitigem Zunge rausstrecken mit ihrem Halbbruder kam sie zu mir und sah mich mit einer Mischung aus Ekel und Tadel an. »Oh

Mom, du riechst nach Sex! Kannst du dich nicht wenigstens kurz waschen, nachdem ihr …«

»Gleich im Bach«, versprach ich. »Bis dahin wirst du es schon aushalten.«

Doug kam nun auch aus der Hütte und vervollständigte sein Outfit mit einer Wolljacke. »Ich friere schon, wenn ich euch nur ansehe.«

Lynn verdrehte trotz der verräterischen Gänsehaut auf ihren Armen ironisch die Augen. »Typisch Mensch!«

»Pass bloß auf, junge Dame!«, warnte er sie. »Sonst lasse ich dich hier, wenn ich deine Mutter in ein paar Tagen abhole.«

»Und?« Sie zeigte ihm – im wahren Sinne des Wortes – die kalte Schulter. »Der Wald ist eh schöner als die Schule.« Sie schauderte. »So! Alle, die die nächsten Tage nicht im Wald verbringen wollen, machen sich jetzt vom Acker. Ich brauche dringend Fell.« Sie sprang zu Joseph und umarmte ihn innig.

Ich tat dasselbe mit Doug.

Noch einmal fuhren seine Hände meinen Rücken entlang. »Genieß die Tage!«, hauchte er mir ins Ohr. »Danach gibt's ein halbes Jahr lang nur noch zwei Beine.« Er ging eine Armeslänge auf Abstand und senkte die Augen. »Allerdings zwei wirklich schöne Beine.«

»Die kannst du bald noch genug ansehen«, feixte ich und drückte ihm einen letzten Kuss auf den Mund. »Mach's gut! Wir sehen uns dann in vier Tagen.«

Lynn presste ihn ebenfalls noch einmal fest an sich, während ich mich von Joseph verabschiedete. »Schade, dass du nicht auch bleiben kannst.«

»Tja.« Er hob entschuldigend die Schultern. »Bin halt leider nicht mehr in der Schule. Ferien sind passé. Und meinen Jahresurlaub habe ich aufgebraucht.«

»Bald sehen wir uns ja für länger.«

»Ja.« Er winkte, als ich auf Abstand ging. »Macht's gut!«

Auch ich erhob noch einmal die Hand zum Gruß, dann senkte ich sie herab und platzierte sie als Pfote auf dem Boden. Lynn und Tahokee taten es mir gleich. Wir alle sahen uns noch einmal um zu den zwei winkenden Männern, dann setzten wir uns in Bewegung und steuerten den Wald an.

Schon nach wenigen Metern verfielen wir in einen gemächlichen Laufschritt. Doch wie erwartet, beschleunigten meine beiden Kinder alsbald, bis wir alle drei ein Wettrennen veranstalteten.

In vollen Zügen sog ich die kalte Luft in meine Schnauze, nahm die Gerüche des Waldes in mich auf. Genoss noch einmal die unendliche Freiheit des Lebens als Wolf, ehe ich mich für ein halbes Jahr unter Menschen begab.

Ja, es würde nicht einfach werden. Vor den Vollmonden fürchtete ich mich schon ein wenig. Dennoch fühlte es sich dieses Mal ganz anders an als vor siebzehn Jahren. Dougs Furcht war unbegründet. Niemals wieder würde ich ihn dauerhaft verlassen. Dessen war ich mir absolut sicher. Solange er mir die Freiheit gab, immer wieder den Wald und mein Rudel aufzusuchen, wenn ich nicht gerade mit einer Hautgeburt schwanger war, würde ich zu ihm zurückkommen. Und trotz des Wohlgefühls, das die rasend vorbeiziehenden Felsen und Bäume in mir erweckten, freute ich mich schon jetzt darauf.

## *Über mich und das Buch*

Hier soll ich wohl ein paar Worte über mich verlieren. Also gut. Los geht's!

Dass Joy Styx nicht mein richtiger Name ist, sondern ein Pseudonym, wird vermutlich niemanden ernsthaft überraschen. Neben der Paranormal Romance schreibe ich auch andere Sachen. Die sind allerdings sowohl stilistisch als auch in Bezug auf das Genre ganz woanders angesiedelt, so dass es angemessen erschien, das durch eine namentliche Trennung kenntlich zu machen.

Aber wie ist es dazu gekommen?

Die erste ernsthafte Berührung mit erotischer Literatur hatte ich im Frühjahr 2018. Beim Chatten mit einer Autorenkollegin (Hallo Sarah ⊠) habe ich mir, ermutigt durch die Einnahme geistiger Getränke, eines ihrer Bücher auf den Ebook-Reader geladen.

Als ich am nächsten Tag wieder halbwegs klar im Kopf war, habe ich – zunächst ein wenig zweifelnd – angefangen, da mal ganz vorsichtig reinzulesen. Doch schon nach wenigen Seiten fand ich die Lektüre durchaus … anregend. Nach der erfolgreichen Beendigung des alkoholinduzierten Spontankaufs folgten dann weitere Werke des Genres – diesmal bei vollem Bewusstsein. Und ja, ich fand Gefallen daran.

Seitdem spukte immer wieder der Gedanke durch mein Hirn, selbst mal etwas in der Richtung zu schreiben. Verbindungen mit irgendeiner Form der Fantastik waren dabei von vorneherein absehbar. Aus der Ecke komme ich nun mal.

Der Entschluss, das in die Tat umzusetzen, entstand Ende 2020 nach dem Anschauen eines eher schlechten Werwolf-Films, dessen Titel ich schon wieder vergessen habe. Er enthielt jedoch einige Szenen und Ideen, die mich inspiriert haben. Weniger im Sinne von ‚oh, das ist toll', sondern mehr ‚da hätte man was draus machen können'. Also habe ich was draus gemacht, wenn auch anfangs noch nicht mit dem festen Vorsatz, das der großen weiten Welt kundzutun.

Nach der Fertigstellung der ersten Rohfassung waren aber sowohl ich selbst als auch mehrere TestleserInnen (an dieser Stelle ein dickes Dankeschön an Julia, Kerstin, Oliver, Steffi und Veronika) von dem Ergebnis durchaus angetan. Durch einen Zufall kam der Kontakt mit dem Feuertanz-Verlag zustande, bei dem das Manuskript ebenfalls Anklang fand, und voilà, hatte „Skinborn" das Licht der literarischen Welt erblickt.

Wie die Geschichte weitergeht, wird sich zeigen. An Ideen für weitere Storys aus der Welt der Werwölfe oder anderen Szenarien mangelt es jedenfalls nicht. Ob und wenn, dann wann sie zu Papier gebracht werden, hängt unter anderem davon ab, wie die Erlebnisse von Doug, Lynn und Chenandeh euch gefallen haben. Von daher freue ich mich über Rückmeldungen aller Art, sei es als Rezension, Email (joy.styx@feuertanz-verlag.de) oder auf Facebook (https://www.facebook.com/Joy-Styx-102195328818156). Auch kritische Kommentare sind willkommen und helfen herauszufinden, was ich zukünftig besser machen könnte.

Von daher keine falsche Zurückhaltung und hoffentlich bis bald.

Joy

Printed in Poland
by Amazon Fulfillment
Poland Sp. z o.o., Wrocław

77392089R10211